www.b-books.co.kr

www.b-books.co.kr

마지막처럼

마
지
막
처
럼

2판 1쇄 찍음 2019년 12월 16일
2판 1쇄 펴냄 2019년 12월 23일

지은이 | 흰고래
펴낸이 | 정　필
펴낸곳 | **(주)뿔미디어**

기획 · 편집 | 이영은
표지 디자인 | 우　물

출판등록 | 2002년 9월 11일 (제1081-1-132호)
주소 | 경기도 부천시 원미구 소향로 17, 303(두성프라자)
전화 | 032)651-6513 / 팩스 | 032)651-6094
E-mail | dahyangs@naver.com
블로그 | http://blog.naver.com/dahyangs
비북스 | http://b-books.co.kr

값 9,000원

ISBN 979-11-315-9757-6 03810

마지막처럼

흰고래 장편 소설

DAHYANG ROMANCE STORY

목차

1. 당신을 또 만나고 싶습니다 ········ 007

2. 성인 남녀가 데이트라는 걸 하면 ········ 037

3. 아날로그 감성, 좋아한다고 해서 ········ 068

4. 좋아하게 됐습니다 ········ 090

5. 책임져야겠습니다, 나를 ········ 124

6. 휴대폰 단축 번호 2번 ········ 158

7. 우리가 연애를 한다는 건 ········ 195

8. 당신은 내가 부끄러운가요? ········ 236

9. 당신을 사랑하지 않았더라면 ········ 275

10. 사람 속 좀 그만 태웁시다 ········ 310

11. 마지막처럼 ········ 351

에필로그 ········ 383

like
the
last
time

1. 당신을 또 만나고 싶습니다

코트 속으로 찬바람이 스며들었다. 지은은 소매를 여미고서 눈앞에 있는 5성급 호텔을 멍하니 바라보았다. 안 그래도 추워서 웅크렸던 몸이 더욱 위축되는 것 같았다.

'이런 곳에 올 거라고는 생각도 못 했는데…….'

지은은 호텔 정문 앞에서 괜스레 옷매무새를 다듬었다. 스물다섯이 되는 동안, 남들은 다 가 봤다던 호텔도 그녀는 가 본 적이 없었다.

약속 장소인 레스토랑도 마찬가지였다. 삼겹살집이나 싸게 먹을 수 있는 술집이 그녀가 방문했던 음식점 전부였다. 앞으로도 계속 그럴 거라고 생각했고.

— 지은아, 너 토요일 정오에 시간 비어?

그러나 사람의 앞일은 아무도 모른다고 했던가.

며칠 전, 어린 시절부터 함께 지냈던 주연에게서 연락을 받았다. 다짜고짜 시간이 비느냐고 묻던 주연은 대답도 듣지 않고 부탁을 해왔다.

— 그날 네가 나 대신 맞선 좀 나가 줄래? 엄마가 멋대로 선자리를 만들었지 뭐야. 그런데 거길 어떻게 나가니? 너도 알잖아, 나 준석이랑 만나고 있는 거.

말이 부탁이지 명령이라는 것을 지은도 알고 있었다. 주연은 늘 이런 식이었다. 불리한 상황이 생기면 지금처럼 제게 떠넘기거나 덮어씌우곤 했다.

— 식사하다가 적당히 거절하고 나오면 돼. 그렇다고 교양 없이 굴면 내 이미지 망가지는 거 알지? 구질구질한 티 내지 말고 그날은 좀 차려입고 나가 줬으면 해. 뭐, 그래 봐야 싼티가 사라지겠냐마는.

휴대폰 너머로 비웃는 소리가 들렸다. 이럴 거면 왜 부탁하는 건가 싶은 생각도 들었지만, 그것이 주연의 자신감을 충족시키는 수단임을 지은은 모르지 않았다.

노골적인 대답에 조금 화가 난 그녀가 아무 대답도 하지 않자, 주연은 코웃음을 치며 말을 이었다.

── 설마 거절하는 건 아니지? 우리 집이 너희 엄마 치료비도 대 주고, 네 대학 등록금까지 2년 동안 내 줬는데 혼자 입 닦을 생각이야? 돈이 없으면 몸으로 때워야 하는 게 당연하잖아, 지은아.

무시하는 태도가 역력한 어조에 지은은 낮게 한숨을 내쉬었다.

주연을 다섯 살 때 처음 만났다. 그로부터 20년이라는 시간이 지났지만 주연은 달라진 게 하나도 없었다.

돈으로 사람을 무시하는 태도. 얕잡아 봐도 된다고 생각하는 오만함과 시도 때도 없이 튀어나오는 이기심까지.

하지만 주연의 말대로 그녀는 주연의 집안에서 여러 가지의 원조를 받았다. 그래서 다른 사람이었다면 거절했을 일도, 주연과 엮여 있다면 잘 거절하지 못했다. 지은은 결국 곤란하기 짝이 없는 부탁을 받아들이고 말았다.

그래서 지금, 스물다섯 해 동안 근처에 가 본 적도 없었던 5성급 호텔 앞을 서성이고 있는 거였다.

"무슨 일로 오셨습니까?"

"저기, 레스토랑은 몇 층인가요?"

"저희 레스토랑은 24층에 있습니다."

리셉션 데스크에서 레스토랑 위치를 알아낸 지은은 긴장된 기색으로 엘리베이터에 올라탔다.

이런 곳에 자주 오는 사람인 척 태연하게 행동하려고 했지만, 역시 평소의 생활 습관 때문에 불편하기만 했다. 심지어 향긋한 공기마저도 답답하게 느껴질 정도였다.

곧 레스토랑으로 들어선 지은은 드라마에서나 나올 법한 규모와 인테리어에 숨을 헉 들이마셨다. 크고 깨끗한 유리창 너머로 한눈에 보이는 전망에 감탄이 절로 새어 나왔다.

"예약하셨습니까?"

"네에, 차성준 이름으로 12시에 예약했어요."

"반갑습니다. 이쪽으로 오십시오."

생전 처음 보는 풍경에 잠시 넋을 잃었던 지은은, 손님을 맞이하는 웨이터의 질문에 마침내 정신을 차렸다. 그녀는 차분하게 걸음을 옮기면서 심호흡을 했다. 어차피 한 번 보고 말 사람이니까 너무 긴장하지 않아도 된다고 스스로를 다독이면서.

지은은 웨이터가 안내해 준 테이블에 앉았다. 그러나 상대는 아직 도착하지 않았다. 자신의 선 자리도 아닌데 왜 이렇게 떨리는 건지. 지은은 잔에 담긴 물만 연신 들이켰다.

그렇게 약속 시간에서 10분이 지나가고 있을 무렵, 아까 봤던 웨이터가 또다시 모습을 드러냈다. 그 뒤로 몹시 키가 큰 남자가 따라오고 있었다. 지은은 화보 모델처럼 슈트가 잘 어울리는 저 남자가 맞선 상대일 거라고 직감했다.

"늦어서 미안합니다."

예상은 맞아떨어졌다. 웨이터에게 테이블을 안내받은 남자는, 그녀를 가볍게 훑어보더니 사과를 건넸다.

그러나 진심으로 미안한 태도는 아니었다. 그저 의무적으로, 약속한 자리니까 떠밀려서 나온 듯한 느낌. 그러니까 이런 자리에도 늦을 수 있는 거겠지.

"차성준입니다."

자신을 간단하게 소개하는 그를 보면서, 어쩌면 이 자리가 쉽게 끝날지도 모른다고 지은은 생각했다.

뚜렷한 눈매와 짙은 눈썹. 조각처럼 다듬은 듯한 콧날과 턱선을 가진 그는 누구나 뒤돌아볼 정도로 미남이었지만, 눈동자에 깃든 피곤함과 지친 기색은 숨길 수 없는 것처럼 보였다. 아니, 실은 숨길 생각조차 없는 건지도.

"……송주연입니다."

선을 위해 만난 자리가 귀찮다는 기색을 역력하게 풍기는 남자를 보고 있노라니, 지은의 마음은 아까보다 훨씬 편안해졌다. 어떻게 해야 상처 주지 않고 거절할 수 있을지 전전긍긍할 필요가 더는 없었기 때문이었다.

자신을 주연으로 소개한 그녀는 제 앞에 앉아 있는 성준을 똑바로 바라보았다. 새삼스럽지만 참 잘난 남자였다. 외모도 그렇지만, 피곤한 기색이 역력한 와중에도 반듯한 자세나 행동에는 모름지기 귀티가 흐르고 있었다. 고급스러운 재질의 슈트와 손목을 감싸고 있는 시계는 또 어떻고.

그러나 지금 이 순간은 지은도 있는 집 딸인 주연의 역할로 나온 것이기에, 괜스레 위축되지 않으려고 허리를 곧게 세웠다. 그때, 웨이터가 주문을 받기 위해 테이블로 다가왔다.

"주문하시겠습니까?"

"런치 메뉴로 두 개 주문하죠. 괜찮습니까?"

"네, 좋아요."

메뉴판도 보지 않고 주문하는 성준의 모습에, 지은은 사뭇 당황했지만 태연한 척 고개를 끄덕였다. 이런 곳에 자주 오는 사람은 역시 다르구나 하면서.

이런 레스토랑이나 그에 걸맞은 대접에 익숙해지려면 얼마나 돈이 많아야 하는 건지 생각하고 있는데, 웨이터가 그녀를 바라보며 정중하게 물었다.

"스테이크는 어떻게 해 드릴까요?"

"네?"

스테이크를, 어떻게 해 달라니?

굽기 정도를 묻는 말이었지만, 고기를 집이나 고깃집에서 구워 먹기만 하던 지은에게는 무척이나 어려운 질문이었다. 그냥 피가 안 보일 때까지 구워서 먹으면 되는 거 아니었나? 뭘 더 어떻게 하면 되는 거지?

그러나 제가 생각해도 바보 같은 질문이라 차마 내뱉을 수가 없었다. 그저 아무런 답도 나오지 않는 머리만 열심히 굴릴 뿐이었다. 결국, 지은은 어색하게 웃으며 대답했다.

"맛있게 해 주세요."

"네?"

"스테이크, 아주 맛있게요."

그런데 썩 좋은 대답은 아니었나 보다.

웨이터의 표정이 당황으로 물드는 게 초마다 느껴졌다. 테이블에는 그녀의 웃음보다도 더 어색한 침묵이 맴돌고 있었다. 이 상황을 어떻게 모면하면 좋을까. 지은이 소리 없이 눈동자만 굴리고 있는데.

"픗."

제 앞에 앉아 있던 남자가 웃음을 틔워 냈다.

"그래요. 맛있게 부탁합니다."

웃음이라고는 한 톨의 여지도 없어 보이던 남자가, 지금은 견딜수 없다는 듯 끅끅거리며 웃고 있었다. 그러나 기분 나쁘지 않았던건, 그 웃음이 비웃는 게 아니라는 게 느껴졌기 때문이었다.

그는 정말로 이 상황이 코미디 프로그램이라도 되는 것처럼 선하게 웃고 있었다.

왜일까. 부드럽게 말린 그의 입꼬리가 왜인지 그녀의 시선을 잡아끌었다. 무표정일 때도 잘생겼다고는 생각했지만, 웃는 모습은 심장에 조금 무리가 올 정도로 아름다웠다.

"잠깐 이리로."

성준은 어리둥절한 웨이터에게 가볍게 손짓하더니, 귀에다가 무언가를 속삭였다. 이내 웨이터는 고개를 끄덕이며 테이블을 떠났다.

그때까지도 성준의 깊은 눈동자는 반달로 예쁘게 접힌 상태였다. 남자가 매혹적일 수도 있다는 것을 지은은 그 순간 처음 깨달았다. 그보다 저 남자는 언제까지 웃을 생각일까.

"기분 나빴다면 미안합니다."

성준은 어느새 피곤함이 걷힌 눈동자로 입을 열었다. 빛이 스며든 눈동자는 처음 마주했을 때보다 훨씬 총명해 보였다. 웃음을 가다듬는 성준을 보며 지은은 고개를 저었다.

"아니에요. 제가…… 실수를 했잖아요."

무슨 실수를 한 건지는 아직도 알 수 없었다. 사실 그가 무안을 줄 거라고도 생각했었다. 서늘했던 첫인상처럼 그녀의 실수를 눈에 불 켜듯 찾아내어 지적할 거라고.

"실수라니, 전혀."

"그게⋯⋯."

"송주연 씨 말대로, 식사는 맛있게 해야 하는 법입니다."

그러나 이 남자는 여전히 웃음기를 머금은 얼굴로, 끝내 이유를 알려 주지 않았다. 차라리 망신이라도 줬다면 민망할지언정 무슨 의미인지 깨닫기라도 할 텐데.

하지만 제가 무슨 실수를 했냐고 물어보기에는 가까운 사이가 아니었기에, 지은은 입을 꾹 다물고 있을 뿐이었다. 호기심 넘치는 눈빛으로 자신을 바라보는 성준의 시선을 어색하게 피하면서.

성준은 온종일 몸 상태가 좋지 않았다.

일이 바빠서인지, 아니면 어머니의 기일이 다가와서인지. 성준은 근래에 쉬이 잠자리에 들 수가 없었다. 평소보다 수면제를 많이 복용해도 마찬가지였다. 물론 약을 먹었던 시간을 계산하면 내성이 안 생길 리가 없겠지만, 그래도 이번 주는 스트레스가 극에 도달한 상태였다.

"늦어서 미안합니다. 차성준입니다."

그래서 아버지가 멋대로 잡아 놓은 선 자리도 대충 식사만 하고 헤어질 생각이었다. 늘 그랬던 것처럼.

아버지는 다른 기업과의 협력으로 제 기업의 기반을 다지기 위해서 혈안이었지만, 성준에게는 그저 늙어 빠진 노인네가 돈에 미친 것으로만 보였다. 그 노인네 밑에서 생활하는 자신이 할 말은 아니었지만, 아무튼.

"……송주연입니다."

자신을 송주연이라고 소개한 여자의 첫인상은, 어쩐지 겁에 질린 토끼 같았다. 목덜미를 잡아채면 가볍게 들어 올려질 하얀 토끼. 그러나 여자는 자신이 토끼라는 것을 애써 숨기려는 것처럼 보였고.

그러거나 말거나. 이 자리의 결말은 여느 때처럼 '거절'이라는 것을 성준은 잘 알고 있었다. 아마 그녀도 눈치챘을 것이다. 성준은 눈에 띄게 이 자리가 귀찮다는 내색을 보였으니까.

그렇게 여느 때처럼 상황이 무난하게 흘러간다고 생각하던 찰나.

"맛있게 해 주세요. 스테이크, 아주 맛있게요."

귓가에 예고도 없이 파고드는 대답이 성준의 명치를 훅 파고 들어왔다. 실수라고 생각하기에는 그녀의 표정이 너무도 순진했다. 성준은 그제야 그녀의 뽀얀 얼굴을 제대로 바라보았다.

둥글고 순한 눈매와 작고 도톰한 입술. 토끼처럼 하얀 얼굴이 어느새 발그레 물들어 있었다. 시선이 마주치자, 그녀의 눈동자에 당황스러움이 떠오른다.

참 이상하지. 굽기 정도를 묻는 걸 모르는 환경에서 자란 건 아닐 텐데. 오히려 지긋지긋할 정도로 먹어 본 게 양식이었을 텐데 의외의 반응이었다. 일부러 그러는 게 아닌가 싶을 정도로.

"풋."

만약에 의도한 행동이었다면, 제법 성공적이었다고 성준은 대답해 주고 싶었다. 독특한 의미로 웃겼다. 어이없기도 했지만, 그래도 뭐 나쁘진 않았다.

웃어 본 지가 언제였는지 기억나지 않을 정도로 성준은 감정 없는 나날을 보내고 있었으니까. 조금 전의 웃음으로 입가가 뻐근하게 느껴질 만큼. 어쨌든 첫 만남부터 이상한 컨셉을 시도하는 그녀에게 약간의 호기심이 일었다. 그래서 굽기 정도는 미디엄으로 주문하고서, 그녀에게 장단을 조금 맞춰 주었다.

"맛은 있습니까?"

"너무……."

"너무?"

"너무 맛있어요."

메인 직전에 나온 에스카르고를 신기하다는 듯이 바라보던 그녀는 그것을 입에 넣자마자 소리 없이 동요했다. 표정에서 우러나오는 감탄에 성준은 그녀가 몹시 맛있어한다는 것을 알 수 있었다.

알 건 다 알 만한 숙녀치고는 순진한 반응에 자꾸만 웃음이 새어 나왔다. 허파에 바람이라도 든 게 아닐까 싶을 정도로 가벼운 제 반응에 성준 또한 놀라고 있었다. 그러나 잘도 움직이는 입술에 계속 시선이 갔다.

"아침 안 먹었습니까?"

"먹, 먹었습니다."

"그런데 왜……."

자리가 자리다 보니 고상하게 먹으려고 애를 쓰는 상대를 자주 봐 왔다. 따지고 보면 성준도 그런 부류의 사람이었다. 틀에 박히고, 그래서 재미라고는 눈곱만큼도 찾아볼 수 없는. 그렇기 때문에 이 자리에 나온 상대 또한 그럴 거라고 생각했었다. 아주 당연하게도.

그런데 눈앞에 있는 여자는 고기 굽기 정도를 묻는 질문에서부터 그를 어이없게 하더니, 이번에는 복스럽게 먹는 모습으로 그를 감탄하게 했다.

"아니면, 원래 그렇게 먹습니까?"

"원래라니, 어떤……."

식사 예절을 모르는 건 둘째 치더라도, 마치 굶기라도 한 것처럼 전투적으로 먹어 대는 바람에 성준은 조금 놀라웠다. 더 이상한 것은, 그녀의 모습을 보며 군침이 돌았다는 사실이었다.

한 입씩 먹을 때마다 행복하다는 듯 떠오르는 표정. 본인은 눈치 채지 못하는 것 같지만, 종종 흘러나오는 콧노래. 육즙이 흘러내리는 스테이크를 적당한 크기로 잘라, 으깬 감자에 쓱 발라 먹는 모습은 야무지기도 했다.

아, 애피타이저 포크로 말이다.

성준은 그녀의 손에 들린 앙증맞은 포크를 보면서 큭큭 웃었다. 하긴, 손이 작으니 애피타이저 포크를 쓰는 것도 그럴싸해 보였다. 그녀의 말대로 음식은 맛있게만 먹으면 그만이니까.

"제가, 너무 교양 없게 먹어서 그런 건가요?"

"무슨……."

"죄송해요. 일부러 그런 건 아니었어요."

그런데 그녀는 성준의 질문을 다른 쪽으로 생각한 것 같았다.

시무룩해져서 포크를 내려놓는 그녀의 모습은 제가 다 아쉬울 정도였다. 아직 반도 못 먹은 스테이크 덩어리가 성준은 처음으로 아깝다고 생각했다. 그는 저답지 않게 변명하듯 말을 덧붙였다.

"잘 먹어서 보기 좋다는 얘길 하는 거였습니다."

"네?"

"이렇게 된 거 하나 더 시킬까요? 송주연 씨가 원한다면."

왜, 그녀의 기분을 챙겨 주고 싶은 건지 알 수 없었다. 속이 뻔히 드러나는 표정 때문인지, 오해하게 해서 미안했기 때문인지. 그렇다 한들 성준은 말부터 더럭 뱉어 버린 제 행동을 조금 후회하고 있었다.

하지만 그와 동시에 시무룩했던 그녀의 얼굴에 환한 빛이 떠올랐다.

"그래도 되나요?"

어쩌면 이렇게도 단순할 수가.

반색하며 되묻는 그녀를 보는 순간, 성준은 제 행동을 더 후회하지 않았다. 오히려 다시 썰리기 시작하는 스테이크를 보면서 가볍게 웃었다.

"큭, 네. 그래도 됩니다."

"그럼, 저기……."

그녀가 성준을 보며 가볍게 눈짓을 했다. 시선을 따라 고개를 돌리니, 뒤 테이블에 놓인 파스타 그릇이 시야에 들어왔다. 이윽고 귓가에 그녀의 목소리가 들려왔다.

"저 테이블에서 먹는 파스타가 맛있어 보였거든요. 메뉴는 뭔지 모르겠는데⋯⋯."

"엔초비 파스타 같군요. 그걸로 하나 더 주문하죠."

"고맙습니다."

남의 식사 자리를 보는 건 무례한 행동이었다. 스스로도 불쾌하다고 여겼고. 그래서 성준은 어린 시절을 제외하고는 단 한 번도 방금 같은 행동을 해 본 적이 없었다.

그런데 눈앞에 있는 이 여자 때문에 지금까지 차려 왔던 격식을 한 꺼풀 벗어 내고 말았다. 식사 예절을 정말로 모르는 건지, 아니면 컨셉으로 행동하는 건지 모를 이 여자 때문에.

"엔초비 파스타 나왔습니다."

그녀가 스테이크 접시를 깨끗하게 비우자마자 주문했던 파스타가 테이블에 놓였다. 성준은 그녀의 먹는 속도에 약간 놀라고 말았는데, 자신의 스테이크는 아직도 반 정도 남아 있기 때문이었다.

그녀는 윤기가 흐르는 파스타를 황홀하게 바라보더니 이내 포크를 움직이기 시작했다. 성준 또한 다시 식사를 시작하려던 찰나였다.

후루루룩.

"?"

후룩. 후루룩.

소리 없이 스테이크를 자르고 있던 성준은 가락국수를 먹어야 들릴 법한 효과음에 잠시 고개를 들었다. 아니나 다를까. 또, 그녀였다.

"푸흡."

파스타를 해장국이라도 마시는 것처럼 먹어 대는 사람은 처음 봤다.

그녀가 먹는 방식이 틀렸다는 건 아니지만 보통은, 그러니까 이를테면 선 자리에서는 소리 하나까지 조심하는 법 아니던가. 포크로 먹는다면 한입 정도로 깔끔하게, 아니면 숟가락에 대고 돌돌 말아 먹는다든지. 어떻게든 고상하고 우아한 척을 해야 하는 게 이 자리였다.

"그것도, 맛은 있습니까?"

"네, 생각보다 되게 고소하네요."

그런데 해맑게 웃어 보이는 그녀를 보자 성준의 기분은 몹시 이상해졌다. 그동안 갖추었던 격식 같은 게 다 무슨 소용인가 싶은 생각이 들었다.

말도 안 되는 컨셉질이나 하는 여자를 보며 교양 없다는 생각이 들기는커녕, 오히려 틀에서 벗어난 그녀에게 호기심이 일었으니까. 이런 예절, 저런 예절 다 어기고서도 배시시 웃는 모습이 사람을 기가 차게 만들었고.

하지만 무엇보다도 그녀의 모습은 성준의 식욕을 일게 했다.

이거야말로 참 이상한 일이었다. 어머니가 돌아가신 후로 그의 욕구를 자극하는 건 어느 것도 없었다. 사람의 기본적인 욕구는 수면욕, 식욕, 배설욕으로 세 가지가 있다는데. 배설욕이야 어쩔 수 없다고 해도, 수면욕은 지금까지도 수면제를 처방받고 있으니 제로에 가까웠다.

그러다 보니 식욕도 자연스레 떨어졌었다. 아무리 솜씨 좋은 요리사가 맛깔난 음식을 내놓아도 그의 흥미를 자극하지는 못했다. 성준에게 음식이란, 그저 살기 위해 먹는 것뿐이었다. 넘치는 게 돈이니 욕심을 부릴 이유도 없었고.

"한 입……."

"네?"

"한 입, 먹고 싶은데 괜찮습니까?"

그러나 성준은 자신도 예상하지 못한 말을 내놓고 있었다.

그는 단 한 번도 누군가의 음식을 탐내 본 적이 없었다. 다른 사람의 타액이 묻은 음식을 먹는다는 건 그에게 있어서 불결한 행위나 마찬가지였다. 먹고 싶다면 하나 더 시키면 되는 것을 뭐 하러 나눠 먹는단 말인가? 더럽게.

그런데 성준은 그 더러운 짓을 하겠다고 말한 것이다. 미치지 않고서야 그런 말을 할 리가 없는데. 무언가에 홀린 것처럼. 그래, 음식을 너무도 맛깔스럽게 먹고 있는 이 토끼 같은 여자에게 홀려서.

"그럼요. 물론이죠."

"잠깐……."

"원래 라면도 옆에서 한 입 뺏어 먹는 게 맛있는 건데, 파스타도 그런가 봐요."

"예?"

라면, 한 입, 뭐라고요?

그녀는 성준의 대답을 딱 자르고, 포크에 파스타를 야무지게 말아 대기 시작했다. 그로서는 도저히 이해하기 힘든 이야기를 하면서. 한 입 뺏어 먹는 게 맛있는 거라고? 더러운 게 아니라? 게다가 파스타를 라면에 비유하는 건 또 뭐란 말인가.

충동적으로 한 입 달라고는 했지만, 역시 남의 음식을 먹는 건 그의 신념에 한참이나 어긋난 짓이라 다시 거절하려던 순간이었다.

"아, 하세요."

"무슨."

"아."

그런데 거절하기도 전에, 성준의 앞에 포크에 투박하게 말린 파스타가 내밀어졌다. 저도 모르게 미간이 확 구겨졌다. 그녀의 행동반경을 도무지 예측할 수가 없었다.

"지금, 뭐 하는 겁니까?"

"네? 한 입 달라고 하셨잖아요."

"그래요. 그랬는데 이게……."

달라고 해서 주는 건데 왜 그러느냐는 듯, 그녀는 고개를 갸웃거렸다. 순한 눈이 동그랗게 커지는 걸 보고 있노라니, 이제 와 제 심정을 구구절절 말하는 것도 우습게만 느껴졌다.

하지만 보통은 덜어 준다고 하면 작은 접시에 놓아 주지 않던가. 이렇게 막무가내로, 심지어 제가 먹던 포크를 이용해서 입안에 넣어 주려는 사람은 처음이었다.

"혹시……."

당황한 성준이 말도 제대로 잇지 못하고 있는데, 그녀가 눈을 가늘게 뜨고서 물었다.

"너무 적어서 그러세요?"

"예?"

"아이, 인심 썼다. 기다려 보세요."

그녀는 포크를 거두더니, 또다시 파스타를 덧대어 말기 시작했다.

한 입 크기의 파스타가 점점 불어나는 것을 보며, 성준은 기가 찬다는 듯이 웃었다.

보통은, 하아. 그녀를 보면서 보통이라는 단어를 얼마나 쓰고 있는 건지는 모르겠지만 어쨌든. 보통은 이 상황에서 양이 적은 걸 걱정하지는 않을 텐데. 이 여자의 머릿속은 무슨 생각으로 가득 차 있는 건지 문득 궁금해졌다.

"이 정도면 됐나요?"

"송주연 씨."

"얼른 아, 하세요. 저도 배고프다구요."

"그런 게 아니라······."

자신을 바라보며 눈을 반짝이는 그녀를 보고 있으니, 이제 와 안 먹을 거라고 거절하는 것도 도리가 아닌 것 같았다.

실은 누구보다도 거절을 잘하던 성준이었는데, 왜일까. 이 여자의 예고치 못할 행동에는 속절없이 따라가고 만다. 거세게 들이닥치는 파도를 처음부터 적응할 수 없기 때문일까, 아니면 아까처럼 시무룩한 모습을 보고 싶지 않기 때문일까.

"······아."

이유야 어쨌든, 성준은 조그마한 그녀가 주는 압박에 입을 벌릴 수밖에 없었다.

입안으로 절대적으로 버거운 크기의 파스타가 밀려 들어왔다. 음식을 욱여넣듯이 먹는 것도 이번이 처음이었다. 게다가 그녀의 입술이 닿았던 포크였다. 사람을 기가 막히게 만드는, 저 작고 도톰한 입술 안에 머금고 있던······.

"정말 맛있죠?"

귀여운 입술을 은근하게 바라보고 있던 성준은 잠시 시선을 들어 그녀와 눈동자를 마주했다.

글쎄. 맛있긴 하지만 그녀가 가락국수처럼 먹어 댈 때보다는 맛이 없는 듯한 기분이었다. 모르겠다. 그녀가 먹고 있을 때는 이 세상에서 가장 맛있는 음식처럼 보였는데, 막상 먹어 보니 그럭저럭 나쁘지 않은 맛 정도였다.

"맛있네요."

"그렇죠? 더 드시겠어요?"

"아뇨, 괜찮습니다. 배가 불러서."

그러나 딱히 안 좋은 반응을 보여 줄 이유도 없었다.

성준이 맛있다고 대답하자, 그녀의 얼굴이 꽃처럼 환하게 피어났다. 엔초비 파스타를 직접 만들기라도 한 사람처럼. 그 모습이 퍽 순진해 보였다.

"그런데."

"네?"

"내가 맛있다고 하는 게, 그렇게도 기쁠 일입니까?"

성준은 다시 그녀의 입안에 들어간 포크를 바라보면서 물었다. 그러자 그녀는 입안에 있던 파스타를 삼키고 해사하게 웃었다.

"그럼요. 좋은 음식을 함께 나누는 것만큼 기분 좋은 일이 또 없거든요."

"기분 좋은 일이라."

"그럴 때 있잖아요. 내가 맛집이라고 자부하던 가게에 지인을 데려갔을 때, 지인이 참 맛있게 먹어 주면 뿌듯한 것처럼요."

제가 요리한 건 아니지만, 그래도 하나의 공감대가 생긴 거잖아요.

가지런하게 말을 잇는 그녀를, 성준은 말없이 바라보았다. 좋은 음식과 공감대. 그런 것에 딱히 뿌듯함을 느껴 본 경험은 없었다. 그러나 순한 외모만큼이나 맑은 생각을 하는 모습이 또다시 그의 이목을 끌고 있었다.

그는 어느새 비워진 파스타 접시를 보며 작게 웃었다. 제 몸의 반도 되지 않을 것 같은 여자인데, 그 많은 음식이 어디로 들어간 건지 의문이 들었다. 성준이 무의식적으로 그녀의 오물거리는 입술을 바라보고 있을 무렵이었다.

"여긴 꼭 다시 와야겠어요. 돈을 많이 벌면……."

"돈?"

"이 아니라, 네. 시간 날 때마다 자주요. 하하."

그녀는 황급히 문장을 수정하고서 멋쩍게 웃었다. 무언가를 감추려는 듯한 모습에 성준은 눈썹을 꿈틀거렸다. 그러나 별것 아니라고 판단하고서 포크와 나이프를 내려놓았다.

오랜만에 시간 가는 줄 모르고 식사를 했다. 그뿐만 아니라 평소보다 식사량도 많았다. 보통은 메인 요리도 남기기 마련이었는데, 눈앞에 앉아 있는 여자가 워낙 식욕이 왕성했기 때문일까. 성준도 덩달아 식사를 열심히 하고 말았다.

"디저트 준비해 드리겠습니다."

"디저트?"

그렇게 냅킨으로 입가를 닦아 내던 찰나, 웨이터가 접시를 치우며 하는 소리에 성준은 진심으로 놀랐다. 그러고 보니 내내 회사로 돌아가고 싶다는 생각이 단 한 번도 들지 않았다.

평소의 성준이었다면 디저트가 채 나오기도 전에 상대에게 거절 통보를 하고 레스토랑을 나왔을 터였다. 식사도 먹는 둥 마는 둥, 머릿속에서는 온통 일어나고 싶다는 생각뿐이었을 테고.

"커피와 홍차가 있는데, 어떤 것으로 드릴까요?"

"저는 홍차로 할게요. 차성준 씨는요?"

"……."

"차성준 씨?"

하지만 오늘은 달랐다. 조금이 아니라, 실은 꽤 많이.

억지로 나온 맞선 자리가 지루하긴커녕, 송주연이라는 여자가 무슨 행동으로 자신을 웃게 할지 궁금해졌다. 사소한 것에도 깜짝깜짝 반응하는 모습을 오늘만이 아니라 다음에도 보고 싶었다.

"커피로 하죠."

"알겠습니다. 조금만 기다려 주십시오."

결국, 성준은 맞선 중에 처음으로 디저트까지 즐기게 되었다.

대체 무슨 변화일까? 성준 또한 제가 선택한 상황이 낯선 건 마찬가지였다. 그러나 그 변화가 싫지는 않았다. 그저 조금 더 앉아 있고 싶었을 뿐이다. 배가 부른 것인지, 의자에 몸을 반쯤 기대고 있는 그녀를 지켜보면서.

너무나도 무방비한 모습에 성준은 또다시 큭 웃고 말았다.

"언제 시간이 됩니까?"

"네?"

"평일에는 내가 바빠서 안 되겠고, 다음 주 주말은 어떻습니까."

높은 위치에 있는 성준은 그동안 수많은 사람을 만나 왔다. 그래서 처음 봤을지언정 상대가 어떤 사람인지 감을 잡을 수 있었다. 그 직감은 대부분 정확했고.

그리고 송주연이라는 여자는…… 느낌이 나쁘지 않았다. 아니, 실은 모르겠다. 보통은 선 자리니만큼 상대의 의도가 투명하게 드러나는 법인데, 이 여자의 행동은 도무지 하나의 단어로 정의하기가 힘들었다.

"왜, 왜요?"

오히려 다른 의미로 투명해서 놀라울 정도였다. 생각 이상으로 순진해서 감정이나 생각이 표정으로 다 드러났다. 지금은 당황스러워하는 속내가 행동으로 전부 드러나고 있었다.

"왜냐니."

성준은 그녀의 흔들리는 눈동자를 똑바로 마주했다.

"송주연 씨를 또 만나고 싶습니다."

송주연이라는 여자가 궁금해졌다. 그래서 계속 만나다 보면, 이 궁금증이 풀릴 것도 같았다. 애초에 맞선이라는 게 그런 의문으로부터 시작되는 게 아니던가.

더군다나 컨셉이든 아니든 자신을 이렇게까지 웃게 하는 여자는 처음이었다. 사람 앞에서 무장 해제된 듯한 기분을 느끼는 게 아주 나쁘지만은 않았고.

"그래서 대답은?"

성준은 자신 있었다. 그동안 선 자리에서 상대에게 애프터 신청을 안 받아 본 적이 없었다. 아무리 재수 없게 굴어도 상대는 꾸준하게 연락을 해 왔고, 그걸 쳐 내는 게 성준의 일상 중 하나였다.

하물며 이번에는 차성준이, 먼저, 그것도 처음으로 애프터 신청을 하는 거였다. 성준은 오늘 그녀에게 보여 준 제 모습을 은근히 자신하고 있었다. 평소보다 까칠하지 않았고, 오히려 젠틀하게 보일 정도로 행동했으니까. 그녀로선 그를 거절할 이유가 단 하나도 없을 터였다.

"죄송하지만, 저는 차성준 씨를 더 만날 생각이 없는데요."

"그럼 다음 주 주말에 보는 거로⋯⋯."

그러나 즉각적으로 들려오는 대답에 여유롭게 말을 잇던 성준의 표정이 와락 구겨졌다.

잘못 들은 건가? 그는 휴대폰 캘린더를 향하고 있던 시선을 들어서 곤란해 보이는 그녀의 모습을 노골적으로 바라보았다.

"방금 뭐라고 했습니까?"

성준이 확인차 다시 물었다. 그러자 그녀는 살짝 위축된 듯 시선을 살며시 내리깔고서 중얼거렸다.

"그러니까⋯⋯."

"그러니까."

"차성준 씨를, 만나지 않겠다고요."

확실한 거절에 성준은 잠시 멍해졌다. 맞선 내내 분위기는 좋았다. 으레 말하는 성공적인 맞선. 그것을 향한 첫 발걸음을 내디뎠다고 해도 무방할 정도였다.

무엇보다 자신은 차성준이었다. 사랑을 갈구한 적은 없지만, 갈구하는 상대는 많았던. 그러니까 거절 같은 건 선택지에 없어야 옳았다. 좋은 분위기, 적당한 호기심, 차성준. 이 세 박자로 안 되는 건 단 하나도 없었다고.

"차성준 씨는 제 스타일이 아니에요."

그런데 이 토끼 같은 여자는, 무엇이든 좋다고만 말할 것처럼 생겼으면서 실은 그 박자가 아니라고 한다. 아니, 애초에 취향도 아니었단다.

성준은 기가 막힌 듯한 표정으로 그녀를 바라보았다. 첫 만남부터 그랬지만, 도저히 종잡을 수가 없는 여자였다.

이 남자, 왜 이러는 걸까?

처음부터 귀찮은 기색을 풍겨 대던 남자였다. 이런 자리 따위는 금방이라도 벗어나고 싶은 티를 내던. 그래서 식사도 게걸스러울지언정 빠르게 먹어 치웠더니 뜬금없이 웃음을 터뜨린다. 파스타를 한 입만 달라고 했을 때도 당황스러웠는데, 막상 한 입 건네줬더니 또 피식거리며 웃는다.

'첫인상과 너무 다른데…….'

물론 차가웠던 첫인상보다는 눈이 마주칠 때마다 살며시 미소를 띠는 모습이 훨씬 보기 좋긴 하다. 그러나 그런 게 전부 무슨 소용이란 말인가. 어차피 오늘만 만나고 헤어질 남자인 것을. 애초에 이

자리는 윤지은의 자리가 아니라 송주연의 자리였다.

"언제 시간이 됩니까?"

그래서 애프터 신청을 받을 거라고는 상상도 못 했다.

어릴 때부터 눈칫밥을 먹고 자랐기 때문일까. 지은은 눈치가 제법 빠른 편이었다. 그래서 오늘 그에게 보여 준 제 모습이 얼마나 형편없는지도 잘 알고 있었다.

달그락거리는 식기. 요란스럽게 먹는 소리. 느긋하지 못한 태도까지. 자신은 교양 없는 사람의 표본이나 다름없었다. 그래서 우아하고 고상하기 짝이 없는 이 남자의 눈에 자신은 털끝만큼도 차지 않을 게 분명했다.

"송주연 씨를 또 만나고 싶습니다."

그런데 자신을 또 만나고 싶다니.

장난이라도 치는 건가 싶어서 시선을 마주했지만, 그의 눈동자는 처음과 달리 또렷한 빛을 담아내고 있었다. 지은은 당황스럽다 못해 조금 전까지 먹었던 음식이 속에서 울렁거리는 듯한 기분을 느끼고 있었다.

"차성준 씨는 제 스타일이 아니에요."

그래서 앞뒤 자르고 거절하긴 했는데, 시간이 지날수록 남자의 얼굴이 서서히 일그러지기 시작했다. 그 모습을 지켜보는 지은의 마음도 썩 편하지는 않았다.

차라리 교양 없이 구는 저를 무시하고 창피를 주는 사람이었다면 이렇게까지 불편하지는 않았을 텐데. 예전부터 주연의 멸시를 받아 온 지은에게는 성준의 느긋하고 여유로운 태도가 그저 어색하기만 했다.

'이상한 사람…….'

그러니까 그가 송주연 같은 사람이었다면, 자신에게 사소한 것 하나까지 지적을 해 대며 우월감 따위를 느꼈을 것이다.

이런 의도로 질문하는 것도 모르느냐, 포크와 나이프는 이런 음식을 먹을 때 쓰는 거다, 소리 내면서 먹는 걸 보니 역시 없는 사람답다…….

그러나 성준은 단 한 번도 지은에게 눈치를 주지 않았다. 은근한 뉘앙스조차도. 오히려 즐거워하는 것처럼 보였다. 그래서 거절하려고 나온 자리였는데도 이제는 거절하기가 미안한 마음이 들었다.

"그럼……."

"……."

"송주연 씨 취향은 뭡니까."

그가 사뭇 진지한 시선을 던져 왔다. 짙은 눈썹과 시원시원한 눈매에 지은은 숨을 헙 들이마셨다.

외모만으로도 심장을 떨리게 할 수 있다니. 차성준이라는 남자는 여자의 마음을 참 가볍게 만드는 사람이었다. 취향이라는 범위를 넘어서서 누구나 눈길을 줄 수밖에 없는.

그러나 내색할 수는 없었다. 처음부터 제 것이 아니었던 만남이었으니까. 자신은 송주연의 역할을 맡은 대역일 뿐이었다.

"제 취향은……."

"네."

"평범한 사람이에요."

"평범, 말입니까."

"네. 아주 평범한……."

그와는 완전히 반대되는 사람을 이상형이라고 언급했다.

하지만 거짓말은 아니었다. 그녀는 정말로 평범한 연애를 해 보는 게 꿈이었으니까. 돈을 버는 데에 급급해서 남들 다 하는 연애도 지금까지 해 본 적 없었기 때문에.

"저와 비슷한 환경의, 비슷한 외모의 사람이 취향이에요."

그래서 만약에 연애를 한다면 한눈에 봐도 대단해 보이는 사람이 아니라 저와 비슷한 사람을 만나고 싶었다. 레스토랑에서 불편하게 식사를 하는 게 아닌, 제가 가는 단골집을 함께 드나들 수 있는 사람. 사소한 것마저도 대화가 통하는 그런 사람.

이 정도로 대답하면 절대로 평범하지 않은 이 남자도 물러서겠지. 지은은 디저트로 나온 케이크를 마지막으로 입에 넣었다. 이제 그와 헤어질 준비를 하며 외투를 입으려는데.

"송주연 씨가 말하는 평범의 기준은 생각보다 높군요."

"네?"

"아니면 돌려 말하는 기술이 대단하거나."

이 남자, 무슨 소리를 하는 거지?

성준은 그녀의 거절에도 물러서는 기색 하나 보이지 않았다. 오히려 자신감 넘치는 모습으로 미소를 짓고 있었다. 그녀의 대답에는 그에게 여지를 주는 의미는 딱히 없었는데…….

"송주연 씨와 비슷한 환경의 사람이라면, 서로가 제법 있는 집안의 자식이니 충분하겠고."

"아……."

"비슷한 외모라면 서로가 빠지는 구석이 하나도 없으니."

"저기."

"당신의 취향은 완벽하게 나라는 소리 아닙니까?"

예상하지도 못한 대답에 지은은 할 말을 잃었다.

그도 제 대답이 명백한 거절의 뜻이라는 걸 알 텐데 이런 식으로 붙잡을 줄은 몰랐다. 게다가 은연중에 저를 예쁘다고 말해 주는 성준의 대답에 귓불이 확 달아올랐다.

"그런 뜻으로 한 말이 아니었어요. 차성준 씨가 워낙 대단한 집안인 데다, 또……."

"딱 두 번."

"네?"

"두 번만 더 만납시다."

의도를 바로잡아야겠다고 생각하던 찰나, 그가 그녀의 말을 가로막고서 본론을 꺼냈다.

"첫 만남으로 취향 운운하기에는 너무 이르다고 생각하거든."

"차성준 씨……."

"그러고도 송주연 씨 마음이 한결같다면, 그때는 내가 물러나죠."

한눈에 봐도 대단한 사람이었다. 어쩌면 주연의 집안과는 비교할 수 없을 정도로.

이 남자가 어느 그룹의 사람이고 어떤 생활을 누리는지 그녀로서는 알 길이 없지만, 때로는 보지 않아도 알 수 있는 상황이 존재하는 법이었다.

"송주연 씨에게 나쁜 제안은 아닌 것 같은데."

"그……."

"적당히 거절하고 이쯤에서 받아 주죠. 나도 쑥스럽거든."

하지만 중요한 건 자신은 송주연이 아니라는 사실이었다. 오늘의 약속을, 차성준이라는 상대를, 처음이자 마지막으로 만날 거라고 생각했던.

지은은 쑥스럽다고 대답하는 남자를 가만히 바라보았다. 첫인상은 그리 좋지 않았지만, 함께 식사하고 대화를 나눌수록 그가 의외로 정을 가지고 있는 사람이라는 걸 알게 되었다.

그러지 않고서야 그녀가 서툴게 식사하는 모습을 그토록 다정하게 지켜볼 수는 없을 테니까.

"저는, 그렇게 재밌는 사람이 아니에요."

"그건 제가 판단할 일입니다."

"오늘처럼 차성준 씨를 곤란하게 만들 수도 있고요."

"곤란했던 적은 한 번도 없었습니다."

머리는 거절해야 한다고 외치고 있었지만 입술은 자꾸만 여지를 남기고 있었다. 그가 붙잡아 주길 바라는 사람처럼. 이렇다 할 유머 감각이 없어도, 교양 없는 모습으로 그를 곤란하게 해도, 그래도 괜찮다고 해 주기를 바라면서.

지은은 이기적인 제 모습을 한심하게 느끼며 고민할 필요도 없는 대답을 고민하고 있었다. 그때, 성준이 부드럽게 미소를 지었다.

"오히려 시간 가는 줄 모르겠던데."

"무슨……."

"송주연 씨와 함께 있는 시간이 말입니다."

열 걸음, 아니 그보다 더 먼 곳에 서 있던 남자가 순식간에 제 앞으로 다가와서 손을 내밀고 있었다. 그녀와 함께하는 시간이 즐거웠다고. 그러니까 다음에도 또 만나자고.

다정하게 어르는 듯한 목소리였다. 더군다나 제안을 거절하기엔 성준은 몹시 매력적인 남자였다. 지은의 마음이 사춘기 소녀처럼 콩콩 뛰어 대고 있었다.

기분 좋은 울림. 사근거리고 간지러운 박동이 그녀의 마음을 재촉하고 있었다.

"좋아요."

그래서 저도 모르게 툭, 대답하고 말았다.

"다음 주 주말에 만나는 거로 해요."

"그러죠. 연락드리겠습니다."

"네, 연락은……."

지은은 투박한 가죽 가방에서 메모지를 꺼내어 제 휴대폰 번호를 적어 주었다.

펜을 잡은 손이 미세하게 떨렸다. 해선 안 되는 일이라는 걸 알기 때문이었다. 그러나 모순적이게도 그녀의 손은 이미 성준에게 연락처가 적힌 메모지를 내밀고 있었다.

"연락은 이쪽으로 해 주세요."

"휴대폰 번호가 바뀌었나 보군요."

"최근에요."

이제는 돌이킬 수조차 없었다. 시작이 좋은 맞선을 해 낸 사람처

럼 두근거렸던 순간도 잠시, 지은의 마음에는 금세 불안감이 고개를
내밀고 있었다.

그러나 성준의 얼굴에 떠오른 만족스러운 미소를 보자, 불안감은
언제 그랬냐는 듯 사라지고 설레는 감정만 피어올랐다. 만약 이 자
리가 주연의 것이 아니라 온전히 자신의 것이었다면 얼마나 좋았을
까.

'조금만 욕심내는 거야. 아주 조금만……'

하지만 그녀는 알고 있었다. 이 만남은 절대 오래가지 않을 거라
는 것을.

머지않아 차성준이라는 남자는 자신의 볼품없음에 금세 나가떨어
질 테고, 그때가 되면 자신은 주제를 깨닫고서 일상으로 돌아가면
되었다.

그러니까 두 번 정도 더 만나는 것 정도는 괜찮을 거라고. 어차피
마지막 만남에서는 제대로 거절하면 되는 거라며, 지은은 자신의 선
택을 끊임없이 합리화했다.

그러나 감당할 수 없는 거짓말을 했다는 사실에 심장은 무겁게
뛰고 있었다.

like the last time

2. 성인 남녀가 데이트라는 걸 하면

— 잘 거절했지?

신데렐라 같은 하루를 보내고 현실로 돌아오자마자 주연에게서 연락이 왔다. 잘 거절했느냐는 질문에 지은은 목이 턱 하고 막혔지만, 애써 태연한 척 그렇다고 대답했다.

— 어쩐지 상대 쪽에서 연락이 없더라. 보통은 일주일 안에 애프터 신청이 오거든. 네가 어지간히 별로였나 봐.

애프터 신청이야 진즉에 받았고, 연락처는 제 것으로 알려 주었으니 주연에게 연락이 갈 일은 전혀 없을 터였다. 그러나 내색할 이유는 없었다. 지은은 대걸레로 카페 바닥을 닦아 댈 뿐이었다.

— 그래서 어땠니? 네 생활비로는 그런 호텔이나 레스토랑에는 발도 못 붙이잖아.

"그래. 대단하더라."

― 앞으로도 종종 부탁해. 네가 나가니까 귀찮은 일도 전혀 안 생기고 편하다.

처음에야 주연의 비난에 화가 났지만, 이제는 통과 의례처럼 느껴질 정도로 덤덤해졌다. 애초에 연락을 해 온 것도 단순히 확인하려는 게 아니라 자신의 존재를 과시하려는 깃임을 눈치채고 있었고.

주연의 잘난 척을 묵묵히 받아 주던 지은은 이윽고 카페로 밀려오는 손님을 확인하고서 입을 열었다.

"주연아. 이제 손님 들어와서 끊어야 할 것 같아."

― 웃겨. 안 그래도 끊으려고 했거든? 바쁜 척하긴.

엿가락처럼 툭 끊어진 연락에 지은은 픽 웃었다. 자존심도 참 세기도 하지. 그녀는 유니폼 주머니 안에 휴대폰을 집어넣고 손님을 맞이했다.

주말에 차성준과 맞선을 보았던 그녀, 윤지은의 일상은 아르바이트와 돈으로 범벅되어 있었다.

카페에서 오전 아르바이트가 끝나면 편의점에서 오후 아르바이트를 시작하는 식이었다. 달마다 생활비에 허덕였고 식사도 제대로 챙겨 먹지 못하는 때가 많았다.

그랬기에 주연의 말대로, 제 생활비로는 호텔이나 레스토랑에는 발도 못 붙이는 게 당연했다.

"따뜻한 아메리카노 세 잔, 카페 라테 한 잔 주문받았습니다."

하룻밤 꿈처럼 느껴졌던 주말이었다. 카페에서 아르바이트하는 지금도 신기하기만 한 경험이었다. 어쩌면 그와 이번 주 주말에 만나는 것도 꿈이 아닐까 싶을 정도로.

생각할수록 이해할 수 없는 것투성이였다. 어느 것 하나 부족한 게 없어 보이던 남자였다. 여자라면 발에 치이고도 남을 것 같았던.

그런데 왜 나였을까. 그토록 적극적으로 애프터 신청을 할 만한 무언가가 자신에게 있었던 걸까?

"결제 끝났습니다. 진동벨 울리면 픽업대로 오시면 됩니다."

주문을 마친 그녀는 무의식적으로 벽에 붙어 있는 거울을 바라보았다. 글쎄. 딱히 예쁘다고는 할 수 없는 외모였다. 피부가 희고, 제가 봐도 만만하게 여길 정도로 순한 인상인 걸 빼고는 잘 모르겠다.

아니면 음식을 게걸스럽게 먹던 자신이 신기해서 그런 건가? 그런 거라면 조금 납득이 되었다. 우아하고 고결하게 생긴 남자였으니 그동안 비슷한 상대를 만나 왔겠지. 반면에 교양 없이 구는 자신이 동물원의 원숭이처럼 신기했을 거고.

'그래, 그것밖에 없겠지.'

기대할 것 하나 없는 결론에 지은은 피식 웃고 말았다. 어쨌거나 드라마에서 나올 것만 같은 남자에게 애프터 신청을 받는다는 건 매력적인 일이었다. 게다가 같이 있으면 시간 가는 줄 모르겠다던 말은 그녀의 마음을 들뜨게 했다.

좋은 느낌이 드는 남자였다. 거짓말로 만난 사이가 아니었으면 싶었을 정도로.

오전 아르바이트를 마친 지은은 유니폼을 갈아입고 카페를 빠져나왔다. 점심을 간단하게 먹고 바로 편의점으로 가야 했다.

그때, 근무 시간 내내 잠잠했던 휴대폰이 울렸다. 또 주연일까 싶어서 확인해 보니 엄마의 전화였다.

— 지은아, 바쁘니?

"아니야, 시간 있어. 무슨 일이야?"

— 무슨 일은 없고, 그냥 우리 딸 목소리 듣고 싶어서 전화했지.

그녀의 입가에 미소가 번졌다. 바빠서 분주하게 돌아가던 머릿속이 그제야 차곡차곡 정리되기 시작했다. 따스한 기운이 귓가를 통해 스며들고 있었다.

"엄마는 요즘 허리 괜찮아?"

— 아무렴 괜찮지. 알잖아, 송 사장님이 우리 잘 챙겨 주시는 거.

"으응, 알지."

— 이번에는 한방 치료도 받고 왔어. 덕분에 지금은 계단 오르내리는 것도 문제없다?

신이 난 듯한 엄마의 목소리에 지은의 코끝이 찡해졌다.

아버지가 건설 현장에서 추락하여 일찍이 돌아가신 후, 그녀의 어머니는 주연의 집에서 파출부로 근무하고 있었다. 주연과의 인연은 그때부터 시작된 거였다.

처음에는 팍팍한 생활고 때문에 얹혀사는 정도였지만, 홀로 지은을 키우는 어머니가 안타까웠던지 주연의 부모님은 자신들을 여러모로 도와주었다. 그녀의 초등학교 시절부터 시작해서 전문 대학 등록금까지. 최근에는 어머니의 허리 통증 치료까지도 아낌없이 지원해 주고 있었다.

그래서 주연이 자신에게 무슨 짓을 하든 거절할 수도, 화를 낼 수도 없었던 거였다.

"다행이네. 일은 안 힘들어?"

— 이 일 시작한 지도 이제 20년이 가까워졌는데 힘들긴. 그저 오래도록 써 준 것만으로도 고맙지.

"그래도 힘들면 언제든지 말해."

— 어이구, 오히려 밖에 나가서 사는 네가 고생이지. 너야말로 요즘 너무 고생하는 건 아니지? 힘들면 다시 여기로 돌아와. 사모님께서도 걱정하시더라.

성인이 되자마자 독립한 지은과 달리 어머니는 여전히 주연의 집에서 지내고 있었다. 그녀도 알고 있다. 주연의 부모님이 자신을 자식처럼 아껴 주는 고마운 분들이라는 것을.

하지만 부모님이 안 보는 틈을 타서 자신을 괴롭혔던 주연을 더 이상 상대하고 싶지는 않았다. 쓰레기처럼 쌓인 감정을 받아 주는 것도 이제는 질렸고. 지은은 고개를 저었다.

"충분히 살 만하니까 괜찮아."

— 그러니?

"응. 그런데 이제 끊어야겠다. 그럼 점심 잘 챙겨 먹어야 해. 몸 관리 잘하고."

— 누가 엄마인지 모르겠네. 알았어, 우리 딸. 다음에 또 연락해.

지은은 전화를 끊고 휴대폰을 가만히 내려다보았다. 엄마와 통화를 하고 나면 짠하면서도 마음이 여러모로 복잡해졌다.

마음 같아선 주연과의 연락을 완전히 끊어 버리고 싶었지만, 주연의 부모님에게 도움을 받았던 걸 생각하면 그러기도 쉽지가 않았다. 말을 함부로 했다간 안 그래도 건강이 좋지 않은 엄마에게도 피해를 줄 것 같았기 때문이었다.

"하아……."

희뿌연 입김이 허공에서 흩어졌다. 완전한 겨울이었다.

지은은 휴대폰을 주머니 깊은 곳에 넣어 두었다. 아무래도 이 문제는 엄마가 주연의 집에서 나오기 전까지, 그리고 주연의 집에서 받았던 도움을 전부 갚기 전까지는 해결되지 않을 것 같았다.

그때까지 아마도 자신은 주연의 꼭두각시처럼 하라는 대로 움직이고 다니겠지. 입안이 모래라도 들어간 것처럼 쌉쌀했다.

— Rrrrrrr. Rrrrrrr.

그때, 또다시 휴대폰이 울리기 시작했다. 오늘따라 연락 오는 데가 참 많았다. 엄마일까? 아니면 아직도 비난할 말이 남은 주연일까? 지은은 반쯤 체념한 상태로 휴대폰을 꺼내 들었다.

그러나 그녀의 예상과 달리 액정에는 '차성준'이라는 이름이 떠 있었다. 지은의 머리카락이 쭈뼛 곤두섰다. 받아야 하나? 받자마자 뭐라고 말하면 되지? 무슨 말을 하면 되는 걸까?

수많은 고민이 스쳐 지나가는 가운데, 이러다가 전화가 끊길 것 같았던 지은은 일단 통화 버튼부터 누르고 말았다.

"여, 여보세요?"

— 접니다.

"네?"

— 차성준입니다.

"네, 저는 윤…… 아니, 송주연입니다."

— 큭. 네, 알고 있습니다.

이 남자는 정말, 뭐가 그렇게 웃긴 걸까?

하마터면 제 이름을 말할 뻔했던 그녀는 떨리는 가슴을 쓸어내리며 그의 전화를 받았다. 낮고 굵은 목소리가 남자다우면서도 매력적이었다. 지은은 저도 모르는 사이에 뛰기 시작하는 마음을 살짝 부여잡으며 물었다.

"무슨 일로 연락하셨어요?"

— 이번 주 토요일에 만나고 싶은데, 괜찮습니까?

"네, 괜찮아요."

— 다행이군요.

"으음, 그것 때문에 전화하신 거예요?"

— 아니, 그것뿐만은 아니고.

메시지로 질문해도 괜찮았을 텐데 전화까지 걸어 주는 모습이 조금은 다정하게 느껴졌다. 기분이 살짝 들뜬 지은에게 그가 물었다.

— 보통은 뭘 합니까?

"네?"

— 그러니까 보통은, 그런 걸 하면.

"그런 거요?"

— 내 말은.

성준은 제대로 말을 내뱉지 못하는 스스로가 답답하다는 듯 작게 한숨을 내쉬었다. 그런 거라니, 어떤 걸 말하는 건지 생각을 더듬고 있는데.

— 성인 남녀가 데이트라는 걸 하면.

"아……."

— 송주연 씨는 보통 어떤 걸 했습니까?

데이트라는 말에 그녀의 뺨이 발그레해졌다. 그러고 보니 맞는 말이었다. 성인 남녀가, 따로 시간을 잡아서, 서로를 알아 가기 위해 만나는 과정은 데이트라고밖에 설명할 수가 없었다.

지은은 괜스레 목을 가다듬었다. 데이트 같은 걸 해 본 적이 없어서 잘 모르겠지만, 성준처럼 근사한 남자와 해 보고 싶었던 건 여러 가지가 있었다. 그녀는 용기 내어 제안했다.

"……영화를 보곤 했죠."

— 영화라.

"식사도 하면서 이런저런 얘기도 나누고요."

— 음.

"어떠세요?"

평범한 데이트였다. 어디서나 볼 수 있고, 누구나 해 봤을 것 같은 데이트.

그러나 지은은 평범하기 짝이 없는 데이트마저도 할 수 없는 삶을 사는 중이었다. 그래서 이번 기회에 멋진 남자와 영화관에 들르고, 식사를 같이하는 뻔한 데이트를 해 보고 싶었다. 딱 한 번이라도 좋으니까.

— 생각보다 소소하네요.

"그런가요?"

— 하지만 송주연 씨가 원한다면 일정은 그대로 진행하겠습니다.

"아, 고맙습니다."

결재라도 받는 것 같은 상황에 지은은 살며시 미소 지었다. 이 남자다운 데이트 신청이었다. 생각보다 소소하다는 대답에는 심장이

내려앉았지만, 의심하는 것 같지는 않으니 다행이었다.

끊으려니 아쉽게 느껴지는 통화를 마무리하고, 지은은 점심을 먹는 대신에 동네 세탁소로 향했다. 주말이 오기 전에 그럴듯한 옷을 봐 둘 생각이었다.

처음 만났던 날 입었던 옷 말고는 갖고 있는 옷이 후줄근할뿐더러 똑같은 옷을 입고 가는 건 있는 집 여식인 송주연의 역할과는 맞지 않았으니까.

'이기적이라는 건 알지만…….'

문득 그 남자를 제 욕심 때문에 이용하는 것 같아서 미안한 마음이 들었다. 그러나 앞으로 한두 번만 만나고 거절하면 되는 일이었다. 고작 한두 번에 큰일이 생길 리는 없을 테니까.

주연에게 제 거짓말이 들통나는 건 고사하더라도, 자신과 그의 마음이 지금보다 더 깊어질 일은 절대로.

어머니의 기일을 보내고 성준은 거의 뜬눈으로 하루를 보내고 있었다. 수면제를 두어 개 복용해야 겨우 잠이 들었고, 연속으로 약을 먹기 힘든 날에는 급할 거 없는 업무까지 붙잡으며 밤을 지새우곤 했다.

눈을 감으면 싸늘하게 널브러진 어머니가 보였다.

시간이 지나도 잊히지 않는 기억이었다. 더군다나 어머니가 왜 그런 선택을 했는지 알고 있는 성준은, 아버지의 터무니없는 거짓말이 역겹게만 느껴졌다.

겉으로 보기에 H그룹은 국내에서 건설 분야로는 최고라고 일컬을 정도로 인지도가 높은 기업이었다. 최근에는 금융이나 호텔, 그리고 백화점에도 손을 뻗을 정도로 범위를 넓혀 나가고 있었지만.

'이번 맞선이 제대로 성사된다면 우리에게도 큰 도움이 될 게다. S그룹은 국내에서 호텔업으로는 내력이 확실하니까. 우리가 사업 분야를 넓히는 데에 분명히 도움 되겠지.'

'아버지.'

'다른 맞선은 몰라도 이번만큼은 성준이 네가 송 사장의 딸년을 단단히 붙잡아 두었으면 좋겠구나. 여자들이란 사치스럽고 멍청하기 짝이 없는 족속들이라 길들이기도 쉬울 테니.'

그의 부친인 차 회장이 몸을 담그고 있는 내부는 형편없이 썩어 문드러져 있었다.

비단 사람을 사업 수단으로 써먹는 것에만 그치는 정도가 아니었다. 차라리 그 정도였더라면 그의 어머니가 돌아가실 일도, 그래서 기일이 다가올 때마다 그가 잠을 못 이루는 일도 없었을 것이다.

그래서 오늘, 그녀를 만나도 될지 걱정이 됐다.

차 회장이 지껄인 말에 진절머리가 나서 괜히 예민하게 구는 건 아닐까. 그러다 토끼처럼 작고 여린 여자에게 상처라도 주면 어떡하나. 어머니의 기일 때문에 불안하고 날이 서 있는 마음으로 그녀를 만나도 될까.

"안녕하세요, 차성준 씨."

그러나 약속 장소에서 기다리고 있던 성준은, 자신에게 다가오는 그녀를 보는 순간 저도 모르게 미소 지었다. 언제 그랬냐는 듯 환하게 지어지는 미소에 스스로도 놀랄 정도였다.

아니, 무엇보다 그녀의 옷차림이 성준을 황당하게 했다.

"코트가……"

"이, 이번에 새로 산 밍크예요. 되게 비싸요. 이거."

"참 독특한 디자인이네요."

표범 무늬 밍크코트는 그도 처음 보는 것이었다. 게다가 성게처럼 북실한 털이 이따금 허공에 날리고 있었다. 이런 비유를 해도 될지 모르겠지만, 계 모임 총무가 시장을 활보하며 곗돈을 받으러 다닐 때 입을 것 같은 디자인이었다.

"브랜드가 어딘지 궁금하군요."

"브, 브랜드요?"

"네. 이런 시도를 할 만한 브랜드를 아직 못 본 것 같은데……"

"그, 그게."

그녀가 세탁소에서 그럴듯한 옷을 빌렸다는 사실을 전혀 모르고 있을 성준이었다. 눈에 띄게 당황하던 그녀는 존재감을 확실하게 드러내고 있는 표범 무늬 밍크코트를 벅벅 쓰다듬었다.

"제가 잘 아는 장인분께서 손수 제작하신 거예요."

"장인이요?"

"네, 그래서 브랜드를 말씀드리기가 어렵네요."

"그런데 옷을 그렇게 문지르면 망가질……"

"영화 시간 다 된 거 아니에요? 얼른 보러 가요. 에취!"

꽃가루처럼 날리던 코트 털이 콧속을 간지럽힌 건지 그녀가 의도치 않게 재채기를 했다. 다른 사람이었다면 인상을 찌푸렸을 텐데 그녀가 하는 행동은 그저 귀엽게만 느껴졌다. 오뚝한 코를 훌쩍이는 모습을 지켜보던 성준은 픽 웃었다.

"그래요. 보러 갑시다, 영화."

그녀에게 예민하게 굴 거라는 성준의 생각은 착각이었다. 오히려 그녀를 보자마자 가시처럼 돋아 있던 제 마음이 눈 녹듯이 녹아내렸다. 비록 몸은 피곤한 상태였지만 그녀를 만난 건 좋은 선택이었다.

"그런데 괜찮으세요?"

"무슨……."

"피곤해 보여서요. 괜히 저 때문에 시간 내신 거 아니에요?"

정곡을 찔러 오는 그녀의 질문에 성준은 사뭇 놀랐다. 별다른 말을 한 적은 없는데. 그렇게 티가 났나? 그는 짙은 눈썹 밑으로 움푹 들어간 부분을 가볍게 쓸어내렸다.

"그래 보입니까?"

"아니, 차성준 씨는 여전히 잘생겼는데요."

"풋."

"그래도 눈을 보면 조금 지쳐 보여서요."

"눈?"

"네에, 눈."

그의 시선이 자신을 뚫어지도록 바라보고 있는 그녀를 향했다. 순한 인상처럼 동그란 눈매가 예뻤다. 맑은 눈동자 안에 담긴 자신은…… 그녀의 말대로 조금 지쳐 보이는 것 같기도 했다.

이내 반달처럼 휘어지는 눈 모양에 성준의 심장이 간지러웠다. 그는 괜스레 목을 가다듬었다.

"이번 주에 잠을 잘 못 잤습니다."

"어째서요?"

"생각할 게 좀 있어서. 잠이 안 오더군요."

"아이, 그러면 이번 주에는 쉬지 그랬어요. 저는 괜찮은데⋯⋯."

성준은 제 일상을 길게 말해 주는 사람이 아니었다. 오히려 누군가 일상을 물을 때마다 그런 게 왜 궁금하냐며 무안을 주는 쪽에 가까운 사람이었다.

그러나 그녀의 순한 눈매를 바라보고 있으면, 걱정이 가득한 눈동자를 마주하고 있으면 저도 모르게 속내를 툭툭 내뱉고 말았다. 첫 만남 때도 그랬지만 오늘도 마찬가지였다.

"제가 안 괜찮았습니다."

"네?"

"오히려 송주연 씨를 만나니 마음이 편해지던데."

그녀와 함께 있으면 위로받는 기분이 들었다. 특별한 행동을 하는 것도 아닌데, 그저 곁에 있어 주는 것만으로도 편안해서 웃음이 나왔다. 만나서 다행이라는 생각이 들 정도로.

성준의 대답에 그녀의 얼굴이 발갛게 달아오르고 있었다. 막상 대답해 보니 저도 쑥스러워진 그가 무심하게 말을 덧붙였다.

"코트는 아직도 적응이 안 되지만."

"⋯⋯벗을까요?"

"풋, 농담입니다."

반쯤은 진심이었지만 밍크코트에 파묻힌 그녀의 모습도 제법 귀여웠다. 그러나 그녀는 연신 재채기를 하는 게 힘들었는지, 결국 사람들의 시선을 사로잡았던 표범 무늬 밍크코트를 벗어 내렸다.

그와 동시에 드러나는 흰 목덜미와 작고 여린 몸 선에 성준은 그답지 않게 동요하고 말았다. 예전부터 수없이 봤던 여성의 몸이었고, 그러나 돌처럼 여겼었는데. 거대한 밍크코트와 대비되는 여린 몸에는 왜 이리도 시선이 가는 건지.

'잠을 못 자서 미쳐 버렸군.'

그는 고개를 저으며 그녀의 보드라운 목덜미에 꽂힌 시선을 간신히 떼어 냈다. 그리고 스낵바를 기웃거리는 그녀의 옆에 나란히 섰다.

"먹고 싶은 거 있습니까?"

"네. 차성준 씨는 뭐 드실 거예요?"

"저는 영화 볼 때 뭐 안 먹습니다."

"아……."

단호한 대답에 그녀의 눈썹 끝이 시무룩하게 내려갔다. 단순히 대답한 것뿐인데 그녀의 기를 죽여 버린 성준은 당황했다. 자신은 영화 볼 때 아무것도 먹지 않지만, 그녀가 먹고 싶은 게 있다면 무엇이든지 시켜 줄 생각이었다.

"아, 그럼 저도 안 먹……."

"하지만 오늘은 다르군요."

"네?"

"팝콘 어떻습니까."

"팝콘……."

"아니면 나초도 괜찮고."

덩달아 아무것도 먹지 않으려는 그녀를 보며 성준은 다급하게 말을 덧붙였다. 그러자 풀이 죽어 있던 그녀의 표정이 다시 환하게 살아나는 게 보였다.

영화를 볼 때는 영화에만 집중하는 그였지만 오늘만큼은 스낵을 먹는 시늉이라도 할 생각이었다. 그의 제안에 그녀는 반짝이는 눈동자로 메뉴를 바라보았다.

"저는…… 다요."

"다?"

"네, 팝콘도 나초도. 또 오징어구이도 먹고 싶어요."

이제는 그녀가 제 앞에서 아무것도 먹지 않는다면 서운할 정도였다. 이것저것 알차게도 주문하는 모습에 성준의 입꼬리가 살며시 올라가고 있었다.

왜일까. 그녀가 음식을 맛깔나게 먹고 있노라면 저도 모르게 침샘이 자극되었다. 그리고 오랜만에 찾아온 욕구가 제법 나쁘지 않았다.

"아, 핫도그도요."

해맑은 미소로 메뉴를 추가하는 그녀를 보면서 성준은 또다시 웃었다. 저렇게 다부지게 먹는데도 몸은 조그만 게 신기했다. 그녀와 만나는 날을 더 늘리고, 그가 아는 단골 식당에 주야장천 데리고 다니면 조금이나마 살이 붙으려나.

그런 시간을 보내는 것도 괜찮겠다고 생각하며 성준은 여유롭게 카드를 내밀었다.

이 남자는 한 입 가지고 두말하는 게 취미인가 보다.

분명히 영화 볼 때는 아무것도 먹지 않는다고 했으면서 팝콘을 입에 쏙쏙 넣고 있는 자신을 뚫어지도록 바라보더니 불쑥 손을 내미는 게 아닌가.

"저도 먹고 싶습니다. 팝콘."

어디 팝콘뿐일까. 바삭한 나초를 따뜻한 치즈 소스에 흠뻑 담가 먹을 때도 그 모습을 또다시 빤히 바라보더니.

"그 나초, 맛있어 보이는데."

먹고 싶다며 탐을 내기에 직접 먹여 주었더랬다. 남의 손길이 닿은 건 절대로 먹지 않을 것처럼 고결하게 생겼으면서, 자꾸만 한 입씩 달라고 하는 모습이 지은은 적응되지 않았다.

"지금 먹고 있는 핫도그는 무슨 맛입니까?"

물론 그의 카드로 산 것이니 별말은 못 하겠지만 안 먹겠다고 했던 사람치고는 식욕이 엄청나서 난감할 지경이었다.

게다가 꼭 먹기 시작한 음식을 달라고 하는 바람에, 그녀는 먹고 있던 핫도그를 성준의 입에 물려 주는 와중에도 간접 키스라는 단어가 머릿속에서 떠나가지 않았다.

예민하게 반응하지 않으려고 노력은 했다. 그러나 제가 먹었던 부분을 그가 베어 물 때마다, 또 손가락이 그의 입술에 살짝 닿을 때마다 목덜미가 달아오르는 건 어쩔 수 없었다. 그런 상황은 영화가 시작되기 전까지 이어졌다.

"그런데 영화관에 관객이 아무도 없네요?"

영화가 막 시작되고, 주변을 둘러보던 지은은 성준에게 고요하게 질문했다. 그러자 그는 상체를 등받이에 깊게 기대고서 나른하게 대답해 주었다.

"빌렸습니다."

"……?"

"통째로."

지은의 입이 놀라서 벌어졌다. 데이트를 위해서 영화관을 통째로 빌리다니. 드라마나 소설 같은 데에서만 본 상황이 아니던가. 감당할 수 없는 규모에, 그러나 눈앞에 있는 남자라면 충분히 해 낼 만한 행동에 지은은 아무 말도 하지 못했다.

"그렇게 놀랄 일입니까?"

"그, 그게."

"송주연 씨에게는 당연히 익숙한 상황이라고 생각했는데."

그러나 주연이었다면 당연하게 여겼을 일이었다. 역할을 잠시 망각한 그녀는 가난한 윤지은에서 다시 부잣집 딸 송주연의 가면을 썼다. 그러나 격차가 느껴지는 상황이 씁쓸한 건 어쩔 수 없었다.

"그, 그렇죠. 저한텐 충분히 익숙한 상황이죠."

"네. 그래서 빌렸습니다."

"아아……."

"문제라도 있는 겁니까?"

"아니요. 없어요, 문제."

차성준과 송주연 사이에 문제가 될 건 아무것도 없었다. 있다면 단 하나, 그녀의 대역을 맡은 윤지은이라는 존재였다.

그녀는 마음 한구석이 뻐근해지는 걸 느끼며 시선을 다시 스크린으로 향했다. 이 남자가 주는 다정함에 빠져서 착각하고 말았다. 듣기 좋은 웃음소리에 홀려서 잊고 말았다.

'주제도 모르고……'

오늘 이후로 한 번만 더 만나면 헤어질 남자였다. 호기심으로 가볍게 시작한 마음이었으니 이보다 깊어질 일은 없을 거라고 생각했다. 그러나 왜 이리도 욕심이 생기는 건지.

그의 시선 끝에 있는 사람이 송주연이 아니라 윤지은이었으면 좋겠다고. 그런 자신이라도 괜찮다며 손을 내밀어 주면 좋겠다고. 그래서 가슴 떨리기 시작하는 이 관계를 더 이어 나가고 싶다고.

'드라마를 너무 많이 봤어, 윤지은.'

그러나 부질없는 바람일 뿐이었다. 현실에서는 사랑 타령만을 하기엔 신경 써야 할 게 많았으니까. 그녀가 성준의 입장이었어도, 가진 건 아무것도 없는 여자에게 손을 내미는 무모한 짓은 하지 않을 것이다.

툭.

"어?"

우습지도 않은 생각에 팝콘이나 먹으려던 순간, 지은은 어깨 위로 느껴지는 온기에 숨을 흡 들이켰다. 그가 그녀에게 머리를 기대고 있었다. 살짝 고개를 돌리니 차분하게 감겨 있는 성준의 눈꺼풀이 보였다.

'잠이 안 온다고 했으면서……'

영화가 시작된 지 얼마 되지도 않았는데 새근거리며 잠이 든 성준이었다. 그녀는 소리 없이 웃었다. 이번 주 내내 잠을 제대로 못 잤다고 했으니 피곤할 만도 했겠지.

지은은 한쪽으로 쏠린 무게감에 조금 불편했지만 어깨를 빼낼 생각은 전혀 하지 않았다. 목덜미를 간질이는 머리카락과 물씬 밀려드는 스킨 향에 가슴을 졸일 뿐이었다.

'좋은 냄새……'

향수를 뿌린 걸까? 아니면 단순한 스킨 향일까? 어느 쪽이든 그에게서 풍기는 향이 좋다는 건 달라지지 않았다. 지은은 새삼스레 향수조차 뿌리지 않은 제 몸이 민망해졌다.

이럴 줄 알았더라면 데이트를 하느냐며 이것저것 챙겨 주신 세탁소 아주머니에게 염치 불구하고 향수까지 빌릴 걸 그랬다. 그녀는 비교적 자유로운 팔을 들어 괜스레 피부 냄새를 맡아 보았다.

그때, 성준이 아까보다 깊숙하게 얼굴을 묻어 왔다.

"차, 차성준 씨."

목덜미를 스치는 따뜻한 숨결에 지은의 몸이 딱딱하게 굳었다. 그러면서도 시간이 지날수록 얼굴이 발갛게 달아오르고 있었다.

이성과 이토록 가까이 있어 본 적이 없었다. 그래서 살갗을 간질이는 숨결에 흠칫 놀랐지만 밀어 내고 싶은 생각은 들지 않았다. 오히려 단단하고 빈틈 하나 없는 남자가 아기처럼 안겨 오는 게 신기하게만 느껴졌다.

'피곤해 보이던데, 조금이라도 푹 쉬었으면 좋겠어.'

그리고 감히, 안쓰럽다고 생각했다.

그녀와는 비교할 바도 없이 잘난 사람이라는 건 알지만 볼 때마다 성준은 지쳐 보였으니까. 이번 주 내내 잠을 못 잤다고 했을 때는 그렇게도 일이 많은 건가 싶어서 걱정되기도 했었다.

그래서 감싸 주고 싶었다. 그녀라도 괜찮다면 보듬어 주고 싶었다.

"윽⋯⋯."

시간이 얼마나 지났을까. 영화가 중반부에 이를 무렵, 어깨에 기대어 있던 그의 몸이 옅게 떨리는 게 느껴졌다. 무슨 일인가 싶어서 바라보니 평온하던 얼굴이 아프도록 구겨져 있었다. 지독한 악몽이라도 꾸는 사람처럼.

당황한 지은은 저도 모르게 그의 손을 움켜잡았다. 그녀보다 크고 뼈마디가 굵게 드러난 손을.

"차성준 씨, 괜찮아요?"

"으윽⋯⋯."

"응? 꿈이에요. 지금 꿈꾸고 있는 거예요."

그의 손바닥은 금세 땀으로 흥건해졌다. 지은은 어둠 속에서 헤매고 있을 성준의 손을 꼭 붙잡아 주었다. 그리고 상체를 반쯤 기울여 그의 너른 어깨를, 반듯한 정수리를 몇 번이나 토닥이고 쓰다듬어 주었다.

"괜찮아요. 괜찮아질 거예요."

"하아⋯⋯."

"차성준 씨!"

어린아이 같은 그를 달래 주던 그녀는 제 손을 동아줄이라도 되는 것처럼 붙잡는 성준의 악력에 인상을 썼다. 그의 손에 붙잡힌 손가락이 마구 어긋나서 통증이 일었다. 그러나 여전히 성준을 놓고 싶지는 않았다.

이후 구겨졌던 그의 표정이 풀어지고 쥐어짜듯 붙잡혔던 손도 풀렸을 때, 그를 덮쳤던 악몽이 지나갔다는 것을 알았다. 지은은 얼얼해진 손바닥과 또다시 세상모르고 잠든 성준을 번갈아 바라보았다.

"참, 이상한 남자야."

가볍게 웃음을 터뜨렸다. 식욕 같은 건 하나도 없어 보이더니 그녀가 무언가를 먹을 때마다 탐을 내던 남자. 수면욕도 없는 것 같더니 언제 그랬냐는 듯 제 어깨에 기대어 잠을 청하는 남자.

차성준, 그는 정말 알다가도 모를 남자였다.

무슨 내용인지도 모를 영화가 끝났다. 그러나 엔딩 크레딧이 올라갈 때까지도 지은은 미동 없이 성준의 수면을 지켜 주고 있었다. 두 시간 이상을 버티고 있던 터라 어깨가 저렸지만, 그의 온기를 느끼고 향기를 맡는 이 순간이 마냥 설레기만 했다. 바보 같게도.

"으음……."

일순간 어두웠던 영화관이 밝아졌다. 그러자 어깨에 가만히 기대어 있던 성준도 몸을 뒤척이기 시작했다. 고른 숨소리가 끊기고 아까보다 짙은 침묵이 내려앉았다. 그가 당황한 기색이 역력한 태도로 상체를 일으켰다.

"송주연 씨, 혹시 제가."

"잘 주무셨어요?"

"이런……."

그는 스크린에 뜬 엔딩 크레딧과 밝아진 영화관, 그리고 그녀를 믿을 수 없다는 듯이 바라보았다. 기가 찬다는 듯 눈두덩을 짓누르는 그를 향해 지은이 물었다.

"많이 피곤하셨나 봐요. 오늘은 돌아가서 쉬실래요?"

"아뇨. 아닙니다. 그보다 어깨는 괜찮습니까?"

"아, 어깨……."

"내가 꽤나 폐를 끼친 것 같은데."

걱정스러운 시선이 그녀에게 꽂혔다. 미안한 기색이 느껴지는 눈동자에 지은은 절로 미소가 지어졌다. 왜일까. 항상 똑 부러지는 모습만을 보여 주던 그가 곤란하다는 듯 쩔쩔매는 모습이 귀엽게도 느껴졌다.

"조금 뻐근하긴 한데, 폐까지는 아니에요."

"……깨우지 그랬습니까."

"아기처럼 푹 잠든 사람을 어떻게 깨워요? 괜찮으니까 인상 풀어요."

"아기, 같다니……."

도대체 무슨 말을 하는 거냐는 듯한 표정이었다. 그러나 미안한 마음에 따지지는 못하겠는지, 그는 한숨을 삼키며 구겨진 미간만 눌러 댈 뿐이었다. 지은은 민망해하는 그를 보며 솔직하게 고백했다.

"그래도 저는 좋았어요."

"뭐가 말입니까?"

"저만 볼 수 있는 모습이라고 생각했거든요. 아닌가요?"

그녀가 배시시 웃자 성준은 일순간 멍해지더니 자리에서 번쩍 일어났다. 대답도 하지 않고 등을 돌리기에 기분 나쁜 말이라도 한 건가 싶어서 지은은 제 말을 곱씹었다. 별말은 안 한 것 같은데…….

기운이 약간 빠지려던 찰나, 그가 발성 좋은 목소리로 입을 열었다.

"배고프지 않습니까?"

"네?"

"주변에 괜찮은 곳을 알아 뒀습니다."

"아아."

"그리고."

그가 차분하게 목을 가다듬었다. 그러나 목소리에 깃든 긴장감을 완전히 지워 낼 수는 없었다.

"송주연 씨가 본 제 모습은."

"……."

"비밀로 합시다."

이 남자, 기분이 나빠진 게 아니라 쑥스러움을 타는 거였구나.

지은은 성준의 넓고 단단한 뒷모습을 바라보았다. 조금 흐트러진 머리카락과 언제부터였는지 새빨개진 귓불도. 사소한 변화를 발견한 그녀는 작게 웃었다.

"네, 비밀로 해 둘게요."

그의 얼굴을 보지는 못했지만 분명히 귓불처럼 빨갛게 달아올라 있을 것이었다. 성준의 숨결이 닿았던 그녀의 목덜미처럼. 그로 인해 번지는 온기로 쿵쿵 뛰어 대던 제 심장처럼.

성준은 아직도 꿀 같은 잠을 잤다는 사실을 믿을 수 없었다.

그동안 수면제를 먹어도, 기절 직전까지 몸을 혹사해도 깊은 잠을 잘 수 없었던 성준이었다. 그런데 고작 두 시간을 잤는데도 여덟 시간 이상을 잔 것처럼 개운하다니. 그것도 이제 두 번째로 만나는 그녀에게 기댄 채로.

'그래도 저는 좋았어요. 저만 볼 수 있는 모습이라고 생각했거든요. 아닌가요?'

게다가 그녀에게 생각지도 못한 대답을 들었을 때는 심장이 터질 것처럼 두근거렸다. 잠에서 막 깨어난 후라 당황해서 그런 것일지도 모른다. 하지만 성준은 태어나서 그토록 빠른 심장 박동을 느껴 본 적이 없었다.

뽀얀 얼굴, 둥글고 순한 눈매, 부드럽게 휘어지던 눈꼬리와 입술, 웃음을 터트리는 목소리까지. 그녀의 행동 하나하나가 성준의 마음을 뒤흔들고 있었다. 이렇게 동요할 수 있나 싶을 정도로.

"오늘 즐거웠습니다, 송주연 씨."

"저도요. 세상에는 맛있는 게 참 많네요."

자주 가는 레스토랑에서 디너 코스를 즐기고 오는 길이었다. 그녀의 입맛에 맞을까 걱정했는데, 괜한 걱정이었다는 것을 애피타이저를 먹을 때부터 깨달았다.

어찌나 맛있게도 먹던지. 성준은 먹지 않아도 배가 부른 느낌이 무엇인지 느낄 수 있었다.

"데려다주겠습니다."

"아뇨, 괜찮아요."

"송주연 씨."

"피곤하실 것 같은데 먼저 들어가세요."

그러나 그녀는 성준에게 곁을 잘 내어 주지 않았다. 그녀를 볼 때마다 긴장감이 풀려서 가까워지고 싶은 자신과 달리, 그녀는 아직도 생각할 게 많은 것처럼 보였다. 그 모습이 못내 서운했던 성준이었다.

"아쉬워서 그럽니다."

"네?"

"송주연 씨와 함께 있다 보면, 시간이 너무 빠르게 흐르는 것 같아서."

"아……."

"데려다주면서 얘기라도 조금 나눌까 싶었습니다."

고백과 동시에 귓불이 뜨거워졌다. 덩달아 그녀의 뽀얀 뺨도 복숭아처럼 물들어 가고 있었다. 자신만 전전긍긍하는 것 같지는 않아서 성준은 내심 다행스러웠다.

그녀는 빨개진 얼굴로 눈동자를 이리저리 굴리고 있었다.

"그, 그러면……."

"……."

"좋아요. 데려다주세요."

입을 맞춘 것도 아니고, 포옹이나 하다못해 손을 잡은 것도 아닌데 가슴이 왜 이리도 쿵쿵 뛰어 대는 건지. 사춘기 소년이라도 된 것 같았다. 불완전하지만 기분 좋은 울림이 계속해서 성준의 마음을 두드리고 있었다.

"주소가 어떻게 됩니까?"

"아, 제가 입력할게요."

그는 내비게이션을 두드리는 그녀의 가늘고 흰 손가락을 바라보았다. 자연스레 주소를 입력하던 그녀의 손가락은, 그러나 잠시 굳어지더니 급하게 삭제 버튼을 누르고 있었다.

"무슨 일입니까?"

"아, 아니에요. 기계를 만지는 게 서툴러서……. 이제 됐어요."

그녀는 황급히 주소를 수정하더니 안전벨트를 맸다. 성준은 딱히 의심하지 않고 차에 시동을 걸었다. 그저 그녀와 조금 더 시간을 보낼 수 있어서 다행이었다.

생각해 보면 이성에게 안달 내 본 적은 처음이었다. 언제나 상대방이 성준을 만나고 싶어 안달이었고, 그로선 전혀 아쉬울 것 없는 상황의 반복이었다.

그러나 이번에는 달랐다. 특히 잠에서 깨어나자마자 그녀의 맑은 얼굴을 마주했을 때, 그는 심장이 내려앉는 듯한 기분을 느꼈다.

'정신없이 자고 말았군.'

잠을 자면서도 따뜻하고 포근한 향기에 성준은 속절없이 이끌렸다. 머리를 아프게 하는 향수 냄새가 아닌 그녀의 깨끗한 살 내음에 심장이 반응하고 있었다.

계속 곁에 있어 주면 좋겠다는 생각이 들 정도로.

의사조차 해결해 주지 못했던 그의 불면을, 두 번밖에 만나지 않은 그녀가 해결해 주었으니 당연하게도 욕심이 일었다. 그래서 오늘 했던 데이트가 그녀에게도 좋은 경험으로 남기를 바랐다. 성준은 그랬으니까.

"송주연 씨는 좋아하는 게 뭡니까."

"좋아하는 거요?"

"네, 좋아하는 거."

맛있는 음식을 좋아하는 건 알았으니까 다른 것도 알고 싶었다. 만나면 만날수록 그녀가 궁금해졌다. 좋아하는 건 어떤 거고 취미는 무엇인지. 평일에는 그리고 쉬는 날에는 보통 무엇을 하는지…….

성준은 여유롭게 핸들을 돌리면서도, 긴장된 마음으로 그녀의 대답을 기다리고 있었다.

"사진 찍는 걸 좋아해요."

"사진 말입니까?"

"네, 잠시만요."

사진이라. 처음 알게 된 그녀의 취미를 곱씹고 있는데, 그녀가 핸드백을 뒤적거리더니 인화한 사진을 몇 장 꺼내 들었다.

직접 찍은 사진인가? 호기심이 인 성준은 차를 잠시 갓길에 세워 두었다. 이내 그녀가 눈동자를 반짝이며 자랑하듯 사진을 내밀었다.

"속초 갔을 때 찍었던 거예요."

"솜씨가 좋네요."

"그래 봐야 일회용 카메라인데요. 좋게 봐 줘서 고마워요."

"일회용 카메라요?"

기본적으로 디지털카메라를 쓸 거라고 생각했던 성준이 되물었다. 그러자 그녀도 화들짝 놀라더니 대답을 정정했다.

"가, 가끔 아날로그적인 감성을 느끼고 싶을 때가 있잖아요."

"아아."

"그리고 여긴 수산 시장이에요. 해가 질 무렵에 찍은 건데, 참 예쁘죠?"

성준은 그녀가 주제를 돌렸다는 것을 눈치채지 못하고, 새로 보여 주는 사진으로 시선을 옮겼다.

투박한 항구 위로 연보랏빛 하늘이 펼쳐진 풍경이 아름다웠다. 무엇보다 일회용 카메라로 그 아름다움을 담아낸 솜씨가 훌륭했다.

"기회가 된다면 전시회를 열어도 좋겠군요."

"세상에. 비행기 태우시는 거죠?"

"진심으로 하는 말입니다. 송주연 씨라면 충분히 열 수 있을 것 같은데."

사진에 대해서는 잘 모르지만 그녀가 담아낸 세상은 혼자 보기에는 아까운 건 사실이었다. 수산 시장뿐만 아니라 새벽의 해수욕장도, 비가 내리고 있는 해안 도로를 담아낸 것도 저마다의 분위기가 넘실거렸다.

혹여 아마추어의 솜씨일지라도, 그녀의 집안에서 자선 전시회를 여는 것 정도는 일도 아닐 테니까. 그러나 성준의 제안에도 그녀의 눈동자에는 체념의 빛이 희미하게 떠오르고 있었다.

"아직은 부족하죠. 저는 이걸로도 만족해요."

"아쉽네요. 전시회를 연다면 입구를 화환으로 가득 채워 줄 생각이었는데."

"하하, 말씀만으로도 감사해요."

그녀는 제 손에 들린 사진을 한 장씩 천천히 넘기며 말을 이었다.

"사진을 찍는다는 건 참 멋진 일이라고 생각해요. 기억이라는 건 금방 왜곡되고 잊히기 마련인데, 사진으로 찍어 두면 어떤 기억이든 선명한 형태로 간직할 수 있는 거잖아요."

"그렇군요."

"하지만 저는 좋은 기억만 간직해 두고 싶어요. 그래서 아프거나 지칠 때마다 꺼내 보는 거죠. 그러면 조금은 위로가 되거든요."

"위로요?"

"네, 당장은 힘들어도 사진 속의 풍경을 보고 있으면 좋은 일이 찾아올 거라고 믿게 되거든요. 그러면 힘들었던 일도 제법 견딜 만해지고요."

성준은 저보다 다섯 살은 더 어린 그녀를 다정한 시선으로 바라보았다.

그의 스물다섯은 고통과 무기력의 연속일 뿐이었다. 좋은 기억은 겪어 보지도, 만들어 낼 노력조차도 하지 않았다. 그러나 스물다섯의 성준과 달리 스물다섯의 그녀는 달랐다. 강했다.

그는 강함이라는 게 단순히 물리적인 것에서 오는 게 아니라, 올바르고 긍정적인 마음에서부터 올 수도 있다는 걸 깨달았다. 그녀는 그가 본 사람 중에서 가장 맑은 사람이었다.

"제가 말을 너무 많이 했네요. 지루하셨죠?"

그러니 손부채질을 하며 배시시 웃는 그녀를 보면서 심장이 두근거리는 건 당연한 일일지도 모른다. 어쩌면 그녀에게 기대어 깊은 잠을 잤다는 것을 깨달았을 때부터. 아니, 그보다 훨씬 전부터…….

성준은 자신을 조금씩 변화시키고 있는 이 여자에게 반할 수밖에 없었다. 그녀가 곁에 있는 것만으로도 죽어 가던 욕구가 앞뒤 다투며 고개를 내밀어 대니 이유는 충분했다.

그는 제 마음을 속 시원하게 인정하며 다시 핸들을 부드럽게 돌렸다.

"아니, 오히려 속초에 가 보고 싶어졌습니다."

"좋은 곳이죠."

"같이 갈 수 있다면 더 좋겠네요. 송주연 씨만 괜찮다면 말입니다."

그녀가 사뭇 놀란 표정으로 그를 바라보았다. 내심 드러낸 마음에 긴장한 건 성준도 마찬가지였다.

부담을 주려던 건 아니었다. 오히려 기대하고 있었다. 온종일 서로에게 흐르던 분위기에 가슴을 졸인 건 자신만이 아닐 거라는 기대. 시선이 마주칠 때마다 붉어지던 그녀의 뺨을 성준은 기억하고 있었다.

"그랬으면 좋겠어요, 저도."

그녀가 살포시 미소 지으며 대답했다. 덩달아 성준의 입꼬리도 부드럽게 올라갔다. 그러나 떨리는 심장 소리 탓에 성준은 그녀의 얼굴에 떠오른 쓸쓸함까지는 차마 살펴보지 못했다.

어느새 그녀의 집에 다다랐다. 내비게이션은 목적지 도착을 알렸고, 성준은 자신의 본가만큼 세련된 저택을 바라보았다. 그녀가 안전벨트를 풀고서 인사를 건넸다.

"데려다주셔서 고마워요."

"다음 주 주말에 또 보기로 하죠."

"네, 연락 주세요."

"그리고 그때는."

차 문을 열려던 그녀를, 성준이 뚜렷한 목소리로 붙잡았다.

"송주연 씨의 대답, 기다리고 있겠습니다."

차에서 내리려던 그녀의 몸이 딱딱하게 경직되었다. 착각일까? 그러나 아니었다.

그녀는 불안한 눈동자로 성준을 바라보고 있었다. 늘 미소 짓고 있던 입술이 지금 이 순간만큼은 떨리고 있었다.

"저기……."

무언가를 말하려는 듯, 그러나 그게 쉽지 않은 사람처럼 벙긋벙긋. 이내 그녀는 옅게 고개를 저으며 성준을 향해 웃어 보였다.

"다음에 봐요, 차성준 씨."

억지로 짓는 듯한 미소에 성준은 의문이 들었지만, 아직 그 이유까진 물어볼 수 없는 사이였다.

그는 저택 현관 앞에서 제가 돌아가기를 기다리는 그녀를 바라보았다. 집에 들어가는 것까지 볼 생각이었는데 그녀의 고집도 만만치 않아서 안 되겠다. 그는 졌다는 듯 웃으며 차를 돌렸다.

그래서 성준은 보지 못했다.

그의 차가 주택가를 완전히 벗어났을 때, 그녀의 발걸음이 힘없이 도로변으로 향하는 모습을.

내비게이션에 입력했던 주소는 송주연이 사는 곳이었지만, 윤지은이 사는 곳은 여기에서 한 시간 넘게 떨어져 있다는 사실을. 그래서 그녀는 찬바람을 맞으며 하이힐 때문에 아픈 다리를 이끌고, '진짜' 집으로 돌아가야 했다는 사실도. 그는 전혀 알지 못했다.

3. 아날로그 감성, 좋아한다고 해서

like the last time

　"송주연 씨의 대답, 기다리고 있겠습니다."

　기대감이 담긴 목소리를 들었을 때, 지은은 제 선택이 결코 가볍지 않았다는 것을 깨달았다.

　처음에는 호기심이었다. 두 번만 더 만나고 거절. 얼마나 쉬운 말인가. 그러나 차가울 줄만 알았던 성준의 다른 모습을 발견하고, 또 다정하게 바라봐 주는 시선을 느낄 때마다 심장이 뛰었다. 마음도 그렇게 무거워졌다.

　"저기……."

　충동적으로 진실을 말하려고 했다. 쫓기듯이 달려오는 죄책감 때문에. 아무것도 모르고 자신에게 관심을 보이는 성준에게 미안해서. 그러나 솔직하게 고백하면?

　자신을 경멸하듯 바라볼 그가 두려웠다. 왜 거짓말을 했느냐고 몰아붙일 그의 모습을 상상만 해도 겁에 질렸다. 이유는 간단했다. 처음에는 그저 가벼운 관심에 불과했던 마음이 걷잡을 수 없이 부풀었기 때문이었다.

'안일했어.'

언제부터였을까. 그녀의 품에서 아기처럼 잠들던 순간부터? 아니면 제멋대로 식사하는 자신을 다정하게 바라봐 주던 순간? 그것도 아니라면…….

아니, 그것들이 이제 와서 무슨 소용일까. 그를 향한 제 마음은 이미 가랑비에 옷 젖듯 서서히 젖어 버렸는데.

'전부 나 때문에…….'

제멋대로 성준과 연락을 주고받은 것도, 진실을 고백하지 못하는 것도 실은 제 이기심 때문이었다. 누가 봐도 매력적인 남자를 놓치고 싶지 않다는 욕심. 그에게 미움받고 싶지 않은 마음이 상황을 여기까지 끌고 온 거였다.

차성준이라는 남자가 전해 주는 온기에 취해서. 그녀만이 볼 수 있는 모습을 독점하고 싶어서.

일상으로 돌아온 후에도 죄책감은 그녀를 떠나가지 않았다. 벌써 일주일의 반이 지나가고 있었다. 이번 주말에는 그를 만나서 앞으로의 만남에 대해 결정을 지어야만 했다.

솔직하게 제 사정을 털어놓는 것도 생각해 보았다. 거짓말해서 미안하다고 진심을 고백하면 그도 조금은 제 마음을 이해해 주지 않을까 싶었다. 용서해 준다면 이제는 송주연이 아니라 윤지은으로 그를 마주 볼 수도 있을 거라고…….

'한심하다, 정말.'

그와 분홍빛으로 물든 시간을 보내다 보니 현실 감각이 사라진 모양이다. 하지만 지은은 조그마한 희망에라도 기대고 싶은 심정이었다. 세 번째 만남을 끝으로 성준과 영원히 헤어지고 싶지 않았다.

시린 겨울날 목도리까지 단단히 둘러맨 지은은 허름한 자취방을 나섰다. 고민은 여전히 많았지만 일단은 아르바이트를 가야 할 시간이었다. 그렇게 좁은 골목을 막 벗어났을 때쯤이었다.

지은의 앞에 매끈한 외제 차 한 대가 거칠게 멈추어 섰다. 그녀가 눈을 멍하니 감았다 뜨는 순간, 차에서 내린 운전자가 다짜고짜 그녀의 뺨을 거세게 내리쳤다.

"윤지은, 너 미쳤니?"

"주연아."

"아니면 나 욕먹이려고 작정했어?"

그녀가 사는 골목까지 찾아온 사람은 다름 아닌 송주연이었다. 지은은 제게 뺨을 때린 주연을 어안이 벙벙한 상태로 바라보고 있었다. 무슨 일이냐고 물어보려던 찰나.

"너, 그동안 나인 척하고 차성준 그 남자 만나고 다녔니?"

"그건……."

"대답 못 하는 거 보니 사실이구나?"

차가운 바람이 지은의 부은 뺨을 스치고 지나갔다. 결국 들켰구나. 아니, 이런 날이 올 거라고 예상은 했지만 이렇게 빠를 줄은 몰랐다.

지은은 아무 말도 하지 못하고, 그저 주연이 보여 주는 휴대폰 화면을 물끄러미 응시했다.

"저번 주 토요일에 네가 그 남자랑 호텔 들어가는 걸 수정이가 봤다더라."

"아……."

"이럴 줄 알았어. 언제 한번 크게 뒤통수칠 줄은 알았는데, 그래도 이따위로 저급하게 굴 줄은 몰랐지."

화면에는 표범 무늬 밍크코트를 입은 지은과 사진 속에서도 반듯한 성준이 나란히 호텔 안으로 들어가고 있었다. 한눈에 봐도 오해할 만한 사진이라는 것을 그녀도 인정했다.

그러나 그들은 호텔 안에 있는 레스토랑에 갔을 뿐이었다. 하지만 그런 변명은 통하지 않는다는 것을 지은은 알고 있었다.

"거절하고 나오랬더니 몰래 만나고 다니니까 기분 좋든? 내 이름에 먹칠하고 다니니까 이제야 속이 시원해?"

"그런 거 아니야."

"내가 아니었으면 이런 남자 근처에도 못 갔을 계집애가, 감히 주제도 모르고 내 행세를 하고 다녀? 아주 돌았지, 네가!"

지은도 제 행동이 과했다는 걸 알고 있었다. 그래서 주연이 퍼붓는 독설에도 가만히 듣고만 있었다. 애초에 그를 만나서 거절하는 게 제 역할이었으니까. 주연의 탈을 쓰고 데이트 따위를 하는 건 제 욕심이었으니까.

그러나 별다른 반응을 보이지 않는 그녀가 더 얄미웠는지, 주연은 예고치 않게 지은의 머리채를 확 잡아챘다.

"그 남자는 네가 이따위로 사는 거 알아? 네가 내 지위 흉내 내고, 실은 거렁뱅이만도 못하게 사는 거 아느냐고?"

"이거, 놔줘."

"하긴 그랬다면 이미 놀라서 달아났겠지. 너처럼 구질구질한 계집
애랑 뭘 하고 싶겠어? 냄새가 나서 도망이나 안 가면 다행이지."

지은의 얼굴이 고통으로 일그러졌다. 하지만 주연에게 붙잡힌 머
리보다 그녀가 내뱉는 말이 지은의 가슴을 더 아프게 들쑤셨다.

맞는 말이어서. 애초에 대리 맞선이 아니었다면 차성준이라는 남
자는 윤지은이라는 여자를 거들떠보지도 않았을 테니까. 아니, 만날
기회조차 없었을 테니까.

"좋은 말 할 때 모든 걸 원래대로 돌려놔. 안 그러면 네가 벌인
짓 부모님에게 전부 말할 테니까. 그래서 네 엄마가 해고당하든 말
든 거기까진 내 알 바 아니잖아?"

'엄마'라는 단어에 지은은 이번에도 물러설 수밖에 없었다. 주연
이 그녀를 협박하는 방식은 언제나 같았다. 지은의 어머니와 그들의
생계. 그러나 지은은 언제나처럼 그 협박을 받아 주었다.

주연이 갑과 을이라는 개념을 알게 된 후부터였다. 더 나아가 지
은의 약점이 어머니라는 것을 깨달은 주연은 원하는 대로 지은을 부
리고 다녔다. 학창 시절부터 줄곧.

"미안해."

"제대로 사과해."

"내가 잠시 정신을 놨어. 그래, 네 말대로 주제도 모르고 끼어들
었네. 미안해."

"흥."

"다신 이런 일 없을 거야. 이번 주까지 다 정리할게. 아니, 정리하려고 했어. 그러니까 우리 엄마한테는 피해 안 가게 해 줘. 전부 내가 잘못한 거니까. 부탁할게."

지은은 미련 없이 사과했다. 가진 게 아무것도 없는 자신과 말 한마디로도 제 생활을 위협할 수 있는 주연. 잘잘못을 따질 필요도 없이 어느 쪽이 굽히고 들어가야 할지는 선명하게 알 수 있었다.

그제야 주연은 붙잡고 있던 지은의 머리채를 놓아주었다. 머리카락을 한 움큼 뽑아낸 주연은 손바닥을 탈탈 털어 냈다.

"이번 일은 나도 너한테 부탁한 게 있으니까 넘어가겠는데, 다시는 잊지 마."

"……."

"우리 부모님이 너희한테 아무리 잘해 줘도 네 주제는 똑똑히 기억하라고."

주연은 비웃음이 가득한 얼굴로 지은의 이마를 기분 나쁘게 밀어 댔다.

"윤지은은 송주연의 하녀라는 거. 응?"

지은이 무기력하게 고개를 끄덕이자, 주연은 만족스럽다는 듯이 제 차로 걸어갔다.

송주연의 하녀라. 서글프지만 틀린 말은 아니었다.

어린 시절, 주연의 거짓말로 어머니가 일자리를 잃을 뻔했던 걸 지켜봤으니까. 그때부터 지은은 주연에게 맞춰 줄 수밖에 없었다.

"하아."

지은은 외제 차에 올라타는 주연을 망연하게 바라보았다. 폭풍이

불고 간 자리는 폐허가 되었다. 그녀는 헝클어진 머리를 쓸어내렸다.

슬프지는 않았다. 주제넘은 짓을 해서, 욕심부린 벌을 받는 거라고 생각하면 억울할 것도 없었다. 그러나 마음은 난도질이라도 당한 것처럼 아팠다. 잡히지 않을 희망을 희망이랍시고 기대었던 자신이 우습게 느껴졌다.

'그래, 내 주제에 무슨 연애야.'

시작부터 어긋난 만남이었다. 그런 만남이 마지막까지 좋을 리가 없었다. 자신은 대체 뭘 바라고 있었던 걸까? 여긴 백마 탄 왕자도 없고, 자신은 신데렐라도 아닌데.

잠시 착각하고 있었다. 하루하루 먹고살기에도 빠듯한 형편에 그런 감정은 사치라는 걸. 여기서 끝내는 게 맞는다는 것을.

헝클어진 머리카락을 정돈한 지은은 떨어진 목도리까지 주워 매고서 다시 걸음을 옮겼다. 찬바람이 그녀의 붉어진 눈가를 스쳤다. 눈물이 나올 것만 같았다.

세 번째로 만나는 날, 그녀에게서는 짙은 화장품과 향수 냄새가 났다.

성준은 평소보다 진하게 화장을 하고 나타난 그녀를 바라보았다. 눈가가 왠지 부은 듯했지만 알은체하지 않았다. 그저 준비해 둔 데이트 코스를 밟아 갈 뿐이었다.

"송주연 씨, 식사부터 할까요?"

"……네."

그러나 함께 있는 시간이 길어질수록 이별이 가까워지고 있다는 것을 성준은 모를 수가 없었다.

미슐랭 셰프가 운영하는 레스토랑이었다. 식사를 맛깔나게 하는 그녀가 좋아할 거라고 생각해서 예약한 곳이었다. 그러나 식사 내내 그녀의 표정은 굳어 있었다. 음식도 먹는 둥 마는 둥 해서 제가 알던 그녀가 맞는지 의심스러울 정도였다.

성준은 안 그래도 없던 입맛이 뚝 떨어지는 듯한 기분을 느꼈다. 오늘 만난 그녀는 평소의 송주연과는 거리가 멀었다. 영혼이 빠진 것처럼 무기력하고 공허해 보였다.

그래서 걱정이 됐다. 무슨 일이라도 있는 건지, 몸 상태가 별로 좋지 않은 건지. 그러니 오늘은 이쯤 하고 다음에 또 만나는 건 어떤지 물어보려던 찰나였다.

"차성준 씨."

메인 요리를 아직 반도 먹지 못한 그녀가 식기를 내려놓았다. 그를 부르는 목소리가 마치 사형 선고라도 내리는 것처럼 느껴졌다.

맥없는 목소리. 어딘지 슬픔이 스며든 목소리가 성준의 심장을 쥐었다 풀어 대고 있었다.

"오늘 저 때문에 사진전 티켓까지 예매해 주신 건 알지만……."

"……."

"죄송해요. 더는 차성준 씨를 만날 수 없어요."

입술을 깨문 채로 고개를 숙이는 그녀를 성준은 말없이 바라보았다.

어째서일까. 거절당한 건 자신인데 그녀가 더욱 괴로운 것처럼 보였다.

하지만 오히려 성준은 차분했다. 예감했기 때문이었다. 약속 장소에서 그녀를 마주한 순간부터. 그녀의 눈동자에 떠오른 체념과 무력함을 읽었을 때부터…….

"왜?"

"……."

"이유를 들어 보고 싶군요."

그 또한 손에 쥐고 있던 식기를 단호하게 내려놓았다. 식기가 탁 부딪치는 소리에 그녀의 몸이 움찔거렸다. 단순한 거절이 아니라 죄지은 것처럼 행동하는 그녀의 모습을 성준은 이해할 수가 없었다.

그녀는 여전히 시선을 내리깐 채로 고요하게 말을 이었다.

"처음부터 말씀드렸다시피, 차성준 씨는 제 스타일이 아니에요."

"……."

"만날 때마다 부담스러웠어요. 앞으로는 그러고 싶지 않고요."

"……."

"그러니까 차성준 씨도 다른 사람을……."

"그만."

성준은 지루한 코미디 영화라도 보는 것처럼 싸늘한 시선으로 그녀를 바라보았다. 날카롭게 말을 잘라 내자 겁먹은 아이처럼 들썩이는 어깨가 작고도 가녚다. 성준은 낮게 한숨을 내쉬었다.

"송주연 씨, 나는 바보가 아닙니다."

"……."

"눈에 훤히 보이는 거짓말에 넘어갈 만큼 무르지 않다는 말입니다."

무슨 일이라도 생긴 걸까. 성준은 그동안 그녀와 함께했던 시간이, 그 속에 담긴 설렘이 거짓이 아니라고 믿었다. 서로를 향해 천천히 스며들던 감정은 속이려야 속일 수 있는 게 아니었다.

혹여 불길처럼 일어난 제 마음이 그녀의 마음보다 훨씬 크다 해도, 계속 만날 수 있을 줄 알았다. 성준이 내미는 손을 잡아 줄 거라고 생각했다.

"송주연 씨는 나를 차는 입장입니다. 나에게 차이는 입장이 아니라."

"……네."

"그런데 왜 떨고 있습니까. 내가 잡아먹는 것도 아닌데."

"……."

"오히려, 송주연 씨 때문에 내가 더 아픈데."

그녀의 흔들리는 시선이 성준을 향했다. 그제야 그녀를 똑바로 마주하게 된 성준이었다.

부은 듯한 눈가는 잘못 본 게 아니었다. 젖어 있는 눈동자는 못 본 사이 그녀에게 무슨 일이 생겼음을 알려 주고 있었다. 성준은 욱신거리는 마음을 가다듬었다.

"무슨 일이 있었는지 묻지 않겠습니다."

"……."

"하지만 다음에 만날 때는 거짓말 같은 건 하지 말아요. 안 어울리니까."

"다음이라니……."

"시간을 더 주겠습니다."

놀란 토끼 눈을 한 그녀가 안 된다는 듯 연신 고개를 저었다.

"차성준 씨, 저는 더 이상 당신을……."

"아니면 나를 보면서 똑바로 말해 봐요. 내가 싫다고, 만나고 싶지 않다고. 눈앞에서 꺼졌으면 좋겠다고."

"그런 걸……."

"거짓말을 하려면 그 정도 배짱은 있어야 하는 겁니다. 송주연 씨."

상처받은 시선이 성준을 스치고 있었다. 그런 말을 어떻게 하냐는 듯, 그녀의 젖은 눈동자를 발견한 그는 확신을 가지고서 말을 이었다.

"기다릴 겁니다."

"……차성준 씨."

"송주연 씨가 납득할 만한 이유를 댈 때까지."

"그러지 말아요."

"나는 당신 놓아줄 생각 없으니까."

간신히 매달려 있던 눈물이 그녀의 뺨을 타고 흘러내리는 게 보였다. 그러나 성준은 닦아 줄 수 없었다. 걷잡을 수 없이 커져 버린 마음과 달리 두 사람은 아무 사이도 아니었으니까.

그녀가 왜 떠밀리듯 이별을 말하는 건지 알 수 없지만 성준은 물러서지 않을 예정이었다. 처음으로 자신을 푹 잘 수 있게 해 준 여자였다. 평생을 무뚝뚝하게 살아온 그를 웃게 한 여자였다.

쉽게 놓아줄 수 있을 리가, 없었다.

"오늘 만남은 여기까지 하죠. 그리고⋯⋯."

성준은 의자 밑에 두었던 쇼핑백을 그녀에게 건넸다. 세 번째 만남을 위해서 준비한 선물이었다.

"생각나서 산 겁니다."

"이건⋯⋯."

"송주연 씨에게 디지털카메라는 있을 것 같고, 그래서 좋은 장비를 사 주는 건 의미가 없을 것 같아서 폴라로이드 카메라를 샀습니다."

"⋯⋯."

"아날로그 감성, 좋아한다고 해서."

카메라까지 선물한 그는 자리에서 일어섰다. 더 이상 데이트를 이어 갈 분위기도 감정도 아니었다. 카메라를 받을 수 없다는 대답까지 들을까 봐 조마조마했지만, 다행히도 그녀는 거절하지 않았다.

"미안해요."

"다시 연락하겠습니다."

"정말 미안해요, 차성준 씨."

다만 그녀는 울먹이는 목소리로 이유 모를 사과만 할 뿐이었다.

고맙다는 말을, 그래서 환하게 웃는 모습을 보고 싶어서 준비했는데. 이렇게 될 줄은 전혀 예상하지 못했다. 자신은 차성준이었으니까.

한 번도 이성에게 거절당한 적 없고, 거짓말하는 상대를 이해하거나 봐준 적도 없는 차성준이었으니까. 그래서 누군가에게 푹 빠져 버린 마음도, 눈물 한 방울에 이토록 전전긍긍하는 것도 그는 낯설기만 했다.

"흐윽……."

터져 나오는 울음소리에 심장이 저릴 수도 있구나. 성준은 쓰게 웃으며 레스토랑을 빠져나왔다. 아버지의 거짓말도 마찬가지였지만 이번에도 거짓말은 참 지독하게 느껴졌다. 그녀에게서 풍기던 향수 냄새처럼.

그날 이후로 성준은 또다시 불면증으로 잠을 이루지 못했다. 아니, 오히려 전보다 증세가 심해진 것 같았다.

회사에서 근무할 때도 그녀의 웃는 모습은 불시에 떠오르더니 그의 마음을 흔들어 놓았다. 맑고도 다정한 목소리는 귓가에서 자꾸만 맴도는 듯했다.

누군가를 좋아한다는 감정이 무엇인지 알아 가고 있던 그였다. 그녀를 통해서 자신도 무채색의 일상을 벗어날 수 있을 거라고 생각했다. 그러나 처음으로 맺힌 감정의 봉오리가 피기도 전에 관계는 칼로 잘라 내듯 단절되었다.

성준은 힘들었다. 이제는 연락조차 받지 않는 그녀의 반응에 누군가 심장을 쥐어짜 내듯 아팠다. 그렇게 시간은 의미 없이 흘러가고 있었다.

주연은 손톱을 물어뜯고 있었다.

얼마 전에 윤지은이 그 남자와 정리했다는 소식을 들었다. 그러나 그것만으로는 속이 풀리지 않았다. 조금 더 지은을 괴롭힐 수 있는 수단이 필요했다.

처음부터 지은을 싫어한 건 아니었다. 지은이 제집에 얹혀산다고 했을 때, 주연은 또래 친구가 생겼다는 사실에 기뻐했다. 자신의 장난감과 옷을 나누어 줬을 정도로. 그러니까 초등학교에 입학하기 전까지는.

'지은이는 피부가 희어서 뭘 입어도 잘 어울리는구나.'

'학원에도 안 다닌다더니 어쩜 저리도 똑똑할까.'

'지은아, 학교 마치면 우리 형석이랑 안 놀래? 아줌마가 맛있는 간식 해 줄게.'

제가 봐도 지은은 예쁜 아이였다. 비단 겉모습뿐 아니라, 가난한 생활에도 불구하고 행동이나 태도에 전혀 구김살이 없었다. 오히려 주변 사람들은 밝고 긍정적인 지은을 보며 있는 집 자식이 분명하다고 생각할 정도였다.

주연도 지은의 해맑음을 좋아했다. 옆에 있으면 덩달아 좋은 사람이 된 것 같은 기분을 느꼈으니까. 그래서 친구들이나 그들의 부모님이 은근하게 자신과 지은을 비교해도 개의치 않았다. 누가 뭐라 해도 지은은 그녀의 가장 친한 친구였으므로.

'주연아, 너도 지은이처럼 발표도 열심히 하고 그래야지. 그래야

선생님이 좋아하시지.'

'부끄러워서⋯⋯.'

'보렴. 지은이는 잘만 해내잖니?'

하시만 주연의 부모가 습관처럼 지은과 비교하기 시작한 후로, 그들의 관계는 미묘하게 어긋나기 시작했다.

한 번 보고 스쳐 지나갈 사람들의 말은 가볍게 씻어 내면 그만이었다. 그러나 부모의 말이 절대적이라고 생각하는 시기에 격려보다 비교를 먼저 당했던 주연은 상처를 받고 말았다.

게다가 한번 시작된 지은이와의 비교는 그녀가 중학교에 입학하고 나서도 계속되었다.

'지은이는 학원도 안 다니고 전교권에서 논다는데, 주연이 너는 과외를 붙여 줘도 왜 그 모양이니?'

'나도 열심히 했어.'

'열심히 한 게 고작 그거야? 지은이 하는 거 반만 닮아 봐. 같은 학교 부모들 만날 때마다 얼굴을 못 들겠네, 정말.'

그때쯤 주연의 마음은 이미 비틀리고 비틀린 상태였다. 끊임없는 비교에 지은과는 거리를 둔 지 오래였고, 집에서도 인사는커녕 싸늘하게 스쳐 지나갈 뿐이었다.

게다가 사춘기였다. 한창 예민한 시기여서 그런지 자신을 둘러싼 환경이 아니꼽게만 느껴졌다. 그래서 잔소리만 해 대는 부모도 꼴

보기 싫었고, 비교의 대상이었던 지은도 원망스러웠다.

주연은 교내에서 항상 친구들에게 둘러싸여 환하게 웃고 있는 지은을 볼 때마다 뱃속이 끓었다.

'거지 같은 게…….'

윤지은만 없었다면 자신의 속도 이렇게까지 문드러지진 않았을 텐데. 매번 초조하고 부모에게 비교당할까 봐 애를 쓰지 않아도 됐을 텐데.

주연의 분노는 제게 손가락질하는 부모가 아닌, 부모의 손가락 끝에 있는 지은에게 향하고 있었다. 그쪽이 훨씬 편하니까. 마음만 먹으면 망가뜨릴 수 있다고 생각했으니까.

'지은아, 교복 좀 빨아. 가난한 거 티 내는 것도 아니고 냄새나잖아. 구린내.'

그래서 다른 친구들이 보는 앞에서 망신을 주거나,

'윤지은, 낄 데 안 낄 데 구분 못 해? 누가 아빠 없이 자란 거 아니랄까 봐.'

지은의 형편을 밑도 끝도 없이 까발리고 분위기를 선동했다. 그녀의 집안 사정이 교내에 퍼지는 건 시간문제였다.

그러나 그게 전부였다. 지은은 제가 생각했던 것보다 훨씬 굳세었다. 주연이 아무리 괴롭혀도 지은이 흔들리는 건 잠시뿐 다시 일어서서 빛을 내듯이 웃어 보였다. 그 빛을 지켜 주려는 사람도 여럿이었다.

그럴수록 주연은 오기가 생겼다. 자신의 처지와는 반대로 행복해 보이기만 하는 지은을 밑바닥까지 끌어내리고 싶었다. 그렇게 하이에나처럼 그녀의 주변을 맴돌던 주연은 의도치 않게 그 방법을 발견했다.

'송주연, 나 괴롭히는 것도 정도껏 해. 이러는 거 유치하지도 않아?'

이동 수업 시간이었다. 참고 참다가 폭발한 지은이 주연을 찾아왔다. 자신을 괴롭히는 것도 모자라 이번에는 친구까지 건드리는 바람에 화가 난 것이었다.

그러나 주연은 자신에게 열렬히 반응하는 지은이 가소롭기만 했다. 여유 없이 분노하는 모습이 고소했다. 항상 웃기만 하던 지은이 아니꼬웠던 주연에게는 반가운 반응이었다.

'있는 그대로를 말하는 것뿐인데 뭐가 유치하다는 거야?'
'가난하니까 어울리지 말라고 이간질하는 게 유치하지 않다고?'
'응, 그게 뭐 어때서? 틀린 말도 아니…… 꺅!'

그 순간 얄밉게 대답하던 주연은 발을 헛디디고 말았다. 때문에 바로 뒤에 있던 계단으로 형편없이 굴러떨어졌고, 지은은 손쓸 도리

없이 굴러떨어진 주연을 보며 놀랄 뿐이었다.

홀로 북 치고 장구까지 치다가 다치게 된 주연이었다. 그러나 응급실로 달려온 부모에게 주연은 안색 하나 바꾸지 않고 거짓말을 했다.

‘윤지은이 그랬어. 걔가 날 계단으로 밀었어.’
‘사실이니?’
‘응. 가난해서 나를 질투했나 봐.’

주연의 부모가 지은과 그녀의 어머니를 도와준다 해도 팔은 안으로 먼저 굽는 법이었다. 아무리 그들에게는 부족해 보이는 딸일지라도 자식은 자식이었다.

그 사고 이후로 주연은 제가 가진 것들을 다루는 방법을 깨달았다.

‘우리가 지은이네 딱하게 여기고 있는 건 알죠? 그런데 이런 식이면 곤란해요. 같이 지내는 애들끼리 싸움이라니. 다른 아주머니를 구할 수밖에 없다고요.’
‘저 정말 아니에요. 주연이 민 적 없어요. 손도 안 댔다구요.’
‘윤지은! 변명하지 말고 얼른 사과부터 드려. 정말 죄송합니다, 사모님. 홀로 키우느라 부족한 점이 많아서 그랬나 봅니다. 죄송합니다.’
‘아닌데. 나 정말 아닌데……’

더불어 윤지은을 제 입맛대로 굴리는 방법도 마침내 알게 되었다.

병문안을 온 지은과 그녀의 어머니가 자신에게 허리 숙이는 것을 보면서. 무엇보다 어머니가 해고될 위기에 쩔쩔매는 윤지은을 보면서 주연은 속으로 회심의 미소를 짓고 있었다.

그날 이후로 송주연은 제 손아귀 안에서 지은을 마구 굴려 댔다.

부모에게 잔소리를 들은 날에는 그 분노를 지은에게 풀어 댔고, 가끔 반항할 때는 그녀의 어머니를 인질로 두고 협박했다. 덕분에 윤지은은 매번 자신의 행동을 눈감아 주었다.

당연히 부모는 모르는 일이었다. 애초에 알게 놔두지도 않았다. 자신만의 세계에서 윤지은을 굴려 대던 주연의 행동은 경계선이 없었다. 그래서 시간이 지날수록 윤지은은 점점 무력해졌고, 찬란했던 빛도 전력이 꺼져 가는 전등처럼 희미해졌다.

송주연은 그렇게 괴물이 되었다.

누구도 그녀의 행동을 저지할 사람이 없었기에 그녀는 멈출 줄을 몰랐다. 오랜 시간 쌓이고 쌓인 폭력은 습관으로 남았고, 이제 윤지은을 괴롭히는 일에는 죄책감도 들지 않았다. 그저 흘러가는 일상 중 하나일 뿐이었다.

대리 맞선을 부탁한 친구가 상대 남자와 눈이 맞았다는 것. 다른 친구였다면 뭐 그런 일도 다 있냐며 웃어넘겼을 것이다. 애초에 주연의 곁에는 남자 친구가 있었으니까.

그러나 그 친구가 '윤지은'이라면 상황은 달라졌다.

송주연이 두 눈을 뜨고 있는 이상 그 애는 행복해지면 안 됐다. 자신보다 잘나서도, 좋은 일이 생겨서도 결코 안 되는 애였다. 그래서 딱히 대수롭지 않은 일에도 눈까지 뒤집어 가면서 두들겨 팼다.

하지만 꼬리를 내리는 지은을 보면서도 속은 다 풀리지 않았다.

'그 남자는 윤지은이 어떤 처지인지 알고 있을까?'

송주연은 어떻게 해야 윤지은을 더 깔아뭉갤 수 있을지 고민하고 있었다. 잘 만나고 있던 그 남자 앞에서 망신을 주면 좋을 것 같았다.

'혹시 모르고 있다면……'

만약 그 남자가 윤지은이 형편없는 여자라는 걸 알게 되면 어떨까? 서로의 조건을 보고 만나는 맞선 자리였던 만큼 배신감을 느끼지 않을까? 윤지은, 그 계집애가 진실은 밝히지 않고 발만 쏙 **빼낸** 거라면?

주연의 입술이 매끄럽게 올라갔다. 재밌는 생각이 떠오른 그녀는 탁상에 놓인 캘린더를 살펴보았다. 일정을 하나하나 확인하던 주연은, 이내 수요일 저녁에 있는 'S그룹 해외 시장 진출 축하 기념회'를 발견했다. 그리고 바로 지은에게 전화를 걸었다.

"지은아, 수요일 저녁에 시간 비니?"

— 아니. 저녁엔 아르바이트해야 해.

지은은 빠르게 연락을 받았지만 시간이 나지 않는다는 대답에 주연은 인상을 구겼다.

"그럼 그날은 빼고 나 좀 도와주라."

— 미안한데, 너도 알잖아. 생활비 벌어야 하는 거.

"수표 한 장이면 되는 거지?"

— 어?

"다음 주 수요일 저녁에 우리 그룹 파티 일정이 하나 있거든. 거기 일손 좀 도와줬으면 해."

어차피 자신의 그룹 파티였으니 자리 하나 만드는 것쯤은 일도 아니었다. 게다가 주연에게 수표 한 장은 껌값이었지만 지은에게는 큰돈이라는 것을 알고 있었다.

윤지은은 자신이 깔아 둔 덫을 보란 듯이 밟을 것이다. 윤지은은 제가 생각하는 것보다 훨씬 가난하니까.

"편의점에서 최저 시급 겨우 받는 것보다 나를 도와주는 게 낫지 않겠어?"

— 사람이 그렇게 부족하대?

"그런가 봐. 이번 파티 우리 부모님께서 되게 신경 쓰고 계시거든. 알지? 몇 년 전부터 중국 시장 벼르고 계셨던 거. 아, 말해 봐야 모르려나?"

이번 연회에는 S그룹의 외동딸인 주연뿐만 아니라 수많은 그룹의 인사, 그리고 H그룹 본부장이라던 그 남자도 참석할 것이었다.

모든 사람이 보는 앞에서 망신을 준다면 윤지은은 어떤 표정을 지을까? 다시는 분수에도 맞지 않는 사람을 건드리는 멍청한 짓은 하지 않을 터였다.

— 갈게.

"정말이지?"

— 응, 시간이랑 장소만 문자로 보내 줘. 일당은…….

"연회가 끝나면 바로 계좌로 보내 줄게. 그럼 끊어."

볼일을 마친 주연은 미련 없이 전화를 끊었다. 지루하기 짝이 없던 연회가 이번엔 재밌어질 것 같았다. 그곳에서 자신은 누구보다도 아름다운 여인이 될 예정이었다. 머리부터 발끝까지 눈길이 가지 않을 수가 없는, 빛이 나고 찬란한 여성이.

그리고 차성준, 그 남자에게 아르바이트를 하는 윤지은을 보여 주고서 자신이 진짜 송주연이라고 똑똑히 말해 줄 것이다. 그러면 그의 관심도 당연히 자신에게 쏠리겠지. 송주연은 윤지은과 비교할 수도 없이 화려하고 아름다울 테니까.

"그 남자가 작업이라도 걸면 어떡한담?"

주연은 키득키득 웃으며 물어뜯었던 손톱 위에 매니큐어를 발랐다. 밝고 진득한 매니큐어는 엉망진창으로 뜯어진 그녀의 손톱을 감쪽같이 가려 주었다.

마치, 지은을 제외한 사람들에게 드러나지 않은 제 본성처럼.

4. 좋아하게 됐습니다

like the last time

지은은 울지 않으려고 했다. 이별을 고하면서 눈물을 터트리는 건 꼴불견이었으니까.

그러나 그녀 때문에 아프다는 말, 놓아줄 생각 같은 건 없다며 기다리겠다는 말이 지은의 가슴을 울렸다. 게다가 그가 건네는 선물을 봤을 때는…….

'아날로그 감성, 좋아한다고 해서.'

받으면 안 된다는 걸 알면서도 그의 다정한 마음씨를 거절할 수가 없었다.

한 번이었다. 세 번을 만나면서 딱 한 번 사진 찍는 게 즐겁다는 말을 했다. 그걸 기억하고서 제게 선물을 했다는 사실이 지은은 기뺐고, 그래서 슬펐다.

그는 참 좋은 사람이었다. 곁에 있기에도 미안한.

— Rrrrrr. Rrrrrr.

이따금 전화가 왔다. 휴대폰 화면을 확인해 보면 일주일에 두세 번은 그에게서 온 연락이었다. 그러나 지은은 받지 않았다.

당장이라도 하소연하고 싶은 마음은 굴뚝같았지만, 그와 그녀 사이에 있는 현실의 벽은 높고도 높았다. 지은은 쓰라린 마음으로 연락을 외면하고 또 외면했다. 결국에는 그의 연락처마저도 삭제했다.

그러나 한 달이 지날 때까지도 그의 연락은 끊이지 않았다. 그 남자의 정직하고도 올곧은 마음 때문에 지은은 종종 울고 싶어질 때가 있었다.

"지은 씨는 B 파트 관리해 줘. 무슨 일 있으면 매니저님에게 바로 연락하고."

"알겠습니다."

"그리고 우석 씨는 C 파트에서……."

오늘은 'S그룹 해외 시장 진출 축하 기념회'가 있는 날이었다. 그동안 국내에서만 입지를 다지던 호텔 기업이라 그런지, 중국과의 계약 체결은 해외 시장 진출의 첫걸음이라는 점에서 큰 의미가 있었다.

지은은 이런 자리와 인연이 없었지만 주연의 제안으로 오늘 하루만 일하게 되었다. 화려하고 웅장한 내부를 은근하게 둘러보던 그녀는 내심 감탄하는 중이었다.

TV나 인터넷에서 본 기업인, 그리고 연예인들이 서로를 잘 아는 듯이 이야기를 나누고 있었다. 그들은 익숙하게 연회를 즐기고 있었고, 그들이 마시고 먹는 식음료를 정리하고 관리하는 게 지은의 역할이었다.

그녀는 테이블에 놓인 빈 유리잔을 정리하고 있었다. 그때, 누군가 그녀의 어깨를 톡톡 두드렸다.

"일은 잘하고 있어?"

"주연아."

"나한테 고마워해야 한다? 이런 자리 아무나 참석할 수 있는 거 아니거든. 직원이라도 말이야."

그녀를 찾아온 사람은 송주연이었다. 일순간 지은은 눈부심이라도 느낀 사람처럼 연신 눈을 깜박였다. 연회를 위해서 한껏 꾸미고 온 주연은 정말 예뻤기 때문이었다.

등허리에서 찰랑거리는 머리카락, 매끄러워 보이는 피부결과 고운 라인. 그리고 밤하늘을 수놓은 것처럼 아름다운 별빛 드레스까지.

워너비 스타라고 해도 손색이 없을 정도로 화려한 모습에, 지은은 대답해야 하는 것도 잊고 주연을 빤히 바라보았다. 주연은 우쭐해졌다.

"왜 그렇게 쳐다봐? 부럽니?"

"아니, 예뻐서."

"응?"

"예뻐서 봤어. 동화 속에 나오는 공주님 같아서."

자신에게 누군가를 부러워할 권리조차 있을까? 그런 것도 여유가 있어야 가능한 감정이었다. 제 처지를 잘 알고 있는 지은은 고급 브랜드 매장에 있는 마네킹을 보는 것처럼 황홀하게 주연을 바라보고 있었다.

그녀가 순순히 인정하고 칭찬하자 주연은 흥미가 떨어진 듯 가볍게 코웃음을 쳤다.

"뭐, 어쨌든 고생해. 나는 좀 바빠서."

"응."

"나중에 봐, 윤지은."

주연은 생긋 웃으며 지은에게 등을 돌렸다. 사뿐하게 걸어가는 모습마저도 나비 같았다. 지은은 이 연회에서 가장 이목을 끄는 사람이 주연이라고 확신할 수 있었다.

비단 S그룹 외동딸이어서가 아니라 연예인처럼 아름다운 겉모습 때문에라도.

"저기 봐, 이제 왔나 봐."

"누구?"

"있잖아. H그룹의……."

아니, 너무 이른 판단이었을까? 일순간 연회장이 소란스러워졌다. 주연에게 꽂혀 있던 사람들의 시선이 순식간에 옮겨졌다. 이제 막 연회장으로 들어온 누군가를 향해서.

벌써부터 사람들에게 둘러싸이는 바람에 누군지는 확인하지 못했다. 그러나 엄청난 인물이 연회에 참석했다는 건 지은도 충분히 예상할 수 있었다.

'유명한 연예인일까? 아니면 알 만한 사람은 다 아는 기업인?'

평생 할 사람 구경은 다 해 본다고 생각하던 순간이었다. 둥근 인파가 연회장 가운데를 천천히 가로지르고 있었다. 가까워지는 인파를 보며 지은은 그 중심에 선 사람을 호기심에 힐끗 바라보았다.

하지만 그와 동시에 그녀의 머릿속이 정지했다.

'말도 안 돼……'

이번 연회에서 가장 이목을 끄는 사람은, 그래서 지금도 사람들에게 둘러싸여 연예인만 한 인기를 얻고 있는 사람은 다름 아닌 그 남자였다.

그녀와 좋은 시간을 보냈던, 그러나 보내 주어야만 했던 차성준……

예상치 못한 재회에 그녀는 고개를 푹 숙였다. 혹시 눈이라도 마주쳤을까? 그의 시선이 이쪽을 향했던 것 같은데……. 아니, 자의식 과잉이었다. 사람이 이렇게 많은데 그가 자신을 알아볼 수 있을 리가 없었다.

그러나 심장은 터질 것처럼 쿵쿵 뛰어 대고 있었다. 지은은 가빠지는 숨결을 느끼며 들썩이는 가슴 위에 손을 올려놓았다.

'차분하게 행동하자.'

아까처럼 묵묵히 할 일만 해낸다면 들킬 일도 없을 것이다. 여긴 화려하고 멋진 사람이 많은 곳이고, 그에 비해 자신은 그림자처럼 어둡고 조용했으니까.

평소처럼 행동한다면 그가 자신을 알아볼 일은 전혀…….

"실례지만."

"……."

"와인 한 잔 부탁하죠."

그 순간, 머리 위로 들려오는 익숙한 목소리에 그녀의 몸이 딱딱하게 굳어 버렸다. 어떻게? 분명히 연회장 가운데에서 빛을 받고 있던 남자였는데, 언제 이렇게 가까워진 걸까?

지은은 떨리는 손으로 화이트 와인이 든 유리잔 하나를 성준에게 건넸다. 고개도 들지 않은 채였다. 그가 자신을 몰라줬으면 했다. 지금 이 순간부터 앞으로도 계속.

"……좋은 시간 되십시오."

"기꺼이."

그는 와인 잔을 받아 들더니 곧바로 등을 돌렸다. 혹시 눈치채지 못했던 걸까? 그제야 지은은 고개를 들어 성준의 뒷모습을 바라보았다.

한참을 올려 봐야 할 정도로 커다란 키. 단단한 근육으로 균형이 잡힌 몸은 슈트를 잘 소화해 내고 있었다. 깔끔하게 쓸어 올린 머리카락과 우아한 자태는 누가 봐도 잘난 사람의 표본처럼 보였다.

'정말 대단한 사람이었어.'

주연의 부탁이 아니었다면 절대로 만나지 못했을 남자였다. 주연을 볼 때도 일지 않았던 열등감이 피어오르고 있었다. 자신과는 다른 세계에 사는 남자라는 게 이제야 실감이 났다.

그녀는 구색만 간신히 갖추고 있는 싸구려 정장을 괜스레 매만졌다. 깔끔하게 틀어 올렸을 뿐인 머리카락도 오늘따라 밋밋해 보였다. 지은은 조금 시무룩해졌다.

그렇게 별다른 사건 없이 연회가 진행되는 건가 싶었는데, 그녀로서는 예기치 않은 상황이 자꾸만 일어났다. 예를 들어…….

"오늘 준비한 와인은 뭐죠?"

"……독일산 아이스바인입니다."

"생각보다 단맛이 강하네요."

연회의 주인공이나 다름없는 성준은 틈만 나면 지은에게 다가와 시답잖은 말을 건넸다. 그녀가 들고 있는 화이트 와인에 대해 묻는 건 시작일 뿐이었다.

"혹시 여기에 있는 핑거 푸드 먹어 봤습니까?"

"아니요, 먹어 보지 못했습니다."

"그럼 대신 맛을 봐 줬으면 좋겠군요. 내가 맛이 없는 건 먹지 않아서."

그는 그녀에게 음식을 먹어 달라고도 요청했다. 많고 많은 음식과 넓디넓은 연회장에서 하필이면 그녀가 관리하는 테이블을 서성거리며.

그녀는 직원이었으니 연회에 참석한 그의 부탁을 들어주지 않을 이유도 없었다. 그래서 본의 아니게 테이블에 놓인 수많은 음식을 배가 부를 정도로 먹고 나니.

"맛이 어떻습니까?"

"……맛있습니다."

"그럼 가장 맛있는 걸 골라 보도록 해요. 세 개 정도."

이번에는 가장 맛있었던 거 세 개만 골라 달란다. 이쯤 되면 그가 자신을 놀리고 있는 거라고밖에 생각할 수 없었다. 그가 다시 그녀를 찾아왔을 때부터 이미 시선을 마주한 지는 오래였으니까.

덩달아 그녀가 부잣집 외동딸이 아니라 누군가의 밑에서 일하는 사람이라는 사실도 알았을 것이다. 그런데도 성준은 화를 내지 않았다. 복수라도 하는 건가 싶었지만, 그의 눈동자에는 분노의 기미가 조금도 느껴지지 않았다.

'어째서?'

실망할 줄 알았다. 어째서 속였느냐며, 멋대로 연락을 끊어 버리면 좋으냐며 몰아붙일 줄 알았다. 그동안 자신은 성준을 몹시 힘들게 했으니까.

그러나 그는 아무 일도 없었던 것처럼 그녀를 대하고 있었다. 오히려 거리를 두었던 게 미안해질 정도로 다정하게.

지은은 사람들 속으로 사라지는 그를 바라보다가 맛있었던 음식 몇 가지를 접시에 담아냈다. 그가 돌아왔을 때 건네줄 생각이었다. 그리고 빈 유리잔을 가지런히 정리했다.

— 지은 씨, 카나페 준비 다 됐어.

"금방 가지러 가겠습니다."

— 오면서 음식 상황 체크하는 거 잊지 말고.

무전을 들은 지은은 제 구역에 있는 음식 중에서 새싹비빔밥이 거의 동이 났다는 것을 확인했다. 조리실에 들어간 지은은 음식 상황을 보고하고, 동시에 연어 카나페가 든 쟁반을 손에 쥐었다.

"지은 씨, 카나페는 제가 옮길 테니까 화이트 와인만 옮겨 주세요."

"괜찮아요, 우석 씨."

"은근히 무거운데……."

바로 옆 구역을 관리하고 있는 우석이 도와주겠다고 했지만, 한때 식당에서 일했던 지은은 거뜬하게 음식을 들어 올렸다. 오랜 시간 자리를 비워선 안 됐기 때문에 그녀는 곧바로 제 구역을 향해서 걸음을 옮겼다.

그때, 연회의 중심에 있어야 할 주연이 또다시 모습을 드러냈다. 주연은 한창 바삐 움직이고 있는 지은에게 일부러 다가섰다.

"지은아, 잠깐 할 말이 있는데."

"이것만 옮기고 나서 얘기하자."

"바쁜 거 아니니까. 응?"

"미안한데, 조금만 비켜 주면…… 아!"

일순간 지은의 발목이 주연의 뾰족한 구두에 걸어차였다. 처음에는 긴 치맛자락에 엉킨 거라고 생각했지만, 찌를 듯이 느껴지는 통증에 주연이 일부러 자신의 발목을 걸어찼다는 것을 깨달았다.

하지만 그 사실을 깨달은 건 이미 지은이 들고 있던 음식과 함께 형편없이 넘어진 뒤였다.

"어머, 괜찮니?"

"아……."

"그러게 조심 좀 하지 그랬어. 뭐가 그렇게 급하다고."

걱정하는 듯한 어조였지만 그 속에 담긴 비웃음을 눈치채지 못할 리 없었다. 지은은 홀로 나뒹구는 쟁반과 벨벳 카펫에 진득하게 눌어붙은 카나페, 그리고 볼썽사납게 흐트러진 제 꼴을 물끄러미 바라보았다.

엄청난 파열음이 난 터라 연회장 안에 있던 사람들의 시선이 지은에게 꽂혔다. 당황스러웠다. 이런 실수를 저지를 거라고는 생각도 못 했던지라 머릿속이 터질 듯이 혼란스러웠다.

"그러게 내 말을 들었더라면 넘어지지도 않았을 거 아니야, 지은아. 이게 얼마짜리 드레스인 줄은 알아?"

주연이 무슨 말을 하는지는 들리지도 않았다. 그저 떨어진 것들을 주워야겠다는 생각뿐이었다.

제 손이 엉망으로 질척해져도, 소란스러운 주연 때문에 사람들이 점점 모여들어도, 그녀는 죄송하다고 연신 사과할 뿐이었다.

"무슨 일이야?"

"수정아, 얘가 걔야. 나 대신 맞선 나갔던 애."

"아아, 너 몰래 차성준 씨 만났다던?"

주연은 어느새 제 옆으로 다가온 수정에게 지은을 소개했다. 그러자 수정은 노골적으로 그녀를 향해 비아냥거렸다.

지은을 중심으로 둘러싸고 있던 사람들은 간간히 들리는 '차성준'이라는 이름에 조금씩 반응하고 있었다. 그들의 냉정한 시선이 지은의 몸을 훑어 내렸다.

"차성준? 이 여자랑?"

"송 사장 딸이 하는 말을 들어 보니 맞나 본데?"

"에이, 차 대표도 보는 눈이 있지."

그제야 지은은 주연이 자신을 연회에 부른 이유를 알 것 같았다. 자신의 심기를 건드린 값을 제대로 치르게 하겠다는 생각인 것이다. 그 남자도 오는 자리였으니 망신을 주기엔 최적의 장소였을 거고.

하지만 굳이 이런 짓까지 하지 않아도 알고 있었다. 자신은 그 남자와 어울리지도 않고, 오히려 그의 격을 떨어트릴 정도의 여자라는 걸.

감당할 수 없는 상황에 한껏 당황한 지은은 그가 다가오고 있다는 것도 눈치채지 못했다. 떨어진 음식을 허겁지겁 주워 담기 바쁜 그녀의 옆에 그가 우뚝하니 멈추어 설 때까지.

마침내 화가 난 듯한 목소리로 그녀를 부를 때까지도.

"일어나요."

"죄송합니다. 죄송합니다."

"일어나라고 했습니다."

"얼른 치우겠습니다. 죄송……."

"윤지은 씨."

익숙하고도 그리웠던 목소리에 지은은 반사적으로 고개를 들어 올렸다. 잘못 들은 게 아니라면, 자신을 아프도록 바라보고 있는 이 남자는 분명히 제 이름을 불러 주었다.

송주연이 아니라 윤지은이라고…….

"그거 내려놓고 이리 와요."

"……."

"사람 화내는 꼴 보고 싶지 않으면."

지은은 자신에게 내밀어진 성준의 커다란 손을 물끄러미 바라보았다. 심장이 달리기라도 하는 것처럼 빠르게 뛰고 있었다. 그는 혼란스러운 상황에서도 유일하게 그녀의 편이 되어 주고 있었다. 숨이 턱 끝까지 가쁘게 차올랐다.

그러나 차마 손을 뻗을 수가 없었다. 지금 그녀는…… 몹시 더러웠으니까. 정장에는 셀 수 없이 많은 주름이 졌고, 손은 음식과 바닥을 쓸어 내느라 검은 때가 덕지덕지 묻어 있었다.

무엇보다 자신은 더 이상 부잣집 외동딸의 가면을 쓴 송주연이 아니었다. 돈도 시간도 없고, 남들 밑에서 일하는 게 편한 윤지은이었다.

"그럴 수는 없어요."

"윤지은 씨."

"죄송하지만 저는 여기서 근무하는 직원이에요. 제가 저지른 일을 정리해야 하는 건 당연하구요."

"이봐요."

"그러니까 돌아가 주셨으면 좋겠…… 아!"

그녀가 다시 몸을 숙이려던 순간이었다. 바닥을 짚고 있어야 할 자신의 몸이 눈 깜짝할 사이에 공중으로 떠올랐다. 허공을 가로지르는 다리와 갈 곳을 잃은 팔이 허우적거리고 있었다.

차성준, 그 남자의 너른 품에 안겨서.

"당신, 참 말 안 들어. 알고 있습니까?"

"이, 이게 무슨……."

"사람 속 썩이는 게 수준급이라고."

"내려 줘요. 내려 줘요, 차성준 씨."

지은은 아까보다 더 비교할 수 없이 당황스러웠다. 음식을 쏟은 거야 제 불찰이었으니 어쩔 수 없었지만, 그의 품에 공주처럼 안기게 될 거라고는 예상조차 할 수 없었다.

하지만 아무리 가슴팍을 밀어 내고 발버둥을 쳐도 그는 자신의 어깨와 허벅지를 힘주어 안을 뿐이었다. 단단한 손아귀에 그녀의 귓불이 살짝 달아올랐다.

사람들이 웅성거리는 소리가 점점 커져 가고 있었다. 민망해진 지은은 고개만 숙인 채로 더러워진 손만 주무르고 있었다. 그가 얼른 자신을 내려 주거나, 아니면 이 장소를 떠나 주었으면 했다.

그때, 모든 상황을 지켜보고 있던 주연이 같잖다는 듯 코웃음을 쳤다.

"이봐요, 차성준 씨. 그 여자가 당신에게 무슨 짓을 했는지 알긴 하는 거예요?"

주연이 당당한 어조로 묻자, 성준은 계속 말해 보라는 듯 넌지시 시선을 맞추었다. 그러자 주연은 더욱 의기양양해져서 말을 이었다.

"당신의 선 상대는 그 여자가 아니라 나였어요. 내가 진짜 송주연이라구요."

"그렇군요."

"그렇군요라니. 저 여자가 나인 척하고 당신과 선을 보고 데이트를 했다구요."

"아아."

"웃기는 상황 아닌가요? 가진 건 아무것도 없으면서 H그룹 대표인 당신을 만나려고 하다니. 속이 너무 뻔히 보이잖아요."

주연의 말에 주변 사람들은 금세 동조하고 있었다. 아무리 많은 부와 명예를 가지고 있어도 목소리가 큰 사람에게 여론이 기우는 건 똑같았다.

그러나 수군거리는 사람들 속에서도 성준은 전혀 흔들리는 기색 없이 차분하게 대답할 뿐이었다.

"웃기지는 않았고, 오히려 다행이더군요."

"다행이라니……."

"당신처럼 가식적인 여자 한두 번 만나 본 거 아니라서. 아마 그날 상대가 당신이었다면 일찍이 돌아왔을 겁니다."

"무슨!"

"시간 낭비하는 건 딱 질색이라."

별 감흥조차 느끼지 못하는 성준의 대답에 주연은 눈에 띄게 당황했다. 그러자 주변 사람들도 대체 무슨 일이 있었던 거냐며 웅성거렸다. 주연에게 집중되었던 여론이 점점 그를 향해 기울고 있었다.

성준은 지은을 고쳐 안으며 지루하다는 듯 물었다.

"그래서 할 말은 그게 답니까?"

"뭐, 뭐……."

"그럼 먼저 돌아가도록 하죠. 우리가 조금 바빠서."

숨기고 싶었던 사실을 완전히 들키게 된 지은은 어쩔 줄을 몰랐다. 심지어 별다른 동요도 하지 않는 성준의 속을 도저히 알 수가 없었다.

게다가 우리라니…….

여러 감정이 압축되어 있는 듯한 단어에 지은은 해명하려고 애를 썼다. 싸늘하게 가라앉은 분위기 속에서 그녀는 떨리는 목소리를 간신히 틔워 냈다.

"주연아, 그러니까 이게 어떻게 된 일이냐 하면……."

"그럼 벌받으러 갑시다, 윤지은 씨."

"저기, 저기이. 차성준 씨. 잠까안……."

그러나 그녀의 해명을 용납하지 않는 성준이었다. 그는 보란 듯이 등을 돌려서 연회장을 빠져나왔다. 지은은 점점 멀어지는 주연과 사람들을 우물쭈물 지켜볼 뿐이었다.

걸음을 멈출 생각이 전혀 없어 보이는 성준을 보며 지은은 그의 품에서 벗어나는 것을 포기했다. 워낙 단단하게 끌어안고 있는 바람에 몸부림을 칠 재간도 없었다.

"어디 가는 거예요?"

"……."

"차성준 씨……."

대신 연회장을 벗어난 이후로 아무 말도 하지 않는 그를 가만히 올려다보았다. 고집스레 다물린 입술과 힘을 준 건지 평소보다 진하게 드러난 턱선. 그리고 굵은 목울대를 눈에 담아내던 지은은 심장이 쿵쿵 뛰어 대는 것을 느꼈다.

제가 저지른 잘못도 뒤로하고서 그녀의 힘이 되어 준 그에게 미안하고 또 고마웠다. 그래서 긴 말을 하는 대신, 그의 마음만큼이나 따뜻한 가슴팍에 조심스레 이마를 기대었다.

어디로 향하는 건지는 모르겠지만 그와 조금 더 같이 있고 싶었다. 먼저 손을 내밀어 준 이 남자로 인해 지은의 마음이 뜨겁게 달아오르고 있었다.

성준은 한번 발견한 먹잇감은 절대 놓치지 않았다.

그녀와 연락이 두절된 지 한 달 정도가 지났을 때, 시간은 충분히 주었다고 생각한 그는 강 비서에게 넌지시 명령했다.

"송주연 씨 일주일 스케줄 전부 알아내서 보고해."

그녀가 자신을 피해 숨어든다면 그는 작은 틈까지 샅샅이 찾아낼 작정이었다. 함부로 건드리기에는 어린 여자라서 천천히 기다리려고 했지만 이제는 성준이 견딜 수가 없었다.

그녀의 해맑은 얼굴을 보지 않고서는. 종달새처럼 맑고 다정한 목소리를 듣지 않고서는 더 이상.

인정사정 따위 없었던 성준은 그녀를 만난 이후로 자신이 제법 해이해졌다고 생각했다. 그러니까 그녀에게 자신을 떠날 수 있을 거라는 착각 따위를 심어 준 거겠지. 그는 먹잇감을 맴도는 사자처럼 고고하게 그녀의 소식을 기다리고 있었다.

"대표님, 송주연 씨의 일주일간 스케줄입니다."

"수고했어, 강 비서."

"그런데 대표님이 원하시는 정보는 전혀 아닌 것 같습니다."

그러나 며칠 후, 강 비서의 보고를 받은 성준은 예상치 못한 사실을 직면해야 했다.

강 비서가 건네준 사진에는 그녀가 없었다. 아니, 송주연은 있었다. 다만 사진 속의 여자는 그와 달콤한 시간을 보냈던 '그 송주연'이 아니었다. 이게 대체 어떻게 된 일이란 말인가.

"처음에는 잘못 찾은 건가 했지만, 해당 인물은 S그룹 외동딸인 송주연 씨가 확실합니다."

"하지만 강 비서도 알고 있잖아. 이 여자가 아니라는 것쯤은."

"그래서 주변 인물 위주로도 조사해 봤는데, 이렇다 할 정보를 발견하지는 못했습니다."

귀신이 곡할 노릇이었다. 분명히 세 번의 만남을 가졌던 여자였다. 식사도 하고, 영화도 보고, 드라이브까지 하면서 이런저런 이야기를 나누었던 여자였다.

그런데 그녀가 누군지도 알아낼 수 없다니. 애초에 송주연의 가면을 쓰고 나타난 거라니. 성준은 제 마음이 우롱당한 것 같은 기분에 분노했다.

"당장 찾아내."

"대표님."

"송주연, 아니. 그 여자 번호는 내가 알고 있으니까 어떻게든 찾아내. 이름, 나이, 사는 곳, 직업 가릴 것 없이 싹 다."

그녀는 만나는 당시에도 그를 당황하게 만들더니 헤어진 후에도 여러모로 성준을 놀라게 하고 있었다. 도대체 어떻게 된 여자길래 거짓말 따위를 할 생각을 했을까.

경쟁 회사에서 보낸 스파이였을까? 아니면 자신이 가진 배경에 혹해서? 성준은 머리끝까지 차오른 분노를 감당할 수 없었다. 헤어지자는 말을 들었을 때와는 비교도 할 수 없는 감정이었다.

처음에는 그렇게 분노했다. 보란 듯이 당한 배신에. 그의 마음을 가지고 논 그녀의 파렴치함에.

'그런데 왜?'

그러나 시간이 지날수록 성준은 분노 대신 의문이 들기 시작했다.

만약 경쟁 회사에서 보낸 스파이였다면 은근슬쩍 회사 일에 대해 떠보기라도 했을 것이다. 그러나 그녀는 자신에게 회사 이야기는커녕 음식 이야기를 하기에만 바빴다.

또 자신이 가진 배경에 혹했다면 오히려 그녀는 그를 떠나지 말았어야 했다. 누가 봐도 성준은 그녀에게 푹 빠져 있던 상태였으니까. 배경이 목적이었다면 지금 이 순간도 그녀는 제 곁에 딱 붙어서 눈웃음을 흘리고 있어야 옳았다.

그런데 그녀는 모든 것을 뒤로하고 떠났다. 그 사실이 성준을 다시금 차분하게 만들었다. 끓어오르던 감정을 가라앉히고 평정심을 되찾게 했다. '왜?'라는 의문 단 하나로 인해.

그리고 얼마 후, 성준의 의문은 다시 찾아온 강 비서로 인해 풀리게 되었다.

"대표님, 요청하신 윤지은 씨의 정보입니다."

"윤지은?"

"네, 대표님과 만났던 분의 성함입니다."

성준은 강 비서가 내미는 서류를 건네받고서 천천히 훑어보았다. 이름은 윤지은, 나이는 스물다섯. 직업은 딱히 없었고, 강 비서가 가져온 사진에는 카페에서 아르바이트를 하는 모습이 찍혀 있을 뿐이었다.

도무지 S그룹 송주연과 연관이 있어 보이지 않았다.

"어머니 박미경 씨가 송주연 씨의 집에서 파출부로 근무했다고 합니다."

"언제부터?"

"윤지은 씨가 성인이 되기 전까지는 송주연 씨의 집에서 함께 살았다고 하니, 제법 오래된 것 같습니다."

성준은 낮게 탄식했다. 같이 살았던 사이라면 윤지은과 송주연은 가깝다 못해, 가족이나 다름없는 관계였을 것이다. 그렇다면 둘이서 작정하고 접근한 건가? 그동안 보였던 모든 모습이 거짓이었던 거고? 하지만…….

'그날, 울었었지.'

성준은 문득 헤어지던 날 그녀의 얼굴에 떠오르던 슬픔을 기억해

냈다. 그녀의 눈동자는 괴로움에 젖어 있었다. 떠올리기만 해도 심장이 조여들 정도로 아프게. 그건 연기할 수조차 없는 감정이었다는 것을 성준은 느낄 수 있었다.

"대표님, 어떻게 하실 겁니까?"

"글쎄……."

거짓말이라면 치를 떨고 외면하는 그였지만, 어쩐지 그녀에게는 냉정해질 수가 없었다. 유일하게 그의 마음을 흔들었던 여자이기 때문일까. 오히려 궁금해졌다. 그녀가 무슨 생각으로 자신을 만났던 건지 묻고 싶었다.

"일단 스케줄부터 이행하지."

"알겠습니다."

그러니까 아직은 결론지을 수 없었다. 아니, 혼자 지을 수는 없었다. 그녀를 찾아가서 대화를 나누어야 했다. 그녀의 심정을 들어 본 후에 결론을 지어도 늦지 않을 테니까.

성준은 이제야 선명해진 목표에 미소를 지었다. 그녀가 누구인지, 어디 살고 있는지 알아냈으니 더 이상 조바심은 나지 않았다.

"S그룹에서 여는 연회라고 했나?"

"예, 해외 시장 진출을 축하하는 자리라고 알고 있습니다."

"그거 잘됐군."

성준은 슈트를 갖추어 입고 강 비서가 준비해 둔 차에 몸을 실었다.

마침 S그룹에서 여는 연회에 참석할 예정이었다. 이건 기회였다. 거기에는 송 사장의 외동딸인 송주연도 올 테니까. 윤지은에 대해서 조금 더 알아낼 수 있는 절호의 기회였다.

한동안 그녀의 부재로 초조해하던 성준은 언제 그랬냐는 듯 차 시트에 편안하게 몸을 기대었다. 이제 그 앙큼한 여자를 어떻게 하면 좋을까.

'화내는 척이라도 할까? 아니면 혼을 내?'

다람쥐처럼 작고, 도망도 잘 치는 여자를 잡아 두려면 무슨 수를 써야 할까. 성준은 곤란하다는 듯, 그러나 입가에는 미소를 띤 채로 고민하고 있었다.

분명히 며칠 전처럼 단단히 화가 나야 할 상황인데 이상하게도 화가 나지 않았다. 오히려 그녀를 떠올리면 떠올릴수록 납득할 뿐이었다.

그녀가 레스토랑에서 왜 그렇게 어색하게 굴었는지. 영화관을 빌렸다는 말에 놀라던 모습도. 그리고 헤어지던 날에는 죄인처럼 굴었던 것도, 이제야.

"대표님, 도착했습니다."

연회가 열리는 호텔에 도착한 성준은 옷매무새를 가다듬었다. 일단은 오늘 일정을 끝내고 나서 그녀에 대해 더 생각해 볼 예정이었다. 이제는 조급하게 굴지 않아도 되었다. 그녀가 어디로 도망을 가든 성준의 손안이었으니까. 그래도 이번 주말에는 한번 얼굴이라도 비쳐 볼까 고민하고 있는데.

연회장에서 윤지은을 만날 거라곤 생각도 하지 못했다.

그건 성준으로서도 어쩔 수 없는 본능이었다. 연회장에 들어서자마자 테이블 구석에 서 있는 여자가 가장 먼저 눈에 들어왔다. 천장에 수놓아진 화려한 전등도 아니고 한껏 꾸미고 나온 사람들도 아닌, 그저 평범한 직원에 불과해 보이는 윤지은이.

"화이트 와인 두 잔 입니다. 좋은 시간 되십시오."

참 신기한 일이었다. 수많은 사람 속에서 단 하나의 목소리와 단 한 명의 모습만이 선명하게 보인다는 건. 찾아내려고 애를 쓴 것도 아닌데 자연스레 제 시선이 그녀에게 닿았다는 것이.

게다가 화를 내는 척이라도 해야겠다던 마음도 그녀를 보자마자 눈 녹듯이 사라졌다. 화는커녕 검은 정장만 입은 모습도 단정하니 참 예쁘기만 했다. 그래, 숨이 막힐 정도로 예쁘게만 보여서 성준은 오히려 스스로를 한 대 때리고 싶은 기분이었다.

'이 정도면 중증인데.'

자신이 이렇게도 감정에 약한 사람인 줄은 몰랐다. 더 나아가 머저리처럼 느껴질 정도여서 우습기도 했다. 하지만 어쩌겠나. 외면하려고 애를 써도 제 몸은 이미 그녀를 향해 걸어가고 있는데.

그녀의 시선 한번 받겠다고. 목소리 한번 들어 보겠다고. 오랜만에.

"실례지만 와인 한 잔 부탁하죠."

화들짝 놀라서 고개를 푹 숙이는 그녀가 밉다기보다는 귀여웠다. 하지만 못 본 사이 더 마른 것 같은 모습에 조금은 화가 났다. 먹는 거 좋아하면서. 밥이라도 잘 챙겨 먹을 것이지. 피곤한 안색까지 보고 있자니 마음이 영 쑤시고 불편해졌다.

"대신 맛을 봐 줬으면 좋겠군요. 내가 맛이 없는 건 먹지 않아서."

그래서 성준은 시답잖은 행동까지 벌였다. 그녀에게 뭐라도 먹이기 위해서였다.

억지나 다름없는 요구였지만 음식을 먹기 시작하는 그녀를 보면서 성준은 내심 뿌듯해졌다. 덩달아 오늘 이렇게 만나게 된 이상 그녀와의 대화를 미룰 이유는 더 이상 없다고 판단했다.

그래서 지금 이 순간, 성준은 웃기지도 않은 소란에서 벗어나 호텔 객실로 올라가고 있는 중이었다. 가벼운 무게에 걱정까지 드는 그녀와 함께.

"일단 씻죠."

"네?"

"옷도 구겨졌고, 그 상태로는 대화에 집중도 안 될 것 같은데."

성준은 어리둥절한 모습으로 호텔 객실을 둘러보고 있는 지은을 욕실로 밀어 넣었다. 그러나 아직도 실감이 안 나는 듯 눈만 깜박거리고 있는 그녀였다.

새로운 세상을 구경하느라 바쁜 듯한 모습이 귀여워서 성준은 픽 웃었다.

"아니면 씻겨 주길 바라는 겁니까?"

"무슨……."

"버티고 서 있길래. 유혹이라도 하는 건가 싶어서."

"아, 아니에요. 신기해서 둘러보고 있었던 거예요. 그럼……."

그녀의 뺨이 순식간에 달아오르는 것을 발견한 성준은 또다시 큭 큭 웃었다. 이거 참, 그녀를 볼 때마다 풀어지는 마음부터 해결을 해야 할 텐데. 그래야 그녀가 저지른 일을 추궁하고, 혼내는 척이라도 할 텐데 큰일이다.

욕실 문이 닫히는 것을 확인한 성준은 곧바로 리셉션에 연락해서 구급상자를 보내 달라고 요청했다. 벨벳 카펫이 깔려 있었다고 해도 그녀의 희고 여린 살에는 생채기가 남았을 테니까. 그는 그제야 한 숨 돌리고 소파에 몸을 기대었다.

'사이가 좋은 것 같진 않던데.'

송주연은 어떻게든 지은을 깎아내리려고 안달 난 사람처럼 굴었으니까. 하긴, 한집에 같이 살았다고 해서 사이까지 좋았을 거란 보장은 없었다.

그러나 성준이 알고 있는 사실도 어디까지나 겉핥기에 불과했다. 자세한 사정을 알기 위해서는 대화가 필요했다. 송주연을 통해서 듣는 말이 아니라 윤지은이 직접 말해 주는 이야기가. 그녀의 마음까지도.

"룸서비스입니다."

깊은 생각에 빠져 있을 무렵, 노크 소리와 함께 호텔 직원이 도착했다. 성준은 구급상자를 테이블 위에 올려 두고 미니바를 열었다. 그녀가 씻고 나오기 전까지 와인이라도 한 잔 마실 생각이었다.

그러나 그가 유리잔을 꺼내자마자 욕실 문이 열렸다. 생각보다 빨리 씻었다고 생각하며 고개를 돌리는데.

"저어, 가운만 입어도 되나요? 옷이 너무 더러워서……."

시선 끝에는 물기를 머금은 뽀얀 피부, 어깨까지 내려오는 젖은 머리카락과 희고 보송한 가운 하나만을 입고 있는 지은이 보였다. 성준의 심장이 아래로 철렁 내려앉았다.

그동안 어떤 여자를 봐도 반응하지 않던 아랫도리가, 지은의 여린 살결을 마주한 순간 뻣뻣하게 고개를 들고 있었다.

"괜찮을 겁니다."

"아아, 네."

"장담은 못 하지만."

그래, 그녀는 성준으로서 장담할 수 없는 모습을 하고 있었다.

그는 인간의 3대 욕구 중 어느 하나도 제대로 충족시키지 못한 삶을 살고 있던 남자였다. 그런데 그녀를 만나고부터 식욕이든 수면욕이든 일기 시작하더니, 이제는……

'미치겠군.'

성욕까지 제게 영역을 내놓으라며 침범하고 있었다. 이런 변화는 그러니까, 스스로도 놀라운 건 둘째 치더라도 적응이 안 됐다. 무방비하게 드러난 목덜미를 어루만지고 싶다거나, 그녀의 여린 몸을 품 안에 넣고 싶다거나 하는 생각들이.

일단 대화부터 해야 하니까 외면하려고 해도 성준의 아랫도리는 눈치도 없이 크기를 키우고 있었다. 정말이지 환장할 노릇이었다.

"일단 치료부터 하죠."

"치료요?"

"넘어졌을 때 다쳤을 거 아닙니까."

"아아."

그는 구급상자를 부술 듯이 붙잡고 있었다. 이렇게라도 무언가를 잡고 있지 않으면 당장이라도 그녀에게 손을 뻗을 것 같았으니까.

성준은 침대에 걸터앉은 그녀에게 다가갔다. 그녀와 가까워질수록 은은한 샴푸와 바디 워시 향기가 신경을 자극하고 있었다. 그는 그녀의 앞에 한쪽 무릎을 꿇고 앉았다.

"서, 성준 씨. 이렇게까지 하지 않아도 괜찮아요."

"괜찮기는 뭐가 괜찮다는 겁니까. 이렇게 피가 나는데."

"그렇지만 이 정도는…… 읏."

피멍이 든 정강이를 발견한 성준은 어금니를 으득 씹었다. 이건 단순히 넘어져서 생긴 상처가 아니었다. 작정하고 걷어차지 않은 이상 생길 수 없는 수준의 상처였다. 누가 그랬는지 뻔히 알 것 같았던 성준이 중얼거렸다.

"무식하기 짝이 없군."

"아, 죄송……."

"당신에게 하는 말 아니니까 사과하지 말아요."

송주연. 지은에게 이따위로 악감정을 가질 만한 사람은 그녀밖에 없을 터였다. 성준은 안타까운 듯 혀를 차며, 지은의 희고 여린 다리를 조심스레 붙잡았다.

손끝에서 느껴지는 보드라운 살결에 성준은 목구멍까지 차오르는 욕망을 간신히 씹어 삼켰다. 자신이 이렇게도 자제력이 부족한 사람인 줄은 몰랐다.

그는 한숨을 내쉬며 찢어진 듯한 상처를 소독하고 연고를 발라 주었다. 무릎에 난 생채기까지도 얼마나 마음을 쓰리게 하던지. 성준은 입김까지 불어 가며 치료를 해 주었다.

그때, 그의 정수리 위에서 지은의 떨리는 목소리가 내려앉았다.

"죄송해요."

"……."

"일부러 그랬던 건 아니었어요. 하지만 속여서 정말 미안해요."

금방이라도 울 것 같은 목소리에 그의 마음이 동요하고 있었다.

성준은 대답 대신 고개를 들어 그녀와 시선을 마주했다.

미안해서 어쩔 줄 모르는 얼굴. 아이처럼 울음으로 와락 구겨진 그녀의 얼굴이 그의 마음을 들쑤시고 있었다. 그는 계속해 보라는 듯 눈짓했다.

"주연이에겐 따로 만나고 있는 남자가 있어요. 그래서 차성준 씨와의 맞선을 거절하고 오라는 부탁을 받았죠. 처음에는 가볍게 생각했어요. 차성준 씨도 당연히 저를 거절할 줄 알았거든요."

그래서 송주연을 대신해서 나왔던 거였군. 성준은 대리 맞선의 이유를 이제야 알 수 있었다. 하긴, 그동안 만나는 사람이 따로 있다던 상대도 제법 있었으니까. 물론 대역까지 쓰는 사람은 이번이 처음이었지만.

"그런데…… 욕심이 났어요. 차성준 씨와 함께 식사를 하고, 이야기를 나누는 시간이 무척 행복했거든요. 그렇게 따뜻하고 즐거운 시간은 오랜만이었고, 그래서 또 만나고 싶었어요. 거짓말까지 저지를 정도로."

그녀의 말끝이 울음으로 흐려졌다. 같은 마음이었다는 고백이 왜 이리도 슬프게 느껴지는 걸까. 성준은 애가 탄 나머지 그녀에게 화를 내듯 물었다.

"그런데 왜 떠난 겁니까."

"……"

"나와 있는 시간이 즐거웠다면서. 거짓말까지 할 정도로 만나고 싶었다면서, 왜."

"제가 윤지은이라서요."

단호한 목소리에 성준은 잠시 할 말을 잃고 그녀를 바라보았다. 잘못 들은 건가 했지만, 그녀는 묵묵하게 말을 이었다.

"S그룹 외동딸 송주연이 아니라, 그냥 윤지은이라서요."

"……."

"윤지은은 가진 건 아무것도 없고, 그래서 당신에게 아무것도 줄 수 없는 사람이었거든요."

"……."

"미안해요. 차성준 씨."

성준은 미간을 확 구겼다. 짧은 시간이었지만 그가 알던 지은은 따스하고 밝은 사람이었다. 그러나 오늘 마주한 그녀는 아스라이 점멸하는 가로등처럼 희미하기만 했다.

한껏 기가 죽은 그녀의 모습이 성준의 마음을 아프도록 짓누르고 있었다.

"당신이란 여자는 대체……."

성준은 자신에 대해 아무것도 모르고 있는 그녀의 어깨를 애가 타는 손길로 움켜쥐었다.

깜짝 놀란 그녀가 몸을 파드득 떨면서 시선을 피했지만, 그럴수록 성준은 집요하리만치 지은과 시선을 맞추어 왔다.

"당신이란 여자는, 나를 얼마나 바보로 만들어야 속이 편하겠습니까?"

"무슨……."

"죄송하다, 그럴 의도가 아니었다는 말 들으려고 당신 데려온 거 아닙니다. 해명 따위 듣고 싶어서 붙잡은 거 아니라고."

그녀의 마음을 알고 싶었다. 다른 건 전부 알겠으니까. 당신이 어떤 삶을 살았고, 어떤 이유로 맞선에 나왔다는 것까지는 그도 어렴풋이 알고 있으니까.

그로서는 도저히 알 수 없는 이야기를 듣고 싶었다. 그녀의 입술에서 나오지 않으면 절대로 알 수 없는 마음을. 그 진심을.

"헤어지던 날, 당신은 어떤 마음으로 나를 만났던 겁니까."

"저는……."

"그 후에도 나를 생각했던 적 한 번도 없었습니까? 그리웠던 적 없어요?"

"차성준 씨……."

"다시 만났을 때도, 당신에게 나라는 사람은 그저 거절한 맞선 상대일 뿐이었습니까?"

그의 질문이 늘어 갈 때마다 그녀의 얼굴은 아프도록 일그러졌다. 대답을 하려고 애를 써 보지만 목소리를 내기가 쉽지 않은지 입술을 깨물 뿐이었다.

결국, 지은은 참았던 눈물을 왈칵 터트리며 소리쳤다.

"그럼 저더러 어떡하라는 거예요?"

"윤지은 씨."

"보내 주겠다잖아요. 내가 잘못한 거니까, 내가 욕심부려서 이렇게 된 거니까 놓아주겠다잖아요. 그런데 차성준 씨는 왜 자꾸……."

지은은 젖어 있는 눈가를 손바닥으로 문질렀다. 조그마한 입술 사이로 흐느끼는 소리가 성준의 심장을 아프도록 조여 왔다.

"저요. 평소에는 꾸미고 다니지도 않아요. 아니, 못 해요. 일어나자마자 아르바이트를 연달아 두 번이나 해야 하고, 그것마저도 생활비가 부족해서 식비 말고는 다 아끼면서 살아요. 그래야 겨우 한 달을 버티거든요. 그런 삶이 있다는 거 상상해 본 적이나 있으세요?"

없었다. 성준은 그런 걸 생각하지 않아도 되는 삶을 살고 있었으니까. 그녀를 만나지 않았더라면, 어쩌면 영원히 몰랐을 수도 있었다.

"그래서 차성준 씨를 만나는 동안, 그중에서 두 번은 세탁소 아주머니에게 옷이랑 화장품을 빌렸어요. 돈이 없어서요. 제가 너무 구질구질하게 살고 있어서요. 그런데 그런 모습을 어떻게 말해 줘요?"

"……."

"윤지은이란 사람이 이렇게 형편없이 산다는 걸, 어떻게, 어떻게……."

그녀는 소중한 것을 빼앗긴 아이처럼 엉엉 울었다.

"좋아하는 사람에게 말할 수 있겠냐구요……."

그토록 서러운 고백을 성준은 단 한 번도 들어 본 적 없었다. 그는 자신의 마음이 천 갈래 만 갈래로 찢어지는 듯한 고통을 느꼈다. 그녀의 마음이 아파서. 삼키기도 벅찰 정도로 쓰라린 마음이어서.

그녀의 진심을 듣고 나면 모든 게 해결될 거라고 생각했던 자신이 안일하게 느껴졌다. 해결되는 건 아무것도 없었다. 오히려 그녀가 이별을 결심한 이유를 절실하게 깨달을 뿐이었다.

생각하면 할수록 당연한 결정이었다. 기업 간에도 관계가 한번 미끄러지면 결혼도 취소하는 일이 파다한데, 하물며 두 사람의 세계에는 단 하나의 접점도 없었다. 정말로 송주연이 아니었더라면 서로의 존재도 몰랐을 테니까.

"내가 당신에게 바라는 건, 돈도 배경도 그 외의 어떤 것도 아닙니다."

"……."

"그런 건 이미 넘칠 만큼 가지고 있어서 욕심낼 생각도 없습니다."

성준은 그녀의 여린 손목을 천천히 붙잡아 내렸다. 지은의 젖은 눈동자가 또렷하게 성준을 향하고 있었다. 그는 나직한 목소리로 고백을 이어 나갔다.

"그런데 윤지은이라는 여자는 욕심이 납니다."

"차성준 씨."

"나를 배부르게 하고, 웃게 하고, 또 잠들게 하는 여자는 당신이 유일하니까. 내겐 그것만큼 중요한 게 없고, 그 중요한 걸 당신이 거뜬히 해냈으니까."

"차성준 씨, 제발……."

"그래서 당신이 누구든 결코 놓아줄 생각이 없습니다, 윤지은 씨."

성준은 흠뻑 젖어 있는 그녀의 눈가를 닦아 주었다. 믿을 수 없다는 듯 동그랗게 커진 눈이 그를 담아내고 있었다. 그런 그녀에게 보답하듯 성준은 또렷한 목소리로 대답해 주었다.

"좋아하게 됐습니다."

"말도 안 돼요."

"당신을 만나게 해 준 송주연에게 고마움을 느낄 정도로."

"흐윽……."

"예쁩니다, 당신."

심지어 우는 모습도 예뻐 보여서 큰일이었다. 누군가를 좋아한다는 게 이토록 터무니없고, 무모한 감정일 줄은 몰랐다. 성준도 자신의 모습이 낯설게만 느껴졌다. 그러나 생소함 따위는 아무래도 좋을 만큼 그녀의 마음이 몹시 사랑스러웠다. 안타까울 정도로.

그동안 성준은 제가 가진 것에 입맛을 다시는 사람만을 봐 왔다. 그의 세계에서는 당연한 논리였다. 더 많이 가지고 있는 사람에게 들러붙거나 혹은 끌어내리기 위해서 어떤 수단도 가리지 않는 것. 회사에서든 지루한 연회에서든, 하물며 선 자리에서도 마찬가지였다.

그런데 이 조그마한 여자는 그러기가 무서워서 도망을 쳤단다. 제것을 달라고 해도 전혀 이상하지 않을 상황에 너무 많은 것을 가지고 있어서 떠나려고 했단다. 윤지은, 바보 같은 여자가.

"저한테 화나지도 않으세요?"

"처음에는 그랬습니다. 내가 거짓말을 원체 싫어하는 사람이라."

"그런데……."

"그런데 어쩌겠습니까."

"네?"

"연회장에 들어서자마자 내 눈에는 윤지은 씨밖에 안 보이던데."

성준은 가볍게 웃으면서 그녀의 흘러내린 머리카락을 귀 뒤로 넘겨 주었다.

"그리고 지금도."

토끼처럼 붉어진 눈가와 젖은 뺨을 문질러 주던 그가 예고도 없이 그녀의 하얗게 드러난 목덜미를 쓸어내렸다.

갑작스러운 열기에 흠칫 놀란 그녀는, 그러나 싫지 않은 기색으로 성준의 손길을 받아 냈다. 수줍은 듯 홍조를 띤 얼굴이 꼭 복숭아처럼 예뻤다.

"당신이 또 다른 욕구를 깨워 줘서, 조금 곤란해졌거든."

"자, 장난치지 말아요."

"장난치는 것 같습니까?"

"그건……."

그녀는 고개를 절레절레 저으며 쑥스러운 듯 손등으로 얼굴을 가렸다.

그러나 부끄러운 와중에도 성준의 손길을 밀어 내지는 않았다. 오히려 용기라도 얻은 것처럼 그와 시선을 마주해 왔다. 물기를 머금은 눈동자가 성준을 또렷하게 담아내고 있었다.

"아까는…… 고마웠어요."

"당연히 해야 했을 일이니 굳이 고마워할 필요 없습니다."

"그래도요. 아무나 할 수 있는 일은 아니잖아요."

울상 짓고 있던 눈동자가 그제야 반달처럼 휘어졌다. 그녀의 눈물을 보며 갑갑함을 느꼈던 성준의 마음이 조금이나마 풀어졌다. 지은은 젖은 숨을 가다듬으며 말을 이었다.

"솔직히 말하자면 무서워요. 당신이 주는 애정을 받아도 되는 건지 모르겠고, 아까 일 때문에 머리도 복잡하고요. 하지만……."

"하지만?"

"너무 힘들어서 위로받고 싶은 날이 있잖아요. 제겐 오늘이 그런 날이거든요. 그러니까 차성준 씨만 괜찮다면……."

그녀의 희고 가는 손가락이 성준의 셔츠 소매를 잡아 왔다. 작은 힘이었지만 성준에게는 이성이 흔들릴 정도로 위험한 손길이었다.

그의 시선이 제 팔뚝을 붙잡고 있는 그녀의 손가락에서, 이내 검고 깊은 눈동자로 향했다. 그와 마찬가지로 욕망의 불씨가 일렁거리고 있는.

"오늘 밤은, 저를 달래 주세요."

그녀의 말 한마디에 성준의 이성이 크게 요동치고 있었다.

여긴 호텔이었다. 객실 안에는 그와 그녀 단둘뿐이었고, 그들 사이엔 전부터 미묘한 분위기가 흐르고 있었다. 그리고 지은의 당돌한 고백 한마디로 인해, 아슬하게 외줄을 타던 두 사람은 마침내 불꽃이 터지고 말았다.

성준은 더 이상 참을 수가 없었다.

그녀의 말이 끝나자마자 성준은 그녀의 허리에 팔을 휘어 감았다. 단번에 품으로 안겨 오는 지은의 몸이 따뜻하고 또 향긋해서 심장이 터질 것만 같았다.

씻고 나온 그녀를 보며 참을 수 있을 거라는 장담 따위는 못 할 거라고 했는데 사실이었다. 성준은 욕망으로 거칠어진 목소리로 중얼거렸다.

"당신은 언제나…… 예기치 못한 행동으로 나를 놀라게 하는군요."

"그래서 싫으세요?"

"아니."

한껏 달아오른 아랫도리가 낯설지 않다면 거짓말이었다. 이토록 통제할 수 없는 감정을 느껴 본 적이 없었으니까. 그동안 모든 본능은, 심지어 욕구까지도 그의 손안에 있었기 때문에.

그러나 참을 수 없는 욕망을 느끼고, 안달이 나고, 어쩔 줄 모르는 기분을 느끼는 것도 괜찮았다. 제 품에 안겨 있는 이 여자 때문이라면. 성준은 자신에게 일어난 변화를 기꺼이 받아들이고 싶었다.

"기다렸습니다, 당신을."

그는 한 치의 망설임도 없이 그녀의 입술을 베어 물었다. 본능이 이끄는 대로였다. 그녀의 부드럽고 연약한 입술이 긴장감에 떨고 있는 게 느껴졌다.

하지만 서툴어도 괜찮았다. 그들은 누군가와 비교할 필요도 없이 뜨겁게 달아오르고 있었으므로. 그녀의 가운을 벗겨 내어 살갗을 어루만지고 있는 지금도, 화상을 입는 게 아닌지 걱정이 될 정도였으니까.

살면서 이렇게도 열렬한 감정을 느낄 줄은 몰랐다. 성준은 제 목에 매달린 그녀를 조심스레 보듬어 안았다. 그리고 희고 봉긋한 살결에 입을 맞추면서 확신했다.

오늘 밤은 분명히, 깊고도 달콤한 잠을 잘 수 있을 거라고.

5. 책임져야겠습니다, 나를

like
the
last
time

희미한 푸른빛이 창문을 통해서 들어오고 있었다. 새벽이었다.

일찍 눈을 뜬 지은은 자신을 품에 안고 있는 성준을 가만히 바라보았다. 실감이 나지 않아서였다. 맞닿은 가슴에서 느껴지는 온기도, 어젯밤에 마주했던 욕망까지도.

차가운 외모와는 다르게 그는 몹시 다정하게 그녀를 어루만져 주었다. 어느 곳도 그녀보다 작은 곳이 없는 그였지만, 내려앉는 손길은 누구보다도 조심스러웠다. 덕분에 한껏 달아오른 지은은 그에게 모든 걸 허락할 수 있었다.

하지만 그녀는 성준에게 잡아먹힌다는 기분을 지울 수가 없었다. 그가 맹수에 비할 바 없이 집요하게 군 탓이었다. 단 한 번의 관계에도 지쳐서 나가떨어진 그녀와 달리, 성준은 배고픈 사자처럼 몇 번이나 지은을 탐했다. 머리부터 발끝까지 그의 흔적이 없는 곳이 없을 정도로.

'자국이 너무 많아.'

그녀는 곤히 자고 있는 성준의 품에서 조심스레 벗어났다. 그리고 팔 안쪽부터 시작해서 봉긋한 가슴과 납작한 배, 허벅지 안쪽과 종아리까지 이어진 입술 자국을 황당하다는 듯 바라보았다.

당장 보이는 것만 해도 이 정도인데 몸 구석구석 또는 등허리와 엉덩이도 만만치 않을 것이다. 누가 보면 병이라도 걸렸다고 생각할 정도로 그녀의 몸에는 성준이 남긴 자국이 수를 놓고 있었다.

'일하러 가야 하는데······.'

하지만 생각에 잠긴 순간도 잠시였다. 카페 오픈 시간을 맞추려면 일찍이 움직여야 했다. 집에 가서 씻고, 옷을 갈아입는다고 생각하면 지금 이 시간도 빠듯했다.

지은은 대충 머리카락을 정리하고 어제 입었던 속옷과 정장을 급한 대로 챙겨 입었다. 어젯밤의 황홀경을 되새길 여유도 없었다. 성준의 올곧은 고백과 이후 꿈처럼 일어난 상황을 곱씹기엔 당장 눈앞에 떨어진 일들이 그녀의 발목을 붙잡았다.

서로의 마음을 깨닫는다 해도 그와 그녀의 세계가 다르다는 사실은 변하지 않았다. 오히려 절감할 뿐이었다.

[송주연 부재중 전화 23통]
[사모님 부재중 전화 11통]

세상에는 여전히 수많은 벽이 존재하고 있으니까.

시간을 확인하려고 휴대폰을 켠 지은은 셀 수 없이 밀려드는 부재중 전화와 메시지에 두통이 일었다. 심지어 메시지는 자세히 읽지 않아도 충분히 내용을 알 수 있었다.

차마 입에 담기 힘든 욕과 비난, 그리고 협박까지. 그러나 이것이 현실이었고 끝까지 성준을 내치지 않았던 제 마음에 대한 결과였다. 앞으로도 견뎌 내야 할.

하지만 주연에게서 온 연락보다 그녀의 마음을 아프게 하는 건……

[엄마 부재중 전화 6통]

그녀의 어머니도 이 사실을 알게 되었다는 거였다.

지은은 바위처럼 무거워진 마음으로 성준을 돌아보았다. 제 곁이 아니면 밥도 잘 못 먹고, 잠도 제대로 못 잔다던 남자.

가진 건 아무것도 없었지만 곁에 있어 주는 것만으로도 충분하다는 고백에, 그녀는 언제든지 성준의 곁을 지켜 주고 싶었다.

하지만 쉽지 않았다. 아니, 그녀에게는 아직 허락되지 않은 여유였다.

그를 좋아한다. 마음이 이렇게도 커질 수 있나 싶을 정도로 좋아하고 있다. 그러나 좋아한다고 해서 다들 연인이 되는 건 아니듯, 때로는 참아야 하는 애정도 있는 법이었다.

지은은 성준의 품에 안겨 어리광을 부리고 싶은 마음을 뒤로하고 호텔을 빠져나왔다. 새벽에 부는 겨울바람은 여느 때보다 시리고 아릿했다. 그녀는 옷 속으로 파고드는 한기에 절로 몸을 움츠렸다.

오늘은 굉장히 힘든 하루가 될 것 같은 예감이 들었다.

10시가 조금 넘었을 때에야 지은은 한숨 돌릴 수 있었다. 폭풍 같은 출근 시간이 지나면 점심시간 전까지는 카페가 제법 한산해졌으니까.

그제야 그녀는 일부러 꺼 두었던 휴대폰을 다시 켰다. 그러나 또다시 밀물처럼 밀려드는 부재중 전화에, 결국 지은은 동료에게 양해를 구했다.

"은영 씨, 통화 한 번만 하고 올게요. 급한 일이어서."

"네, 다녀오세요."

그녀는 카페 뒷문으로 나오자마자 어머니에게 전화를 걸었다. 일단 제 사정을 솔직하게 말해야 할 것 같았다. 어젯밤부터 소식을 듣고 놀라셨을 게 분명하니까.

이내 신호음이 끊기고 어머니가 전화를 받았다.

"엄마, 지금 통화 가능……."

— 지은아, 한 가지만 물을게.

그러나 지은이 말 한마디를 제대로 내뱉기도 전에 어머니는 딱딱한 어조로 그녀를 몰아붙였다.

— 주연이 맞선 자리에 네가 나갔다면서. 사실이야?

"그러니까 그건……."

— 변명하지 말고 맞는지 아닌지만 대답해.

자신의 사정은 하나도 들어 주지 않고 단호하게 구는 어머니 목소리에 눈시울이 붉어졌다. 그녀가 잘못한 점은 분명히 있었지만 첫 만남 자체는 지은의 의지가 아니었다. 오히려 주연에게 떠밀리듯 나간 자리였다.

그러나 하룻밤 사이에 윤지은은 송주연의 자리를 멋대로 꿰어 찬 여우가 되어 있었다. 그녀는 입술을 피가 날 정도로 깨물었다.

"맞아. 내가 나갔어."

— 윤지은.

"그런데 나가고 싶어서 나갔던 거 아니야. 주연이가 대신 가 달라고 했……."

— 엄마가 변명 같은 거 하지 말라고 했지.

눈물이 왈칵 새어 나왔다. 연회에서 수모를 겪었을 때도 나오지 않던 눈물이, 소중한 사람의 냉정한 목소리 한 번에 흘러내렸다.

다른 사람은 몰라도 어머니만큼은 제 편이 되어 줄 거라고 믿었다. 적어도 속사정 한 번은 들어 줄 거라고. 그러나 예전과 달라진 건 아무것도 없었다. 이번에도 어머니는 그녀보다 주연의 편을 들어 주고 있었다.

— 한동안 잘 지내는 것 같더니, 왜 엄마를 곤란하게 만들어? 학교 다닐 때 한두 번이면 충분하잖아. 지금까지 사모님 덕 보면서 지낸 거 충분히 알면서, 왜 자꾸 속을 썩여?

"알겠으니까 그만해."

— 어젯밤부터 주연이랑 사모님이 아주 난리야. 너 데려오라고,

애를 어떻게 키운 거냐면서. 그런 얘기 듣는 게 엄마도 편할 것 같아?

"충분히 알아듣겠다고."

— 그러니까 왜 분수에도 맞지 않는 사람을 건드렸어. 지은이 너도 우리 사정 알잖아. 아무리 그 사람이 좋다고 해도, 그쪽 사람들은……

"제발 그만하라니까!"

지은은 처음으로 어머니에게 언성을 높였다. 사정도 들어 주지 않고 다그치기만 하는 어머니가 미워서였다. 맞는 말인데. 어머니도 그 집안 사이에 끼어서 힘들었을 텐데.

알고 있지만 지은은 도저히 견딜 수가 없었다. 그래서 눈물 때문에 발음이 어눌해진 와중에도 히끅거리며 말을 내뱉었다.

"엄마는 아무것도 모르잖아……."

— 지은아.

"그 집에서 지내는 동안, 내가 송주연한테 괴롭힘당하고 하녀처럼 굴었던 거 엄마는 하나도 모르잖아."

— 무슨…….

어머니가 당황하는 게 휴대폰 너머로도 느껴졌다. 예상했던 반응이었다. 그래서 가능하다면 말하지 않으려고 했다. 상처받는 사람은 한 명으로도 충분하니까.

그러나 이미 상황은 돌이킬 수 없이 흘러가고 있었고, 이렇게 된 마당에 지은도 더 이상 주연의 집안에 잘 보일 이유가 없었다.

"학교 다닐 때 기억나? 주연이 계단에서 굴러떨어진 거, 내가 밀

친 거 아니었어. 걔가 제 발에 걸려 넘어진 거였어. 그런데 나한테
덮어씌운 거였다고."

— 지은아.

"나, 그때도 주연이한테 많이 괴롭힘당했어. 학교에 아빠 없다고
소문낸 것도 걔고, 엄마 파출부로 일한다고 애들한테 욕하고 다녔던
것도 걔야. 나 볼 때마다 거지 냄새 난다고 손가락질하던 것도 걔고,
자기 말 안 들으면 엄마 해고시키겠다고 협박하던 것도 걔였다고."

— 말이라도 하지 그랬어. 엄마한테 언질이라도 했으면…….

"참으라고 했을 거잖아."

지은은 고민하는 기색 없이 단호하게 대답했다.

"그때처럼, 그리고 오늘처럼 참으라고. 다 내 탓이라고 했을 거잖
아, 엄마는."

그러나 이내 무너지듯이 울음을 터트렸다. 겪은 일을 있는 그대로
말하는 것뿐인데도 가슴이 찢어질 것처럼 아파 왔다. 지은은 욱신거
리는 가슴을 두드렸다.

이렇게 분풀이하듯 말하려던 게 아니었는데. 생활이 조금 더 안정
되고, 어머니와 같이 살게 되면 추억처럼 얘기하려고 했는데. 그러
나 후회하기에는 이미 늦어 버렸다.

지은은 뺨을 흠뻑 적신 눈물을 소매 끝으로 훔쳐 내고 간신히 목
을 가다듬었다.

"……주연이랑 사모님께는 내가 찾아가서 해결할게. 웬만하면 엄
마한테 피해 안 가게 할 테니까 걱정하지 마."

— 지은아. 얘, 지은아.

"화내서 미안해. 신경이 예민해져서 괜히 짜증 냈나 봐. 그럼 끊을게."

— 지은아, 잠깐…….

어머니가 다급하게 부르는 목소리가 들렸지만, 지은은 더 이상 연락을 이어 갈 여력이 없었다. 이미 지친 상태였고, 그래서 일부러 먼저 통화 종료 버튼을 눌렀다.

그녀는 깊은 한숨을 내쉬면서 그대로 힘없이 주저앉았다.

새벽부터 일어나서 준비해야 하는 카페도, 점심 먹을 새도 없이 달려가야 하는 편의점도. 그래서 밤늦게 돌아오면 쉬지도 못하고 곧장 잠들어야 하는 일상이 지은은 힘들었다.

과로로 쓰러진 적이 있어서 주말은 시간을 비워 두고 있지만, 그것도 언제까지 유지할 수 있을지 몰랐다. 아마 돈이 부족해지면 또 다시 주말 아르바이트를 찾아볼 자신의 모습이 선명하게 그려졌다.

"그만두고 싶다, 전부……."

몸과 마음이 평소보다 훨씬 무기력해질 때가 있다. 지은에게는 이 순간이 그랬다. 해결해야 할 일은 산더미였고, 그러나 그럴 만한 시간도 여유도 없어서 차분한 생각이 불가능한 지금.

공장을 전전하고, 집까지 일거리를 가져와야 했던 날보다는 나아진 생활이지만 그뿐이었다. 여전히 그녀는 치안도 안전하지 않은 동네에서 좁고 허름한 집에 살고 있었고, 어머니와 함께 살기 위해서는 지금보다 훨씬 많은 돈도 필요했다.

코앞에 들이닥친 벽은 몹시 단단해서 결코 그녀에게 벽 너머를 보여 주지 않았다. 오히려 가둘 뿐이었다. 그녀가 가진 가난이나 열심히 곱씹으라는 듯이.

"······들어가자, 이제."

하지만 깊은 수렁에 빠질 만한 여유도 그녀에게는 없었다. 자리를 너무 오래 비웠다. 곧 있으면 점심시간이라 손님들이 몰려올 테고, 그 전에 카운터로 돌아가야만 했다.

지은은 재빠르게 몸을 일으켰다. 얼굴에 남아 있는 물기를 닦아내고, 울상인 얼굴을 웃는 상으로 바꾸기를 몇십 번. 제법 진정했다고 생각한 그녀는 마침내 카운터로 돌아갔다. 그런데 그녀에게 꽂히는 은영의 시선이 예사롭지 않았다.

"왜 그렇게 봐요? 내 얼굴에 뭐 묻었어요?"

"언니, 혹시······."

"혹시, 왜요?"

심하게 운 나머지 얼굴이라도 부었나 싶었다. 이럴 줄 알았으면 세수라도 하고 올 걸 그랬나? 괜스레 민망해져서 뺨을 매만지는데 은영이 바짝 다가와서 속삭였다.

"저 사람 아세요?"

"저 사람이라뇨?"

"저쪽 테이블에 앉아 있는 남자분이요."

"어디······."

은영이 손가락으로 가리킨 곳으로 시선을 옮겼다. 그러자 팔짱을 낀 채로 테이블에 기대어 선 남자가 보였다. 여느 때처럼 머리카락을 깔끔하게 쓸어 넘기고 반듯한 정장을 입고 있는 그 남자, 차성준이.

화보 모델 같은 모양새에 감탄하기도 전에 그가 어떻게 여기까지 찾아왔는지가 의문이었다. 지은은 놀란 가슴을 쓸어내리며 은영에게 물었다.

"저 사람이 무슨 말이라도 했어요?"

"네, 갑자기 들어오더니 퇴근하라던데요. 자기가 12시까지 통째로 빌렸대요."

"빌려요?"

"네, 카페를 통째로요."

예상하지 못한 상황에 어이가 없는 건 지은뿐만이 아니었다. 그녀보다 두 살 어린 대학생 은영도 당황했는지 눈만 깜박이고 있었다.

카페를 통째로 빌리다니. 평범한 사람들은 생각지도 못할 행동이었다. 하지만 지은은 금세 납득하고 말았다. 두 번째 만남에서 영화관을 통째로 빌렸던 남자였으니까.

"이제야 왔네요."

그때, 카운터 앞으로 커다란 그림자가 드리웠다. 성준이었다. 그는 흐트러짐 없는 모습으로 지은을 바라보았다. 그녀가 아무 말도 못 하고 당황하는 사이에 성준이 먼저 말을 이었다.

"반가운 건 둘째 치고, 윤지은 씨에게 한 가지 말해 주자면."

"저……."

"인사도 없이 침대를 벗어나는 건 연인에 대한 예의가 아닙니다."

"차, 차성준 씨."

"다음부터는 나를 깨우도록 해요. 오늘처럼 혼자 남겨 두지 말고."

폭탄처럼 던져진 발언에 지은은 화들짝 놀라서 성준의 입술을 틀어막았다. 침대라니, 연인이라니! 낯 뜨거운 단어에 목덜미가 벌겋게 달아올랐다.

성준의 짙은 눈썹이 사정없이 구겨지는 게 보였지만, 지은은 그에게서 또 무슨 말이 나올지 몰라서 손을 떼어 낼 수가 없었다. 그녀는 연신 고개를 저으며 카운터를 벗어났다.

"나가서, 나가서 얘기해요."

"아직 할 말 남았습니다."

"그러니까 나가서 얘기하자구요."

넋이 나간 은영을 뒤로하고, 지은은 그를 이끌고 카페 뒷문으로 빠져나갔다. 차라리 전화를 했으면 이렇게 놀라지는 않았을 것이다. 그런데 예고도 없이 카페까지 찾아와서 그런 말을 서슴지 않고 내뱉다니…….

같은 시각, 은영은 얼떨떨한 표정으로 두 사람의 뒷모습을 바라보았다. 그리고 한적해진 분위기 속에서 조용히 입을 열었다.

"……퇴근하겠습니다."

번개처럼 나타난 저 남자가, 깐깐하기로 소문난 카페 사장님을 어떻게 설득했는지 모르겠지만 말이다.

도망을 잘 치는 여자라는 건 진작에 알았지만, 하룻밤을 보내자마자 사라지는 건 조금 심한 거 아닌가.

성준은 온기는 온데간데없고 찬 기운만 내려앉은 침대를 허탈하게 바라보았다. 아직 해도 뜨지 않은 시간이었다.

'별로였던 건가?'

그녀는 메시지 하나도 남겨 놓지 않고 떠나갔다. 혹시 어젯밤이 마음에 들지 않았던 걸까? 하지만 제 품에서 예쁘게 울던 그녀의 모습이 아직도 선명했다. 쾌락에 반응하던 몸까지도.

욕망의 크기로 따지자면 결코 부족하지 않았던 밤이라고 생각했는데……

'준비부터 해야겠군.'

일단은 그도 출근을 해야 하는 처지였다. 어차피 그녀의 근무지 정도는 알고 있으니까. 급하게 굴지 않아도 대화를 나눌 기회는 충분히 있을 터였다. 없으면 만들어 내는 것 정도야 식은 죽 먹기였고.

그러니까 성준은 의문으로 가득 찬 마음을 가라앉히고 회사에서 맡은 일부터 해결해야 했다.

"대표님, 전략기획부에서 올라온 결재 서류입니다."

"……"

"대표님?"

그래, 눈앞에 놓인 서류부터 해결해야 하는데.

도무지 머릿속에서 윤지은이 떨어져 나갈 생각을 하지 않았다. 성준은 강 비서가 건네는 서류도 본체만체하고서 휴대폰만 계속해서 바라보고 있었다. 아까부터 걸려 오는 연락이라곤 일절 없는 휴대폰을.

"대표님, 무슨 일이라도 있으신 겁……."

"강 비서, 질문 하나 하지."

"예?"

"만약 강 비서가 좋아하는 여성과 뜻깊은 밤을 보냈다고 생각해 보자고."

평소답지 않은 그의 모습에 강 비서가 걱정하던 찰나, 성준이 다짜고짜 질문을 던지기 시작했다. 강 비서는 터무니없는 질문에 얼떨떨하면서도, 일단은 상사이니 들어는 보겠다는 듯 귀를 기울였다.

"그런데 다음 날 그 여자가 말도 없이 사라져 버렸어. 지금까지 연락도 한 통 없고."

"아아."

"이런 상황을 강 비서는 어떻게 생각하나? 객관적으로 말이지. 솔직하게 말해도 상관없어."

그는 강 비서의 묵직한 입술을 뚫어지도록 바라보았다. 침 삼키는 소리가 얼마나 요란하던지, 성준은 어울리지 않게 긴장하고 있었다.

이내 강 비서가 무뚝뚝하지만 단호한 어조로 대답했다.

"시원찮았나 봅니다."

"뭐가?"

"간단하게 말씀드리자면, 남자로서의 구실을 제대로 해내지 못했다는 거죠."

"그럴 리는 없어!"

성준은 벼락이라도 맞은 사람처럼 화들짝 몸을 일으켰다. 본의 아니게 높아진 언성에 주춤했지만 아무리 그래도 시원찮다니. 구실을 제대로 못 했다니?

성준은 '그거 대표님 이야기죠?' 라고 말하는 듯한 강 비서의 시선을 마주했다. 결국 도무지 인정할 수 없는 사실에 성준은 깊은 한숨을 내쉬었다.

"그래, 강 비서. 이렇게 된 거 솔직하게 말하지. 방금 건 내 얘기야."

"진작에 눈치채고 있었습니다만."

"그렇다면 진심으로 내가 제구실을 못 했다고 생각하는 건가? 내가? 차성준이?"

"정 답답하시면, 대표님께서 먼저 연락을 해 보시는 건 어떻습니까?"

연락이라. 그래, 생각하지 않은 건 아니었다. 실은 일어나자마자 그녀에게 전화하려고 했다. 왜 그렇게 말도 없이 바람처럼 사라진 거냐고 묻고도 싶었다.

"오해를 푸는 데에는 대화만 한 게 없습니다, 대표님."

"그렇지."

"상대가 무슨 생각을 하고 있는지 고민하실 필요도 없고요."

"그래, 강 비서. 나도 아는데……."

"혹시, 정말로 퇴짜 맞으실까 봐 걱정하시는 겁니까?"

성준은 초조함 때문에 마시고 있던 홍차를 내뱉었다. 사실이었다. 혹여 그녀가 어젯밤이 별로였다고 한다면 그의 자존심에 금이 갈 테니까. 그걸 감당하기에는 마음의 준비가 조금 필요했으므로.

정곡이라도 찔린 것 같은 반응에 강 비서는 알겠다는 듯 홀로 고개를 주억거렸다. 강 비서의 느긋하기 짝이 없는 모습을 지켜보던 성준은 울컥해서 반문했다.

"절대. 그런 일은 없을 거라고 생각해. 아니, 장담하지. 내가 제구실 하나는 기가 막히게 해내는 남자거든."

"그렇습니까?"

"그래, 하지만 사람 마음이라는 게 언제나 뜻대로 움직이는 건 아니니까. 단지 마음의 준비를 해 두려는 것뿐이야."

"그렇군요."

"그래."

"그렇다면, 제가 대표님께 굳이 조언을 드리지 않아도 되는 거군요."

"조언?"

대화가 갈무리되려던 찰나였다. 강 비서의 입에서 나온 '조언'이라는 단어에 성준은 귀를 쫑긋 세웠다.

"제가 대표님보다 나은 건 별로 없지만, 딱 하나 월등한 게 있다면 바로 연애 경험입니다."

"강 비서."

"하지만 잘 해결하실 수 있다고 하시니, 저는 이만 가 보겠습니다."

성준이 별다른 반응을 보이지 않자 강 비서는 허리를 꾸벅 숙이며 대표실을 벗어나려고 했다. 건네주었던 결재 서류를 확인해 달라는 요청도 잊지 않은 채였다.

성준은 책상에 놓인 휴대폰을 한 번, 그리고 강 비서의 뒷모습을 한 번. 여전히 아무 소식도 없는 휴대폰을 한 번, 또 강 비서의 우직한 뒷모습을 한 번 바라보았다. 그러다가 이내.

"강 비서, 잠깐만. 거기 서. 기다려."

성준은 제법 다급하게 강 비서를 불러 세웠다. 강 비서의 걸음이 기다렸다는 듯 멈추어 섰다. 성준은 낮게 한숨을 내쉬면서 제 의견을 낱낱이 주장했다.

"회사를 경영하는 사람으로서 여러 경우의 수를 알아 두는 것도 중요하다고 생각하는데."

"네, 대표님."

"그게 하나의 전략이 되기도 하고, 대비책이 되기도 하지. 이해하나?"

"이해하고 있습니다."

"그러니까 한번 들어 보고는 싶군. 부하 직원의 의견을 귀담아듣는 것도 상사의 도리이고 말이야. 그…… 조언이라는 거 말이지."

길고 긴 설명 끝에 성준은 본론을 내비쳤다. 순간 강 비서의 얼굴에 엷은 미소가 떠오른 것 같았지만, 일부러 헛기침을 하며 외면했다.

그도 알고 있었다. 이런 모습이 저답지 않다는 것쯤은. 하지만 어쩌겠는가. 강 비서가 저보다 연애 경험이 훨씬 많은 건 사실인데. 이럴 때는 경험자의 조언을 듣는 것도 나쁘지 않으니까.

"제가 드릴 조언은……."

강 비서가 천천히 다가와 반쯤 허리를 굽혔다. 이후 은밀하게 들려오는 목소리에 성준은 신경을 곤두세웠다. 그러나 강 비서의 조언을 듣던 그의 표정이 일순간 와락 구겨졌다.

"연애에서 가장 중요한 겁니다, 대표님."

깔끔하게 대답하고서 멀어지는 강 비서를 성준은 반신반의한 눈빛으로 바라보았다. 그의 미간이 미묘하게 구겨졌다 풀어지기를 반복하고 있었다.

'윤지은 씨가 근무하는 카페에는 미리 연락을 해 두었습니다. 도착하실 때쯤엔 바로 만나실 수 있을 겁니다.'

시간이 없으면 만들어 내면 된다는 게 성준의 생각이었다. 휴대폰은 꺼 두었는지 그녀에게 연락이 가질 않았고, 그래서 성준은 오전 업무를 끝내자마자 차를 몰았다.

강 비서가 그녀의 퇴근 시간까지 카페를 빌려 두었다고 했으니 서두르지 않아도 되었다. 그러나 한시라도 빨리 지은을 보고 싶었다. 그녀의 맑은 얼굴과 따스한 미소를 확인하고 싶었다. 어젯밤의 열기가 사그라지지 않았다는 사실도.

'이곳인가?'

그의 차가 도로변에 위치한 카페에 멈추어 섰다. 운전석에서 내린 성준은 성큼성큼 걸어가 카페 출입문에 손을 뻗었다. 그때, 건물 옆 골목에서 익숙한 목소리가 들려왔다.

"제발 그만하라니까!"

지은의 날카로운 외침에 성준은 빠르게 걸음을 옮겼다. 그녀는 누군가와 통화를 하고 있었다. 무거운 분위기를 눈치챈 성준은 저도 모르게 몸을 숨겼다.

"나, 주연이한테 많이 괴롭힘당했어. 자기 말 안 들으면 엄마 해고시키겠다고 협박하던 것도 걔였다고."

수면 밑에 가라앉아 있던 그녀의 속사정을 알게 되었다. 송주연으로 인해 그녀의 학창 시절이 얼마나 어두웠고, 또 어머니를 위해서 홀로 부조리를 참아 냈던 것까지. 그 고통이 지금까지 이어지고 있다는 것도.

그녀의 과거가 좋지만은 않았을 거라고 예상했지만 이렇게까지 힘들어하고 있을 줄은 몰랐다. 항상 밝고 상냥한 모습만 보여 주었기에, 마침내 그녀의 그림자를 마주한 성준의 마음은 타들어 가는 듯했다.

"그만두고 싶다, 전부……."

그녀의 입에서 체념 어린 목소리가 나왔을 때는 더욱.

그 순간 성준은 처음으로 누군가에게 힘이 되고 싶다는 생각을 했다. 언제나 자신만을, 자신의 미래만을 갈고닦았던 그였다. 다른 사람을 도와준다는 것은 '계약'으로 얽혔을 때를 제외하고는 일절 없었다.

하지만 지금은 달랐다. 늪지대에서 허우적거리는 윤지은을 번쩍 들어 올려서 제 품 안으로 데려오고 싶었다. 그녀가 단 몇 번의 만남으로 차성준의 삶을 변화시켰듯이. 그렇게.

"나가서, 나가서 얘기해요."

"아직 할 말 남았습니다."

"그러니까 나가서 얘기하자구요."

그러나 이 여자, 다짜고짜 도와주겠다고 팔을 걷어붙이면 놀라서 도망칠 게 분명했다.

윤지은은 생각보나 섭도 많고 도망도 잘 치는 토끼 같은 여자였으니까. 종잡을 수 없는 행동에 매번 그를 당황시키고, 그래서 이번에는 자신을 어떻게 놀라게 해 줄 건지 궁금하게 만드는.

그렇다면 어떻게 잡아 두어야 할까.

성준은 자신을 카페 밖으로 끌어내는 지은을 다정한 시선으로 바라보았다. 조그마한 손등과 와이셔츠 깃 너머로 보이는 목덜미, 그 위에 찍힌 제 입술 자국에 또다시 아랫도리가 뜨거워지는 듯했다.

잠시 후, 주변에 사람이 있는지 꼼꼼히 살피던 그녀는 느긋하게 입맛을 다시는 성준을 다그쳤다.

"이렇게 연락도 없이 찾아오시면 어떡해요?"

"말도 없이 침대를 벗어난 누구보다는 낫다고 생각합니다."

"여긴 어떻게 아신 거고요?"

"워낙 도망을 잘 치는 누구 때문에 몇 가지 찾아봤죠."

"혹시 화나셨어요?"

"예, 화났습니다. 윤지은 씨에게."

솔직하게 말하자면 화가 났다기보다는 서운했다. 서로의 마음을 확인하고, 뜻깊은 밤을 보낸 후에도 여느 때와 다름없이 태연한 윤지은 때문에.

자신은 그녀를 바라볼 때마다 여전히 심장이 떨려서 사춘기를 겪는 소년처럼 안절부절못하겠건만.

"죄송해요. 오픈 시간이 7시다 보니 일찍 나와야 했어요."

"……내가 제구실을 못 해서 사라진 건 아니란 거군요."

"네? 구실이요?"

"아닙니다. 계속 말해 봐요."

성준은 괜스레 헛기침을 하며 말을 돌렸다. 무슨 말을 하는 거냐는 듯 어리둥절한 그녀의 표정을 보자, 제가 아침부터 괜한 생각을 했다는 것을 깨달았다.

소리 없이 눈을 깜박이던 그녀가 말을 이어 나갔다.

"하지만 저에 대해서 조사하셨을 줄은 몰랐어요. 그건 조금 과하다고 생각해요."

"압니다. 정직한 행동이 아니라는 것쯤은. 하지만 좋아하는 여자를 그냥 보내 줄 만큼 착해 빠진 놈은 아니라서, 내가."

"차성준 씨."

"그것도 말도 안 되는 이유를 들려고 한다면 더더욱."

한번 정해 둔 먹잇감은 절대로 놓치지 않는 그였기에 죄책감도 들지 않았다. 오히려 그로서는 당연한 일이었다. 지금까지 그 누구도 성준의 독점욕과 소유욕을 제어하지 못했으니까. 그래서 수단과 방법을 가리지 않는 행동이 그녀에게 부담으로 쌓일 거라는 생각조차도 하지 못했다.

쓰러뜨릴 수 없는 벽처럼 견고한 성준의 태도를 지켜보던 지은은 낮게 한숨을 내쉬었다. 심란해 보이는 얼굴에 성준은 움찔했지만 내색하지 않았다. 그녀가 고요하게 입을 열었다.

"차성준 씨가 제게 뭘 바라고 있는지 알고 있어요."

"제가 윤지은 씨에게 바라는 게 뭐죠?"

"연애잖아요."

"알고 있으니 얘기가 조금 더 쉬워지겠군요."

"하지만 저는 그 바람을 들어줄 수 없어요. 차성준 씨와 저는 서로에게 만나기 어려운 상대라고 생각하니까요."

그녀의 마음을 이해하지 못하는 건 아니었다. 연애에 집중하기에는 그녀를 둘러싼 환경이 무척 암울했으니까. 복잡하고 버거운 환경 때문에 그동안 그녀는 많은 것을 포기해야 했을 것이다. 지금처럼.

"그냥 사고였다고 생각하세요. 단순하게요. 분위기에 휩쓸려서 감당하지 못할 행동을 한 거죠. 저도 그렇게 생각할 테니까……."

"그건 어렵겠습니다."

"무슨……."

"나한테는 어젯밤이 결코 단순하지도 않았고, 사고도 아니었거든."

하지만 그뿐이었다. 그녀의 고충을 알게 된 이상, 성준은 가만히 지켜만 보고 있을 이유가 없었다. 그에게는 그녀가 억지로 짊어지고 있는 짐을 덜어 줄 수 있는 돈과 권력이 있었으니까.

그리고 그것을 쓰는 데에 일말의 망설임도 없었다. 오히려 그녀를 만나기 위해서라면 무엇이든지 해 줄 준비가 되어 있었다. 그녀가 제 도움을 받겠다고 할지는 알 수 없지만, 어쨌든 밀고 당기기 따위는 전혀 성준의 취향이 아니었으니까.

문득 그는 강 비서가 제게 건넸던 조언을 떠올렸다. 성준의 입가에 여유로운 미소가 떠올랐다.

"무엇이든지 처음이라는 건 중요하다고 생각합니다. 그러니까 책임져야겠습니다."

"괜찮아요. 첫 경험에 목을 매는 성격도 아니고, 차성준 씨가 신경 쓸 필요는……."

"아니, 윤지은 씨가."

"네?"

그가 어젯밤의 일을 책임지려 한다고 생각했던 지은은 예상하지 못한 주어를 듣고서 고개를 번쩍 들었다. 놀란 듯한 그녀를 마주 보며 성준은 또박또박 대답해 주었다.

"윤지은 씨는 개방적인 생각을 가지고 있는 것 같지만, 나는 제법 보수적인 사람이라."

"저, 저기."

"그러니 윤지은 씨는 책임져야겠습니다, 나를."

그녀의 입술이 차마 목소리를 내뱉지 못하고 힘없이 벌어졌다. 할 말을 잃은 게 분명한 지은을 바라보며 성준은 불현듯 떠오르는 강 비서의 조언을 곱씹었다.

'그냥 매달리십시오. 그뿐입니다, 대표님.'

연애 경험이 많다던 강 비서는 혼란에 빠진 성준에게 나지막이 속삭였다. 상대를 간 보거나 떠보지도 말고, 쓸데없이 자존심 세우지도 말고. 그저 무조건 직진하라고.

처음에는 황당했지만 생각해 보면 당연한 사실이었다. 특히 자존심 따위를 부렸다간 다람쥐처럼 재빠른 그녀는 또다시 제 마음을 오해하고 달아날 게 분명했다.

"당신이, 내 처음을 가져갔으니까."

그러니까 성준은 그녀의 발목을 움켜쥐었다. 다시는 그를 두고 떠나가지 못하도록. 허튼 생각 같은 건 하지 않도록. 그렇게 제 품으로 데려올 생각이었다.

천천히, 그러나 확실하게.

거짓말하는 거 아니야?

지은은 제게 처음이라며, 그러니까 책임지라고 말하는 남자를 멍하니 바라보았다. 말도 안 되는 억지였다. 게다가 그녀도 어젯밤의 열기를 선명하게 기억하고 있었다.

그녀를 애태우고 끊임없이 자극하던 손길. 얼마나 물고 핥아 대던지 몸이 아이스크림이라도 된 것 같았다. 격렬한 움직임으로 한계까지 몰아붙일 때는 또 어떻고.

그렇게 능수능란하게 그녀를 머리부터 발끝까지 잡아먹었으면서, 처음이었으니 책임을 지라니. 지은은 그가 장난을 치는 거라고 생각했다.

"거짓말하시는 거죠?"

"안타깝게도 진심입니다."

"어떻게 그게……."

장난기 하나 묻어 나오지 않는 성준의 모습에 그녀는 당황하고 있었다. 마음 같아서는 제가 느꼈던 바를 낱낱이 말해 주고 싶었지만, 생각만 해도 낯 뜨거워지는 기억에 말문이 막혔다.

"그, 그런 걸로 책임을 지라니 말도 안 돼요. 게다가 차성준 씨가 처음이라니. 아무도 안 믿을 거라고요."

"그렇다면 당신은 나와 깊은 밤을 보내 놓고 다른 남자를 만나려고 했다는 겁니까?"

"그런 뜻이 아니잖……."

"내 흔적이 남아 있는 몸으로?"

정곡을 찌르는 성준의 대답에 그녀의 얼굴이 확 달아올랐다. 지은은 울긋불긋해진 목덜미를 다급하게 손바닥으로 가렸다. 이미 옷깃을 단단히 여며서 보일 리가 없을 텐데도 그의 대답은 그녀를 당황하게 만들었다. 한시도 긴장을 늦출 수 없게 만드는 남자였다.

"생각할 게 많은 거 압니다. 윤지은 씨 입장 이해 못 하는 것도 아니고."

"그럼……."

"하지만 나는 윤지은 씨가 없으면 안 되는 사람입니다. 앞으로도 그럴 거고, 그래서 어떻게든 곁에 둘 생각입니다."

"제가 차성준 씨를 싫어한다고 해도요?"

"그럴 일은 없을 것 같은데."

성준이 미소 지었다. 가볍게 새어 나오는 웃음소리가 그녀의 심장을 간질였다.

"나만큼은 아니지만, 윤지은 씨도 제법 나를 좋아하고 있거든."

저런 자신감은 어떻게 나오는 걸까?

그러나 그의 여유롭고도 든든한 모습은 지은의 마음을 뒤흔들고 있었다. 뻔뻔한 대답이었지만 차마 그녀는 아니라고 대꾸할 수 없었다.

이 남자, 처음 봤을 때는 고고한 늑대인 줄 알았더니 은근히 여우 같은 구석도 있었다.

"윤지은 씨는 내 손만 잡아 주면 됩니다. 그러면 다른 건 전부 해결할 수 있으니까."

"다른 거요?"

"윤지은 씨의 어머니 일이라든가, 송주연에게 겪고 있는 일을 말하는 겁니다."

그녀의 눈이 크게 떠졌다. 성준이 그녀에 대해 어느 정도 알고 있다는 건 눈치챘지만, 겉으로는 드러나지 않은 속사정까지도 알고 있을 줄은 몰랐다.

"그것도, 다 아시는 거예요?"

"통화하고 있는 걸 본의 아니게 들었습니다."

"아……."

"하지만 금방 알아냈을 겁니다. 오늘 내가 윤지은 씨를 찾아온 것처럼."

아까 통화하던 걸 들었던 거구나. 긴장감에 곤두서 있던 몸에 힘이 쭉 빠졌다. 이 남자에게는 자신의 못난 모습만 자꾸 보여 주는 것 같았다.

그가 목소리를 낮추어 조심스레 물어 왔다.

"기분, 많이 나쁩니까?"

"아뇨. 처음에는 그랬는데…… 생각해 보면 후련하네요. 이제는 숨기고 싶어서 애쓸 필요도 없고."

"그렇다면 다행이군요."

"하지만 기분이 좋은 것도 아니에요. 차성준 씨에게는 늘 안 좋은 모습만 보여 주는 것 같거든요."

허탈해진 지은은 넌지시 속마음을 내비쳤다. 부끄럽기도 했다. 그녀도 주연처럼 예쁘고 좋은 모습만 보여 주고 싶었는데, 상황이 따라 주지 않아서 얼굴만 여러 번 붉힐 뿐이었다.

그때, 그녀의 단정한 머리 위로 성준의 나지막한 목소리가 내려앉았다.

"그래서 좋았습니다."

"무슨……."

"나만 볼 수 있는 모습이니까."

안 그래도 흔들리던 마음이, 단 두 마디로 인해 뜀박질이라도 한 듯 뛰어 대고 있었다. 예전에 그녀가 했던 말이었다. 어깨에 기대어서 잔 게 부끄러웠던 그에게 지은이 위로하듯 건넸던 말.

'그래도 저는 좋았어요. 저만 볼 수 있는 모습이라고 생각했거든요.'

그 마음이 지은에게 다시 돌아왔다. 따뜻한 색을 담아내고서.

그녀의 코끝이 시큰해졌다. 볼품없는 사정을 알았으니 정이 떨어질 만도 할 텐데. 그런데도 그녀에게 거침없이 다가오는 걸 보면 이 남자는 정말 지치지도 않나 보다.

그의 올곧은 마음에 심장이 반응하는 건 그녀도 어쩔 수가 없었다.

"차성준 씨는 다정한 건지, 아니면 무모한 건지 모르겠어요."

"무슨 뜻이죠?"

"설레고 있다는 말이에요."

그녀의 고백을 예상하지 못했는지 성준은 헛기침을 해 댔다. 냉정한 외모와 달리 그녀의 한마디에 눈에 띄게 당황하는 모습이 귀여웠다.

이러니저러니 해도, 지은은 정직하게 다가오는 이 남자의 애정에 반할 수밖에 없었다.

"만약에 제가 차성준 씨의 손을 잡으면 어떻게 되는데요?"

"많은 것이 달라질 겁니다."

"예를 들면……."

"우리가 만나는 시간이 늘어날 겁니다. 나는 당신에게 온전히 집중하고 싶으니까. 당신도 그래야 할 거고."

"하지만 아르바이트를 두 개나 하고 있어서 시간을 내기가 쉽지 않아요."

"그래서 인수할 생각도 하고 있습니다."

지은은 성준의 대답을 한 번에 이해하지 못했다. 남다른 규모가 담긴 말뜻에 비해서 덤덤하게 흘러나오는 목소리 때문이었다.

"윤지은 씨가 고집을 꺾지 않으면, 번거롭더라도 이 카페와 편의점을 사들일 생각입니다."

"그게 무슨……."

"다른 곳으로 근무지를 옮겨도 마찬가지일 겁니다. 그러니까 그 점은 양해해 줬으면 좋겠군요."

돈지랄. 그토록 날것의 단어는 남들 이야기에서만 들어 봤지, 직접 경험할 거라고는 상상도 못 했다.

게다가 이건 영화관이나 카페를 통째로 빌린다는 수준에 비할 바가 아니었다. 그녀가 살아온 환경 전체를 뒤바꾸겠다는 거였다.

"그리고 S그룹을 압박할 예정입니다."

"네?"

"누가 허락도 없이 내 사람 건드리는 거 싫어하거든. 당연하게도."

"저, 때문에요?"

"네."

성준은 일말의 고민도 없이 대답해 주었다. 연애를 시작한다면 그녀의 인생이 완전히 바뀔 것이며, 그녀를 힘들게 했던 송주연까지 손을 떼게 만들겠다고.

그동안 지은이 오랜 시간 동안 바랐던 소망을, 이렇게 한순간에.

"……무서워요."

"뭐가 말입니까?"

"이렇게 많은 도움을 받는 거요. 마치 성준 씨를 꼬셔서 이용하는 것 같잖아요."

"당신에게 제대로 된 유혹이나 당하고 그런 말을 들으면 억울하지도 않겠는데."

"차성준 씨!"

"그리고 이용하는 게 뭐가 나쁘다는 겁니까?"

놀리는 듯한 어조에 그녀가 발끈하고 있는데, 성준이 재빠르게 말을 이었다.

"모두, 알게 모르게 사람 이용해 먹습니다. 나만 해도 윤지은 씨 만나려고 온갖 짓을 다 해 봤고. 송주연도 당신 협박하려고 자기 부모와 당신 어머니까지 물고 넘어졌던 것으로 알고 있습니다. 하물며 부모라고 자식을 이용했던 적이 한 번도 없겠습니까."

성준의 날카로운 대답에 그녀의 가슴이 꽉 막힌 듯 답답해졌다. 하지만 틀린 말이 아니었다.

자신도 성준을 만나기 위해 주연의 지위를 이용했었으니까. 제가 하는 걱정은 위선이나 다름없었다.

"다들 윤지은 씨처럼 착하고 바르게만 살지 않습니다."

"차성준 씨가 오해한 거예요. 저는 절대로 착하지 않아요."

"아니. 이런 일로 고민하는 것만으로도 여전히 무릅니다. 당신은."

"저는……."

"그러니까 조금은 못되어지죠."

생각지도 못한 해결책이었다. 못되어지라니. 지은은 대답 대신 성준을 가만히 바라보았다. 그의 입꼬리가 매끄럽게 올라갔다.

"지금보다 못되어져서, 하고 싶었던 말은 하고 삽시다."

"성준 씨."

"다른 사람 눈치는 그만 보고. 당신과 나만 생각하자고, 이제는."

"이제는……."

"내가 당신 뒤에 있어 줄 테니까."

사람에게도 색이 있다면 그는 짙은 푸른색일 게 분명했다. 다른 색은 섞일 수조차 없을 정도로 짙어서 사람을 압도시키는 푸른색.

지은은 제 마음을 단단하게, 그리고 따스하게 물들이는 성준을 바라보았다. 어떻게 좋아하지 않을 수 있을까. 그는 그녀보다 잃을 것도 많고, 포기해야 할 것도 많은 사람이었다.

그런데 그 사람이 자신만을 바라보며 다가오고 있었다. 그녀는 성준의 무모함에, 그 속에 깃든 다정함에 또다시 설레고 있었다.

"처음이었다는 말, 역시 거짓말이죠?"

"결론이 그렇게 나는 겁니까?"

"네, 차성준 씨가 너무 노련해서요."

"어떤 점이?"

"어젯밤부터 오늘까지. 전부 다요."

성준은 웃음을 터뜨렸다. 웃는 모습도 어쩜 그리 시원하던지. 역시 그에게는 못 당해 낼 것 같았다. 이제 와서 밀어내기에는 그녀의 마음도 점점 부피를 키워 가고 있었다.

물론 마냥 기쁘기만 한 상황은 아니었다. 그녀의 발밑에 깔려 있던 가시밭길이 하루아침에 빙판길로 바뀌려고 했으니까. 제대로 준비하지 않으면 미끄러운 빙판에 휘청거리다가 나자빠질 게 뻔했다. 하지만 가만히 서 있는 것만으로도 상처받아야 했던 가시밭길보다는 훨씬 나았다.

"차성준 씨가 그렇게까지 도와준다면, 저는 뭘 하면 되죠?"

"예뻐하면 됩니다."

"네?"

"윤지은 씨가 하고 싶은 걸 하면서, 나를 예뻐해 주면 된다고."

"그, 그 정도는 도움을 받지 않아도 할 수 있는 일이에요."

"글쎄. 쉽지는 않을 테니까 하는 말입니다."

문득 어젯밤 일이 떠올랐다. 그녀가 이제 그만하라고 해도 짐승처럼 몸을 맞대던.

힘들다고 헐떡거리는 와중에도 잡아먹을 듯이 키스하던. 피곤해서 잠들기 직전에도 그녀의 몸 구석구석을 음미하던, 차성준이라는 남자를.

그녀는 쉽지 않을 거라는 대꾸에 납득했다. 하지만 겁이 나서 머뭇거리고 있는데, 그가 그녀의 손목을 잡아 올렸다. 그리고 지은의 조그마한 손가락을 살짝 깨물었다.

"가끔, 주인 말을 안 듣고 물 때가 있을 거거든."

"아앗……."

"어떻게 잘 훈련시킬 수 있을지 고민해 봐요. 혹시 모르죠. 내가 당신에게 배까지 보이면서 복종하는 날이 올지."

"차성준 씨……."

"그러니 윤지은 씨도 나에게만큼은 자존심 세우지 않았으면 좋겠습니다."

지은은 내심 뜨끔했다. 아직 그녀는 자존심 하나 때문에 그의 제안을 버티고 있는 중이었다. 오랜 시간 붙들고 있던 가난을 한 번에 놓아주기란 쉽지 않았으므로.

그런 그녀의 마음을 이해한다는 듯 성준은 나지막하게 말을 이었다.

"마침 내가 가지고 있는 게 돈이었을 뿐이니까. 그걸 당신에게 쓸 수 있어서 다행이라고 생각합니다."

"차성준 씨……."

"설령 돈이 아니었더라도, 나는 모든 방법을 동원해서 윤지은 씨의 편이 되려고 했을 겁니다."

다정하고 애틋한 목소리가 그녀의 귀를, 그리고 마음을 휘감고 있었다.

"나도 당신과 연애라는 걸 하고 싶으니까."

이 남자의 따뜻한 마음씨에 눈물이 차올랐다. 도대체 몇 번째인지 모르겠다.

카메라를 선물해 주었을 때도. 연회장에서 구해 주었을 때도. 그리고 그녀의 편이 되어 주겠다며 고백하는 지금도. 이 남자는 그녀에게 다정해서 문제였다.

차마 놓을 수도 없게 다정해서, 그녀는 빈말로도 싫다는 대답을 할 수 없었다.

"저도 차성준 씨와 하고 싶어요. 연애."

"그럼……."

"하지만 생각할 시간을 주세요. 아주 조금만."

그의 눈썹이 살짝 구겨졌다. 은근히 성질이 급한 면모도 있는 것 같다. 지은은 살포시 웃었다.

"오래 기다리게 하지는 않을게요. 단지 마음의 준비를 해야 할 것 같아서요. 하루아침에 모든 게 바뀌는 거니까."

"혹시 거절하는 거라면⋯⋯."

"차성준 씨 때문에 도망도 못 가니까 걱정하지 마세요."

지은이 안심시켜 주자 그제야 인상을 펴는 그였다. 만족스러운 미소를 짓던 성준은 그녀의 손에 깍지를 껴 왔다.

"그럼 밥 먹읍시다."

"네?"

"퇴근도 했고, 점심시간도 됐으니 식사라도 같이합시다."

"저, 저기 잠깐."

이 남자, 밥 먹는 걸 이렇게도 좋아했었나?

볼 때마다 식사부터 챙기는 행동이 자신 때문이라는 것을 눈치채지 못하는 지은이었다. 하지만 아무럼 그와 함께하는 시간이 좋지 않을 리가 없었다.

지은은 앞장서서 걸어가는 성준의 뒷모습을 바라보았다. 처음이었다. 어둡고 끈적하기만 했던 머릿속을 이렇게까지 환기해 주는 사람은. 언제나 제 편이 되어 주겠다며 힘을 실어 준 사람은.

"차성준 씨."

"네, 윤지은 씨."

"좋아하고 있어요."

"⋯⋯."

"성준 씨가 생각하는 것보다, 어쩌면 많이."

그래서 좋아할 수밖에 없었고, 이 마음을 표현하지 않고서는 지은
도 버틸 수가 없었다. 이 순간에도 그를 향한 마음은 커지다 못해
흘러내리고 있었으니까.

예고도 없이 터져 나온 고백에 성준의 걸음이 우뚝 멈추어 섰다.
그는 참을 수 없는 듯한 눈동자로 그녀를 돌아보았다.

"당신이라는 여자는 정말……."

성준은 눈 깜박할 사이에 그녀를 가뿐하게 안아 올렸다. 갑작스러
운 스킨십에 당황하던 지은은, 이내 발개진 뺨을 그의 가슴팍에 대
고 문질렀다.

아직 지은은 모를 것이다. 성준이 그녀를 얼마나 아끼고 있는지.
하물며 조그마한 지은을 더욱 작게 만들어 주머니에 넣어 다니고 싶
을 정도라는 것을.

"고마워요, 성준 씨."

성준 또한 모를 것이다. 매번 자신을 깎아 내는 일상을 살았던 그
녀에게는, 사소한 일에도 웃음꽃이 피어나는 일상이 그립고 또 간절
했다는 것을.

고맙다는 말만으로는 표현할 수 없는 마음이 존재한다는 것도. 아
직은 모를 것이었다.

6. 휴대폰 단축 번호 2번

like the last time

H그룹 회장실 안에는 싸늘한 분위기가 맴돌았다.

갑작스러운 호출로 올라온 성준은 명품으로 휘감았음에도 불구하고 볼품없는 부친의 뒷모습을 가만히 바라보았다. 차 회장이 무슨 말을 꺼내려고 부른 건지 조금은 알 것 같았다.

"너답지 않은 짓을 했더구나."

"······."

"그것도 송 사장이 있는 곳에서, 아주 보란 듯이."

차 회장이 이를 으득으득 가는 소리가 들려왔다.

며칠 전 S그룹 축하 기념회에서 있었던 일을 두고 하는 말일 터였다. 그러나 성준은 반응하지 않고 심드렁한 시선으로 차 회장을 지켜볼 뿐이었다.

"네가 맞선을 보는 족족 거절해 왔다는 건 알고 있었다. 그리고 이번에도, 아무리 부탁을 했지만 들어 먹지 않을 거라는 건 충분히 예상했었고."

"그렇습니까."

"그런데 다른 여자라니?"

차 회장이 분노에 한껏 일그러진 표정으로 성준을 휙 돌아보았다.

"근본도 알 수 없는 계집의 장난질 때문에 이 사달이 나?"

"차 회장님."

"살다 살다 별 희한한 꼴을 다 보겠구나. 도대체 어떻게 돼먹은 계집이기에 남의 맞선 자리를 이런 식으로 훼방 놓는단 말이냐!"

"송주연 씨가 직접 제안한 일입니다."

화가 머리끝까지 치솟아 얼굴이 벌게진 차 회장과 달리 성준은 한없이 고요한 자태로 입을 열었다.

"송주연 씨는 이미 다른 남자를 만나고 있었고, 결혼할 생각이 없었기 때문에 그 여자를 맞선 자리로 대신 보낸 겁니다."

"성준이 이 녀석……."

"처음부터 성사되지 않을 맞선이었으니, 차 회장님도 이렇게까지 화내실 필요 없고요."

"너, 너……!"

"윤지은, 그 여자가 잘못한 건 하나도 없습니다."

성준이 단호하게 대답할수록 차 회장의 표정은 금방이라도 터질 것처럼 붉으락푸르락했다. 이렇게까지 조목조목 반박할 줄은 예상하지 못한 것 같았다.

차 회장은 하나 있는 자식이 제 심정을 헤아려도 모자랄 판국에 고작해야 계집 하나를 감싸려는 모습이 괘씸했던지 더럭 삿대질을 해 보였다.

"그 계집에게 홀리기라도 한 게냐? 내 앞에서 수준 떨어지는 계집을 두둔이라도 하려는 거야!"

"진지하게 만나고 있습니다."

"뭐라고?"

"그러니 함부로 말씀하지 마세요."

그러나 성준은 동요하는 기색 하나 없이 부친의 역정을 단호하게 잘라 냈다.

무겁게 흘러나오는 목소리와 날이 선 검은 눈동자가 차 회장의 분노를 단단히 결박시키고 있었다.

"예전에는 회장님이 어떤 짓을 하셔도 눈감아 드렸지만, 이번에는 제 쪽에서 그냥 넘어가지 않을 겁니다."

"너, 지금……!"

"그 여자 건드리지 말란 소립니다."

부탁이 아니라 경고였다. 이번 일을 계기로 차 회장이 지은에게 접근한다면 지금처럼 보고 있지만은 않을 거라는 경고.

성준은 뒷목을 붙잡고 금방이라도 넘어갈 것처럼 억억거리는 차 회장을 뒤로하고 회장실을 빠져나왔다. 돈에 미친 노인네의 역정을 받아 주는 것도 한두 번이지 이제는 진절머리가 날 지경이었다.

"조사를 서둘러야겠어."

마침내 대표실로 돌아온 성준은 강 비서에게 명령했다.

"횡령 건에서 단서를 찾기 힘들다면 일단 접대부 건에 집중해도 괜찮을 거야."

"시기를 앞당겨서 파파라치들을 매수하겠습니다."

"신문사에도 사람들 적당히 심어 두고."

"알겠습니다. 그런데 갑자기 왜 이렇게 서두르시는 건지……."

"일이 조금 겹쳤어."

차 회장을 자리에서 끌어내리는 것. 그래서 복수하는 것.

H그룹에 입사할 때부터, 아니. 어쩌면 훨씬 전부터 계획했던 일이었다. 그것을 위해서 성준은 차 회장이 저지른 만행과 비리를 알아내어 차곡차곡 증거를 모으고 있었다.

마무리 단계까지 도달하려면 멀었지만 그사이에 서둘러야 할 이유가 한 가지 더 늘었다.

'차 회장은 틀림없이 그 여자를 건드리겠지.'

윤지은을 지키기 위해서였다.

이번 일로 그녀는 명백하게 차 회장의 표적이 되었으니까. 자신에게 부친을 제압할 힘이 있어야만 지은이 위험에 처했을 때 구해 낼수 있을 것이다.

그래서 지금보다 더 서둘러야 했다.

성준은 강 비서를 돌려보내고 급격하게 피곤해진 몸을 의자 깊숙이 묻었다. 부친의 역정으로 인해 머리가 지끈거렸다.

그러나 와중에도 윤지은이 보고 싶었다. 점심이라도 같이 먹자고할까. 그녀를 보면 간신히 억눌렀던 화도 가라앉을 것 같으니까.

성준은 지친 기색으로, 그러나 엷은 미소를 지으며 휴대폰 단축번호 1번을 꾹 눌렀다.

소란스러운 하루를 보낸 지은은 야간 근무를 마치고 편의점을 빠져나왔다. 실은 점심을 먹고 그녀를 보내 주지 않으려는 성준을 얼마나 설득했는지 모른다.

　자신에게 시간을 써 달라고, 아니면 편의점 사장에게 연락을 하겠다고 투덜거리는데 곤란해서 혼이 났다. 안 그런 줄 알았더니, 이 남자에게도 은근 아이 같은 구석이 있었다.

　'다른 직원 구할 때까지는 근무하는 게 맞으니까······.'

　그녀도 나름대로 사정이 있었다. 갑자기 그만두는 건 도리가 아니기도 했고, 제가 맡은 일은 스스로 정리하고 싶었다. 이건 비단 아르바이트뿐만 아니라 송주연과의 관계도 마찬가지였다.

　그녀는 홀로 송주연의 동네로 향하는 버스에 올라탔다.

　처음에는 송주연을 감당할 수 있을지 걱정했었다. 그러나 일이 터질 대로 터진 마당에 도망만 다닐 수는 없는 노릇이었다. 애초에 저로부터 시작된 일이니 그녀는 스스로 끝을 내고 싶었다.

　'내가 당신 뒤에 있어 줄 테니까.'

　단단하고 용기 있는 생각의 끝에는 성준이 있어 주었다. 덕분에 주연을 만나러 가는 내내 마음을 가다듬을 수 있었다. 조금 더 못되어지자는 말. 그래서 하고 싶은 말은 하고 살자는 말이 머릿속에서 잔물결처럼 맴돌고 있었다.

그래서 송주연이 사는 저택 대문 앞에 도착했을 때, 지은은 한결 차분해진 마음으로 초인종을 눌렀다. 인터폰 너머에서 익숙한 목소리가 흘러나왔다.

— 윤지은?

"그래, 주연아. 나야."

— 한동안 죽은 것처럼 연락도 안 받더니 제 발로 찾아올 줄이야. 심경의 변화라도 생겼어?

"내가 벌인 일이니 해결을 해야 할 것 같아서."

— 잘됐네. 이번 주까지 연락이 없으면 네 집으로 직접 찾아갈 생각이었거든. 뭐, 일단은 들어와.

저택 대문이 육중한 소리를 내며 열렸다. 언제 와도 익숙해지지 않는 집이었다. 철창처럼 느껴지는 대문이나 사람 네다섯이 살기에도 너무나 커서 한기마저 느껴지는 내부까지도.

어렸을 적에 얹혀살았을 때도 궁궐 같은 저택에 감탄하기보다는, 사람을 집어삼킬 것 같은 규모에 겁부터 먹곤 했었다. 좋은 기억조차 남아 있지 않은 저택 안으로 그녀는 오랜만에 들어섰다.

현관에서 실내화를 갈아 신은 지은은 기나긴 복도를 거쳐, 거실 소파에 앉아 있는 장 여사에게 인사를 건넸다.

"안녕하세요, 사모님."

"오랜만이구나. 그리 반가운 재회는 아닌 것 같지만."

"……어머니는 지금 어디 계신가요?"

"정원에 있는 창고 정리를 부탁했단다. 곧 들어오시겠지. 일단

앉으렴."

그녀는 장 여사의 손짓에 따라 소파 맞은편에 앉았다. 바로 옆에서 주연이 따가운 시선을 보내는 게 느껴졌다. 그러나 지은은 더 이상 주눅 들지 않았다. 그저 어머니가 이 상황을 목격하기 전에 얘기를 끝내고 싶은 생각뿐이었다.

그녀는 커피 테이블 위에 준비된 찻잔과 다과를 물끄러미 바라보았다. 차분하게 그녀가 꺼낼 말을 기다리는 장 여사와 달리 주연은 손톱까지 물어뜯으면서 초조한 기색을 내보였다.

마침내, 지은은 나름대로 정리한 생각을 조심스레 내비쳤다.

"죄송합니다."

"지은아."

"주연이 이름 빌려서 차성준 씨 만난 거. 주연이에게도, 그에게도 상처라는 걸 알았습니다. 지금은 모든 사실을 알린 상태이니, 이번 일로 S그룹에 피해 줄 일은 없을 겁니다."

"주연이 말로는 네가 그 남자를 빼앗았다고……."

"하지만 제가 사과를 드리는 건, 이 사실 하나뿐입니다."

단 한 번도 장 여사의 말을 잘라 낸 적 없었던 지은은 처음으로 목소리를 높였다. 여전히 긴장은 되지만 오해가 걷잡을 수 없이 번지는 상황은 두 번 다시 보고 싶지 않았다.

"주연이가 어떤 말을 했는지 모르겠지만, 선 자리에 나간 건 제 의지가 아니었습니다."

"윤지은, 너 지금 무슨 소리를 하는 거야?"

"주연이에게 연락이 왔습니다. 자신에게는 이미 만나는 사람이 있으니 차성준 씨와 대신 맞선을 봐 달라고. 그래서 거절해 달라는 부탁을 받았습니다."

"무슨 헛소리를 지껄이는 거냐고!"

머뭇거렸다간 겨우 턱 끝까지 차오른 말을 도로 삼키게 될 것 같았다. 그래서 지은은 두 눈을 딱 감고 또박또박 말을 이어 나갔다.

중간중간 주연의 따지는 듯한 목소리가 들렸지만 그래도 멈추지 않았다. 숨이 벅차올랐다.

"송주연, 조용히 해."

"엄마!"

"지은이는 계속 말해 보거라."

게다가 주연이처럼 그만하라고 저지할 것 같았던 장 여사는 예상과 달리 지은의 이야기를 주의 깊게 들어 주고 있었다.

지은은 크게 심호흡을 하고서 떨리는 목소리로 말을 이었다.

"충분히 거절할 수 있는 상황이었다는 거 압니다. 하지만 저는 지금까지 주연이에게, 이런 부탁을 포함해서도 많은 것을 대신 해결해 주곤 했습니다."

"윤지은, 입 다물어."

"이 집에 얹혀살 때부터 계속이요. 그 이유는……."

"입 다물라고 했어."

"주연이가 제 어머니의 일자리를 두고 협박했기 때문입니다."

"야!"

입술을 피가 날 때까지 깨물고 있던 주연은 참지 못하고 몸을 일으켰다. 모든 걸 얘기할 거라고는 생각하지 못한 모양이었다.

주연은 당황한 기색이 역력한 표정으로 지은의 팔을 붙잡아 거실에서 끌어냈다. 그러나 장 여사의 날카로운 목소리가 주연의 행동을 멈추게 했다.

"송주연, 그게 어디서 배워 먹은 태도야! 최 실장, 주연이 데리고 잠시 나가 있어요."

"알겠습니다, 사모님."

"이거 놔! 이거 놓으라고! 쟤 거짓말하는 거예요. 나한테 열등감 있어서 저러는 거라고!"

주연은 도리어 최 실장에게 붙들려 거실 밖으로 끌려 나가고 있었다. 그 모습을 지켜보는 장 여사의 표정이 딱딱하게 굳어 있었다.

오냐오냐 키워서 곱게만 자랐다고 생각한 딸이, 착하고 말도 잘 듣는다고 생각했던 딸이 눈을 까뒤집고 포악하게 달려드는 모습을 두 눈으로 보고도 믿을 수 없는 듯했다.

장 여사는 구겨진 미간을 문지르며 계속해 보라는 듯 지은에게 손짓했다.

"……저를 괴롭히는 건 참을 수 있습니다. 하지만 우리 어머니, 사모님과 주연이라면 끔찍하게도 아끼고 이 저택도 제집처럼 관리하고 있다는 거 아실 겁니다."

"하아, 그래."

"그래서 차마 이런 일을 겪고 있다는 걸 말씀드릴 수 없었고, 제 나름대로는 주연이의 요구를 맞추어 주는 게 나은 선택이라고 생각했습니다. 그 상황이 결국 여기까지 다다른 거고요."

장 여사의 허탈감이 여기까지 느껴지는 듯했다. 그동안 꺼림칙했던 게 몇 번 있었던 듯 지은의 고백을 의심하는 기색은 보이지 않았다. 충격을 되새기고 있는 장 여사를 향해 지은은 말을 덧붙였다.

"믿지 못할 이야기라는 거 압니다. 하지만 이제 와서 이런 말씀을 드리는 건 사모님이 저를 자식처럼 아껴 주시는 걸 알기 때문입니다. 그래서 지금이라도 진실을 전하고 싶었습니다."

"그래, 그렇구나."

"제가 차성준, 그 사람과 깊은 관계를 만들어 간다고 해도 주연이가 손가락질할 권리는 없다고 생각하고요."

장 여사의 손이 눈에 띄게 떨리고 있었다. 혼란스러울 게 분명한 장 여사에게 더 이상 이야기를 이어 나가는 건 어려울 것 같았다. 지은은 마지막으로 어머니에 관한 이야기를 꺼냈다.

"그러니 화를 내시거나 욕을 하시려거든 제게 해 주셨으면 합니다. 저 때문에 어머니에게 피해가 가는 일은 없었으면 좋겠습니다. 어렵다는 건 알지만, 그래도 부탁드립니다."

"……생각은 해 보마. 이런 일까지 알게 되었는데, 앞으로도 얼굴 마주 보며 지낼 수 있을지 장담하지 못하겠구나."

"알겠습니다."

"너와 미경 씨를 탓하는 게 아니라 내가 부끄러워서 그러는 거야. 내가 부끄러워서."

"……아닙니다. 그럼 가 보겠습니다."

그래도 장 여사는 대화가 통하는 사람이었다. 적어도 주연처럼 벽을 보며 대화하는 것 같지는 않았다.

지은은 고개 숙여 인사를 하고서 숨이 막힐 것처럼 거대한 저택을 빠져나왔다. 삭막한 공기를 걷어 내고 정원으로 나왔을 때, 지은은 그제야 숨통이 트이는 듯한 기분을 느꼈다.

그러나 여유는 잠시였다. 최 실장에게 끌려갔던 주연이 기다렸다는 듯 그녀의 앞을 막아섰다. 이내 퍽, 소리가 날 정도로 둔탁한 마찰음이 지은의 정수리에 꽂혔다. 손쓸 도리 없이 벌어진 폭력이라 어떤 저항도 하지 못한 상태였다.

그녀가 짧은 한숨을 내쉬며 머리카락을 정리하는 사이에 주연의 주먹이 또다시 허공을 가로질렀다. 그러나 이번에는 지은도 쉽게 당해 주지 않았다. 그녀는 단숨에 주연의 손목을 낚아챘다.

"그만해."

"이거 놔!"

"나, 더 이상 네 하녀 아니야. 너야말로 손 내려."

"그 남자 만나더니, 아주 눈에 뵈는 게 없어졌구나?"

손안에 잡혀 있는 주연의 손목이 파르르 떨렸다. 어떻게든 지은을 반쯤 죽여 놓으려고 안간힘을 써 대는 주먹이 오늘따라 처량해 보였다.

대놓고 비아냥거리던 주연은 지은에게 붙잡힌 손목을 신경질적으로 빼냈다.

"이제 속이 시원하니? 우리 엄마한테 하고 싶은 소리 다 하고, 사람 하나 등신으로 만드니까 속이 아주 시원해?"

"그래. 후련해."

"한동안 잘만 입 다물고 있던 애가 왜 이제 와서 지랄이야, 지랄이. 왜? 그 남자가 네 뒷배경이라도 되어 준다니? 다리 한두 번 벌려 주니까 네가 원하는 거 다 해 주겠다든?"

선명하게 드러나는 악의에 지은의 인상이 절로 구겨졌다. 그동안 일하면서 온갖 말을 들어 왔지만, 일부러 상처를 주는 말은 여전히 아프기만 했다. 몇 번을 겪어도 익숙해지지 않는 경험이었다.

"세상 물정을 이렇게 몰라서 어떡하니, 지은아. 그 남자가 너를 진심으로 사랑해서 그러는 것 같아? 그저 호기심이야. 화려한 사람만 만나다가 너처럼 가난하기 짝이 없는 애 만나서 신기해하는 것뿐이라고."

"송주연."

"남자 믿고 나대는 게 얼마나 갈 것 같니? 길어 봐야 1년도 안 되어서 밑바닥 신세가 될 게 뻔한데, 그때 돼서 돌아오면 내가 가만히 있을 것 같아? 그냥 넘어갈 줄 아느냐고, 이 걸레 같은 계집애야!"

그러나 지은은 알고 있었다. 자신에게 야구공처럼 던져지는 악담을 받아 줄 필요가 없다는 것을.

제 공도 아닌 것을 쥐고 안절부절못하는 게 아니라, 본 적도 없다는 듯 무시하거나 또는 야구 배트를 쥐고 그 악담을 똑같이 받아쳐 내면 된다는 것을.

지금 이 순간, 지은은 처음으로 야구 배트를 손에 쥐었다. 손마디가 하얘질 정도로, 꽉.

"그 남자 믿고 당당하게 굴면 왜 안 되는데?"

"너 지금 뭐라고 했어?"

"너도 부모 잘 만나서 그동안 떵떵거리면서 살았잖아. 하다못해 너보다 약한 사람은 무시하고 괴롭혔잖아."

"야, 윤지은."

"그런데 왜 나는 그러면 안 되는 거냐고. 이제야 내 편이 되어 줄

사람을 만났는데, 그래서 그 사람 믿고 할 말 좀 하겠다는데 그게
그렇게도 못마땅하니?"

한 번, 두 번, 그리고 세 번이나 연신 배트를 휘두른 지은은 숨이
벅차올랐다. 그동안 묵은 때처럼 쌓였던 감정이 이제야 깨끗하게 씻
겨 내려가고 있었다.

반면에 주연은 그녀가 제 악담을 되받아칠 거라고는 예상 못 한
듯 흔들리는 눈동자로 지은을 쏘아보고 있었다. 그녀는 말을 멈추지
않았다.

"아니꼽겠지. 평생을 네 밑에서 기어 다니면서 굽신거렸어야 할
내가, 할 말 다 하고 목소리 키우는 게 같잖게도 느껴지겠지."

"너……."

"그런데 너는 내가 잘되는 게 보기 싫은 것뿐이야. 내가 웃는 것
도 싫고, 연애하는 것도 싫고, 그래서 행복해지는 것도 싫었던 거야.
그걸 어떻게든 정당화하려고 나한테 꼬투리 잡아 댄 거고. 내 말이
틀렸어?"

할 말을 잃은 주연은 연신 더럽다는 말만 중얼거렸다. 주워들을
가치도 없는 말이었다. 지은은 인신공격을 동아줄처럼 간절하게 붙
잡고 있는 주연을 안쓰러운 시선으로 바라보았다.

"미안하지만 나는 앞으로도 잘 살 거고, 너 하나 때문에 무너지는
일은 없을 거야. 혹여 그 남자와 헤어진다고 해도 너한테 고개 숙일
일은 다신 없을 거라고."

"입 닥쳐."

"나한테 있어서 너는 피하고 싶지만 피할 수 없었던, 그래서 어쩔

수 없이 마주해야 했던 벌레보다도 못한 사람이니까."

"닥쳐, 닥치라고!"

화가 머리끝까지 치달은 주연이 몇 번이나 다시 손을 치켜올렸지만, 더 이상 지은은 모든 걸 주연의 뜻대로 되도록 내버려 두지 않았다. 지은의 저항으로 행동이 통제된 주연은 뭐 마려운 개처럼 끵끵거릴 뿐이었다.

지은을 제멋대로 망가뜨릴 수 없음에 분노하던 주연은, 이내 잘 관리된 정원을 쑥대밭으로 만들기 시작했다. 호스부터 티 테이블과 의자, 그리고 정성스레 가꾼 듯한 꽃들을 지은을 향해 내동댕이치고 있었다.

주연의 모습을 계속해서 지켜보던 지은은 무섭다기보다, 그래서 겁을 먹었다기보다…….

"이런 말까지 안 하려고 했는데, 너 정말 추해. 살면서 본 사람 중에서 제일."

"야, 윤지은!"

"꼴불견이야, 송주연."

그저 연민의 시선으로 담담하게 주연을 바라볼 뿐이었다.

돈이 많다고 해서 마음까지 풍족한 게 아니듯이, 또 가난하다고 해서 마음까지 가난한 것은 아니었다. 그 사실을 주연이 증명해 주고 있었다. 지은은 단 한 번도 저보다 잘난 주연을 동정하게 되는 날이 올 거라고는 상상하지도 못했다.

더 이상 나눌 얘기도 없다고 판단한 지은은 미쳐 날뛰는 주연에게서 등을 돌렸다. 하루 종일 사람에게 시달렸기 때문인지 그녀도 이제 집에 가서 쉬고 싶었다. 잠들기 전에 성준에게 연락해서 다정한 목소리를 들으면 이 피곤함도 금세 가실 것만 같았다. 지은의 입가에 희미한 미소가 떠올랐다.

"너 때문이야."

그때, 정원을 난장판으로 만들어 놓고 있던 주연의 눈동자가 희번득해졌다. 지은의 뒤통수를 노려보던 주연이 괴괴하게 속살거렸다. 그러더니 술에 취한 사람처럼 비틀거리다가 근처에 놓인 유리 화분 하나를 주워 들었다.

"너 때문에 내가, 이렇게 된 거라고!"

주연의 손안에 있던 유리 화분이 멀찍이 날아갔다. 대문 쪽으로 걸어가던 지은을 향해서. 아주 빠른 속도로.

주연에게 등을 지고 있던 지은은 차마 화분이 날아오는 것까지는 예상하지 못했다. 그저 주연이 제 성질을 못 이겨 발악하고 있다고 여겼을 뿐이었다.

그렇게 화분의 모서리가 그녀의 정수리를 그대로 찍어 내리려던 순간.

"지은아!"

어머니의 다급한 목소리가 그녀를 부르고 있었다. 그러고 보니 어머니가 창고 정리를 한다고 했었지. 하지만 어머니를 향해 고개를 돌리던 찰나, 지은은 눈 깜박할 사이에 바닥으로 밀쳐졌다.

그와 동시에 유리 화분이 엄청난 소리를 내며 깨졌다. 소름이 돋을 정도로 날카로운 파열음에 지은은 가쁜 숨을 내쉬며 주변 상황을 둘러보았다.

흙이 묻은 손으로 입가를 가리고 있는 주연. 순식간에 밀쳐져서 나동그라진 자신과 바닥에 흩뿌려진 유리 화분 조각들. 그리고…….

"어, 엄마! 엄마아!"

주연이 던진 화분에 이마를 맞고 쓰러진 어머니가 보였다.

모서리에 맞아서 살갗이 찢어진 건지 피가 줄줄 새어 나오고 있었다. 귓불과 목덜미를 타고 흐르는 새빨간 피를 확인한 지은은 폭발적으로 차오르는 감정을 견디지 못하고 주연을 향해 찢어질 듯 소리쳤다.

"너 지금 무슨 짓을 한 건지 알아!"

"헉, 허억……."

"단단히 미쳤어! 사람 죽이려고 작정했니? 정말 그럴 생각이었냐고!"

"나, 나는 몰라. 내가 한 거 아니야, 나는…….."

저보다도 무섭다는 듯 떨고 있는 주연을 보고 있자니 기가 차서 말도 나오지 않았다. 감당도 못 할 거면서 제 감정 하나 추스르지 못한 주연이 밉고도 원망스러웠다. 그 어느 때보다 더.

"구, 구급차. 구급차를…….."

당장이라도 이성을 잃을 것 같았지만 지은은 휴대폰을 꺼내어 구급차를 부르려고 했다.

하지만 어머니가 잘못될까 봐 두려움에 질린 손가락은 버튼 하나도 제대로 누르지 못했다. 안 그래도 급박한 상황에 손가락조차도 야속하게 제 마음을 비껴가고 있었다.

결국, 지은은 엄지손가락을 구원의 밧줄이라도 되는 것처럼 부여잡고서 단축 번호 2번을 길게 눌렀다. 다행히도 상대는 금방 연락을 받아 주었다.

"성준 씨. 흐윽, 차성준 씨."

— 윤지은 씨?

"나, 좀 도와줘요. 우리 엄마, 제발 살려 줘요……."

지금 이 순간, 그녀에게 가장 간절하고 또 생각나는 사람이었다.

길게 찢어진 이마와 살갗 사이로 흘러내리는 피가 아직도 눈앞에서 아른거렸다.

지은은 수술 중이라고 떠 있는 화면을 보며 두려움을 느끼고 있었다. 당장이라도 어머니의 수술이 잘못될까 봐 걱정이 쌓이고 쌓여 갔다.

사시나무처럼 위태롭게 떨고 있는 지은을 성준이 단단하게 붙잡고 안아 주었다. 그녀는 한순간에 밀려드는 온기와 시원한 스킨 향에 서러운 듯 흐느꼈다.

"우리 엄마 잘못되면 어떡해요? 나를 구하려다가 다친 건데, 혹시라도 잘못되면……."

"다 잘될 겁니다. 혹여 무슨 일이 생기더라도 내가 괜찮도록 만들 테니까."

"흐으윽, 성준 씨……."

"그러니 걱정하지 말아요. 진정하고, 숨 천천히 쉬어요."

성준의 크고 단단한 손가락이 그녀의 눈물을 훔쳐 내고 있었다. 따뜻한 손은 지은의 땀에 젖은 머리카락과 이마를 다정하게 쓸어 주었고, 다른 손으로는 떨고 있는 등허리를 다독여 주었다.

조심스러운 손길에 지은은 더욱 눈물이 날 것만 같았다.

"고마워요. 정말 고마워요. 성준 씨."

"그래요. 하지만 계속 울면 당신 정말 쓰러질지도 모릅니다. 나를 겁주는 게 아니라면 물이라도 마셔요."

"목 안 마른데……."

"얼른."

그녀를 바라보는 성준의 시선에는 걱정스러움이 가득했다. 절절하고도 애정이 깃든 눈동자를 마주하던 그녀는 그가 건네주는 물병을 받아 들고 목을 축였다.

한 모금 넘길 때마다 잘 마시고 있는지 지켜보는 성준 때문에, 지은은 제비 새끼라도 된 듯한 기분이 들었다. 시선으로부터 다분하게 묻어 나오는 애정을 느끼며 그녀는 다시 성준의 품에 와락 안겼다.

그가 크고 따뜻한 손으로 제 등을 쓸어 주는 것이 좋았다. 어떤 말보다도 큰 위로가 되어 주고 있었다. 지은은 그의 가슴팍에 귀를 대고서 두근거리는 심장 소리를 듣고 있었다.

"당신만 괜찮다면, 어떻게 된 일인지 설명해 줄 수 있습니까?"

지은은 성준과 시선을 마주하더니 고민 없이 고개를 끄덕였다. 이번 일은 혼자만의 힘으로 해결하기 힘든 일이었다. 그녀는 송주연에게 벌을 줄 수 있는 힘이 필요했다. 성준에게 그 힘이 있다는 것도 알았고, 이제는 도움을 받고 싶었다.

앞으로는 그의 말대로 다른 이의 눈치도 보지 않고 제가 바라는 바를 이루어 낼 생각이었다. 자신을 지키기 위해서, 그리고 내 사람을 지키기 위해서라면 어느 정도의 힘이 필요하다는 것을 아니까.

"……편의점 근무를 마치고, 송주연이 사는 저택으로 향했어요."

지은은 제가 어떤 생각으로 주연의 저택에 갔는지, 그곳에서 어떤 고백을 했으며, 그녀를 대신해서 어머니가 다치게 된 상황을 차분하게 알려 주었다.

이야기가 흘러갈수록 성준의 표정은 차갑게 굳어 갔고, 마침내 이야기가 끝났을 때에는…….

"당장 고소 절차를 밟아야겠군요."

일말의 동정심도 없이 '고소'라는 단어를 입에 담았다. 그러나 그녀의 생각도 성준과 같았다.

"저도 같은 생각이에요. 제게 한 짓은 둘째 치더라도, 어머니에게 상처를 준 건 용서할 수가 없어요."

"아니, 나는 내 여자가 그런 취급 받고 살았다는 것부터 용납할 수가 없어서."

"성준 씨……."

"그러니 어떤 방식으로든 대갚음해 줄 겁니다. 어쩌면 그 이상으로."

제 일이라면 무조건 편이 되어서 발 벗고 나서 주는 성준이 든든했다. 꿈에 그리던 아늑함에 지은은 슬픈 와중에도 미소를 지었다.

쓰러질 것처럼 힘든 순간에 그가 있어 주어서 참 다행이었다. 곁에 있는 것만으로도 힘이 된다는 게 무슨 의미인지 지은은 충분히 알 수 있었다.

"고마워요. 나중에 어머니가 깨어나면 더 자세히……."

"지은아."

성준에게 대답을 하려던 순간, 누군가 지은을 불렀다. 익숙한 목소리였다.

"잠깐 얘기 좀 할 수 있겠니?"

병원 복도 쪽으로 고개를 돌리자 주연의 어머니인 장 여사가 파리한 안색으로 서 있었다.

병원 벽에 기대어 간신히 버티고 있는 모습은 안쓰러웠지만, 지은에게는 더 이상 감정 이입할 여력이 남아 있지 않았다. 수술실에 들어간 어머니의 건강을 걱정하는 게 우선이었다.

그래서 지은은 평정을 되찾고서 단호한 어조로 입을 열었다.

"혹시 주연이를 선처해 달라는 말씀을 하러 오신 거라면 돌아가세요."

"지은아."

"이번 일은 절대로 그냥 넘어갈 생각 없어요. 그러니까……"

"아니, 그런 말을 하려고 온 게 아니란다."

장 여사는 마른 손으로 가슴팍을 부여잡고 있었다. 천천히 고개를 젓던 장 여사가 끊어질 듯 희미한 목소리로 말을 이었다.

"사과를 하고 싶어서 왔어."

"……사모님께서 사과하실 일 없습니다. 제가 사과받고 싶은 사람은 주연이니까요."

"내가 주연이를 그렇게 키워 낸 잘못도 있으니 찾아온 거란다. 한 번만 내 얘기를 들어 주렴."

흔들리고 싶지 않았다. 제 딸을 용서해 달라는 말이 아니라고 해도, 장 여사의 하소연을 듣고 있노라면 저도 모르게 마음이 동할지도 모르니까.

그러나 벽창호 같았던 주연과 달리 그 저택에서 장 여사는 대화가 통하던 사람이었다. 믿고 싶지 않았을 그녀의 고백 또한 진지하게 들어 주었던.

결국, 지은은 눈을 딱 감고서 장 여사의 이야기를 들어 보기로 했다. 딱 한 번만.

"⋯⋯한 번뿐이에요."

그녀는 성준의 품에서 벗어나 장 여사를 향해 걸음을 옮겼다. 장 여사의 일그러진 표정이 조금 풀어지는 게 보였다.

그때, 그가 지은의 손목을 가볍게 붙잡았다.

"혼자 가도 괜찮겠습니까?"

"성준 씨."

"힘들다면 같이 갑시다. 곁에 있어 줄 테니까."

"아니에요, 괜찮아요."

"윤지은 씨."

"정말 괜찮아요. 그러니까 기다려 줘요."

걱정하는 그의 마음을 모르는 건 아니었지만, 장 여사의 이야기를 듣는 건 그녀만으로도 충분했다. 게다가 한껏 기가 죽은 장 여사를 보고 있자니 별일은 없을 거라는 예감도 들었다.

지은은 초조해 보이는 성준을 있는 힘껏 안아 준 다음, 곧바로 장 여사를 따라 병원 내 카페로 향했다. 따뜻한 음료를 시키고 자리에 앉은 두 사람은 한동안 말없이 창밖 풍경만을 바라보았다.

어두운 밤하늘과 찬바람이 부는 것을 알려 주듯 힘없이 흔들리는 잔가지들. 입김을 내며 지나가는 사람들과 아스팔트 군데군데 끼어 있는, 아직 녹지 않은 눈은 지금이 겨울이라는 것을 보여 주고 있었다.

잠시 후, 생각을 정리한 장 여사는 옷깃을 여미며 운을 뗴었다.

"나는 네가 미경 씨를 따라 우리 집에 들어왔을 때부터, 네가 참 예쁘다고 생각했단다."

"……사모님."

"어린것이 어찌 그리 행동이 싹싹하고 올바르던지. 가끔은 눈치를 너무 보는 것 같아서 걱정스럽기도 했지만, 그래도 주연이에게 좋은 친구가 생긴 것 같아 참 기뻤단다."

추억을 곱씹는 장 여사의 어조에는 어떤 울분도 느껴지지 않았다. 그저 꿈속을 걷는 사람처럼 아득한 목소리로 속삭일 뿐이었다.

"그런데 사람의 마음이라는 게 참 우습지. 알밤처럼 예쁜 너를 보고 있자니 우리 주연이가 네 반만이라도 닮았으면 좋겠다는 생각을 했었어. 친구들도 두루두루 사귀고, 늘 밝게 웃고, 시키지 않아도 공부를 잘해서 선생님이 좋아하는 아이 말이다. 사실 어느 부모가 바라지 않았겠니."

지은은 천천히 고개를 주억거렸다. 제 자식이 더 잘되길 바라는 게 부모 마음이라는 걸 그녀도 모르지는 않았다.

"반면에 우리 주연이는 사회성이 좋지 않아서 지은이 너 말고는 가까운 친구가 없었지. 그래서 더 욕심이 났단다. 매번 주연이에게 그런 말을 했었어. 너도 지은이 좀 닮아 보라고. 반이라도 닮았으면 좋겠다고. 너는 지은이보다 좋은 환경에서 사는데 왜 그 모양이냐고."

"……."

"부모로서 해선 안 될 말과 행동을, 그 아이에게 건네고 또 다그쳤단다. 그때는 아이가 겁을 먹을수록 보듬어 주어야 한다는 걸 몰랐었지. 그 아이를 있는 그대로 이해해 주고 받아들였어야 했는데……."

말끝을 흐리던 장 여사의 안색이 또다시 창백해졌다.

"그런데 어느 순간부터는 주연이가 밝아졌더구나. 깍쟁이처럼 굴줄도 알고, 친구도 많아져서 이제야 그 애가 제 길을 가는구나 싶었어. 그래서 다 괜찮은 줄 알았다. 그때는…… 겉으로는 밝아졌지만 속은 썩어 가는 그 아이를, 시간이 지날수록 어두워지는 지은이 너를, 차마 알아봐 주지 못했어."

"……네."

"처음에는 믿을 수 없었단다. 외동딸이라 좋은 것만 해 주었으니 화초처럼 잘 자랄 거라고 생각했거든. 하지만 의심했던 적은 있었어. 너희 둘 사이가 점점 멀어지는 것도, 가끔 네 몸에서 멍 자국 같은 게 보일 때에도 무슨 일이라도 생긴 건가 의문이 들곤 했지. 그러다 결국, 주연이가 네 어머니까지 해쳤다는 걸 알았을 때 절실히 깨달았단다."

"……."

"그 아이가 다른 사람에게 상처나 주는, 그러나 죄책감 하나 느끼지 못하는 괴물이 되었다는 걸……."

장 여사는 아직도 실감이 나지 않는 듯 한껏 일그러진 얼굴을 두 손에 묻었다. 연신 고개를 젓던 장 여사는 이내 지은과 시선을 마주해 왔다. 체념이 묻어 나오는 눈동자였다.

"그래서 늦게나마 고맙다는 말을 하려고 왔단다. 지금보다 더 늦기 전에, 저 아이가 더욱 돌이킬 수 없는 행동을 저지르기 전에 지은이 네가 솔직하게 말해 주어서 고맙다고."

"사모님……."

"그리고 내가 부모 노릇을 하기에는 모자란 사람이어서. 그 아이도 망치고, 너와 미경 씨까지 다치게 해서 미안하다는 말을 하고 싶었다."

진심이 담긴 호소였다. 지은은 장 여사가 자신에게 몹시 미안해하고 있다는 것을 알았다.

그러나 지은은 장 여사의 사과를 받고 싶은 게 아니었다. 정작 사과를 해야 할 사람은 장 여사가 아니라 송주연이었으니까.

"주연이가 부럽네요."

"지은아."

"이런 짓을 저지르고도 사모님처럼 편이 되어 줄 사람이 있잖아요."

"……."

"참 든든하겠다."

심지어 어머니까지 다쳐서 돌이킬 수 없는 강을 건너 버린 지금. 지은은 고개를 숙인 장 여사에게도 모질게 굴 수밖에 없었다.

"사모님 말씀은 잘 들었어요. 하지만 사과는 못 들은 걸로 하겠습니다. 이번 일은 비단 사모님 탓이라고는 생각하지 않아서요."

"지은아."

"주연이는 멈출 수 있는 기회가 있었어요. 그것도 여러 번이나. 하지만 그걸 무시하고 선을 넘은 건……. 그래서 자기 마음까지 잡아먹은 건 본인의 의지가 가장 컸다고 생각해요."

지은은 하염없이 눈물을 흘리고 있는 장 여사를 뒤로하고 자리에서 일어섰다. 그리고 어쩌면 마지막이 될지도 모르는 인사를 건넸다.

"그럼 먼저 돌아가겠습니다."

"지은아."

"그동안 저와 어머니 보듬어 주셔서 감사했습니다."

"……면목이 없구나."

"건강하세요, 사모님."

그녀는 미련 없이 카페를 빠져나왔다.

아마 장 여사의 말대로 송주연이 제 속에 있는 괴물을 뱉어 내려면 오랜 시간이 걸릴지도 모른다. 그러나 그것 또한 주연이 감당해야 할 고통이었다. 누군가를 죄책감 없이 짓밟아 가며 살아왔던 대가.

그래서 지은은 괜한 동정은 하고 싶지 않았다. 오히려 좋은 환경에서도 괴물이 되기를 자처한 주연이 괘씸하게만 느껴졌다. 지은은 지난 과거를 잊어 줄 정도로 마음이 넓은 성인군자가 아니었으니까.

— Rrrrrr. Rrrrrr.

수술실로 올라가는 도중에 휴대폰이 울렸다. 발신자는 성준이었다. 순간 지은의 심장이 무겁게 뛰었다. 그의 전화가 어머니와 관련된 소식을 전해 줄 것만 같았다. 그런 예감이 들었다.

그녀는 가빠진 호흡을 추스르고 통화 버튼을 눌렀다.

— 어머니, 수술 무사히 마치셨습니다.

"성준 씨……."

— 뇌진탕으로 인해 일시적으로 의식을 잃었다고 하더군요. 아마 한두 시간 뒤에는 깨어나실 겁니다.

"별다른 이상은 없대요?"

— 네. 특히 뇌에는 아무 이상이 없다고 하니, 크게 걱정하지 않아도 됩니다.

휴대폰 너머로 들려오는 굳건한 목소리에 지은의 긴장이 풀렸다. 얼마나 몸에 힘을 준 건지 팔다리가 저릿저릿할 지경이었다.

물밀듯 밀려 들어오는 안도감에 지은은 계단을 오르다 말고 털썩 주저앉았다.

"고마워요. 정말 고마워요, 성준 씨."

아까 멈추었다고 생각했던 눈물이 또다시 흘러내리고 있었다. 어머니가 무사하다니 다행이었다. 큰일이라도 생겼을까 봐 걱정했던 마음이 눈 녹듯 사라지고 있었다.

이 순간만 속 시원하게 울고 어머니가 깨어나기 전에는 그쳐야지. 그래서 어머니가 깨어나면 웃는 얼굴로 반겨 주어야겠다고 지은은 생각했다.

눈을 뜨면 제 몸 상태보다 자식 걱정부터 할 어머니를 알고 있으니까. 잘 알고 있어서 가끔은 심장이 아플 정도였으니까. 지은은 웃는 듯 우는 듯, 젖은 얼굴을 두 손안에 파묻었다.

일주일 정도는 입원해서 경과를 지켜보자는 말에 성준은 곧바로 1인실을 준비해 주었다. 괜찮다는데도 거리낌 없이 결제를 진행하는 그를 보면서, 지은은 고마우면서도 미안한 마음을 지울 수가 없었다.

"그래도 1인실은 부담스러워서요. 4인실도 괜찮다고 생각했는데……."

"다른 곳도 아니고 머리를 다치지 않았습니까. 조용한 곳에서 휴식하는 게 더 나을 겁니다."

"그래도……."

"이번에는 내 말 들어요. 아무리 윤지은 씨라도 양보할 생각은 없습니다."

그러고 보면 아닌 척해도 언제나 그녀가 하는 말을 귀담아들어 주던 그였다. 그러나 어머니의 일에 그녀보다 더 가족처럼 행동하는 성준을 보고 있자니 기분이 이상해졌다. 좋은 의미로.

"고마워서 그래요. 고마워서."

지은은 고집을 부리는 대신 성준의 배려를 있는 그대로 받아들였다. 그의 표정이 한결 풀리는 게 보였다.

원무과에서 결제를 마친 두 사람은 나란히 엘리베이터에 올라탔다. 한 시간 반 정도가 지났으니 어머니도 곧 깨어날 것 같았다. 휴대폰으로 시간을 확인하던 지은은 조금 지쳐 보이는 성준을 바라보았다.

"오늘, 저 때문에 많이 힘드셨죠?"

"힘들지는 않았고, 놀라긴 했습니다."

"죄송해요. 실은 구급차를 부르려고 했는데, 생각나는 사람이 성준 씨밖에 없었거든요. 그래서……."

그녀는 무의식적으로 성준의 흐트러진 머리카락을 정리해 주었다. 그의 놀란 시선이 꽂히고 나서야 지은은 제가 허락도 없이 무슨 짓을 했는지 깨달았다. 그녀는 다급하게 손을 내렸다.

"어, 어쨌든. 내일 회사도 가셔야 할 텐데 오늘은 그만 돌아가셔도 돼요. 정말 고맙……."

"곁에 있을 겁니다."

"네?"

"어머니께서 깨어나실 때까지, 윤지은 씨와 같이 있겠습니다."

"성준 씨……."

"그러고 싶습니다, 내가."

그녀가 무안해서 내린 손을 성준이 따스하게 잡아 왔다. 손만 닿은 건데도 지은은 심장이 불에 덴 것 같은 감각을 느꼈다. 이내 깍지까지 껴진 손가락을 바라보며, 지은은 겨울인데도 더운 숨을 훅 들이마셨다.

"어차피 회사에 가도 당신을 생각하느라 집중이 잘 안 됩니다."

"아……."

"그러니 회사 걱정은 하지 말아요. 내게는 윤지은 씨가 더 중요하니까."

그녀는 어쩌면 제 심장 박동이 그에게까지 들릴지도 모른다고 생각했다.

하지만 괜찮았다. 이런 떨림이라면, 열렬한 달리기 끝에 서 있는 사람이 이 남자라면…… 지은은 언제든 괜찮을 것만 같았다.

예고치 않은 고백에 목덜미까지 빨갛게 달아오른 지은은 괜스레 머리카락을 매만졌다. 부끄러워서였다. 그러나 살짝 바라본 성준의 귓불에도 붉은 기운이 맴돌고 있었다.

그렇구나. 나만 떨리는 게 아니구나. 이 남자도 저처럼 마음이 설레고 있구나.

그녀의 시선에 헛기침을 하고 있는 그를 보고 있노라니 웃음이 절로 새어 나왔다. 그래, 처음부터 잘하는 사람이 어디 있을까. 항상 철옹성처럼 느껴지던 이 남자도 가끔은 이렇게 얼굴을 붉히는데.

"후후."

"왜, 웃습니까?"

"귀여워서요. 차성준 씨가."

"살다 보니 별 얘기를 다 듣네요."

"왜요? 귀여운 사람을 귀엽다고 하는 건데 잘못됐나요?"

"나 참……."

그는 못 말린다는 듯 픽 웃으며 깍지를 낀 손에 힘을 주었다. 단단하게 붙잡힌 손에서는 열기가 피어오르고 있었다. 얼마나 뜨거운지 손가락 사이로 땀이 느껴질 정도였다.

민망해진 지은이 땀이라도 닦아 내려고 손을 빼내었지만 성준은 집요하게 그녀의 손을 붙잡아 왔다. 도망치지 말라는 듯 강하게 움켜쥐는 손길 때문에 지은은 결국 그가 바라는 대로 손에 힘을 풀어 주었다.

이 남자, 아이 같은 면이 있는 건 알았지만 고집 하나는 정말 끝내준다.

"앞으로도 곤란한 일이 생기면 연락해요."

"그래도 되나요?"

"반드시. 뒤늦게 당신 소식을 듣는 것보다는 나으니까."

마침내 엘리베이터가 멈추었다. 그녀와 나란히 병원 복도를 걸어가던 성준이 나지막하게 말을 이었다. 손에는 여전히 깍지를 낀 채였다.

"이제는 내가 없는 곳에서 울지도 말고."

우뚝, 걸음을 멈추어 선 그가 지은을 바라보았다. 성준의 짙은 눈동자에 서글픈 빛이 떠올랐다.

"심장이 무너진다는 게 어떤 건지 두 번 다시 확인하고 싶지는 않으니까."

"성준 씨……."

"내색은 안 했지만 걱정했습니다. 많이."

가시로 찔러도 꿈쩍하지 않을 것 같았던 남자였다. 그녀와 만나는 동안에는 다채로운 모습을 보여 주긴 했지만, 그래도 성준은 감정을 마주하는 데에 있어선 냉정한 구석이 있을 거라고 생각했다.

그러나 그도 사람이었다. 커다란 회사를 이끌고 있다고 해도, 아무리 대단한 지위를 가졌다 할지라도. 그는 누군가를 마음 깊이 걱정할 수 있는, 또 이토록 슬픈 눈동자를 지니고 있는 남자였다.

"걱정시켜서 미안해요."

그걸 이제야 깨달은 스스로가 바보처럼 느껴졌다. 슬퍼하는 그를 보고 있자니, 앞으로는 그를 걱정시키지 말아야겠다고 생각했다. 더 이상 마음고생하지 않도록 신경을 써 주어야겠다고.

그의 마음이 참 따뜻해서. 차디찬 겨울날에 손에 쥐어진 캔 커피, 그 소중한 온기처럼 성준의 마음도 그녀에게는 몹시 소중해서.

"당신이 없는 곳에서는 울지 않을게요. 절대로."

"약속한 겁니다."

"네, 약속했어요. 성준 씨."

그들은 어린아이처럼 새끼손가락까지 걸었다. 갑작스러운 새끼손가락의 등장에 성준은 조금 당황한 듯했지만, 이내 살며시 웃으면서 그녀에게 새끼손가락을 마주 걸어 왔다. 유치하긴 해도 싫지는 않은 듯한 모습이었다.

두 사람은 얼굴에 미소를 띤 채로 병실 문을 열었다. 일반 가정집처럼 꾸며진 내부는 그녀가 알던 새하얀 병실과 달리 온화한 분위기를 풍기고 있었다.

그리고 병실을 둘러보던 지은의 시선 끝에, 그녀와 마찬가지로 내부를 둘러보고 있는 어머니가 보였다.

"엄마!"

언제 깨어난 건지, 몸을 반쯤 일으키고 있던 어머니는 품속으로 와락 파고드는 그녀를 껴안아 주었다. 지은은 제 등을 쓸어내리는 따스한 손길을 느끼며 어머니의 가슴팍에 얼굴을 묻었다.

"지은아, 너는 괜찮니? 다친 곳은 없어?"

"입원은 엄마가 했으면서 내 걱정을 왜 해. 나는 완전 멀쩡한데."

"그래도 내가 얼마나 놀란 줄 아니? 어휴, 주연이가 그런 짓까지 할 줄은 생각도 못 했다. 어머, 너 우니?"

"흐어어어엉."

참으려고 했던 눈물이 언제 그랬냐는 듯 힘없이 흘러나오고 있었다. 울지 않으려고 했는데. 안 그래도 자식 걱정을 먼저 했을 어머니에게 웃는 모습만 보여 주려고 했는데.

그리웠던 어머니의 냄새와 온기에 남아 있던 긴장마저 확 풀리고 말았다. 어머니는 아이처럼 우는 그녀를 못 말린다는 듯, 그러나 덩달아 눈시울이 붉어진 채로 속삭였다.

"엄마가 미안해, 지은아."

"뭐가 미안해······."

"우리 딸 그렇게 고생하는 줄도 모르고 다그쳐서. 얘기 한번 못 들어 줘서 너무 미안해."

그녀는 고개를 저었다. 알고 있었다. 아버지가 돌아가시고 홀로 자식을 키워야 했을 어머니를. 생계를 유지하기 위해서는 돈을 벌어야 했고, 그래서 몇 번이나 허리를 숙여야 했던 당신을 알고 있었다.

"너를 위한다고 했던 일이 너에게 상처를 주고 말았어. 항상 의젓하고 똑똑한 딸이라서 이해해 줄 거라고 생각했던 거야. 그게 너에게 짐이 되는 줄도 모르고······. 엄마가 되어선 참 이기적이지?"

"아니야······."

"그래서 네가 주연이에게 그런 일을 당했다는 얘기를 들었을 때, 엄마는 억장이 무너지는 줄 알았다. 내가 못나고 부족해서 우리 딸까지 기를 죽이고, 힘들게 했다는 걸 믿을 수가 없었어."

"아니라니까······."

"너에게 힘이 되어 주어도 모자랄망정 발목을 잡아서 미안하다, 지은아. 어디든 훨훨 날아갈 수 있는 아이인데, 부모라는 이름으로 멋대로 가두어 버려서 미안해."

어머니의 절실한 사과에 고개를 젓던 지은은 뺨에 흥건히 묻어난 눈물을 닦아 냈다. 그리고 고통스러워하는 어머니의 눈동자를 똑바로 마주 보았다.

"엄마가 나 먹여 살리려고 얼마나 노력했는지 알아. 아빠도 없이 혼자서 나를 키운 거잖아. 그거 아무나 할 수 있는 일 아니잖아요. 그런데도 나 되게 씩씩하게 잘 컸잖아."

"지은아."

"그러니까 미안해하지 마. 엄마한테 서운했던 적은 있어도 미웠던 적은 없었어. 나라고 엄마한테 항상 좋은 자식이었을까 봐? 엄마도 어떻게 저런 녀석이 내 딸인가 싶었을 때도 있었을 거잖아."

"아니, 지은이 너는 엄마한테 항상 좋은 자식이었어. 늘 그랬어."

어머니의 애틋한 고백에 지은은 또다시 눈물이 나올 뻔한 것을 꾹 참았다. 대신 배시시 웃어 보이며 말을 이었다.

"처음부터 다 잘하는 사람은 없다고 생각해요. 엄마도 엄마가 처음일 텐데, 그래서 잘 키우고 싶어서 그런 걸 텐데. 나야말로 못되게 굴어서 미안해. 엄마 마음 몰랐던 것도 아닌데……."

"지은아……."

"그래도 이제는 내가 하는 얘기를 먼저 들어 줘야 해요. 나도 솔직하게 말해 줄 테니까. 알았지?"

"그래. 꼭 그렇게. 무슨 일이 있어도, 엄마가 항상 지은이 편이 되어 줄게."

안개가 자욱해서 끝내 풀리지 않을 것만 같았던 어머니와의 오해가 마침내 풀렸다. 어디서부터 어떻게 손을 대야 할지 걱정이었는데 이번 기회에 서로의 마음을 확인할 수 있었다.

지은은 어린 시절로 돌아간 듯 어머니의 둥근 허리를 부둥켜안았다. 파마기가 남아 있는 머리카락이 뺨을 간질였다. 그녀는 근육이 뭉쳐서 굽어 버린 어머니의 어깨에 얼굴을 묻었다. 그리고, 당신이 나의 어머니여서 다행이라는 생각을 했다.

한창 분위기가 무르익어 갈 무렵이었다. 일순간 그녀의 등허리를 따스하게 토닥여 주던 어머니의 손길이 뚝 멈추었다. 다른 할 말이라도 있는 건가 싶어서 몸을 떼어 내려는데.

"그런데 지은아."

"응?"

"같이 들어온 남자는 누구니?"

"아……."

오랜만의 재회라서 깜박하고 말았다. 병실에는 그녀뿐만 아니라 성준도 있었다는 것을.

지은은 화들짝 놀라서 모든 광경을 지켜보고 있었을 성준을 돌아보았다. 그는 무안한 기색 없이, 여느 때처럼 단정하고 깔끔한 자태로 그녀를 기다리고 있었다.

"그게……."

허공에서 그와 시선이 마주쳤다. 그를 누구라고 소개해야 할까. 서로 고백은 했지만 그녀가 대답을 미루는 바람에, 두 사람은 아직 아무 사이도 아니었다.

그러나 아무 사이도 아니라고 말하기에는 서로의 마음이 같다는 것을 확인한 후였다. 이미 좋아하고 있었다. 아니, 이제는 더 깊어지는 중이었다.

"애인이야."

"애인?"

"응, 내가 좋아하는 사람."

그래서 지은은 확실하게 대답할 수 있었다. 차성준이라는 남자는 그녀의 애인이라고. 좋아하는 사람이라고.

그는 그녀가 곤란할 때마다 언제나 힘이 되어 주었던 사람이니까. 눈물을 삼켜야만 했던 그녀를 마음 편히 울 수 있도록 안아 준 남자니까. 그 품은 너무나도 따스해서 누구에게도 빼앗기고 싶지 않을 정도였다.

그녀의 분명한 대답에 성준은 약간 눈을 크게 떴다. 그녀가 자신을 애인이라고 소개할 줄은 예상하지 못했던 모양이었다. 그러나 금세 기분이 좋아졌는지 미소를 띠고서 어머니를 향해 제 소개를 시작했다.

"처음 뵙겠습니다. 차성준입니다."

"첫인사를 병실에서 하게 될 줄은 몰랐는데……. 아무튼 반가워요."

"깨어나셔서 정말 다행입니다."

자기소개를 하는 성준은 평소보다 들떠 보였다. 발갛게 상기된 귓불도 그 증거였다.

지은은 시선을 주고받는 어머니와 성준을 흐뭇하게 바라보았다. 이 정도면 나름대로 괜찮은 첫 만남이 아닐까. 그러니 오늘은 인사만 나누고 다음에 기회가 된다면 따로 자리를 마련할 생각이었다.

"그럼, 지은아."

"왜?"

"엄마가 들어오라고 할 때까지 잠시 나가 있으렴."

그러나 그녀의 생각을 배신하듯, 어머니는 지은에게 나가 있으라고 말했다. 아주 단호하게.

"왜, 왜?"

"네 애인 되는 사람과 대화가 필요할 것 같구나."

"아직 몸도 성하지 않은데 다음에 얘기하면 안 될까? 이 사람도 피곤할 것 같아서……."

"지은아."

"윤지은 씨."

급하게 상황을 모면하려는 지은을 어머니와 성준이 동시에 불렀다.

실은 겁이 났다. 송주연 대신 맞선에 나간 것도 들킨 마당에, 어머니가 성준에게 엄한 소리라도 할 것 같았다. 물론 하나뿐인 자식을 위한 말이겠지만 만나자마자 곧바로 본론부터 들어갈 줄은 몰랐는데…….

그러자 머릿속이 걱정으로 가득한 그녀에게 성준은 안심하라는 듯 말을 건넸다.

"나는 괜찮습니다. 한 번은 어머님과 대화 나눠 보고 싶기도 했고."

"그래. 네 애인이라는 남자도 괜찮다고 하질 않니."

"하지만 엄마는 몸이……."

성준마저 어머니의 의견을 거들어 주자 지은은 고민이 됐다. 자리를 비워도 괜찮으려나? 머뭇거리던 순간, 어머니의 따스한 손바닥이 그녀의 매끈한 등을 힘차게 내리쳤다.

떡이라도 찧는 듯한 마찰음에 지은은 짧게 비명을 질렀다. 병실에 누운 환자로는 보이지 않을 정도로 팔팔한 손맛이었다. 어머니는 보란 듯이 목소리를 높였다.

"하지만이고 나발이고! 이 정도로 사람 죽는 거 아니니까 얼굴 좀 펴. 계속 걱정해 대니까 죽을병이라도 걸린 사람 같잖아, 계집애야."

"아, 엄마 진짜!"

"네 애인 되는 사람 잡아먹을 것도 아니니까 얼른 나가 있어!"

"씨이……."

파스라도 붙인 것처럼 알싸한 통증에 지은은 몰래 눈을 흘겼다. 그러나 왜 이리도 웃음이 새어 나오는 건지. 이 정도 기운이라면 어머니도 금방 회복할 수 있을 것 같아서 안심이 되나 보다.

평소처럼 돌아온 어머니를 바라보던 지은은 마지못해 자리에서 일어섰다. 병실을 나가는 내내 불안함을 떨칠 수는 없었지만, 그녀를 향해 미소 지어 주는 성준을 보고 있으니 괜찮을 것도 같았다.

그래도 갑작스러운 대면이 곤란한 건 사실이어서, 부디 두 사람에게 별일은 없기를 바랐다. 이내 병실 문이 굳게 닫혔다.

7. 우리가 연애를 한다는 건

윤지은 씨는 어머니를 많이 닮은 것 같았다.

성준은 계속해서 제 손에 쥐어지는 음료와 빵, 그리고 정갈하게 깎인 과일 조각을 바라보았다. 그녀의 어머니가 먹어야 할 음식을 왜 제가 먹고 있는 건지는 모르겠지만, 건네주는 걸 마다할 이유는 또 없었다.

"여기 병실은 먹을 게 참 많네요."

"그런 것 같습니다."

"사과 한 조각 더 먹을 건가요?"

"……예."

성준은 입술 바로 앞까지 내밀어진 사과를 머뭇거리며 바라보다가, 박 여사의 엄한 눈동자를 마주하고서는 조심스레 입을 열었다. 아삭. 사과의 시원하고 달콤한 과즙이 입안 가득 채워졌다.

생각해 보면 두 번째였다. 누군가 그의 입안에 음식을 직접 넣어 준 사람은. 그러나 지은과 마찬가지로 더럽다는 생각은 한 번도 들지 않았다. 참 신기한 노릇이었다.

"고마워요."

"무슨……."

"지은이 따라 여기까지 온 것도, 이 병실도 전부요. 비용이 제법 들었을 텐데."

"신경 쓰지 않으셔도 됩니다. 제 마음 편하자고 한 일이어서."

"그러면 좋겠지만……. 딸아이 둔 엄마로서 신경을 안 쓸 수가 없어서요."

사과를 모두 자른 박 여사는 물티슈로 손을 닦아 내었다. 본론으로 들어가려는 듯 목을 가다듬는 모습에 성준은 사뭇 긴장하고 있었다. 그녀의 어머니에게 무슨 이야기를 듣게 될지 그 또한 궁금했다.

"우리 지은이, 좋아하나요?"

"좋아합니다."

"확실해서 좋네요."

박 여사는 보기 좋다는 듯 옅게 미소 지었다. 그러나 성준은 희미한 미소 뒤에 머무른 슬픔을 발견했다. 그와 시선을 마주하던 박 여사가 차분하게 입을 열었다.

"이런 표현 진부하다는 거 알지만, 지은이는 정말 눈에 넣어도 아프지 않을 아이예요. 그만큼 소중하고 예쁜 딸이죠."

"저도 그렇게 생각합니다."

"내가 비록 고생도 많이 시켰지만, 단 한 번도 나를 실망시킨 적 없는 딸이었어요."

성준은 고개를 주억거렸다. 단 하나뿐인 어여쁜 딸을 어느 부모가 쉽게 내어 줄 수 있을까. 그는 박 여사가 그녀와의 관계를 반대할 수도 있을 거라고 생각했다.

"그래서 성준 군에게 부탁을 하나 하고 싶어요."

"……."

"지은이를…… 결코 불쌍하게 여기지 말아요."

그러나 박 여사의 입에서 튀어나온 대답은 성준의 예상과는 전혀 다른 내용을 담고 있었다.

그는 얼떨떨한 기분으로, 그러나 박 여사의 눈동자를 피하지 않고 바라보았다. 서글프게 젖어 있지만 단호한 어조의 목소리가 병실을 가득 메우고 있었다.

"저 아이에게 흠이 되는 건 가난하고 부족한 부모를 둔 것 하나뿐이에요. 떼어 놓고 본다면 결코 아쉬울 게 없는 아이죠."

"어머님."

"그러니 절대로 지은이를 가엾게 여기지 말아요. 같은 사람으로 대해 주고, 같은 눈높이로 바라봐 주면 좋겠어요."

성준은 어머니의 마음이라는 게 어떤 건지 잘 알 수 없었다. 제대로 경험하기도 전에 어머니를 잃게 되었으니까. 그래서 TV나 영화에서 나오는 모성이 가슴 깊이 와닿은 적도 없었다.

그러나 지금 이 순간, 성준은 조금이나마 어머니의 마음이란 무엇인지 깨달을 수 있었다. 완전히 헤아릴 수는 없을지라도, 그녀의 어머니가 어떤 마음으로 이런 고백을 하셨는지 정도는. 충분히.

"한 번도 그런 식으로 생각해 본 적 없습니다. 앞으로도 그럴 겁니다."

"다행이네요."

"오히려 저는 윤지은 씨가 부럽습니다."

"부럽나?"

박 여사는 의외라는 듯한 시선으로 성준을 바라보았다. 돈도 많고 멀끔한 데다, 하고 싶은 대로만 살아왔을 것 같은 청년이 제 딸에게 부럽다고 말하다니. 내심 의문이 드는 것 같았다.

성준은 어느 정도 짐작한 듯한 얼굴로 고개를 끄덕였다. 부드럽게 휘어진 눈동자가 박 여사를 향했다.

"제 어머니는 일찍 돌아가셨습니다. 아버지도 자식에게 좋은 분은 아니셨고요."

"그런······."

"그래서 온전한 사랑을 받는다는 게 어떤 느낌인지 모릅니다. 실은 아직도 잘 모르겠습니다."

"······."

"하지만 어머님이 하시는 말씀을 듣고 나니 조금은 알 것도 같습니다."

성준의 대답에 박 여사는 눈에 띄게 당황하는 모습이었다. 그러나 그는 괜찮다는 듯 미소를 지어 주었다.

용기 내어 지은을 부탁했을 박 여사에게, 그는 어쩐지 제 과거를 솔직하게 말씀드리고 싶은 기분이었다. 이런 적은 처음이었다.

"배경이 좋다고 해서 사랑을 많이 받고 자라는 것도 아니고, 가난하다고 해서 주는 사랑마저 적은 건 아니라고 생각합니다."

"아……."

"오히려 부족한 환경에서도 서로에게 힘이 되어 주었을 관계가 부러웠습니다. 무엇보다 어머님의 따뜻한 마음 덕분에 윤지은 씨도 맑은 사람으로 자랐다고 생각합니다."

"……."

"가만히 있어도 빛이 나서, 함부로 건드릴 수 없을 정도로요."

박 여사의 눈에 눈물이 차오르는 것을 발견한 성준은 서랍 위에 있는 티슈를 건네주었다.

"윤지은 씨를 곁에 두는 거 욕심이라는 거 압니다. 이기적이라는 것도 알고 있습니다."

"그런데……."

"하지만 윤지은 씨가 주는 사랑, 받아 보고 싶어졌습니다. 덩달아 예쁨도 받고 싶습니다."

"하하."

"그런 건, 돈이 아주 많아도 가질 수 없는 거니까요."

박 여사는 성준의 대답이 마음에 들었다는 듯이 호탕하게 웃었다. 아까보다 훨씬 풀어진 분위기에 성준도 긴장을 내려놓았다.

눈물을 닦아 낸 박 여사가 젖은 목소리로 말을 이었다.

"오해해서 미안해요."

"아닙니다."

"성준 군도 고생이 참 많았을 텐데, 아무리 나이를 먹어도 성숙해지긴커녕 편견만 늘어 가는 것 같네요. 그래도 딸 걱정하는 마음에 물어본 거니 너무 상처받지 말아요."

"충분히 이해하고 있습니다."

지긋한 시선으로 성준을 바라보던 박 여사가 그를 품에 안은 건 눈 깜짝할 사이에 벌어진 일이었다.

처음에는 예고도 없이 안아 주는 박 여사를 보며 몸을 뒤로 빼내는 그였다. 갑작스러운 포옹이기에 당황한 탓이었다.

"우리 지은이, 고생시키지 말고요."

그러나 포옹 안에는 위로와 환영의 의미가 담겨 있다는 것을 금세 깨달았다. 굳은살이 박인 손바닥이 그의 등을 따스하게 쓸어내렸고, 품에서는 왠지 그리운 듯한 향기가 느껴졌다.

성준은 어쩌면 그것이 어렸을 때부터 자신이 바라던 가족의 온기일지도 모른다고 생각했다.

"감사합니다, 어머님."

그는 자신을 따뜻하게 안아 주는 박 여사를 그제야 손을 뻗어 마주 안았다. 피 한 방울 섞이지 않았는데도 포근하고 안정감 있는 기분을 느낄 수 있다는 게 성준은 놀라웠다. 심지어 아버지에게도 느끼지 못했던 감정이었으므로.

그래서 윤지은이란 여자에게 더욱 욕심이 생겼다. 그녀를 만나는 일. 그리고 맑은 마음을 가진 그녀의 가족과 만나는 일이 코끝이 찡해질 정도로 따뜻해서.

그녀를 만날수록 자신이 얼마나 부족한 사람인지 깨닫게 되지만, 그녀로 인해 채워질 수많은 감정이 궁금해져서. 윤지은을 중심으로 변해 가는 일상이 낯설지만 기대가 되어서.

그래서 이 여자와 함께라면 그동안 쌓아 왔던 고집이나 벽도 허물어질 것 같은 예감이 들었다. 아니, 윤지은이 꽁꽁 얼어 있던 제 마음을 부수어 준다면 기꺼이 응하고 싶었다.

'만약 가정을 이루게 된다면…….'

성준에게 있어서 결혼이란 금기어에 가까웠다. 어린 시절의 트라우마 때문인지 입에 올려서도 안 되고, 긍정적인 방향으로는 생각조차 할 수 없는 단어였다.

그러나 요즘 들어 생각이 빙판 위를 걷는 사람처럼 발밑부터 흔들리고 있었다. 성준의 마음을 뿌리째로 흔들 수 있는 사람은 단 한 명이었고, 그 한 명으로 인해 결혼이라는 것도 실은 괜찮지 않을까 하는 결심이 서고 있었다.

이건 그로서는 정말 말도 안 되는 생각의 변화였다. 한참은 이르고 이유도 부족했다. 그러나 현재에도 진행 중인 생각이었다.

"그럼 지은이 말대로 밤이 늦었으니 이만 들어가 봐요."

그가 머릿속에서 결혼에 대하여 고민하고 있을 무렵, 박 여사가 그를 품에서 천천히 떼어 냈다. 쉽게 사그라지지 않는 따뜻함이 낯설고도 평온했다.

그러나 제 생각은 둘째 치더라도, 돌아가기 전에 그녀의 어머니에게 들어야 할 의견이 있었다.

"아직 퇴원하시기 전이라 이런 말씀 드리는 게 조심스럽지만."

"무슨 일이죠?"

"송주연 씨 관련으로 고소를 진행할 생각이 있으신지 궁금합니다."

멀리 도는 일 없이 본론부터 파고드는 질문에 박 여사의 안색이 살짝 굳어졌다. 성준도 서두르고 싶지는 않았다. 그러나 고소를 진행할 마음이 있다면 시간을 지체할 수도 없는 노릇이었다.

"혹여 진행하실 생각이라면 제가 힘닿는 데까지 도와드리려고 합니다. 원하신다면 송주연뿐만 아니라 S그룹 자체를 흔들어 놓을 수도 있습니다."

"지은이는 뭐라고 하던가요?"

"윤지은 씨도 이번 일로 마음을 단단하게 먹은 상태입니다. 어머님께서 허락하신다면 최대한 빠르고 확실하게 진행시키려고 합니다."

"으음……."

박 여사는 깊이 고민하는 듯했다. 성준의 입장에서는 고민할 이유가 무엇이 있는지 궁금했지만, 당사자가 아니고서야 그 속을 알 수 없을 터였다.

아직 시간은 있으니 천천히 대답해도 괜찮다고 말하려는데, 박 여사는 곧장 결심한 듯 단호하게 입을 열었다.

"알겠어요."

"그럼……."

"제법 긴 싸움이 되겠지만, 곧바로 진행했으면 좋겠네요. 성준 군이 힘이 되어 준다면야 더할 나위 없이 고맙고요."

"알겠습니다."

"대신, S그룹은 건드리지 말아요."

자리에서 막 일어나려던 성준은 박 여사의 군건한 목소리에 행동을 멈추었다. 그는 다시 자리에 앉아서 귀를 기울였다.

"내가 주연이를 고소하려는 건 단순히 다쳤기 때문은 아니에요. 복수를 하려는 것도 아니고요."

"그러면……."

"지은이가 그동안 내가 모르는 곳에서 그 아이로 인해 상처받았을 테니까. 그 생각만 하면 아직도 속이 뒤집어질 것처럼 화가 나니까."

"……."

"내 딸이 겪은 고통의 반의반이라도 좋으니, 죗값을 치렀으면 하는 마음에 고소를 진행하는 거예요. 단지 그뿐이에요."

지은도 비슷한 이야기를 했었다. 제가 그동안 당해 온 건 억울하지만 지나간 일이라 괜찮다고. 견딜 수 있었다고. 하지만 어머니에게 해를 끼친 건 도무지 용납할 수 없다고 말했었다.

어떻게 모녀가 똑같은 생각을 할 수가 있는 걸까. 성준은 사뭇 놀랐지만 서로를 생각하는 마음이 또다시 대단하다고 여겨졌다.

"우리를 생각해 주는 마음은 고맙지만, 거기에 회사까지 끌어들일 필요는 없다고 생각해요. 아무리 돈이 많다고 해도 다른 가족을 품어 주는 일이 어디 쉬운 일이던가요? 그것도 20년이 가깝도록 나와 지은이를 지원해 준 사람들이에요."

"하지만……."

"주연이 일은 안타깝게 됐지만, 적어도 S그룹 송 사장님과 장 여사님은 우리에게 고마운 사람들이었어요. 그러니 성준 군도 여기까지만 해 주었으면 좋겠어요."

박 여사는 똑 부러지게 의견을 내비쳤다. 이렇게까지 완고하게 말하는데 성준이라고 마음대로 행동할 수는 없는 노릇이었다. 그러나 아쉬운 마음이 드는 건 어쩔 수 없었다.

"사람을 미워하고, 원망하는 데에 더 이상 시간을 쏟고 싶지 않아요. 좋은 것만 하기에도 시간은 너무나도 모자라니까요."

"어머님."

"무엇보다 지은이가 누군가를 미워할 시간에, 제가 하고 싶었던 일이나 즐거워하는 일을 찾아서 해냈으면 좋겠어요. 그것만큼 중요한 일은 또 없을 테니까."

윤지은 씨는 정말 어머니를 많이 닮은 것 같았다. 그에게 무언가를 자꾸 해 주려는 모습뿐만 아니라, 고운 심성 또한 마찬가지였다.

처음에는 어머님을 설득하려고 했던 그도, 도리어 설득을 당한 나머지 고개를 끄덕였다.

"알겠습니다. 그렇게 진행하겠습니다."

"정말 고마워요."

"그래도 도움이 필요한 일이 생기시면 언제든지 연락 주십시오. 어머님이 편하게 지내셔야 윤지은 씨도 안심할 테니 말입니다."

성준은 재킷 안주머니에서 명함 한 장을 건네었다.

이야기가 마무리되려던 찰나였다. 박 여사가 배웅이라도 하려는 듯 몸을 뒤척였다.

그러나 성준은 아직 해야 할 말이 남아 있었다. 여전히 간이 의자에 앉아 있던 그가 입을 열었다.

"실례가 되지 않는다면, 앞으로의 계획을 여쭙고 싶습니다."

"……글쎄요. 이렇게 된 마당에 그 집에서 일도 못 하겠고, 다른 일자리를 구해 봐야겠죠."

"그렇다면 제가 제안 하나 드려도 괜찮겠습니까."

"제안?"

성준은 사업가 특유의 자신감을 내보였다. 입가에 머무른 미소가 여유로워 보였다.

"이번에 회사에서 어린이집을 세울 예정입니다. 직원들이 조금 더 편안하고 안정된 근무를 할 수 있도록 복지 프로그램을 계획하고 있죠."

"그게 왜……."

"딱히 염두에 둔 일자리가 없으시다면, 그곳에서 근무해 주셨으면 합니다."

예고치 않은 제안에 박 여사는 눈을 크게 떴다. 당황한 기색이 역력한 모습이었다. 그러나 이내 놀란 가슴을 가다듬으며 차분하게 질문을 건넸다.

"내가 지은이 엄마라서 그러는 건가요?"

"사실이지만 그게 전부는 아닙니다. 실은 윤지은 씨의 어머니라서 채용한다기보다, 경력 있는 신입을 바라는 제 욕심에 가깝습니다."

"경력 있는 신입이라니……."

"가벼운 마음으로 이런 제안을 드리는 것도 아닙니다. 더군다나 제가 경영하는 회사는 H그룹입니다."

성준은 긴말을 하지 않았다. 그저 경영하는 회사가 H그룹이라는 사실만으로도 전해지는 게 분명히 있을 터였다.

결코 가벼운 마음으로 건네는 제안이 아니라는 것을. 어느 자리보다도 책임감이 요구된다는 사실을.

"물론 쉬운 일은 아닐 겁니다. 높은 자리에 오를수록 책임감도 그만큼 막중해지는 법이니까요. 제가 직원을 채용할 때 가장 중요하게 여기는 요소이기도 하죠."

"성준 군……."

"어머님의 책임감은 S그룹에서 20년 이상 버텨 낸 것으로 입증했다고 생각합니다. 그래서 망설임 없이 스카우트 제안을 드리는 겁니다. 어떻게 보면 제 나름대로의 복수라고 생각할 수도 있겠네요."

성준은 아직도 S그룹을 흔들지 말라는 박 여사의 의견이 아쉬웠다. 제가 잠깐 봤던 순간에도 송주연은 어떻게든 그녀를 깎아내리려고 안간힘이었다. 그렇다면 그가 보지 못했던 시간은 이보다 얼마나 끔찍했을지 상상조차 할 수 없었다.

성준은 고소 정도로는 불만족스러웠다. 그렇다고 당사자가 바라지 않는 일을 몰래 해 버릴 수도 없었다. 그래서 결국 생각해 낸 일은 이거였다. S그룹에 몸담고 있던 그녀의 어머니를 제 회사로 데려오는 일. 그것은 박 여사에게도 성준에게도 손해 볼 건 전혀 없는 일이었다.

"그러니 긍정적으로 생각해 주셨으면 합니다. 생활 공간 같은 경우엔 직원들을 위한 전용 아파트를 마련해 드릴 예정이니, 생활하시는 데에 불편하지 않으실 겁니다."

"으음."

"천천히 고민해 보시고 명함에 적힌 번호로 연락 주시면 됩니다.

그럼 먼저 일어나겠습니다."

철저한 사업가의 태도로 제안을 마친 성준은 깔끔하게 자리에서 일어섰다. 더 이상 부담을 주는 건 서로의 관계에서도 좋은 일은 아니었으므로.

그때, 몸을 일으키던 성준을 이번에는 박 여사가 붙잡았다.

"아니, 길게 시간 끌 이유는 없으니 지금 대답할게요."

"어머님?"

"성준 군이 하는 제안, 나는 기쁘게 받아들이고 싶어요."

머뭇거리는 기색 없이 호쾌한 대답에 성준은 뿌듯한 마음이 차올랐다. 혹여 오만하게 보일 것 같아 걱정을 했었다. 그러나 긍정적인 모습을 보여 주시니 제 마음이 있는 그대로 닿은 것 같아 다행스러웠다.

"마음 같아서는 있는 집안인 척 거절하고 싶기도 해요. 하지만 성준 군도 알고 있듯이 나는 그리 여유 있는 사람이 아니에요. 있는 척 가식을 부린다고 해서 성준 군이 기뻐할 것 같지도 않고."

"솔직하셔서 좋습니다."

"더 솔직하게 얘기하자면, 나는 그 제안이 몹시 마음에 들고 열심히 해낼 각오도 되어 있어요. 그러니 퇴원하자마자 계약서부터 가지고 와요. S그룹에서도 버텨 낸 정신력, H그룹에서도 발휘해 보고 싶네요."

"그럼 이번 주에 바로 연락드리겠습니다."

"계약서에 도장을 찍으면, 대표님 대접은 확실하게 해 드릴 테니 지금은 섭섭해하지 말고요."

"전혀 섭섭하지 않습니다, 어머님."

그녀, 그리고 그녀와 연관된 사람을 만날수록 성준의 얼굴에는 웃음꽃이 피어나는 것 같았다.

지금도 마찬가지였다. 부담스러운 제안에도 주눅 들기는커녕, 제 사정을 인정하고 시원하게 받아들이는 그녀의 어머니가 멋지다는 생각을 했다.

"하지만 아파트는 따로 마련하지 않아도 괜찮아요. 퇴직하면 지은이와 함께 살려고 모아 둔 돈이 있거든. 그걸로도 살 곳은 마련할 수 있으니까 충분해요."

"알겠습니다."

"그러니 시간이 나면 지은이와 함께 놀러 와요. 내가 성준 군처럼 배경이 좋은 건 아니지만, 그래도 맛있고 따뜻한 밥 한 끼 정도는 먹여 줄 수 있으니까."

스스로가 가진 능력을 당당하게 내보이는 모습도 마찬가지였다. 박 여사에게서 언뜻 보이는 지은의 모습에 성준은 흐뭇했다.

사람들은 서로의 시간과 경험을 함께 나누면서 닮아 가고 또 성장한다. 성준도 그러고 싶었다. 그녀와 그녀의 어머니 같은 관계가 있다는 걸 이제야 배웠으니까.

성준도 윤지은이라는 여자와 시간과 경험을 함께 나누고, 성장하다가, 마침내 닮아 가고 싶었다.

"그것만으로도 충분합니다, 어머님."

아마 머지않을 것이다. 느리지만 천천히, 그러나 확실하게 그녀라는 목표를 두고 나아간다면. 한 발자국일지라도 진심을 실어 넣는다면. 그리도 힘껏 사랑, 해 본다면.

지금 이 순간, 성준은 병실 문 너머에서 기다리고 있을 그녀가 보고 싶었다. 착실하게 열리고 있는 제 마음에 밀물처럼 밀려 들어오는 윤지은이. 견딜 수 없을 정도로.

"얘기는 잘 끝났어요?"

병실 문을 열고 나오자마자 시야에 들어오는 동그란 얼굴에 성준의 마음이 둥둥 뛰었다.

그러나 발갛게 부어 있는 눈이 그의 마음을 저리게 했다. 그 와중에도 시선을 뗄 수 없는 이유는, 그 안에 든 눈동자가 여전히 맑았기 때문이었다.

"잘 마무리했습니다."

"무슨 얘기를 했길래 이렇게 오래 걸렸어요?"

"비밀입니다."

"비밀이라니? 세상에, 엄마랑 언제 그렇게 친해진 거예요?"

"언제 그렇게 친해지더군요. 무슨 얘기를 했는지는 앞으로 차차 알게 될 겁니다."

송주연을 고소하는 일, 그녀의 어머니가 그의 회사에서 근무하게 되는 일. 그리고 이제는 그녀가 하고 싶은 걸 마음껏 할 수 있도록 도와주는 것까지. 말보다는 행동으로 천천히 보여 줄 예정이었다.

그는 토끼처럼 하얗고도 발그레한 홍조를 띠고 있는 그녀의 뺨을 어루만졌다. 반달 웃음을 지으며 다가오는 그녀가 사랑스러운 나머지, 저도 모르게 충동적으로 손을 뻗고 말았다.

"저어……."

그녀가 쑥스러운 시선으로 바라보았을 때에야 성준은 제가 허락도 없이 무슨 짓을 한 건지 깨달았다. 그는 어울리지 않게 당황하더니 뺨을 어루만지고 있는 손을 떼어 냈다.

아니, 떼어 내려고 했다. 그녀가 고사리 같은 손으로 성준의 손등을 마주 잡아 오기 전까지는.

예상하지 못한 반응에 그의 심장이 쿵 내려앉았다. 성준의 눈동자가 사랑스럽기 짝이 없는 윤지은을 고스란히 담아내고 있었다.

"성준 씨에게 하고 싶은 말이 있어요."

숨이 멎을 것만 같았다. 언제나 스킨십은 그가 먼저였다. 그마저도 조심스러웠고, 지은은 수줍은 듯 뒷걸음질을 치는 게 일상이었다.

그러나 오늘부터는 아니었다. 마음을 바로잡은 그녀는 성준만큼이나 거리낌이 없었다. 그의 머릿속을 하얗게 만들어 놓을 만큼 깡충거리며 다가오고 있었다.

"계속 같은 말만 하는 것 같지만 진심으로 고마워요, 성준 씨."

"당연한 일을 한 것뿐입니다."

"아니요. 당연한 일 아니에요. 그건 성준 씨가 아니라면 그 누구도 해 주지 못할 일이었어요."

지은은 고개를 저으며 또렷하게 말을 이었다.

"저요. 그동안 주연이에게 하고 싶었던 말 전부 했어요. 속이 시원해질 정도로 다요. 이런 일이 생길 거라는 건 예전에는 상상도 못

했는데, 성준 씨가 제 곁을 든든히 지켜 주어서 가능했던 거예요. 확신해요."

"윤지은 씨."

"정말이에요. 내 편이 되어 주는 사람이 있다는 게, 그런 믿음을 받는다는 게 어떤 건지 알게 되었거든요. 그래서 그 경험을 하게 해 준 사람을 절대 놓치고 싶지 않아요."

그녀가 성준의 손을 맞잡더니 이내 먼저 깍지를 껴 왔다. 닿아 있는 살갗이 조심스럽고도 화끈했다. 심장이 손바닥 안에 있는 게 아닐까 싶을 정도로 열렬하게 뛰고 있었다.

"차성준 씨가 욕심이 나요."

"그런……."

"그러니 더는 시간을 끌 필요가 없다고 생각해요. 내가 당신을 좋아하고, 당신도 나를 좋아하는데 그 외에 뭐가 더 중요하겠어요?"

부드럽게 올라가는 입꼬리가 그의 심장을 쥐었다 놓고 있었다.

더 이상 다른 사람은 신경 쓰지 않겠다고. 오로지 그만을 바라보며 다가오겠다는 그녀의 고백에 성준은 머리가 어지러울 지경이었다.

"이제는 내가 하고 싶어졌어요."

"어떤 걸 말입니까."

"차성준 씨가 좀 해 보자는…… 연애 말이에요."

그녀는 모를 것이다. 제 행동 하나하나가 자신을 얼마나 흐트려 놓는지. 얼마나 사람을 미치게 만들고, 그의 본능을 부추기는지.

당돌한 고백과 동시에 성준은 지은을 품속으로 당겨 안았다. 그러지 않고서는 벅차오르는 마음을 참아 낼 수 없을 것 같았다. 그는 그녀의 목덜미에 얼굴을 묻고서 낮은 한숨을 내쉬었다.

"당신이 이런 식으로 나를 흔들 때마다, 어떻게 해야 할지 정말 모르겠습니다."

"거짓말. 누구보다도 능숙해 보이는걸요?"

"전혀. 나는 당신이 하는 말 한마디에 천국과 지옥을 오고 가는 머저리에 불과하거든."

품속에 안긴 그녀가 꺄르르 웃었다. 해맑은 웃음소리가 그의 심장을 중심으로 번져 가고 있었다. 기분 좋은 울림이었다.

성준은 요란하게 뛰어 대는 심장 박동을 더 이상 부끄러워하지 않았다. 오히려 지은이 들어 주었으면 했다. 겉으로는 태연해 보여도, 실은 누구보다도 그녀를 향해 뛰고 있는 제 심장을.

"처음입니다. 연애를 한다는 건."

"저도 그래요."

"그래서 서툴거나, 당신을 서운하게 할 때도 있을 겁니다."

"마찬가지예요."

"그럼에도 불구하고 손은 놓지 맙시다."

아무리 버거운 일일지언정 무엇이라도 해낼 수 있을 테니까. 서로가 손을 잡아 주고 그 손을 놓치지 않는다면. 가끔은 땀이 흘러서 신경 쓰일 수도 있겠지만, 그 온기로 해낼 수 있는 일이 분명히 있을 테니까.

좋은 일이든 나쁜 일이든 성준은 그녀와 함께 나아가고 싶었다.

"놓으면 안 됩니다, 지은 씨."

그의 떨리는 고백이 그녀에게 닿았을까. 맞잡고 있는 손에 더욱 힘이 실리는 게 느껴졌다. 부드러운 머리카락이 그의 뺨을 끄덕이며 스치고 있었다.

"꼭, 잡고 있을 거예요."

보답처럼 느껴지는 대답을 들으면서 성준은 제 몸을 울리는 기분 좋은 박동에 귀를 기울였다. 연애의 시작을 알려 주는 소리였다.

어머니의 퇴원이 가까워지고 있었다.

요즘 들어 지은은 거의 병원에서 생활하고 있었는데, 어머니가 괜찮다며 한사코 말렸음에도 불구하고 병간호를 자처했기 때문이었다. 집에서 혼자 땅굴을 파는 것보다 나을 것 같아서 결정한 일이었다.

그러나 성준은 좀처럼 걱정이 됐나 보다.

점심은 제대로 챙겨 먹느냐며 몇십만 원쯤은 될 법한 고급 도시락을 보내기도 하고, 저녁에는 하루 종일 병원 안에만 있으면 안 된다며 기어코 밖으로 끌고 나왔다.

'다친 사람은 따로 있는데 왜 이렇게 야위어 가는 겁니까?'

'야, 야위다뇨. 성준 씨 때문에 최근에 3킬로나 쪘는데…….'

'내가 그렇다면 그런 겁니다. 그러니 음식 남기지 말고 다 먹어요.'

'배부른데…….'

'꼭꼭 씹어서.'

그러고도 모자랐는지 잔소리까지 해 댄다. 그러나 애정 어린 걱정
이라는 걸 모르지 않아서 지은은 푸스스 미소 지었다.

오늘도 마찬가지였다. 저녁 식사를 마치고 병원으로 돌아가는 길.
성준은 지은의 고사리 같은 손을 꼭 쥐고서 운전하고 있었다. 그가
아쉬움이 묻어나는 목소리로 중얼거렸다.

"어머님께서 퇴원하시면, 우리 더 오래 만날 수 있는 겁니까?"

"글쎄요. 한동안 바쁘지 않을까요? 같이 집도 구해야 하고, 인수
인계도 해야 하고……."

"그럼 데이트는 언제 합니까?"

"데, 데이트요?"

"연애 초반인데 당연히 해야지. 데이트."

성준의 노골적인 대답에 지은의 뺨이 화르륵 달아올랐다.

맞는 말이었다. 이제 사랑을 시작한 연인들이 보내는 애틋한 시
간. 그러나 아직은 낯간지럽게만 느껴지는 단어였다. 지은은 쑥스러
운 듯 괜스레 목을 가다듬었다.

"으음, 그럼. 그러엄……."

"이번 주에 만나는 걸로 합시다."

"네?"

"토요일에 젊은 사업가들의 사교 모임이 있습니다. 거길 참석하게
됐는데 파트너를 데려와야 한다더군요."

"하지만 제가 아직……."

제안은 고마웠지만 아직 어머니가 퇴원하려면 며칠은 기다려야 했기에 지은은 머뭇거릴 수밖에 없었다.

그러자 성준은 이미 무슨 생각을 하는지 잘 알고 있다는 듯 차분하게 말을 이었다. 차가 병원 건물 앞으로 매끄럽게 멈추어 섰다.

"어머님껜 이미 허락받았습니다. 지은 씨가 요즘 병간호를 하느라 고생한다며 걱정이 많으시던데."

"아아⋯⋯."

"그래서 그날만큼은 기분도 전환할 겸 잘 놀다 오라고 말씀하셨습니다."

성준은 살며시 눈웃음을 지으며 그녀의 보드라운 뺨을 손등으로 쓸어내렸다.

"만약 지은 씨가 참석하지 않으면 나 혼자 가야 할지도 모릅니다."

"아⋯⋯."

"임자 없는 사람으로 보일지도 모르는데, 그대로 내버려 둘 겁니까?"

장난스러운 질문에 지은은 키득거리며 웃었다.

하긴 사귀는 사람이 버젓이 있는데도 홀로 참석시키는 건 안 될 일이었다. 파트너와 함께하는 자리라고 하지 않았던가? 더군다나 어머니도 다녀오라며 등을 떠미는 상황이었으니까⋯⋯.

"좋아요. 같이 갈게요."

덕분에 지은은 편안한 마음으로 승낙할 수 있었다.

"실은 한 번쯤 가 보고 싶었어요, 그런 자리."

"다행이군요."

"그런데 처음이라서, 혹시나 성준 씨를 민망하게 만드는 건 아닌지……."

"그런 걱정은 하지 않아도 됩니다."

그가 작게 고개를 저었다. 그녀의 둥근 어깨를 토닥토닥 두드려 주는 손길이 따스했다.

"젊은 사람들이 모이는 곳이라 부담 가질 필요 없습니다. 복장도 다들 편하게 입고 올 거고."

"정말요?"

"평소보다 신경은 쓰겠지만…… 일단은 그렇습니다. 그저 맛있는 걸 먹고, 공연을 즐기면서 잘 놀다가 오면 되는 겁니다."

그녀의 마음이 기대감으로 부풀었다. 지금까지 일할 때를 제외하고는 모임 같은 곳에 가 본 적이 없었기 때문이었다.

분명히 재밌을 거야. 지은은 긴장 반 설렘 반으로 토요일에 있을 사교 모임이 기다려졌다. 성준은 발갛게 달뜬 그녀의 얼굴을 바라보며 뿌듯하다는 듯 웃었다.

머리 위로 하현달이 휘영청 떠오르던 어느 겨울밤이었다.

펍에서는 트렌디한 재즈 음악이 흘러나오고 있었다.

색색의 조명과 정갈하게 나열된 수많은 술병. 한입 크기의 맛깔스러운 음식과 쾌활한 분위기는 지은의 기대를 단번에 충족시켜 주었다.

그녀는 모임이 벌어지고 있는 펍 내부를 천천히 둘러보다가 성준의 팔을 꼬옥 붙들었다. 그가 살짝 걱정스러운 어조로 물었다.

"왜, 부담스럽습니까?"

"아, 아뇨. 이렇게나 멋진 장소가 있다니 신기해서요."

"다행이군요."

화려하고 시끌벅적한 분위기가 낯설지 않다면 거짓말이었다.

게다가 '조금' 편한 복장을 입고 올 거라는 성준의 말과 달리, 모임에 참석한 사람들은 하나같이 휘황찬란한 명품을 두르고 있어서 지은은 저도 모르게 위축되고 말았다.

'아니야, 내가 거절했는걸.'

지은은 제가 입은 캐주얼 정장을 슥 훑어보았다.

연보라색 재킷과 바지, 그리고 굽이 낮은 단화는 입기에도 편했고 군더더기 없이 단정해 보였다. 스타일리스트가 연보라색이 그녀의 맑은 피부 톤과 잘 어울린다며 입혀 준 것이었다.

모든 건 성준의 배려 덕분이었다.

연예인도 아니고, 숍에 방문하기 부담스러워하는 그녀를 위해서 성준은 자신의 오피스텔로 스타일리스트를 따로 불러냈다. 덕분에 지은은 한결 가벼운 마음으로 스타일링을 받을 수 있었다.

그녀 또한 충분히 신경 써서 참석한 것이니 앞서 주눅 들 필요는 없을 터였다.

"차 대표님께서 이런 누추한 모임에 참석하실 줄은 몰랐는데 말입니다."

그때, 두 사람의 뒤에서 능글맞은 목소리가 들려왔다.

"오랜만입니다, 대표님."

"아, 승우 씨. 반갑습니다."

"참석해 주셔서 진심으로 고맙습니다. 그런데 옆에 계신 분은?"

승우의 시선이 그녀에게 닿았다. 지은은 차분하게 입을 열었다.

"처음 뵙겠습니다. 차성준 대표님의 파트너로 참석한 윤지은입니다."

승우의 눈동자가 노골적으로 휘둥그레졌다.

성준이 파트너를 데려올 거라고는 상상도 못 한 사람처럼. 그러나 자리가 자리인지라 승우는 금세 놀란 기색을 거두고 그녀에게 명함을 내밀었다.

"반갑습니다. 크라우드 펀딩 플랫폼을 운영하고 있는 박승우입니다. 오늘 모임을 개최한 사람이기도 하고요."

"아아."

"그런데 차 대표님께서 파트너분을 데리고 오실 줄은 예상도 못 했는데요? 오늘 대표님 만나려고 칼을 갈고 온 애들이 여럿인데, 이거 어떡한답니까?"

승우의 열렬한 반응에 성준은 터무니없는 소릴 한다며 실소했지만, 지은은 승우가 장난을 치는 게 아니라는 걸 눈치챌 수 있었다.

승우가 알은체를 해 올 때부터, 아니 실은 훨씬 전부터 성준은 존재만으로도 사람들의 이목을 집중시키고 있었으니까. 특히 이성들에게는 더욱.

'아무리 파트너 동반 모임이라곤 하지만……'

그와 그녀에게 닿는 시선이 어찌나 노골적이던지. 뺨이 화끈해질 정도였다.

하긴 파트너라고 해도 다들 연인 관계는 아닐 테니까. 성준과 대화 한번, 시선 한번이라도 나누기 위해 참석한 사람도 여럿일 터였다.

"이번에 호텔 분야로도 청사진을 그리고 있단 소식을 들었는데……."

"아직 시작 단계일 뿐입니다. 새로운 사업이다 보니 분석해야 할 것도 제법 많고요."

"안 그래도 시간 내어 참석해 주신다고 말씀하셔서 W호텔 정 실장님도 초대했거든요."

"정 실장을?"

"괜찮으시다면 안내해 드려도 되겠습니까? 안부를 나누기에도 좋을 거라고 생각하는데요."

자세한 건 모르겠지만, 두 남자의 대화를 듣고 있던 지은은 W호텔이라는 말에 속으로 깜짝 놀랐다.

W호텔이라면 성준과 맞선을 보았던 호텔이 아니었던가? 크라우드 펀딩 플랫폼을 운영한다던 승우도 그렇고, 이곳은 정말이지 대단한 사람들만 모인 곳 같았다.

"다녀와요, 성준 씨."

적당히 눈치를 보던 그녀는 자신을 돌아보는 성준의 팔뚝을 살며시 놓아주었다.

"혼자 있어도 괜찮겠습니까?"

"신경 쓰지 말아요. 여기서 맛있는 거 먹고 있을게요."

"윤지은 씨만 괜찮다면 같이 가도 됩니다."

"아뇨. 사업 얘기는 두 분이서 하시는 게 나을 것 같아서요."

"음."

"얼르은."

지은은 연신 괜찮다며 고개를 끄덕여 보였다. 그의 옷자락을 살짝 잡아 흔드는 것도 잊지 않았다.

그러자 성준은 픽 웃으며 그녀의 단정한 머리카락을 쓸어내렸다.

"금방 다녀오겠습니다."

"네에."

"무슨 일 생기면 연락하고."

"알겠어요."

"그럼."

성준은 주변 사람들의 시선은 안중에도 없이 그녀의 둥근 이마에 작게 입을 맞추었다. 이내 멀어지는 성준의 뒷모습을 바라보면서 지은은 왠지 모를 미시감을 느꼈다.

분명히 제 곁을 지켜 주며 웃어 주던 남자인데 오늘따라 그가 낯설게만 느껴졌다.

딱딱한 표정으로 사업 이야기를 나누는 것도. 기죽지 않고, 아니. 오히려 압도할 것처럼 뚜렷한 기운으로 사람들을 대하는 태도도. 그러나 매너는 잊지 않는 우아한 모습까지.

오늘 그는 그녀와 연애하는 차성준이 아니라, H그룹 본부장인 차성준이었다.

"차 대표님 파트너라고?"

"대단한 집안 사람인가 보지."

"진지하게 만나는 건 아니겠지?"

"설마……."

홀로 체더치즈 한 조각을 입안에 밀어 넣고 있던 지은은 외면하고 싶어도 선명하게 들려오는 대화 소리에 한껏 주눅이 들었다.

아까부터 상황을 지켜보고 있던 사람들이 그녀의 주변에서 수군거리고 있었는데, 영 적응되지 않는 분위기였던 탓이다.

그녀도 알고 있었다. 성준은 자신이 상상할 수 없을 정도로 대단한 남자라는 걸. 그리고 겉으로 보기에도 자신은 그에게 어울리는 여자가 아니라는 것을.

'적어도 안 들리는 곳에서 해 주지…….'

그러나 그녀에게는 무슨 말을 수군거리는 거냐며 지적할 용기도, 주연처럼 콧대를 치켜세우고 제 상황을 자랑할 염치도 없었다.

그저 자꾸만 울적해지는 마음을 끌어안고 진열된 술과 음식을 먹고 마실 뿐이었다.

"윤지은 씨라고 하셨죠?"

그렇게 10분 정도가 흘렀을까.

뒤에서 익숙한 목소리가 들려왔다. 고개를 돌리자 아까 인사했던 승우가 서글서글하게 웃으며 서 있었다.

"아, 박승우 씨?"

"기억하시네요. 다시 한번 인사드릴게요."

"그런데 성준 씨는……."

"아직 정 실장님과 대화하고 계세요. 실은 자리를 지켜야 하는데,

차 대표님께서 파트너분을 데리고 오신 건 처음이라 궁금해서 참을 수가 있어야죠."

"저를요?"

"모르셨어요? 윤지은 씨, 아까부터 차 대표님 못지않게 관심받고 있거든요."

딱히 달갑지 않은 관심이라는 걸 이 남자는 알고 있을까?

지은은 멋쩍은 듯 웃으며 승우의 시선을 피했다. 더 이상 대화를 이어 나가고 싶지 않다는 무언의 표현이었다. 하지만 승우는 아랑곳 않고 제 궁금증을 해소하기 위해 질문을 쏟아 냈다.

"혹시 지은 씨 명함 하나 받을 수 있을까요?"

"명함이 없어서……."

"아니면 무슨 일을 하시는지라도?"

"으음, 쉬고 있어서요."

"그럼 어느 집안의 자제분이신가요?"

"딱히……."

승우의 질문은 죄다 대답하기 곤란한 것들이었다.

심지어 무례하게도 느껴지는 태도에 절로 미간이 찌푸려졌다. 처음 봤을 때부터 능글맞은 구석이 있는 사람이라는 건 눈치챘지만, 취재라도 하는 것처럼 캐묻는 바람에 지은은 몹시 곤란해졌다.

성준에게는 그리도 싹싹하게 굴었으면서…….

게다가 자신을 점점 미심쩍은 시선으로 바라보는 승우의 눈초리에 기가 막힐 지경이었다.

"정말로 차 대표님과 만나시는 건가요?"

"네?"

"아니, 차 대표님 파트너라기엔 생각보다 너무 검소하신 것 같아서요."

"……?"

"혹시 대표님께서 지은 씨에게 자원봉사라도 해 주시는 거 아닌가요? 하하."

농담이에요, 농담이라며 호탕하게 웃음을 터트리는 승우를 지은은 퍼렇게 질린 얼굴로 바라보았다.

승우는 장난이랍시고 던진 말이겠지만 그녀로선 불쾌하게만 느껴졌다. 표정을 관리하기 어려웠던 지은은 딱딱하게 굳은 얼굴로 대답했다.

"……재미없어요."

"네?"

"그런 말, 농담이라도 재미없다구요."

그녀가 용기 내어 쏘아붙였다.

처음에는 성준에게 피해가 갈까 봐 파트너로서의 역할을 잘해 내려고 했다. 짐이 되지 않기 위해서 그녀도 나름대로 노력하고 있었다.

'그런데 자원봉사라니…….'

곱씹으면 곱씹을수록 화가 나는 말이었다.

저 남자의 궁금증을 이해하지 못하는 건 아니었다. 성준이 파트너를 데리고 온 건 처음이라 했으니 의문을 가질 만도 했다.

그러나 선을 넘는 말에 빈정이 상하는 건 어쩔 수 없었다. 승우가 무례함을 솔직함으로 포장하는 사람인 줄 알았더라면 차라리 처음부터 무시할 걸 그랬다.

하지만 성준에게는 깍듯이 대하는 사람이라 아예 외면하기도 어려웠다.

"……먼저 가 보겠습니다."

그녀는 멍한 얼굴로 가만히 서 있는 승우를 뒤로하고 루프탑으로 향했다. 끓어오르는 화를 밤바람에 식히기 위해서였다.

승우에게 조금 더 당당하게 반박할 걸 그랬다고 아쉬워하면서.

시간 가는 줄도 모르고 대화를 나누었다.

처음에는 지은이 기다린다는 생각에 안부 인사만 전할 예정이었다. 그러나 한창 호텔 분야에 뛰어들기 시작한 성준에게 W호텔에서 7년 이상 근무한 정 실장의 이야기는 구미를 당기기 충분했다.

호텔 부지를 물색하는 것. 건축 양식에 대한 유형과 제공하는 서비스의 종류. 더 나아가 향후 해외 시장과 관련된 전망까지. 성준은 물 만난 고기처럼 입과 귀를 열었다.

"벌써 시간이……."

그래서 손목시계를 확인했을 때, 40분이 훌쩍 지난 시간을 보고 깜짝 놀랐다.

아무리 의미 있는 대화를 나누었다고 한들 어디까지나 파티에 지나지 않았다. 심지어 파트너인 그녀를 오랫동안 홀로 기다리게 하는 건 몹시 무례한 행동이었다.

성준은 난감한 기색을 표하며 아까 그녀와 헤어졌던 장소로 재빠르게 돌아갔다.

"지은 씨?"

그러나 예상대로 그녀는 흔적도 없이 사라진 상태였다.

성준은 초조한 마음으로 휴대폰을 꺼내 들었다. 위험한 일이야 없겠지만 이런 분위기 자체를 어려워하는 여자였으니 걱정이 되는 건 어쩔 수가 없었다.

그렇게 그녀의 연락처가 저장된 단축 번호를 누르려던 순간.

"차 대표님, 생각보다 빨리 오셨네요?"

그는 제 옆으로 다가온 승우를 놀란 시선으로 바라보았다.

그러나 이내 지은에 대한 소식을 묻기 위해 입을 열었다. 혹여나 이 근처를 서성이고 있었다면 한 번쯤은 보지 않았을까 싶어서였다.

"혹시 윤지은 씨 본 적 있습니까? 제가 파트너로 데리고 왔던……."

"윤지은 씨라면 아까 루프탑으로 올라가는 것 같던데요?"

"루프탑?"

답답해서 바람이라도 쐬고 싶었던 건가. 그가 짧게나마 고맙다는 대답을 하고 루프탑을 향해 걸음을 옮기려던 찰나였다.

"그런데 실례지만 두 분 정말 만나고 계시는 건가요?"

"음?"

"혹시 명목상 파트너라면, 제가 괜찮은 애들 대표님에게 소개시켜 드리고 싶어서요."

승우는 분명히 대표님 마음에 들 만한 애들일 거라고. 이번에 대표님이 오신다고 해서 자신이 특별히 부른 애들이라며 호언장담을 하고 있었다.

그러나 보란 듯이 지은을 파트너로 데리고 온 성준으로서는 승우가 무슨 의도로 그런 말을 내뱉는 건지 가늠이 되질 않았다. 승우가 목소리를 살짝 낮추어서 말을 이었다.

"사실 윤지은 씨는 차 대표님에 비해서는 살짝 부족하지 않나 싶었거든요."

"무슨 뜻입니까?"

"아까 자리 비우셨을 때 윤지은 씨와 조금 대화해 봤어요. 그런데 그 나이 되도록 직업도 없는 데다, 옷차림으로 봤을 때 집안도 딱히 좋아 보이진 않아서. 이번에 대표님께서 그분에게 약점이라도 잡힌 게 아닌가 싶었거든요. 하하."

제가 뱉은 말이 웃기다는 듯 깔깔거리는 승우를 성준이 싸늘한 시선으로 바라보았다. 그러나 승우는 확 가라앉은 분위기조차 눈치채지 못하고 성준을 설득하는 중이었다.

"대표님께서 워낙 대단한 분이셔야 말이죠. 그래서 시간만 허락해 주시면, 제가 데려온 애들 보여 드리고 싶은데 괜찮으세……."

"그 말."

"차 대표님?"

"방금 그 말, 윤지은 씨에게도 했습니까?"

그가 사나운 목소리로 그르렁거리자 이제야 사태를 파악한 승우가 얼빠진 표정으로 네? 하며 되물었다. 성준은 제 말뜻을 이해하지 못하는 승우를 위해 또박또박 다시 대답해 주었다.

"그 여자한테도 그딴 식으로 지껄였냐고 물었습니다."

"대, 대표님?"

"윤지은 씨는 명목상 파트너도 아닐 뿐더러 박승우 씨에게 가벼운 취급 받을 만한 사람도 아닙니다."

"무, 무슨……."

"나랑 연애하는 사람입니다. 그 여자."

속이 부글부글 끓는 것만 같았다.

자신이 없는 동안 그녀가 승우에게 같잖지도 않은 대우를 받았을 거라고 생각하니 머리가 거꾸로 뒤집히는 기분이었다.

그녀가 부족하다고? 직업이? 집안이? 그리고 옷차림이 뭐 어쩌고 어째?

승우의 태도에 기가 차서 말도 제대로 나오지 않았다. 저와 함께 온 것만으로도 그녀가 충분히 대접받을 거라고 생각했던 제가 안일했다.

"그 여자를 욕하는 건 나를 욕하는 것과 같다는 말입니다, 박승우 씨."

윤지은이라는 여자를 사람들에게 제대로 못 박아 두었어야 했는데.

그녀는 당신들이 가볍게 생각할 수 있는 여자가 아니라고. 저와 진심으로 만나고 있는 사람이라는 것을. 함부로 건드려선 안 되고, 충분히 대접받을 수 있는 여자라는 걸 똑똑히 각인시켜 두었어야 했는데.

"다시는 얼굴 보는 일 없었으면 좋겠군요."

"차 대표님!"

"오늘부로 플랫폼에 들어가던 후원금도 전부 끊도록 하겠습니다. 다른 기업들도 곧 같은 의견을 표명할 겁니다."

"죄송합니다! 정말 죄송합니다! 대표님을 생각하는 마음에 저도 모르게 실수를……."

"그동안 노력이 가상했다는 걸 잘 압니다. 하지만 이번 일을 포함해서 박승우 씨는 후원금과 관련해서 두 번이나 경고를 받았던 걸로 알고 있습니다."

"대, 대표님!"

"프로젝트를 수행할 능력이 현저하게 떨어지는 박승우 씨를 더이상 지원할 수 없을 것 같습니다. 그동안 수고 많았습니다."

'청년 사업 후원 프로그램'은 한동안 H그룹에서 진행하던 프로젝트 중 하나였다.

해가 지날수록 실업자가 늘어나 사업을 시작하려는 청년들에게 후원금을 제공해 주는 프로그램이었다. 승우는 해당 프로젝트의 합격자였고, 크라우드 펀딩 플랫폼을 제작하는 등 비교적 성실한 모습을 보여 주었다.

하지만 1년이 조금 지났을 때였을까. 승우는 본사에 제출해야 할 후원금 사용 내역을 점점 숨기기 시작했고, 이미 두 차례나 경고를 받은 상태였다. 하물며 그도 승우가 젊은 사업가라는 명칭을 등에 업고 시답잖은 일을 벌이고 있다는 걸 소식으로는 접하고 있었다.

그런데 바로 오늘 이런 일까지 터진 거였다.

성준은 후원금을 끊겠다는 말에 바로 무릎을 꿇고 싹싹 빌기 시작하는 승우를 무심한 시선으로 바라보았다. 미안하게도 일말의 동정심조차 들지 않았다.

"세상에. 진짜 사귀는 거였나 봐."

"아까 그 여자랑?"

"별로 대단해 보이지도 않던데."

"승우 씨 불쌍하다. 고작 여자 한 명 때문에……."

냉정하게 등을 돌린 성준은 희미하게 들려오는 수군거림 또한 뒤로하고 루프탑으로 향했다.

충동적인 결정이었다. 대기업의 횡포라거나 갑질이라고 손가락질받을 수도 있었다. 그러나 전혀 상관없었다. 논란 정도는 돈으로 덮으면 그만이었기에 성준은 별다른 감흥조차 느끼질 못했다.

그러나 윤지은이 관련되어 있는 일이라면 얘기는 완전히 달라졌다. 그는 오늘 일로 인해 상처받았을 그녀의 여린 마음이 걱정되어 미칠 것만 같았다.

루프탑에 가까워지는 내내 그의 입술에서는 깊은 한숨이 새어 나왔다.

그믐달이 떠오르는 밤이었다.

루프탑에는 꼬마전구들이 색깔별로 장식되어 있었고, 불어오는 밤바람 속에서는 희미한 겨울 냄새가 났다. 성준은 새하얀 입김이 흘러나오는 날씨를 체감하며 인적이 드문 루프탑을 찬찬히 둘러보았다.

"하아……."

그 순간 성준의 잔잔한 시선 끝에 한 여자가 닿았다.

바라보는 것만으로도 이토록 애간장이 마르고, 금방이라도 겨울 바람에 스러질 것처럼 여린 그 여자가.

"역시, 더 화낼 걸 그랬나 봐."

그녀는 뭐가 그렇게 아쉬운지 입술을 꾹꾹 깨물고 있었다.

그런데 분해하는 모습조차 왜 그리도 예쁜지. 성준은 그녀의 이름을 부르는 것도 잊고 은은한 조명을 고스란히 받고 있는 지은을 멍하니 바라보았다.

어깨 아래로 단정하게 흘러내리는 머리카락. 꿈처럼 하얗게 아른거리는 피부결. 오밀조밀 귀엽게 모여 있지만 오늘따라 안쓰럽게 찌푸려진 이목구비.

가끔은 조그마한 손가락으로 제 목을 끌어당길 때마다 성준은 롤러코스터를 타는 것처럼 아찔한 기분을 느끼곤 했었다.

예뻐서.

윤지은이 예뻐서.

어쩌면 거적때기를 입혀 놔도 예쁠 거라고 성준은 생각했다. 그래서 한껏 주눅이 든 그녀의 모습이 그의 마음을 아프도록 할퀴고 있었다.

'왜 혼자 둬서…….'

기껏 데려간 모임에서 그녀를 신경 써 주지 못한 스스로에게 화가 났다.

다른 사람과는 적당히 안부 인사만 나누고 그녀를 챙겼어야 했는데. 그랬다면 듣지 않아도 될 말까지 들어 가며 그녀가 상처받을 일은 없었을 텐데.

성준은 연신 한숨을 내쉬고 있는 지은에게 그제야 차분한 걸음으로 걸어갔다. 그리고 겉옷을 벗어 그녀의 어깨에 툭 걸쳐 주었다.

"밖에 오래 있으면 감기 걸립니다."

"성준 씨?"

"너무 늦어진다 싶으면 연락을 하지 그랬습니까."

속상한 마음에 저도 모르게 까칠하게 말하고 말았다.

성준이 다시 입을 열려던 순간, 갑작스러운 그의 등장에 놀라서 굳어 있던 그녀의 표정이 꽃처럼 해사하게 피어났다.

아이처럼 환하게도 웃는 모습 때문에 말문이 턱 막힌 성준은 그녀를 가만히 바라보기만 했다.

"어떻게 그래요? 중요한 얘기 하는 걸 뻔히 아는데."

"그래도."

"혼자서도 충분히 재밌었어요. 맛있는 음식도 많고, 디제이 공연도 즐거워서 춤까지 췄어요."

"지은 씨."

"좋은 곳에 데리고 와 줘서 정말 고마워요, 성준 씨."

그녀가 신이 나서 대답을 하면 할수록 그의 마음은 한없이 무거워졌다.

아직 어린 여자였다. 그가 없는 동안 무슨 일이 있었는 줄 아느냐

며 어리광을 부려도 될 나이였다. 그뿐일까. 오늘 모임을 계기로 온
갖 명품 브랜드 제품을 사 달라고 조른다면 기다렸다는 듯이 사 줬
을 것이다.

그는 정말이지 모든 걸 다 해 줄 수 있었다.

"성준 씨가 아니었다면 이렇게 멋진 곳에 오지도 못했을 거예요."

그런데 이 여자는 어떤 투정도 부리지 않는다. 무슨 일이 있었던
건지 다 알고 있는 성준조차도 깜박 속아 넘어갈 정도로 힘든 내색
조차 하지 않았다.

결국, 그가 할 수 있는 거라곤 밤바람에 차가워진 그녀의 몸을 꽉
안아 주는 것뿐이었다.

"……더 좋은 걸 보여 주고 싶습니다."

"성준 씨?"

"오늘 모임 같은 건 잊어버릴 정도로 화려한 것들을."

그가 약속이라도 하는 듯 속삭였다. 제 품에 파묻힌 그녀가 '이
정도로도 충분한데…….' 라고 중얼거렸지만 그는 들은 체도 하지 않
았다.

부족했다. 사람들에게 윤지은을 차성준의 여자로 못 박아 두기 위
해선 이 정도로는 충분하지 않다는 걸 깨달았다. 다시는 오늘 같은
일이 일어나지 말아야 했다.

"저번에 내가 했던 말 기억합니까?"

"어떤…….."

"돈 때문에 자존심 세우지 않기로 했던 거."

"아."

"그러니 잘 따라와 주면 좋겠습니다."

그동안 해 주고 싶은 게 많아도 참았다. 눈길 닿는 것마다 그녀와 어울리지 않는 게 없는데, 한사코 거절하는 바람에 아쉬운 마음을 삼켰던 적이 수십 번이었다.

오늘도 마찬가지였다. 그녀가 부담스러워할 것 같아서 여러모로 배려해 주었지만 이제는 조금 욕심을 부릴 때가 된 것 같았다.

한껏 기가 죽은 그녀의 모습을 다시는 보고 싶지 않았으니까. 홀로 상처를 감내하며 괜찮은 척 웃어 보이는 모습도. 두 번 다시는.

"갑자기 왜 그런 말을 하는 건지는 모르겠지만…… 그렇게 할게요."

"약속한 겁니다."

"네에. 고집 부리지 않을 거니까 걱정 말아요."

그녀는 영문을 알 수 없다는 듯 고개를 갸웃거리더니 곧 알겠다며 웃어 보였다.

제 속내를 알지도 못하면서 걱정된다는 듯 그를 올려다보는 눈동자가 맑았다. 성준은 찬 기운이 가득한 그녀의 뺨을 쓸어내렸다. 약속도 받아 냈으니 감기라도 걸리기 전에 얼른 돌아갈 생각이었다.

그때, 지은은 무언가 생각났다는 듯 조심스럽게 입술을 달싹였다.

"그런데요, 성준 씨."

"음?"

"나, 그러니까. 나 오늘."

"오늘?"

"오늘, 좀 괜찮았어요?"

질문의 의도를 이해하지 못한 성준이 그녀를 품에서 떼어 냈다. 그러자 지은은 긴장이라도 한 건지 발갛게 상기된 얼굴로 말을 덧붙였다.

"그러니까 파트너로서의 역할이라든가, 성준 씨를 민망하게 하진 않았는지. 그리고 또."

"또?"

"차림새가 너무 수수하지 않았는지, 뭐 그런……."

그러나 말이 채 끝나기도 전에 성준은 그녀를 다시 품에 끌어안 았다.

말도 안 되는 질문이자 걱정이었다. 그는 속으로 한숨을 내쉬었다. 이 와중에도 자신의 체면을 걱정하는 그녀가 바보 같을 정도로 사랑스러웠다.

"예쁩니다."

그는 커다란 손바닥으로 그녀의 머리카락을 부드럽게 쓰다듬어 주었다.

"예쁜 짓만 골라서 했습니다, 오늘."

그러니 쓸데없는 걱정은 하지 말라고, 성준은 다정하게 속삭여 주었다.

갑작스러운 포옹에 당황하던 지은은 이내 그의 품에 포옥 안긴 채로 고개를 주억거렸다. 긴장이 풀린 듯한 모습이었다.

"그럼 됐어요."

"지은 씨."

"실은, 그 대답만으로도 충분해요."

지은은 마음속의 응어리를 풀어낸 것처럼 푸스스 웃으며 성준의 허리를 꼭 끌어안았다.

그러나 성준의 마음속에 맺힌 응어리는 풀리긴커녕 더 깊숙이 파고 들어갔다. 자신이 없는 사이 그녀가 어떤 취급을 받았는지 생각할수록 울화가 치미는 것 같았다.

'당신이 뭐가 부족해서…….'

성준은 초조한 마음을 감추기 위해서 그녀의 목덜미에 얼굴을 묻었다.

언제나 그를 편안하게 만들어 주는 살 내음이었다. 일부러 꾸며 낸 것도 아닌, 그저 윤지은이라는 여자가 가진 있는 그대로의 향기.

그토록 소담스럽고도 맑은 것을 성준은 지켜 주고 싶었다. 앞으로는 다른 이들은 얼씬도 못 하도록 차성준이라는 견고한 벽을 세워 둘 예정이었다.

윤지은이라는 여자를 독점하기 위해. 그리고 완전하게 차성준의 여자로 만들기 위해서.

그의 어둡고 깊은 눈동자가 날카롭게 빛나고 있었다.

8. 당신은 내가 부끄러운가요?

like the last time

　요즘 들어 성준의 입가에는 미소가 떠나가질 않았다.

　아침에 일어나자마자 휴대폰으로 그녀의 목소리를 듣고, 이따금 점심을 함께하기도 하고, 저녁에는 사진 학원 수업이 끝나는 그녀를 데리러 가는 건 연애를 시작한 그가 그토록 바라던 일상이었다.

　고집도 부리지 않고 제게 시간을 내어 주는 그녀가 얼마나 예쁘던지. 성준은 학원을 마치고 막 조수석에 올라타는 지은을 다정하게 바라보았다.

　"오늘도 재밌었습니까?"

　"무척이요. 사진을 공부한다는 게 이렇게 즐거운 일인지 몰랐어요."

　"다행이군요."

　"성준 씨 덕분이에요."

　배시시 미소 짓는 그녀의 이마에 성준은 가볍게 입을 맞추었다.

발그레 달아오르는 뺨이 복숭아처럼 사랑스러웠다. 성준은 덩달아 미소 지으며 차를 출발시켰다.

사진에 관심이 많다던 그녀를 위해 유명한 사진 학원에 등록해 주었다. 앞으로 해 줄 것에 비하면 별것도 아닌 일인데, 세상을 다 가진 것처럼 좋아하는 지은을 보니 참 뿌듯했다.

그녀가 웃는 모습을 보기 위해서라면 정말이지 무엇이든 못 해 줄 게 있나 싶었다. 무엇이든.

"참, 오늘 학원 선생님에게 칭찬도 받았어요."

"어떤 칭찬?"

"제가 빛을 잘 잡는대요. 그래서 조금 더 공부하면 그쪽으로도 재능이 있을 거라고요."

"그랬군요."

"오랜만에 듣는 칭찬이라 기분이 좋더라고요."

병아리처럼 삐약삐약하며 일상을 말해 주는 목소리가 그리도 귀여울 수가 없었다. 열정에 들뜬 눈동자는 또 어떻고.

그는 허파에 바람이라도 들어간 사람처럼 가볍게 픽픽 웃어 댔다. 이래서 돈을 쓰는 거구나. 성준은 아까움 따위는 전혀 느끼지 못하는 제 씀씀이에 새삼 놀라고 있었다.

예전에는 누군가와 맞선을 보는 시간마저도 아까워하던 그였다. 그러나 윤지은이라는 여자를 만나고부터는, 오히려 빠르게 흘러가는 시간이 초조하게 느껴질 정도였다.

"그런데 그 선생, 남잡니까?"

"네?"

"남자라면 담당 선생을 바꾸어 달라고 할 생각이었는데."

"성준 씨도 참!"

여유롭게 핸들을 돌리고 있었지만, 그녀를 칭찬하던 선생의 성별이 궁금한 건 사실이었다. 그가 곁에 없는 사이 눈독 들이는 남자라도 생긴다면 안 될 일이니까.

그녀는 못 말린다는 듯 상기된 얼굴로 그를 흘겨보았다.

"걱정 말아요. 나를 여자로 봐 주는 사람은 성준 씨밖에 없다구요."

"그런 건 함부로 장담할 수 있는 게 아닙니다."

"성준 씨!"

"당신은 가끔 본인이 예쁘다는 걸 잊는 게 문젭니다."

"아이, 정말."

그녀는 제 말을 농담 정도로 여기는 것 같았다. 그러나 성준은 진심으로 하는 말이었다.

처음 그녀를 만났을 때도 그랬다. 뭐가 이리도 뽀얗고 맑은 여자가 다 있나 싶었다. 곁에 있는 것만으로도 사람을 웃게 하고, 마음을 편안하게 만드는 여자. 토끼가 사람으로 변한 건지, 아니면 두 볼에 해바라기씨를 가득 담아 두는 햄스터가 아닌지 싶은 여자가.

그토록 매력 있는 여자가 다른 남자의 눈에 띄지 않을 리가 없었다. 그는 한시라도 빨리 그녀에게 반지 같은 걸 끼워 주어야겠다고 생각했다. 50일이나 100일까지 기다리는 건 너무 기니까, 연애 시작 기념으로 선물하면 딱이었다.

그러면 적어도 파리 같은 놈들이 꼬일 일은 없을 테니까. 유치하다고 해도 어쩔 수 없었다. 성준도 연애를 하면서 제가 이렇게 유치해질 거라고는 생각도 못 했으니까. 기왕이면 다이아가 크게 박힌 것으로 골라서 다른 녀석들은 감히 접근조차도 할 수 없도록…….

찰칵—

어떤 디자인의 반지가 어울릴까 고민하고 있는데, 갑자기 셔터 소리가 들려왔다.

마침 신호가 들어와서 돌아보니, 그녀가 카메라를 든 채로 그를 바라보고 있었다. 만족스럽다는 듯 올라가는 입꼬리가 해맑기도 하다.

"뭡니까?"

"과제하는 거예요."

"과제?"

"네, 학원에 제출할 과제."

"아아."

"다음 수업 때까지 좋아하는 걸 찍어 오는 게 과제거든요."

좋아하는 걸 찍어 오는 게 과제라니. 이건 좀 반칙 아닌가.

예고치 않은 고백에 심장이 쿵 하고 내려앉았다. 이 여자, 사람 가슴 떨리게 만드는 기술은 대체 어디서 배운 걸까. 성준은 괜스레 헛기침을 해 댔다.

"왜요? 찍으면 안 돼요?"

"음."

"그래도 나는 이 사진 제출할 거예요. 내가 가장 좋아하는 사람이니까."

"지은 씨."

"억울하면 성준 씨가 내 애정 좀 가져가 봐요. 쉽지는 않겠지만."

그녀는 살짝 혀를 내밀더니 이내 개구지게 웃어 보였다. 장난치는 모습도 어찌 그리 예쁘던지. 날이 갈수록 사랑스러워지는 지은 때문에 성준의 심장은 매번 쉴 틈 없이 벅차올랐다.

"왜 그렇게 봐요? 장난이 조금 과했나?"

"아니."

"그럼요?"

"예뻐서 봤습니다."

"응?"

"그래서 차를 돌릴까도 싶었고."

"차는 왜…… 앗."

핸들을 붙잡고 있는 손에 부쩍 힘이 들어갔다.

그녀를 안고 싶었다. 당장이라도 차를 돌려 제가 사는 오피스텔로 데려가고 싶었다. 운전을 하다 말고 고개를 돌리니 그녀가 발개진 얼굴로 성준을 바라보고 있었다.

긴장한 기색이 역력한 눈동자였다. 성준은 픽 웃으며 대답했다.

"아마 지은 씨가 생각하는 게 맞을 겁니다."

"짐스응……."

"그런데 당신에게 밥부터 먹이고 싶으니까 참는 겁니다."

"어제도 했으면서……."

작고 도톰한 입술을 병아리 부리처럼 내밀고 있는 모습이 참 귀여웠다.

마음 같아선 다음 날 새벽이 될 때까지 침대 밖으로 나가지 못하도록 안고 싶었다. 평소에는 그녀가 우는 걸 도저히 견디지 못하는 그였지만, 침대 위에서 우는 그녀는 미치도록 아름다웠으니까.

그러나 먹는 것을 워낙 좋아하는 그녀의 배를 채워 주는 게 우선이었다. 그것만 아니었다면 핸들은 이미 돌아가고도 남았을 것이다.

"어제는 어제대로 예쁘고."

"아……."

"오늘은 오늘대로 더 예쁜데."

"성준 씨이."

"어떻게 한 번으로 만족합니까, 그걸."

성준은 허벅지에서 꼼지락거리는 그녀의 손등 위에 제 손을 겹쳤다. 움찔거리는 손가락이 고사리처럼 작고 가늘었다.

매번 맛있는 걸 먹여 주는 것 같은데 몸은 어쩜 이리도 조그만지. 그녀를 어루만질 때마다 부서질까 걱정스러운 제 마음을 알기나 할지 모르겠다.

"성준 씨는 정말 선수예요."

"선수라니?"

"그렇지 않고서는 사람을…… 이렇게 떨리게 할 수는 없다구요."

"누가 할 소리를."

서로가 서로에게 선수 짓을 하는 것도 나쁘지는 않다고 생각하는 그였다. 어쨌거나 같은 마음으로 설레고 있다는 거니까.

성준은 여유롭게 웃으며 그녀의 손에 깍지를 꼈다. 그러자 지은도 살며시 손을 맞잡아 왔다. 새근거리는 숨결에 긴장감이 묻어 나오는 게 어쩌나 귀엽던지.

그는 기분 좋은 듯 허밍하며 목적지까지 차를 몰았다. 식사할 식당은 학원에서 그리 멀지 않은 곳에 있었다. 여느 음식보다 한식을 좋아하는 그녀를 위해서 예약한 곳이었다.

이내 주차까지 마친 성준은 안전벨트를 푸는 그녀를 잠시 붙잡았다.

"윤지은 씨."

"네?"

"내리기 전에 이걸 가지고 가죠."

성준은 뒷좌석으로 손을 뻗어서 미리 준비해 두었던 상자 하나를 그녀에게 건네었다. 제법 묵직한 무게에 지은은 당황한 것 같았다. 어리둥절한 듯 동그랗게 커진 눈동자가 토끼 같았다.

"카메라와 렌즈를 샀습니다."

"성준 씨."

"식당에 가서 한번 열어 봐요. 마음에 들었으면 좋겠는데."

사진 공부를 시작한 그녀를 위해서 DSLR 카메라와 렌즈를 종류별로 구매했다. 카메라는 그녀가 사겠다고 했지만, 고작 몇십만 원 안팎의 보급형에는 한계가 있기 마련이었다.

통틀어 몇천만 원은 훌쩍 넘는 가격이었지만 아깝다는 생각은 전혀 들지 않았다. 오히려 그녀가 선물을 받고 기뻐한다면 그것만으로도 충분히 만족스러웠다.

"카메라는 제 돈으로 살 수 있다고 말했잖아요."

"당신이 좋은 장비로 공부하길 바라서 산 겁니다."

"그래도 이건……."

그러나 예상과는 달리 지은은 곤란해 보였다. 사진과 카메라에 관심이 많은 그녀였으니 단연코 좋아할 줄 알았는데. 오히려 난감해하는 모습을 보니 성준도 덩달아 당황할 수밖에 없었다.

"마음에 안 듭니까?"

"그게 아니라……."

"아니면 다른 브랜드 제품으로 사 줄 걸 그랬나?"

"아뇨! 정말 좋은 물건이에요. 언젠가 꼭 사고 싶었던 거고요. 하지만……."

그녀는 말끝을 흐리며 성준과 카메라를 번갈아 바라보았다. 방황하는 눈동자가 안쓰러울 정도로 다급했다. 차마 열어 볼 생각도 못하는 듯 상자에 손끝만 겨우 대고 있는 건 어떻고.

그로서는 예상하지 못한 반응이었다. 왜일까? 그동안 고가의 선물을 싫어하는 사람은 단 한 명도 없었다. 오히려 싫은 사람 마음도 돌리게 할 수 있는 수단이었는데…….

"아니에요. 고마워요, 성준 씨."

"지은 씨."

"그럼 배고픈데 저녁 먹으러 가요. 어서요."

왜 그러는지 물어보려던 찰나, 그녀가 평소처럼 해맑게 웃어 보였다. 당황하는 모습은 거두고 배가 고프다며 그를 재촉했다.

그래, 착각이겠지. 이 정도로 좋은 제품을 가진 적이 없어서 놀란 것뿐일 테다. 싫어할 리가 없었다. 아니, 싫다고 한들 그녀는 이제 그가 주는 사랑에 익숙해져야만 했다.

차성준의 여자가 되는 건 그런 거니까.

머리부터 발끝까지, 그리고 배경을 포함해서 빛나지 않는 곳이 없어야만 하니까. 이도 저도 아닌 놈들이 함부로 대할 수 없을 정도로,

성준은 그녀를 높은 곳으로 데려갈 생각이었다.

그러니 부디 이해해 주었으면 했다. 처음에는 어색할지라도, 제가 주는 사랑에 익숙해지면 어떻게 싸구려 보급형 따위를 가지고 지냈나 싶은 순간이 올 테니까.

"으음."

운전석에서 내리려던 성준은 그녀가 앉아 있던 조수석에 놓인 선물 상자를 서늘하게 바라보았다. 분명 식당에 가서 열어 보라고 했는데, 테이프조차 뜯지 않은 상자를 보고 있자니 더욱 오기가 생겼다.

어떻게든 그녀가 제 소비에 적응할 수 있도록 만들리라. 머지않아 무언가를 사 달라며 부탁하는 순간이 온다면 더할 나위 없겠지.

어쩌면 빠른 시일 내에 가능할 것이었다. 그의 돈놀이는 이제부터가 시작이었으니까.

살면서 이토록 행복했던 날이 있을까.

누구의 눈치도 보지 않고 하고 싶은 것을 해 나가는 일상. 그 일상을 나무라지 않고 응원하는 사람이 있는 나날들. 요즘 들어 지은의 입가에는 미소가 떠나가질 않았다.

게다가 어머니와 함께 살기 시작했다. 언젠가는 꼭 이루고 싶은 꿈이었는데, 성준 덕분에 시일을 앞당길 수 있었다.

모든 변화의 시작에는 그 남자가 있었다.

"엄마, 회사 다니는 건 안 힘들어?"

"예전에 비하면 힘들긴 하지. 그래도 회사가 참 좋고, 함께 근무하는 사람들도 친절하더라. 배운다는 마음으로 따라가고 있어."

"대단하네, 우리 엄마."

하지만 어떤 것보다 그녀를 놀라게 한 것은 어머니의 취업이었다.

S그룹의 저택에서 근무하던 어머니는 송주연 사건 이후로 일을 그만두었다. 아직 넉넉한 형편은 아닌지라 지은은 걱정이 이만저만 아니었다.

그러던 어느 날, 어머니가 성준의 회사에서 근무하게 됐다는 소식을 전해 주는 게 아닌가? 그 당시에는 얼마나 놀랐는지. 일전에 병실에서 나누었다던 비밀 이야기가 뭐였는지 지은은 그제야 알 수 있었다.

"그런데 나 정말 아르바이트 안 해도 돼? 엄마 혼자서 버겁지 않아?"

"버겁기는. 이제야 우리 딸한테 엄마 노릇 할 수 있어서 얼마나 뿌듯한데."

"엄마아."

"아무리 산전수전 다 겪었다고 해도 지은이 너 아직 스물다섯이야. 한참은 어리고, 그래서 무엇이든 할 수 있는 나이라고."

어머니는 지은의 또래들이 부모에게 기대어 빛나는 청춘을 보내는 동안, 여유라고는 한 톨도 없이 공장이나 시장 바닥을 전전해야했던 지은에게 미안하다고 했다.

가난한 부모를 만났다는 이유 하나로 험한 일만 겪게 해서 미안하다고. 그래서 지금이라도 그녀가 제 갈 길을 걸어가기를 바란다고.

진심 어린 고백을 듣던 지은은 말없이 어머니의 품에 안겼다. 엄마는 나에게 미안한 게 왜 그리도 많은지. 그녀는 시큰해진 콧등을 어머니의 따뜻한 품에 비볐다.

"그러니 지은이 너는 엄마한테 미안해하지 마. 그동안 하지 못했던 거 이때다 하고 즐겁게 하고 살어. 그것도 네 복이고 능력이니까."

"고마워, 엄마."

"무슨 일이 있어도 기죽지 말고. 하고 싶은 말 있으면 꼭 하고 살어. 이제는 바보처럼 참기만 하면 안 된다, 알겠지?"

"바보처럼 참았던 적 없었다, 뭐."

"으이구, 착해 빠져서는."

그녀를 품에 안고 있던 어머니는 떡 찧는 소리가 날 정도로 강렬하게 지은의 등허리를 내려쳤다. 예고치 못한 통증에 그녀는 화들짝 놀라서 몸을 떼어 냈다.

고추장이라도 바른 것 같은 매운맛에 인상을 찡그리자, 어머니는 뭐 어쩌라는 거냐는 듯이 어깨를 으쓱거렸다.

"그보다 대기업은 역시 다르더라. 월급이며, 복지며 우리 차 대표님이 어찌나 두둑하게 챙겨 주시던지. 너는 걱정할 건덕지도 없어, 계집애야."

"차, 차 대표님이라니."

"엄마가 근무하는 회사 본부장인데, 대표님이 아니면 뭐라고 부르겠니?"

"그건 그렇지만……."

장난스레 대답하는 어머니였지만 틀린 말은 아니었기에 말문이 막혔다.

차성준이라는 남자는 H그룹을 이끄는 차세대 대표였으니까. 그녀를 대할 때는 어떤 차이도 느껴지지 않을 만큼 다정하게 대해 주어서 그렇지, 만나고 있는 것 자체가 기적일 정도로 대단한 남자라는 걸 그녀도 알고 있었다.

그래서 연애를 시작한 이후로 예상치 못한 도움을 받은 적이 한두 번은 아니었다.

지금 살고 있는 아파트를 계약할 수 있었던 것도, 실은 성준이 도와주어서 가능했던 일이었다. 서울에서 이 정도로 좋은 아파트에서 살려면 고작 몇십 년 일한다고 되는 게 아니니까.

사진 학원을 다니게 된 것도 마찬가지였다. 그가 보내 주지 않았다면 비싼 수강료를 내고 학원까지 다닐 생각은 하지 못했을 것이다.

덕분에 사진을 본격적으로 공부해야겠다는 의지가 생겼다. 그의 마음에 어떻게든 보답하고자 카메라만큼은 제 돈으로 사겠다는 말까지 했었고.

"당신이 좋은 장비로 공부하길 바라서 산 겁니다."

그럼에도 불구하고 오늘, 성준은 족히 몇천만 원은 될 것 같은 카메라와 렌즈를 그녀에게 선물해 주었다. 괜찮다는데도 기어코 고액의 물건을 안겨 주는 바람에 조금은 곤란했다.

"······고마워요, 성준 씨."

하지만 그녀를 위하는 마음으로 준비했다는 걸 모르지 않았다. 그래서 선물을 받아 들었다.

차마 개봉조차 할 수 없을 정도로 부담스러웠지만, 괜한 자존심은 부리지 않겠다고 성준과 약속했으니까. 기왕이면 고마운 마음으로 받는 게 예의라고 생각했다.

"성준 씨, 오늘 심야 영화 보러 갈래요? 제가 예매를……."

"심야 영화도 좋지만 오늘은 예약해 둔 곳이 있어서."

"으응?"

"윤지은 씨만 괜찮다면 거기로 갔으면 좋겠는데."

그러나 카메라가 끝이 아니었나 보다.

갑작스러운 고액의 선물 때문에 혼란스러운 식사를 마친 후였다. 학원까지 데리러 와 준 게 고마웠던 지은은 그에게 심야 영화를 제안했다. 작게나마 마음을 표시하고 싶어서였다.

그러나 성준은 가볍게 제안을 거절하더니 따로 예약해 둔 곳이 있다며 그녀를 이끌었다.

"백화점으로 갈 겁니다."

"네?"

"지금 가면 시간이 딱 맞겠네요."

"지금은 8시가 훌쩍 넘었잖아요. 백화점은 일찍 문을 닫을 텐데……."

"아아."

뜬금없는 백화점 이야기에 당황하고 있는데, 그가 걱정 말라는 듯 대답했다.

"빌렸습니다."

"……."

"통째로."

손목시계를 확인하는 그의 태도에는 여유로움이 묻어 나오고 있었다. 반면에 머릿속이 하얘진 지은은 멍하니 성준을 바라보았다.

그러고 보니 지금 같은 상황을 예전에도 겪었던 적이 있었다. 그와 두 번째로 만났던 날, 영화관을 통째로 빌렸다던 성준의 모습이 아직도 선명했다. 언젠가는 그녀가 근무하던 카페까지도 빌렸었고.

그때 느꼈던 격차가 또다시 고개를 내밀고 있었다. 그는 어떤 것이든 쉽게 가질 수 있는 남자였다. 간절하게 노력해야만 겨우 손에 닿을 듯 말 듯 한 인생을 살아왔던 그녀와 달리.

'엄마가 근무하는 회사 본부장인데, 대표님이 아니면 뭐라고 부르겠니?'

성준이 한 회사의 '대표'라는 사실이 차츰 실감 나기 시작했다. 범위부터 다른 그의 소비 습관이 잊고 있던 현실을 상기시켜 주고 있었다. 참, 새삼스럽게도.

몇 번 와 본 적도 없는 백화점에 발을 딛는 것도 놀라운데, 명품 브랜드 패션쇼를 관람하게 될 줄은 누가 알았을까. 그것도 문을 닫았을 거라고 생각했던 백화점 로비에서. 9시가 다 되어 가는 시간에.

"백화점에서 야간 이벤트라도 여는 건가요?"

"그렇습니다."

"우리 두 명 때문에?"

"정확히 말하자면 당신 때문에."

생전에 프리미엄 고객을 위한 특별 이벤트를 경험할 거라고는 상상도 못 했다. 지은은 제 앞으로 걸어와 포즈까지 잡고서 되돌아가는 모델들을 경악스럽게 바라보았다.

성준의 말대로라면 그녀 한 명 때문에 이런 말도 안 되는 패션쇼가 열렸다는 건데, 어째 백화점 직원들과 모델들은 일상인 것처럼 자연스럽게 이벤트를 진행하고 있었다.

이런 자리가 적응이 되지 않는 사람은 윤지은, 단 한 사람뿐이었다.

"이 패션쇼는 언제 끝나는 거예요? 대체 몇 명을 섭외한 건지는 모르겠지만, 그만했으면 좋겠는데……."

"윤지은 씨가 마음에 드는 제품을 고를 때까지 계속될 겁니다."

"뭐라구요?"

"백화점 측에서도 매출을 올리기 위해서 이벤트를 연 거니까 당연하겠죠."

들도 보도 못한 세계였다. 여전히 그 세계를 이해하지 못하는 그녀에게, 성준은 트렁크 쇼에 대해서 자세하게 설명도 해 주었다.

그러나 이해하는 건 둘째 치더라도 달나라 별나라 같은 상황을 적응할 수 있을 리가 없었다. 백화점에 도착하기 전에는 적당히 둘러보는 척만 하다가 다음에 오자면서 금방 벗어날 생각이었는데…….

결국은 꼼짝없이 붙잡혀서 제품을 사야 하는 꼴이 되었다. 적어도 이 장소를 벗어나기 위해서는 어쩔 수 없었다. 게다가 단 한 명을 위해 늦은 시간까지 워킹하는 모델들을 지켜보는 것도 그녀로서는 곤욕이었다.

"저, 저는 방금 본 스카프 정도면 충분할 것 같아요."

"글쎄. 그 정도 금액으로는 패션쇼가 끝나지 않을 겁니다."

"그렇다면 장갑까지 사도요?"

"어림도 없습니다."

성준은 어이없다는 듯 웃더니 그녀가 지목한 모델이 착용하고 있던 제품을 싹 다 내어 달라고 했다. 분명히 스카프와 장갑만 지목했던 것 같은데, 왜 정장이며 구두며 가방까지 덩달아 딸려 오는 건지…….

손에 닿을 일도 없을 거라고 생각했던 명품 브랜드 제품을 이렇게 욱여넣듯이 가지게 될 줄은 몰랐다. 하지만 기쁘긴커녕 제품에 붙은 가격표를 확인할 때마다 울상만 지어졌다.

어째 스카프 한 장도 이렇게 비싼지. 특히 옷 같은 경우에는 가격표를 확인하는 게 겁이 날 지경이었다. 대체 몇 달을 일해야 살 수 있는 옷들이 제 품에 안겨 있는 걸까.

"고객님은 피부가 희어서 뭘 입어도 잘 어울리시네요."

"고, 고맙습니다."

"이번에는 아우터도 입어 보시겠어요?"

"괜찮은데……."

"한정판으로 나온 제품인데, 저희 백화점에 딱 다섯 벌만 들어왔거든요."

게다가 입어 보라고 권하는 백화점 직원 때문에 울며 겨자 먹기로 옷을 걸치긴 했지만, 거울 속의 윤지은은 언젠가 표범 무늬 밍크코트를 입었을 때처럼 불편해 보였다.

아니, 그때보다 더 어울리지도 않고 그저 초라해 보일 뿐이었다.

맞지도 않는 옷을 덧대어 입고, 돌덩이처럼 느껴지는 가방을 손에 든 채로, 익숙하지도 않은 하이힐을 신고서 어정쩡하게 서 있는 제 모습이 어찌나 멍청해 보이던지. 가난을 가리려고 애를 쓰는 것처럼 보여서 더욱 꼴불견이었다.

"잘 어울리네요."

"성준 씨……."

"예쁩니다, 당신."

그러나 성준은 몹시 기뻐 보였다. 그녀가 구두라든지, 가방 또는 옷을 갈아입고 나올 때마다 흡족하다는 듯 미소를 짓는데……. 그럴수록 지은의 마음은 착잡해졌다. 정말이지 웃어야 할지 울어야 할지 분간을 할 수가 없었다.

가능하다면 괜한 고집을 부리고 싶지도 않았고, 그가 마음 쓰지 않도록 그녀도 노력하고 싶었다. 하지만 단번에 생활 습관을 바꾸는 건 어려운 일인가 보다. 이런 마음을 부디 이해해 주었으면 좋겠는데…….

"저어, 성준 씨. 그만 돌아가면 안 될까요? 이 정도 샀으면 충분하다고 생각해요. 아니, 이미 넘쳐요."

"지은 씨."

"솔직하게 말하자면 부담스러워서 못 받겠어요. 카메라까지는 제 생각 해서 사 준 거라고 해도, 옷이나 구두 같은 건 너무 과해요."

"음."

"그러니 오늘 같은 일은 그만해 주었으면 좋겠어요."

저녁 식사를 할 때부터 참아 왔던 인내심이 이제야 터져 나왔다. 제대로 삼킬 여유도 없이 꾸역꾸역 밀고 들어오는 변화에 체할 것 같았기 때문이었다.

기분 나쁠지도 모르지만 할 말은 꼭 하고 싶었다. 그러면 성준도 제 마음을 이해하고서 속도를 낮추어 주지 않을까. 조금은 더 배려 해 주지 않을까 싶었다.

그러나 살짝 올려다본 그의 얼굴은 처음 만났던 그날처럼 딱딱하게 굳어 있었다. 구겨진 미간을 발견한 지은의 심장이 쿵 내려앉았다.

"이번에는 반지를 보러 가죠."

"성준 씨?"

"염두에 둔 디자인이 몇 개 있습니다. 같이 골라 주었으면 하는데."

"저기……."

"그럼 갑시다. 더 늦기 전에."

무언가를 더 물어볼 틈도 없이, 성준은 제 할 말만 이어 가더니 그녀에게 먼저 등을 보였다.

거울 앞에 엉거주춤 서 있던 지은은 그에게 손목이 붙잡힌 채로 따라가는 중이었다. 하이힐이 익숙하지 않아서 걷는 게 영 서툴렀다.

'못 들은 건가? 아니면⋯⋯.'

설마 제가 했던 말을 무시한 걸까? 그럴 리가 없다고 생각하고 싶었지만 제 목소리가 작은 것도 아니었을뿐더러, 성준의 태도는 명백한 외면에 가까웠다.

당장이라도 넘어질 것처럼 발밑이 흔들렸다. 그런 감각이 그녀의 몸을 감싸고 있었다. 차마 중심을 잡지 못할 정도로 변해 가는 상황에 그녀는 몇 번이나 휘청거려야 했다.

그럼에도 불구하고 뒤도 한번 돌아보지 않는 성준의 너른 어깨를, 그녀는 복잡한 마음으로 지켜보았다. 머릿속에 떠오르는 의문이 좀처럼 사그라지지가 않았다.

지은은 방구석에 쌓여 있는 쇼핑백 무더기를 바라보며 한숨을 내쉬었다.

부담스러워서 열어 보지도 못한 옷과 구두, 그리고 액세서리들이 날이 갈수록 늘어 가고 있었다. 백화점에 가기 싫다고 거절했더니, 성준은 하루가 멀다 하고 뒷좌석 가득하게 브랜드 제품을 준비해 왔다.

"불편한데⋯⋯."

가득 차다 못해 터져 나갈 지경인 드레스 룸. 신발장도 마찬가지였고, 화장대에는 그동안 광고에서나 보던 화장품이 즐비해 있었다. 일주일도 되지 않아서 이루어진 결과였다.

역시 돈이 많으면 변하지 않을 것도 없구나. 화장대 앞에 앉은 지은은 여전히 이름도 헷갈리는 화장품을 공부하는 것처럼 들여다보았다.

"이걸 먼저 바르는 거던가? 아니면 이거?"

성준이 그녀를 예뻐하는 건 알고 있었다. 가만히 있어도 자신을 소중하게 다루고 있다는 게 느껴졌다. 하지만 그 애정이 고마우면서도, 지은은 아직도 버거웠다.

오늘처럼 점심 약속이 있는 날에는 그녀도 정성껏 꾸며 보고 싶은데…… 정작 마음대로 되지가 않았다.

"경극 분장 한 것 같아."

백화점 직원이 알려 준 화장법을 떠올려서 이것저것 열심히 발라 보았다. 그러자 피부 톤은 창백할 정도로 하얘졌고, 눈 화장은 어디서 한 대 맞은 것처럼 거뭇해져서 안 하느니만 못한 수준이었다.

지은은 울상을 지으며 클렌징 티슈로 화장을 닦아 냈다. 이상하다. 분명히 똑같은 화장품에 똑같은 과정을 거쳤는데 왜 이럴까. 엄두도 내지 못할 기술에 조금 시무룩해졌다.

"옷이라도 잘 차려입지, 뭐."

그녀라고 왜 예뻐 보이고 싶지 않을까. 그러나 시간을 들여야 이루어지는 것도 있는 법이었다.

지은은 깔끔하게 화장에 대한 미련을 버리고 옷장을 탐색했다. 옷이라도 좋은 걸 입으면 그럴싸하지 않을까?

그러나 그가 선물한 옷들은 죄다 화려해서, 수수한 용모의 그녀가 입기에는 어울리지 않았다. 또다시 표범 무늬 밍크코트를 입었던 지난날이 스쳐 지나갔다.

"그냥 입던 대로 입어야겠네."

사람은 쉽게 변하지 않는다는 건 생활 습관도 포함하는 말인가 보다.

지은은 화려하고 나풀거리는 브랜드 옷들을 뒤로하고, 옷장 한편에 있는 캐주얼복을 꺼내 들었다. 아직은 패션을 따지기보다 편한 옷을 입는 게 좋았다.

"구두는……."

성준과의 약속 시간이 다 되어 현관문을 나서던 그녀는 또다시 고민에 빠졌다.

구두를 신어야 할까, 아니면 평소처럼 운동화를 신을까? 그러나 제법 굽이 있는 구두에 발을 밀어 넣던 그녀는 반창고가 붙어 있는 뒤꿈치를 바라보았다.

한동안 높은 구두를 신는 연습을 해야 할 것 같아서 신고 다녔는데, 익숙하지 않다 보니 결국 상처가 나고 말았다. 쓰라린 뒤꿈치를 바라보던 그녀는 마침내 운동화에 발을 욱여넣었다.

"다녀오겠습니다."

결국 그가 선물한 건 아무것도 입지 않은 채로 외출했다. 마음 같아선 성준에게 받은 것들을 입고 당당하게 거리를 활보하고 싶었지만, 그녀에게는 아직 넘어야 할 벽이 높고도 많았다.

하지만 다른 선물은 아쉬운 마음으로 내려놓았더라도, 딱 하나만큼은 내려놓지 않은 게 있었다.

"정말 예쁘다."

그녀는 가만히 있어도 은은하게 빛나는 반지를 홀린 듯이 바라보았다. 처음으로 같이 백화점에 갔던 날 선물받았던 반지였다. 이것만큼은 그녀도 부적처럼 지니고 있었다.

한 기업의 대표인 차성준, 그 남자에게 어울리는 여자가 될 수 있을 거라고 다짐하면서. 당장은 어렵겠지만 시간이 지나면 분명히 나아갈 수 있을 거라고 위로하면서.

지은은 눈부시게 빛나는 반지를 꼭 쥐었다.

"조금 늦어질 것 같다구요?"

H그룹 건물 앞에 도착한 지은은 성준에게 불시에 연락을 받았다. 마무리해야 할 서류가 아직 도착하질 않아서 약속 시간까지 늦을 것 같다는 소식이었다.

— 기껏 여기까지 찾아왔을 텐데 미안합니다. 일단 기사를 보낼 테니 예약한 식당에 먼저 들어가 있어요.

"아니에요. 많이 급한 거면 어쩔 수 없는 거죠. 다음에 먹어도 되고요."

— 아니면 대표실에 올라오는 건 어떻습니까?

"대표실이요?"

아쉽지만 다시 돌아갈 생각을 하고 있는데, 그가 대표실에 들어올 것을 제안했다.

그동안 회사 근처에서 데이트를 한 적은 있어도 직접 가 보는 건 처음이라 당황스러웠다. 그러나 궁금하긴 했다. 어차피 기다려야 한다면 혼자 식당에 앉아 있는 것보다 같은 공간에 있는 쪽이 훨씬 나았고.

"좋아요. 그게 나을 것 같아요."

— 그래요. 입구에 있는 직원을 찾아가면 될 겁니다. 미리 연락해두죠.

"알겠어요. 이따 봐요, 성준 씨."

그가 일하는 공간은 어떻게 생겼을까. 그리고 일하는 모습은 어떨까.

피어오르는 상상에 미소 짓던 그녀는 조심스레 H그룹 건물 안으로 들어갔다. 대기업 아니랄까 봐 세련되고 넓은 로비에 저도 모르게 놀라고 말았다. 내부를 오고 가는 사원들도 어쩐지 전문적으로 보여서, 그녀는 속으로 연신 감탄하고 있었다.

"저어, 본부장님 뵈러 왔는데요."

건물 로비를 두리번거리던 그녀는 안내 데스크를 발견했다. 생경한 환경에 사뭇 긴장된 목소리로 용무를 전하자, 안내 직원은 고개를 갸웃거리며 되물었다.

"본부장님을요?"

"네에."

"차성준 대표님 말씀하시는 건가요?"

"맞아요."

직원의 시선이 제 위아래를 훑는 것 같은데……. 착각일까?

그녀가 의문스럽게 바라보는데도, 직원의 눈동자는 지은의 머리부터 발끝까지를 엘리베이터처럼 훑어 내렸다. 무례한 행동인 걸 아는지 모르는지 직원은 긴가민가한 표정을 지었다.

"성함이 어떻게 되시죠?"

"아, 윤지은이에요."

"잠시만 기다려 주세요."

퉁명스럽게까지 들리는 대답에 그녀는 멋쩍은 듯 머리카락을 쓸어내렸다. 그리고 직원이 예약 목록을 확인하는 동안 괜스레 제 모습을 확인해 보았다.

뭐가 묻어 있는 것도 아니고 딱히 이상하게 보일 만한 건 없는데……. 하지만 기분 탓이라기엔 직원의 태도는 불쾌한 면모가 있었다.

이내 확인을 마친 직원이 허리를 곧추세우고 대답해 왔다.

"고객님 성함으로 예약된 약속은 없습니다."

"네? 아까 말해 두겠다고 했는데……."

"죄송하지만, 약속되어 있지 않다면 출입이 불가합니다."

직원의 완고한 태도에 지은은 수긍할 수밖에 없었다. 매뉴얼대로 행동하는 사람에게 억지를 부릴 수도 없는 노릇이고.

지은은 고개를 주억거리며 등을 돌렸다. 다시 연락을 해 볼 참이었다. 다행스럽게도 로비에는 휴식 공간이 잘 마련되어 있었으니까.

그 순간, 안내 데스크를 등지던 그녀의 귓가에 직원의 목소리가 들려왔다.

"약속은 무슨. 별꼴이야."

"야야, 들리겠다."

"뭐 어때? 딱 봐도 대표님이랑 만날 급도 안 되는 여자 같은데."

그녀를 노골적으로 훑어보던 직원은 이제는 들려도 상관없다는 듯이 수군거리고 있었다. 동료 직원이 만류하는데도 기어코 할 말을 이어 가는 직원의 목소리에 지은은 그만 울컥하고 말았다.

문득, 얼마 전에 있었던 사교 모임이 떠올랐다. 그녀를 두고 속살거리던 사람들과 말 한마디 제대로 하지 못하고 루프탑으로 도망쳤던 자신의 모습도.

그날 억울한 마음을 삼키면서 다짐했었다. 또다시 그런 일을 겪게 된다면 가만히 있지만은 않겠다고. 끙끙거리며 참아 내는 것도 한두 번뿐이라고.

"이봐요."

다시 안내 데스크로 다가간 그녀가 또렷한 목소리로 물었다.

"방금 뭐라고 했어요?"

"무슨 일이십니까, 고객님?"

"아닌 척 잡아떼지 말고요. 방금 저한테 별꼴이라고, 급도 안 된다고 말하셨잖아요."

"잘못 들으신 것 같은데요."

"그렇다면 당신이 대답해 봐요. 방금 이 사람이 나에 대해 무슨 말을 했는지."

그녀는 오리발을 내미는 직원 대신, 그 옆에 있던 동료 직원에게 대답을 요구했다. 그러자 동료 직원은 안절부절못하며 대답을 얼버무렸다. 차마 아니라고 대답하지 못하는 걸 보니 찔리는 구석은 있는 것 같았다.

그러나 어쩔 줄을 모르는 동료 직원과 달리, 그녀를 무시했던 직원은 사과는커녕 끝까지 당당하게 자존심을 지키고 있었다. 적반하장도 유분수인데 어이가 없었다.

"사람을 그런 식으로 훑어보고 수군거리는 건 실례예요. 내가 이런 것까지 하나하나 가르쳐 줘야 하는 건가요?"

"고객님."

"당신이라는 사람 한 명 때문에 H그룹의 명성이 의심되네요. 이렇게 기본도 안 되어 있는 직원을 직원이라고 쓸 줄은 차마 몰랐거든요."

참다못한 지은이 날카롭게 쏘아붙였다. 그러나 직원은 하나도 잘못한 게 없다는 듯 뻔뻔한 표정으로 어깨를 으쓱거릴 뿐이었다.

대체 자신이 뭘 잘못했다고 그런 얘기를 들어야 하고, 이런 취급까지 받아야 하는 걸까. 그 남자에 비해 화려하지 못한 겉모습 때문에? 하지만 그런 걸로 사람을 판단하는 건 너무 치졸하잖아.

"무슨 일이야?"

"몰라. 갑질하는 거 아니야?"

"어휴, 서비스업 종사자만 고생이지."

그녀로서는 도무지 해결할 수 없는 상황이 일어나고 있었다.

화는 머리끝까지 치솟고 직원들은 무슨 일이냐는 듯 모여드는 가운데, 억울함을 토로할 곳이 없었던 그녀는 기가 차다는 듯 웃었다. 차라리 갑질이라도 했으면 이렇게까지 서럽지도 않겠다.

"지은 씨!"

"강 비서님?"

"대표님께서 지시하셔서 모시러 왔습니다. 그런데 무슨 일이라도 생기신 건가요?"

그 순간, 강 비서가 구원자처럼 그녀에게 다가오고 있었다. 제 이름을 불러 주는 목소리가 오늘따라 왜 그리도 반갑던지. 지은은 안도의 한숨을 내쉬며 강 비서를 바라보았다.

"예약이 되어 있지 않아서 못 들어가고 있었어요."

"네? 그럴 리가 없습니다. 대표님께서 직접 안내 데스크에 확인 전화를 남기셨는데요."

"하지만 여기 직원이……."

안내 데스크에서 들었던 말을 그대로 전달하려는데, 아까까지 고개를 빳빳하게 세운 채로 사과할 기색은 전혀 없어 보이던 직원이 허리를 숙여 왔다.

"죄송합니다."

강 비서가 도착하자마자 엎드려 절 받듯이 받게 된 사과였다. 빛보다도 빠른 태세 전환에 지은은 저도 모르게 웃음이 터져 나왔다.

"교대를 하다가 인수인계를 제대로 받지 못해서 방금 같은 불상사가 있었던 것 같습니다. 죄송합……."

"이름하고 부서 말해요."

"무슨……."

"이름하고 부서."

강 비서를 보자마자 안색이 싹 바뀌는 직원이 괘씸하게 느껴졌다.

그래, 사람을 자기 방식대로 판단하는 건 그녀가 차마 손댈 수 없는 영역의 일이었다. 그러나 그녀에 대해 들으란 듯이 평가하는 건 잘못되어도 한참 잘못된 짓이었다.

　무엇보다 몇 번이나 사과할 기회를 주었는데도 꿈쩍도 하질 않다가 강 비서가 도착하자마자 고개를 숙이다니. 그녀로서는 전혀 달갑지 않은 사과였다.

　"인수인계를 받지 못한 건 어쩔 수 없는 일이라고 생각해요. 사람은 누구나 실수를 하니까요."

　"고객님."

　"하지만 사람을 위아래로 훑어보거나 뒤통수에 대고 별꼴이라느니, 급에도 맞지 않는 여자라느니 하던 이야기는 차마 실수라고 하기엔 의도가 너무 뻔했어요. 그래서 나도 그냥 넘어갈 수는 없겠네요."

　옆구리를 찔러서 받게 된 사과는 그녀로서도 듣고 싶지 않았다.

　그녀도 서비스업을 하면서 고생했던 적이 많았기에 웬만하면 두루뭉술하게 넘어가려고 했지만, 방금 있었던 상황은 선을 넘어도 너무 넘었다.

　그녀의 이야기를 듣고 상황을 파악한 강 비서가 해당 직원의 부서와 이름을 대신 알아냈다. 직원의 표정이 새파랗게 질렸지만 딱히 동정하고 싶지는 않았다.

　"죄송합니다, 지은 씨. 이번 일은 저희 쪽에서 확실하게 해결하겠습니다."

　"알겠어요."

　"그럼 올라가시죠. 대표님께서 기다리고 계십니다."

　그녀는 강 비서의 안내를 받으며 마침내 엘리베이터에 올라탔다.

외출한 지 몇 시간 지나지도 않았는데 벌써부터 진이 다 빠졌다.

차려입지 않은 것이 이런 취급을 당할 정도로 잘못된 선택이었던 걸까. 기분이 영 좋지 않았다. 누가 봐도 직원의 태도에 문제가 있었지만, 그녀는 자꾸만 제 행색을 돌아보고 있었다.

혹여 만만해 보였던 건지. 그래서 제가 여지라도 주었던 건가 싶어서. 쓸데없는 생각이라는 건 알지만 마음은 복잡해졌다.

─ 35층입니다.

그러나 엘리베이터에서 내리는 순간, 그녀는 억지로라도 근심을 내려놓았다.

기분 좋은 만남이 기다리고 있으니 굳이 분위기를 흐리고 싶지 않았다. 오늘은 어리광도 귀엽게 부려 볼 생각이었다. 성준은 언제나 그녀의 편이 되어 주었고, 이번에도 마찬가지일 거라고 생각했으니까.

대표실 앞에 선 강 비서는 그녀를 대신해서 정중하게 문을 두드렸다.

"대표님, 윤지은 씨 오셨습니다."

"들어와요."

"들어가시면 됩니다."

문 너머로 들리는 성준의 목소리에 그녀는 괜스레 마음이 콩닥거렸다. 언제나 사적인 공간에서 만났던 그였기에 회사에서의 만남은 제법 신선하게 느껴졌다.

그녀는 강 비서의 안내에 따라 대표실로 들어섰다. 가장 먼저 보인 것은 한 면이 유리로 된 창문이었다. 도시 전체가 한눈에 보이는 통유리로 된 창문.

성준은 그것을 등지고서 사무용 책상에 앉아 서류를 검토하고 있었다. 금테 안경을 끼고 있는 모습이 어찌나 멋있던지. 그녀는 천천히 성준에게 다가섰다.

"저, 왔어요."

"고생했어요. 곧 마무리될 테니 소파에 앉아 있도록 해요."

"그럴게요."

"마실 건?"

"괜찮아요. 물이면 충분해요."

안경을 잠시 벗어 두고 그녀를 바라보는 성준의 시선이 따뜻했다. 창문을 통해서 스며드는 햇살만큼이나.

게다가 흰 와이셔츠를 입은 채로 팔소매를 살짝 걷어 낸 모습은 회사에서만 볼 수 있는 그의 또다른 모습이었다. 셔츠를 입어도 드러나는 단단한 근육에 그녀의 뺨이 붉어졌다.

"그런데."

"응?"

"그렇게 입고 온 겁니까?"

설레는 마음으로 그를 기다리려던 순간이었다. 어쩐지 맥이 빠진 듯한 성준의 목소리가 예고도 없이 귓전을 때렸다.

그렇게, 라니? 생각지도 못한 질문에 그녀는 화들짝 놀라고 말았다. 그러나 그녀의 반응에도 성준은 아랑곳없이 질문을 이어 나갔다.

"저번에 사 줬던 옷은?"

"아, 그게⋯⋯."

"화장품이나 구두도 부족하지 않을 정도로 샀던 걸로 기억하는데."

"성준……."

"내가 언제까지 기다려야 하는지 잘 모르겠군요."

상상하지도 못했던 상황이었다. 셀 수 없이 많은 선물을 받으면서 그가 변화를 요구하고 있다는 건 눈치챘지만…… 오늘처럼 보란 듯이 아쉬운 기색을 내비친 적은 처음이었다.

그녀의 머릿속이 새하얗게 변했다.

평소였다면 노력하고 있으니까 기다려 달라고 말했을 것이다. 그러나 아까까지 겉모습으로 인해 무시를 당하고 왔던지라, 그녀의 감정은 물이 넘치기 직전의 유리잔처럼 아슬아슬한 상태였다.

"아직 불편해서요."

"이제는 익숙해져야죠."

"성준 씨, 나는……."

"버거운 건 알지만 노력해 주었으면 좋겠습니다. 그게 지은 씨에게도 도움이 될 거고."

운동화를 신었는데도 욱신거리는 발뒤꿈치 때문에 눈물이 나올 것만 같았다.

노력하지 않은 게 아니었다. 오히려 사랑하는 사람이기에 한시라도 빨리 달라진 모습을 보여 주고 싶었다. 예뻐 보이고 싶었다, 당연하게도.

그러나 평생을 간직해 오던 습관을 버리는 건 결코 쉬운 일이 아니었다. 그도 알고 있을 것이다. 차성준의 세계와 윤지은의 세계는 시작부터 다르다는 것을. 그래서 마음만으로는 잘 해결되지 않는 일이 있다는 것도.

그런데도 그녀를 은근하게 다그치는 성준이 지금 이 순간만큼은 너무도 미웠다. 결국 쌓이고 쌓였던 감정이 그제야 터지고 말았다.

"성준 씨는 내가 부끄러운가요?"

"무슨."

"꾸미지 않으면 데리고 다닐 가치가 없다고 생각해요?"

불쾌한 이야기를 들었다는 듯 그가 인상을 찡그리는 게 보였다. 그녀도 알고 있었다. 제가 뱉은 말이 평소보다 날이 서 있다는 것쯤은.

그러나 그녀도 기분이 좋지 않았다. 그렇게 입고 온 거냐는 목소리를 듣는 순간, 억눌러 왔던 감정이 울컥 치솟기 시작했다.

"그런 의미로 한 말 아니라는 거 알지 않습니까."

"아니요, 잘 모르겠어요."

"지은……."

"예전에는 어떻게 하고 다녀도 아무 말이 없다가, 언젠가부터 꾸미라면서 싫다는 사람을 끌고 다니는데, 제가 그 속을 알 리가 없죠."

학원이 끝나자마자 출석 도장이라도 찍는 것처럼 백화점에 가는 것도 스트레스였고, 어울리지도 않는 옷을 떠밀리듯 가지게 되는 것도 싫었다.

이런 마음을 솔직하게 표현해도 듣는 척조차 하지 않았던 성준에게도 서운했다. 그녀의 속도에 발맞추어 조금은 기다려 줄 수 없었던 걸까.

그때, 성준이 피곤한 기색으로 눈두덩을 문질렀다.

"당신은 내가 주는 걸 받기만 하면 됩니다. 그게 뭐가 어렵다는 겁니까."

"성준 씨."

"내 여자가 되는 건 그런 겁니다. 각오 하나 없이 나를 만나려고 했던 당신이 순진했던 거고."

한 치의 망설임도 느껴지지 않는 목소리였다. 저더러 순진하다고 말하는 목소리가 어찌나 단호하던지. 아까까지 그녀를 따스하게 바라보던 남자가 맞는지 의문이 들 정도였다.

제 마음을 전혀 이해해 주지 않는 태도에 뱃속에서부터 무언가가 끓어올랐다.

"나도 노력하고 있어요. 차성준 씨와 연애한다는 게 어떤 건지 정도는 알고 있다구요."

"윤지은 씨."

"하지만 몸이 마음대로 따라 주지 않는 걸 어떡해요? 짙은 화장을 하는 건 답답하고, 높은 구두는 신을 때마다 뒤꿈치에 피가 맺힌다구요."

"윤지은."

"그동안 월급보다도 비싼 옷 입어 본 적 한 번도 없었어요. 아직도 옷장을 열 때마다 무섭다구요. 그런데 어떻게 하루아침에 사람이 달라져요? 그런 삶을 살아 본 적이 없는데, 어떻게 손바닥 뒤집듯이 쉽게……!"

"그럼 언제까지 구질구질하게 살 생각이었던 겁니까?"

아.

구질구질.

정수리 끝까지 차오르던 분노가 언제 그랬냐는 듯 차갑게 식어 가고 있었다.

그녀는 실수했다는 듯 입을 가리는 성준을 물끄러미 바라보았다. 심장이 방망이질이라도 하는 것처럼 욱신거렸다.

"그러게 말이에요."

"윤지은 씨, 방금은."

"미안해요. 내가 성준 씨가 바라는 것처럼 대단한 여자가 아니라서."

"말이 잘못 나왔습니다. 그러니까……."

"아니요."

심장이 난도질이라도 당한 것처럼 너덜거리는 것 같았다. 그녀는 힘없이 고개를 저었다.

"여느 때보다도 솔직한 고백이었어요."

"……."

"돌아갈게요."

차라리 다른 사람이었다면 욕을 한 바가지 쏟아 내고 말았을 것이다.

그러나 그는, 차성준이라는 남자는 그녀가 사랑하는 사람이었다. 그토록 사랑하는 사람에게 언제까지 구질구질한 인생을 살아갈 거냐는 질문을 듣는 건…… 생각보다 많이 아픈 일이었다.

'어디서부터 어긋난 걸까.'

분명히 있는 그대로의 제 모습을 사랑해 주던 남자가 있었는데. 화려하게 꾸미지 않아도, 수많은 사람 속에서도 그녀만을 찾아내 주던 남자가 있었는데. 한결같은 애정을 바라는 건 욕심이었던 걸까.

한 치 앞도 보이지 않는 안개 속을 거닐고 있는 기분이었다.

그동안 밋밋하기 짝이 없는 그녀를 보면서 성준은 무슨 생각을 했을까. 답답했을까? 아니면 역시 부끄러웠을까?

그녀는 쓰라린 마음을 부여잡고 대표실을 빠져나왔다. 문이 쿵 소리를 내며 닫힐 때까지 성준은 그녀를 어떤 방식으로도 붙잡아 주지 않았다.

손가락에 낀 반지가 얼마나 부질없이 느껴지던지. 그 남자와 손이 닿지 않을 정도로 멀어진 듯한 기분이 들었다. 아득하게.

그런 말을 하는 게 아니었는데.

성준은 굳건하게 닫힌 문을 멍하니 바라보았다. 그녀의 상처받은 눈동자가 아직도 선명하게 아른거렸다. 그는 돌이킬 수 없는 대답을 내뱉었던 입술을 거칠게 쓸어내렸다.

"젠장."

하지만 부끄럽냐니. 데리고 다닐 가치가 없냐니?

그녀의 터무니없는 대답을 듣는 순간 걷잡을 수 없이 화가 치솟았다. 제가 그동안 어떤 마음으로 백화점을 돌아다녔는데. 생전 해 본 적도 없는 짓을 그녀 때문에…….

"빌어먹을."

성준은 의자에 힘없이 몸을 기대었다. 안 그래도 밀린 서류 때문에 스트레스받았던 이마가 지끈거렸다.

그 와중에도 여성 브랜드 매장을 휩쓸고 다녔던 지난날이 떠올라서 웃음이 다 나올 지경이었다. 그래, 윤지은이라는 여자 하나 때문에.

그토록 퍼부어 댔던 결과가 바로 이거다. 연애를 시작하고서 가까워지긴커녕, 오히려 늘어난 것만 같은 거리감에 성준은 눈두덩을 문질렀다. 그녀를 만날 때는 깨닫지 못했던 피로감이 확 밀려들었다.

"대표님, 강 비서입니다."

"……들어와."

가라앉은 목소리로 강 비서를 불러들인 성준은, 그러나 시선 하나 주지 않은 채로 눈을 감고 있었다.

강 비서의 볼일이라면 홍보팀에서 올려 보내는 기획안 결재 정도겠지. 성준은 가까워지는 발소리를 들으면서 나직하게 중얼거렸다.

"기획안이라면 거기 놓고 가지."

"차 대표님."

"강 비서는 먼저 식사하러 가도록 해."

"그게 아니라 드릴 말씀이 있습니다."

성준은 감았던 눈을 뜨고 책상 앞에 올곧은 자세로 서 있는 강 비서를 지친 시선으로 바라보았다. 어디에도 결재 서류는 없었다.

그렇다면 해야 할 말이라는 건 뭐지? 웬만하면 다음에 듣고 싶었지만, 강 비서의 표정이 워낙 무거웠던 탓에 그러라고 눈짓했다.

"방금 전 윤지은 씨를 모시기 위해서 내려갔을 때 말입니다."

"그래."

"그때 사실……."

강 비서가 하는 말은 그의 표정만큼이나 무거운 이야기가 맞았다. 아니, 한껏 달아오른 감정에 기름까지 부어 댈 정도로 화가 나는 이야기였다.

대표실에 올라오기 전에 그녀가 안내 데스크에 있는 직원에게 무시를 당했단다. 그것도 겉모습 때문에.

제 회사에서 이런 일이 일어났다는 게 성준으로서는 어이가 없었다. 게다가 그 일을 겪었을 지은은 얼마나 황당했을까.

그러나 자신을 만날 때까지도 불편한 기색 한번 내비치지 않았던 그녀였다. 전혀 눈치챌 수가 없었다.

"그 직원 당장 해고시켜."

"알겠습니다."

"전 부서에 오늘 같은 일이 벌어지지 않도록 각별히 통보 내리고."

"빠르게 진행하겠습니다."

기업 이미지 먹칠하는 것도 유분수지. 고객 접근성 높이겠다고 혈안이 되어 있는 상황에 고작 정장 하나 갖추어 입지 않았다고 그딴 취급을 해?

더군다나 피해자가 그녀라고 생각하니 해고만으로도 성에 차지 않을 지경이었다.

'예상 못 한 일은 아니지만……'

얼마 전에 있었던 사교 모임 이후, 그녀를 둘러싼 지라시 따위가 돌기 시작했다. 말이란 전달될수록 크기를 부풀리는 법이라 관심을 쏟을 필요가 없다는 것을 성준도 알고 있었다.

그러나 눈을 감고 귀를 막는다고 해서 남을 헐뜯는 게 취미인 사람들의 행동이 멈추는 건 아니었다.

돈은 차고 넘칠 정도로 많고, 할 짓은 더럽게도 없는 작자들이 지라시 하나에 득달같이 달려드는 꼴을 매번 목격해 왔다. 그로 인해 당사자의 몸과 마음이 얼마나 너덜너덜해졌는지도.

'이런 일 따위 겪게 하고 싶지 않았는데.'

그래서 악착같이 그녀를 높은 곳으로 데려가고 싶었다. 하이에나처럼 주위를 맴돌고 있는 작자들에게 똑똑히 인식시켜 주고 싶었다.

윤지은은 함부로 건드릴 수 있는 여자가 아니라고. 그녀는 당신들이 기대하는 것처럼 하룻밤 사이라든가 몸만을 취하다 버려질 여자가 아니라, 차성준이 아끼고 애정하고 있는 여자라고.

헛소리나 지껄이는 머저리들에겐 일차원적인 방식이 잘 통하니까. 그중에서도 명품이라는 수단이 가장.

'그런데 돈에 눈이 멀어 접근한 여자 취급이라니……'

지라시 내용 중에서 한 문장을 떠올리던 그는 아직도 어이가 없다는 듯 픽 웃었다.

차라리 그랬으면 좋겠다. 윤지은이 참 욕심이 많은 여자라서, 제가 가진 걸 받고서 당당하게 자랑하고 다니는 평범한 여자였으면 소원이 없겠다. 그렇지가 않아서 지금 이 순간도 마음고생하고 있는 거지만.

"일단 저녁 식사 예약해 둬."

"W호텔 레스토랑으로 예약해 두겠습니다."

"7시까지 강 비서가 윤지은 씨 데려오고."

"왜 내표님께서 가지 않으시고……."

"오늘은……."

성준은 쓰게 웃었다.

"그 여자에겐, 내가 미워 보일 것 같아서."

그래서 마음을 풀 수 있다면 오늘이 지나가기 전에 풀어 주고 싶었다.

눈시울을 붉히던 그녀의 모습이 성준의 심장을 움켜쥐고서 도무지 놓아주질 않았다. 아마 그녀가 웃어 주는 순간까지 사그라지지 않을 통증이겠지.

성준은 착잡한 심정으로 얼굴을 쓸어내렸다. 상처 주고 싶지 않았는데. 무엇보다 제 곁이라면 아픈 일 따위 없을 거라고 확신하고 있었는데…….

깊은 한숨이 새어 나왔다. 밑도 끝도 없이 가라앉은 기분과 달리 환한 햇살이 그를 내리쬐고 있었다. 빌어먹을 정오였다.

9. 당신을 사랑하지 않았더라면

그녀가 약속 장소에 나올지는 미지수였다.

처음 다툰 것치고는 선을 너무 지키지 못한 데다, 기분이 상해서 약속을 거절한다고 해도 성준으로서는 할 말이 없었다. 어떤 의도였든 그가 그녀를 아프게 한 건 사실이었으니까.

'그러고 보니 여기였던가.'

레스토랑에 먼저 도착해서 테이블에 자리 잡은 그는 추억을 곱씹으며 레스토랑 내부를 둘러보았다.

그녀와 처음 만났던 장소였다. 지루하기 짝이 없던 선 자리가 '다음'에 대한 기대로 가득 찼던 순간이 있었지.

'맛있게 해 주세요. 스테이크, 아주 맛있게요.'

생각해 보니 그녀의 식사 습관이 어색했던 것도 이제야 이해할
수 있었다.

서로가 살아온 환경이 달랐으니까. 아무리 스물다섯이라고 해도
레스토랑 같은 데에 얼씬도 못 하는 환경이었다면 납득이 가는 행동
이었다.

'여긴 꼭 다시 와야겠어요. 돈을 많이 벌면……이 아니라, 시간
날 때마다 자주요. 하하.'

무방비하게 흘리던 대답이나, 내비게이션 목적지를 누를 때마다
멈칫하던 손가락도.

하지만 첫 단추가 잘못 끼워진 만남이라 할지라도 성준은 그녀와
함께하는 순간이 좋았다. 웃어 본 지가 언제였는지 까마득했던 제
일상에 가랑비처럼 스며든 여자가.

'좋은 음식을 함께 나누는 것만큼 기분 좋은 일이 또 없거든
요.'

윤지은이라는 여자를 만나는 내내 웃음을 잃지 않은 적이 없었고,
또 그 순간이 이어지기를 바라는 자신이 있었다. 생각해 보면 이유
는 단 하나였다. 그는…….

"저, 왔어요."

생각에 푹 빠져 있던 성준은 익숙하게 들려오는 목소리에 시선을

들었다. 지은이었다. 그녀가 제 약속을 거절하지 않고 나와 준 거였다.

"……아름답군요."

단정하게 손질한 머리카락과 평소보다 짙지만 이목구비를 뚜렷하게 드러낸 화장. 청순한 분위기를 자아내는 플레어 원피스와 높은 힐을 신고서.

성준이 그토록 바라 왔던 그녀의 모습이 바로 눈앞에 있었다. 머리부터 발끝까지 시선을 떼어 낼 수가 없을 정도로 아름다운 자태에 숨이 멎을 것만 같았다.

"스테이크는 어떻게 해 드릴까요?"

"미디엄으로 부탁드려요."

"손님께서는?"

"같은 걸로 하죠."

하지만 분위기가 달라진 것 같은데, 착각일까.

이제는 스테이크를 맛있게 해 달라는 말 대신 굽기 정도를 정확하게 주문하는 그녀였다. 차례대로 나오는 음식에 제대로 식기를 쓸 줄도 알았고, 식사를 하면서 더 이상 병아리처럼 삐약거리지도 않았다. 한마디로 교양 있는 사람처럼 보였다.

'그런데 왜……'

달라진 그녀의 모습을 보며 뿌듯해야 하는데, 왜 이리도 허전한 기분이 드는 건지.

애피타이저에서부터 디저트까지 먹는 내내 아무 말도 없이, 그저 고요하게 식사만 이어 가는 그녀를 보면서 성준의 속은 바짝 타들어

가고 있었다. 식사 예절에 알맞은 태도였지만 어쩐지 낯설게도 느껴졌다.

도대체 자신은 그녀에게 무엇을 바라고 있는 걸까. 하지만 그가 선물한 것들을 입고 온 그녀의 모습이 훨씬 보기 좋은 건 사실이었다. 성준은 차분하게 말을 꺼냈다.

"오늘, 심한 말을 해서 미안합니다."

"⋯⋯."

"하지만 그 모습이 당신에게 아주 잘 어울린다고 생각합니다. 앞으로도 오늘처럼 하고 다닌다면 더 바랄 게 없겠군요."

그러자 그녀는 왠지 상처받은 듯한 표정으로 그를 바라보았다.

어째서일까. 최대한 조심스럽게 말을 꺼낸 건데 당신은 왜 상처받은 걸까. 조금 더 솔직하게 고백한다면 당신도 내 마음을 이해할까.

"아니면 내가 서운할 것 같거든."

"서운하다니⋯⋯."

"윤지은 씨도 알겠지만, 나는 가진 게 돈밖에 없는 사람입니다."

그녀를 만나기 전까지 성준은 아무런 욕구도 느끼지 못하고 살았다. 어머니가 돌아가신 이후로 텅 비어 버린 마음을 채워 주는 사람도 없었다.

"그런데 이제는 그것조차 받지 않겠다고 하니까⋯⋯."

"⋯⋯."

"나로선 서운할 수밖에."

유일하게 제 마음을 채워 주었던 여자였다. 욕망이 어떤 건지, 사랑이라는 감정이 무엇인지 알려 주었던 여자. 그런 여자에게 제가 가진 걸 퍼붓는 행동이 잘못되었다고 생각하지 않았다.

하지만 그녀의 어머니와 관련된 일을 제외하고는, 제가 주는 걸 단 한 번도 기쁘게 받아 주지 않았던 지은에게 서운함을 느낄 수밖에 없었다.

"나는 여전히 당신의 가난을 이해할 수 없습니다."

"……."

"오히려 그런 건 빠르게 떨쳐 내는 게 지은 씨에게도 나을 거라고 생각합니다."

평생을 돈 걱정 없이 살아왔던 그가 어떻게 윤지은의 일생을 이해할 수 있을까. 이해한다고 말하는 건 위선이나 다름없었다.

하지만 확실한 건 있었다. 그녀가 겪었던 가난은 결코 아름답지 않다는 것. 발목이 붙잡히기 전에 얼른 떨쳐 내는 게 도움이 된다는 것을.

"성준 씨 말이 맞아요."

"지은 씨."

"저도 그렇게 생각해요. 가난은 결코 좋은 게 아니죠. 성준 씨가 이해할 수 있는 것도 아니고요."

그녀는 고개를 주억거렸다. 마침내 제 마음이 그녀에게 닿은 것일까.

그러나 지은의 단호한 눈동자를 마주하는 순간, 성준은 제 생각이 틀렸다는 것을 깨달았다.

"하지만 성준 씨가 준 것 중에서 내가 원한다고 한 게 있었나요?"

"윤지은 씨."

"카메라도, 옷도, 그 외의 많은 것을 제가 정말 바랐던가요?"

성준은 차마 대답할 수가 없었다. 대답은 아니, 였으니까.

카메라도, 옷도, 그 외의 많은 것도 그녀가 바라서 주었다기보단 성준이 제 욕심에 안겨 준 거였다. 싫다고 했는데도. 그만하라는 말도 들었지만 통째로 무시하고서.

"성준 씨가 나를 생각하는 마음 이해하고 있어요. 하지만 나는 인형이 아니에요. 갤러리에 전시되는 트로피도 아니고요."

"지은 씨."

"누군가에게 잘 보이기 위해서 애쓰고 싶지도 않아요. 당신에게만 예뻐 보이면 충분하거든요."

그렇지만 모두 그녀를 위해서 한 일이었는데.

그녀가 다른 사람 때문에 상처받지 않기를 바라서. 적어도 자신을 만날 때만큼은 돈 때문에 주눅 들지 않았으면 해서.

"하지만 당신은 아닌 것 같아요."

"아닌 것 같다니……."

"나에게 더 많은 걸 바라고 있잖아요."

예상치 못한 대답에 성준은 명치라도 두들겨 맞은 것처럼 숨을 크게 들이마셨다.

자신이 그녀에게 더 많은 걸 바라고 있다니. 아니라고 대답하고 싶었지만 이상하게도 입술이 잘 떨어지지가 않았다. 마치 꽁꽁 숨겨 두었던 치부를 들킨 사람처럼.

"처음에는 고집부리지 않으려고 노력했어요. 힘들었지만 성준 씨를 걱정시키고 싶지 않았거든요."

"그런데……."

"그런데 당신은…… 한 번도 내 마음을 들여다봐 주지 않더라구요."

그녀가 제 가슴께를 꾹 눌렀다. 성준은 그 모습을 가만히 지켜볼 뿐이었다. 그녀가 했던 말을 어지러이 곱씹으면서.

"당분간 시간이 필요할 것 같아요."

"윤지은 씨."

"성준 씨도 느꼈을 거예요. 우리, 처음과는 조금 달라졌다는 거."

"……."

"어긋나고 있다는 걸."

각자의 생각으로, 각자의 방식만으로.

몸은 가까운데 마음이 멀어진 것 같은 기분이 드는 것은 착각이 아니었다. 그동안 외면하고 있었던 사실을 정확하게 짚어 주는 그녀로 인해 성준은 왠지 모르게 반발심이 들었다.

"나는 잘못되지 않았습니다."

"……."

"전부 당신을 위해서 그랬던 겁니다. 부와 명예를 싫어하는 사람은 없으니까. 그래서 당신도 익숙해져야만 하고, 그게 차성준의 여자가 된 당신이 지켜야 할 도리이니까."

"성준 씨!"

"그게!"

"……."

"당신이 그 지긋지긋한 가난 속에서 살 때보다, 훨씬 낫다고 생각

281

하니까."

왜 몰라주는 걸까. 어째서 당신은 내가 주는 마음을, 그 속에 담긴 배려를 단 한 번도 진지하게 받아 주지 않는 것일까.

그까짓 가난이 뭐라고. 별 볼 일 없는 것에 발목이 붙잡혀선 도대체.

정오에 했던 대답보다는 순화되었지만 성준의 생각은 하나도 변하지 않았다. 아니, 이로써 더욱 선명해졌다. 그녀가 가지고 있는 가난을 한 끗조차 용납하고 싶지 않다고. 얼른 발을 떼어 내기를 바란다고.

"차성준 씨, 나는."

"⋯⋯."

"나는⋯⋯."

그녀가 화를 억누르는 듯 천천히 숨을 들이마셨다. 여리게 떨리고 있는 눈꺼풀이 금세 촉촉해졌다. 그녀는 소리 없이 울고 있었다.

할 말이 목 끝까지 차오르는데 차마 내뱉을 수 없는 사람처럼. 그래서 마음이 너무나도 답답한 사람처럼 눈물을 흘리고 있었다.

"윤지은 씨."

그러나 성준은 눈물을 닦아 줄 수가 없었다. 머리로는 그녀를 안아 주어야 한다고 외치고 있는데, 손은 얼음장처럼 굳은 듯 움직이질 않았다.

다른 사람도 아닌 제가 그녀를 울렸다는 사실을 믿을 수가 없어서. 힘들게 하지 않을 거라고 다짐까지 했는데⋯⋯.

"문득 그런 생각이 들더라고요."

잠에서 깨어난 사람처럼 희미한 목소리가 성준의 귓가를 휘어 감았다. 작지만 체념의 빛이 다분한 목소리로 인해 그의 심장이 불안하게 뛰고 있었다.

"처음부터 내가 당신을 밀어냈더라면."

"윤지은 씨."

"세 번조차 만나지 않고, 모르는 사이가 되기로 결심했더라면."

"지은아."

"그래서…… 내가 당신을 사랑하지 않았다면 어땠을까."

"윤지은!"

성준의 머릿속이 새하얘졌다.

사랑하지 않았더라면, 이라니. 이별이라도 생각하는 듯한 대답에 성준은 말문이 막혔다. 아무리 마음이 답답해도 당신이란 여자는 어떻게…….

"그랬다면 지금처럼 아프지는 않았겠죠."

그러나 속이 뜨겁게 끓는 그와 달리 지은은 차분하게 대답할 뿐이었다.

마치 준비라도 했던 것처럼 덤덤한 목소리에 성준은 맥이 탁 풀렸다. 그녀가 뱉은 말이 날카로운 칼날이 되어 심장을 베어 내고 있었다.

"먼저 일어날게요."

홀로 씩씩하게 눈물을 닦아 내던 그녀는 외투를 챙겨 입었다. 몸을 일으키는 그녀를 성준은 단호하게 저지했다.

"지금 이렇게 가면 후회할지도 모릅니다."

투정이라고 생각해도 좋았다. 이별이라도 하려는 듯한 그녀의 태도에 화가 난 건 사실이니까.

"뒤늦게 사과하는 건 소용없다고 말하는 겁니다."

"성준 씨."

"당신 연락은 받지도 않을 거라고, 내가."

성준의 절절한 마음이 자존심 하나 때문에 뾰족하게 돋아나고 있었다.

그러나 그가 아무리 으름장을 놓아도 지은은 꿈쩍하지 않았다. 오히려 체념한 것처럼 말없이 등을 돌렸다. 미련조차 보이지 않는 그녀의 태도에 성준의 마음이 욱신거렸다.

"빌어먹을……."

당신이라는 여자는 이별을 말하면서도 어떻게 그리 차분할 수 있을까.

나는 당신의 입에서 나오는 말 한마디에 짓눌려서 죽을 수도 있을 것 같은데. 어째서 당신은 그렇게 태연할 수 있지?

성준은 끓는 듯한 감정을 달래려는 듯 연신 물을 마셨다. 그동안 결혼까지 생각했었던 스스로가 등신처럼 느껴졌다.

예전부터 그녀와 자신 사이에 쉽게 끌어안지 못할 벽이 존재한다는 건 알고 있었다. 평생을 지니고 있던 생활 습관을 바꾼다는 게 얼마나 힘든 건지도 알고 있었고.

하지만 금방 괜찮아질 줄 알았다. 돈이 있으니까. 손을 꼭 붙잡고 있으니까 어떻게든 될 줄 알았다고.

그러나 무언가를 놓치고 있다는 느낌을 성준은 지울 수가 없었다.

아주 중요한 무언가를 뒤에 두고 온 것 같았다.

'대체 뭐였지?'

하지만 그게 무엇인지 알 수 없었다. 아직은.

그저 하염없이 바라볼 뿐이었다. 눈이 부실 정도로 아름다운 그녀의 뒷모습을. 그러나 멀어지는 와중에도 선명하게 보이는 뒤꿈치의 상처, 그리고 익숙하지 않은 듯 비틀거리는 걸음걸이를.

명품 브랜드를 걸치고 교양을 부릴 줄 아는 윤지은은 분명히 그가 바라던 이상적인 모습이었다. 하지만 전혀 기쁘지 않았다. 오히려 금방이라도 깨질 것처럼 위태로운 모습을 보고 있자니, 마음이 쑤시는 듯 불편해졌다.

윤지은. 당신이라는 여자, 참 어렵다.

시간이 어떻게 흐른 건지도 모르겠다.

지은은 학원 책상에 앉아 카메라를 닦고 있었다. 브러시로 먼지를 털어 내고, 면봉에 세척액을 발라 닦아 내고……. 그러나 기계적인 손짓과는 달리 머릿속은 여전히 엉망이었다.

성준과 헤어진 이후 눈물로 밤을 지새운 적이 많았다. 아무리 대화를 나누어도 좁혀지지 않는 거리감이 답답했고, 자신은 잘못되지 않았다며 완고하게 구는 성준도 미웠다.

그러나 그를, 그의 눈빛과 목소리 그리고 따뜻한 손길을 떠올릴 때마다 여전히 쿵쿵 뛰어 대는 제 심장이 더욱 원망스러웠다.

'이 와중에도 보고 싶은 거냐구⋯⋯.'

지은은 깨끗하게 정리한 카메라를 가방 안에 넣고서 책상 위에 엎드렸다. 며칠 동안 잠을 제대로 자지 못해서 몸이고 마음이고 몹시 피곤한 상태였다.

고단한 하루 끝에 그를 만나는 일이 그녀에게는 달콤한 휴식이나 다름없었는데. 이제는 기대할 수도 없는 상황에 한숨이 절로 새어 나왔다. 그러나 그날 성준에게 했던 말을 후회하지는 않았다.

'전부 당신을 위해서 그랬던 겁니다. 부와 명예를 싫어하는 사람은 없으니까. 그래서 당신도 익숙해져야만 하고, 그게 차성준의 여자가 된 당신이 지켜야 할 도리이니까.'

그녀는 차성준의 여자이기 전에 윤지은이었으니까.

아무리 사랑하는 사람이라 할지라도 인형처럼 휘둘리거나 스스로를 과시하고 싶지 않았다. 그런 건 지은을 위한 일이 아니었다. 오로지 성준의 욕망일 뿐이었다.

어떤 이유가 있었던 간에 그녀가 원하지 않는다고 말한다면 그는 존중해 주어야 했다. 적어도 이유는 들어 주어야만 했다. 그녀가 자신을 외면하던 성준의 마음마저 이해하려고 노력했듯이, 그렇게.

'⋯⋯연인이니까.'

그러나 이제 와서 연인이라는 말이 무슨 소용인가 싶었다. 그녀도 순간 홧김에 이별하자고 하는 것과 다름없는 말을 내뱉었고, 그로 인해 상처받은 성준을 마주해야 했으니까.

이제는 어떻게 해야 할지 감을 잡을 수가 없었다.

절대로 마음을 굽히지 않는 그가 미우면서도, 그녀의 손은 휴대폰을 만지작거리고 있었다. 그러다 이 남자는 어째 연락 한 번이 없는 건지 미워지다가도…….

"지은 씨!"

"시영 선생님?"

"수업도 끝났는데 여기서 뭐 해요?"

감정이 꼬리에 꼬리를 물고 이어질 무렵, 그녀의 담당 선생이 의문을 가지며 다가왔다. 지은은 아무 일도 없는 것처럼 미소 지었다.

"그냥요. 다음 과제는 어떤 걸 제출할까 고민하고 있었어요."

"아무튼 모범생 아니랄까 봐. 저번 과제 칭찬받은 걸로는 부족한가 봐요? 지은 씨, 알고 보니 욕심쟁이구나?"

"선생니임."

"농담이에요, 농담. 실은 지은 씨에게 제안하고 싶은 게 있거든요."

담당 선생 시영은 손에 쥐고 있던 팸플릿을 지은에게 내밀었다.

'휴식'을 주제로 한 사진 공모전이었다. 내용을 확인해 보던 그녀는 일순간 시상식 장소에 적힌 회사를 중얼거렸다.

"……H그룹 로비?"

"맞아요. H그룹에서 열리는 공모전이거든요. 이번에 회사 로비를 갤러리화시킬 예정이던데, 당선작은 로비 중앙에 전시될 거래요."

상금도 충분하고 괜찮지 않느냐는 시영의 물음에 지은은 고개를 주억거렸다.

확실히 좋은 공모전이었다. 대기업이다 보니 상금도 크고, 전시회도 열리니 이보다 더 좋은 기회는 없었다. 그러나 H그룹은 그가 운영하는 회사였다. 얼마 전까지 다투어서인지 선뜻 마음이 가지 않았다.

"지은 씨, 요즘 열심히 하고 있으니까 한번 도전해 보는 것도 좋을 것 같아서 추천했어요."

"고마워요, 선생님. 하지만 일정이 바쁠 것 같아서요."

"그래도 마감까지 시간 있으니까 고민은 해 봐요."

"생각해 줘서 고마워요. 그럼 먼저 일어날게요."

상황이 상황인지라 공모전에 신경을 쏟을 겨를이 없었다. 무엇보다 그의 회사였기에 망설여지기도 했고.

그녀는 팸플릿을 시영에게 돌려주고 학원에서 빠져나왔다. 겨울바람이 옷 속으로 파고드는 바람에 그녀는 코트를 단단히 여미었다. 땅거미가 내려앉은 오후였다.

"윤지은 씨."

그때, 학원 계단을 막 내려온 그녀의 앞에 커다란 인영이 드리웠다.

누구인가 싶어서 고개를 드니 정장을 빼입은 남자가 서 있었다. 처음 보는 사람인데 제 이름을 어떻게 아는 걸까. 그녀는 경계하듯 뒷걸음질을 쳤다.

"윤지은 씨, 맞습니까?"

"……누구시죠?"

"회장님의 지시입니다. 같이 가 주셨으면 합니다."

"회장님이요?"

지은은 제게 내밀어진 명함 한 장을 받아 들었다.

H그룹 회장 차승택. 한 번도 만나 본 적 없으며, 그녀에게는 TV에서나 가끔 보았을 정도로 낯선 이름이었다.

"회장님께서 저를 왜……."

"윤지은 씨가 가장 잘 알 거라고 생각합니다."

"무슨……."

"타시죠."

남자는 제 할 말만 간결하게 끝내고서 도로에 주차된 리무진의 문을 열어 주었다.

H그룹의 차승택 회장이 그녀를 부르고 있었다. 그렇다면 이유는 단 한 가지일 터였다. 차승택 회장은 H그룹의 회장이기 이전에 성준의 아버지였으니까.

'내가, 그 남자를 만나고 있기 때문일 거야.'

심장이 무겁게 내려앉았다. 예상하지 못한 일은 아니었지만 막상 겪어 보니 당황스러웠다.

지은은 빠져나올 수 없는 블랙홀처럼 어두운 리무진을 바라보았다. 좋은 일로 부르는 건 결코 아니라는 걸 눈치챌 수 있었다. 마음을 보다 단단히 먹어야 할 것 같았다.

차승택 회장은 석고로 빚어낸 사람처럼 아무런 표정이 없었다.

이런 일은 발밑으로 걸어 다니는 개미만도 못하다는 듯 무미건조했다. 무거운 침묵을 깨고서 내뱉은 첫마디도 마찬가지였다.

"대리 맞선을 나온 것도 모자라 S그룹의 연회를 완전히 망쳐 버렸다지."

"……죄송합니다."

"죄송한 사람치고는 제법 오랫동안 성준이 녀석을 만나고 있더구나."

"……."

"그래, 적당히 놀다 버려질 계집이라고 생각했던 내가 안일했던 게지."

차 회장은 그동안 있었던 일들을 전부 알고 있는 것 같았다.

찻잔을 기울이는 손가락은 무심하기 짝이 없었지만, 그녀를 바라보는 눈동자는 서릿발처럼 매서웠다. 어깨를 짓누르는 중압감에 지은은 숨이 턱 하고 막히는 듯했다.

"송 사장의 저택에서 식모살이하던 딸년에, 졸업장만 따낸 수준인 학력. 가진 거라곤 겨우 몸뚱어리 하나뿐인 계집 주제에 후환이 두렵지도 않더냐?"

"……."

"하긴, 지금 같은 외모와 나이가 시들기 전에 성준이 녀석을 악착같이 붙잡고 싶었겠지. 노력만큼은 가상하다고 칭찬해 주마."

노골적인 비웃음에 목덜미가 홧홧하게 달아올랐다. 대놓고 말하지 않아도 차승택 회장이 자신을 창녀나 다름없는 취급을 하고 있다는 걸 온몸으로 느낄 수 있었다.

피어오르는 모멸감에 지은은 주먹을 꽉 쥐었다.

"가질 수 없는 세상이 궁금했겠지. 그나마 가지고 있는 것들로 녀석을 꿰어 내려는 생각, 나로서도 이해 못 하는 건 아니다."

"……."

"하지만 욕심이 과하면 화를 부르는 법이지. 명품, 아파트, 취업……. 제 주제에 당치도 않을 것들을 받아 낸 것도 모자라서 거머리처럼 들러붙어 있는 꼴이라니."

"……."

"형편없는 계집이구나."

숨이 턱 막혀 왔다. 온몸을 감싸는 위압감에 지은은 목소리조차 함부로 내뱉을 수 없었다.

머릿속으로는 말도 안 되는 이야기인 걸 알면서도, 막상 입술은 꿀이라도 먹은 것처럼 움직이지 않았다. 그래도 대답을 이어 가기 위해 간신히 말문을 열었다.

"말씀 다 하셨나요? 그럼……."

"내가."

"……."

"너 따위 계집이 하는 얘기를 들으려고 온 것 같아?"

차승택 회장은 그녀의 말을 날카롭게 잘라 냈다. 맹금류의 그것처럼 서늘한 눈동자가 지은을 향하고 있었다. 괜스레 등골이 오싹해졌다.

"없는 것들의 문제는 언제나 똑같지. 물러서야 할 때를 모르고 스스로를 과신하다가 결국 고꾸라지는 것이다. 주변 사람들은 다 아는 걸 본인만 모르고 있었던 게지."

"회장님."

"그 과정을 단축시키려면 방법은 하나뿐이더군."

차승택 회장은 그녀의 대답을 일절 들으려고도 하지 않았다. 그는 제 할 말을 마치더니 정장 재킷 안에서 흰 봉투를 꺼내었다.

"부족하면 얼마든지 불러도 좋다. 그러니 값잖은 내숭 같은 건 떨지 않는 게 좋아. 너 같은 계집이 원하는 게 무엇인지 가장 잘 알고 있으니까."

"……."

"더는 성준이 녀석 앞길만 막지 않겠다고 약속한다면, 무엇인들."

지은은 테이블 위에 놓인 두툼한 봉투를 가만히 지켜보았다. 살다 살다 이런 일도 다 겪는구나. 차승택 회장은 이 정도면 제가 충분히 떨어져 나가리라 확신하는 것 같았다.

지은은 돈에 환장해서 성준을 유혹한 여자가 된 듯한 기분을 떨쳐 낼 수가 없었다. 아니, 차승택 회장이 그리도 확신하고 있으니 차라리 그런 척이라도 해야 하나 싶은 심정까지 들었다.

"필요 없습니다."

그녀가 돈 봉투를 보란 듯이 밀어 내자 차승택 회장은 눈에 띄게 미간을 구겼다. 불쾌한 기색이 역력한 표정이었다.

"이런 식으로 찾아오셔도 소용없습니다. 그건 성준 씨가 결정해야 할 일……."

"애비가 건설 현장에서 추락사하고 어미와 단둘이 살고 있다지."

차분하게 반박하려던 지은을, 이번에도 차승택 회장이 단호하게 가로막았다.

철저하게 이루어진 뒷조사에 소름이 돋았다. 자신에 대해서 조사
했을 거라는 예상은 했지만, 아버지 이야기까지 알고 있을 줄은 몰
랐다.

"어미는 파출부를 그만두고서 이제는 사내 어린이집에서 근무하
고 있고."

"……."

"그것도 내가 세운 회사에서."

긴말을 덧붙이지 않아도 차승택 회장이 하는 말의 의미는 분명했
다.

제 권위가 최상으로 위치하고 있는 회사이니 한두 사람 자르는
것 정도는 일도 아니라는 뜻이었다. 자르는 것뿐일까. 마음만 먹으
면 더한 짓까지 할 수 있다는 경고였다.

"아직도 내가 부탁 따위를 하는 것 같나."

그제야 지은은 이번 만남의 의도를 완벽하게 깨달을 수 있었다.

차승택 회장은 단순히 그녀에게 돈과 사랑을 바꾸자는 말을 하는
게 아니었다. 그만큼 했으면 된 거 아니냐며 노잣돈 같은 걸 쥐여
주는 것뿐이었다. 부탁이 아닌 명백한 명령이었다.

"성준이 녀석에게는 네 천박한 행동이 통했을진 몰라도, 내게도
그럴 거라고 생각했다면 오산이지."

"……."

"태생부터 밑바닥인 계집이 뭐라도 된 것처럼 기어오르는 꼴이
란."

노골적인 멸시에 그녀의 몸에 힘이 쭉 빠져나갔다.

차승택 회장은 잘 생각해 보라는 말과 함께 혀를 차며 자리에서 일어났다. 그가 카페를 완전히 벗어날 때까지 지은은 결국 말 한마디도 제대로 내뱉지 못했다. 허벅지에 놓아둔 두 손이 정전기라도 일어난 것처럼 덜덜덜 떨리고 있었다.

그동안 송주연이 괴롭혔던 것과는 무게조차 다른 협박이었다.

오히려 주연의 행동은 진실을 말하자마자 모든 걸 바로잡을 수 있었지만, 차승택 회장의 경우는 달랐다. 진실을 말한다고 해서 바로잡을 수 있는 규모가 아니었다.

'만약 헤어지지 않는다면⋯⋯.'

차승택 회장에게는 진실마저 거짓으로 덮을 수 있을 정도의 부와 권력이 있었다.

그러니 성준과 헤어지지 않는다면 단순히 직장을 잃는 것 이상의 위험이 기다리고 있을 게 분명했다. 자신뿐만 아니라 소중한 어머니에게도.

"하아."

지은은 두 손으로 얼굴을 쓸어내렸다. 불안감이 발밑에서부터 기어오르고 있었다.

말라 버린 싹이 생기를 되찾기도 전에 무자비하게 짓밟힌 것처럼. 그렇게 다시는 일어서지 못할 정도로 망가진 것처럼, 그녀도 확인 사살을 받은 것 같은 기분에 휩싸였다.

네 주제에 왜 그런 남자를 만날 생각을 했느냐고. 이곳은 네가 있을 자리가 아니라고. 그러니 기회를 줄 때 얼른 나오라며 손가락질이라도 당하고 있는 것 같았다.

간신히 억누르고 있던 설움이 그제야 파도처럼 밀려 들어왔다. 눈물이 소리 없이 흘러내렸다.

"으흑……."

어디서부터 잘못된 걸까. 어쩌면 처음부터였을지도 모른다.

주제도 모르고 그를 마음에 담았을 때부터. 거짓말까지 하면서 그를 욕심낸 벌을 받고 있는 것 같았다. 결코 좁힐 수 없는 거리가 있다는 걸 알면서도, 그걸 외면했던 대가를 이제야 치르고 있는 거였다.

끅끅 울어 대던 그녀의 머릿속에 성준의 절절한 목소리가 스쳐 지나갔다.

'이제는 내가 없는 곳에서 울지도 말고. 심장이 무너진다는 게 어떤 건지 두 번 다시 확인하고 싶지는 않으니까.'

제가 없는 곳에서 울지 말라던 남자의 고백이, 지금은 그녀를 더욱 서럽게 울리고 있었다. 지은은 욱신거리는 가슴을 움켜쥐었다.

그러나 이토록 형편없이 우는 모습을 보여 줄 수 있을 리가 없다. 차 회장의 말대로였다. 그녀는 성준을 속이고 맞선을 보았던 사기꾼인 데다 가진 거라곤 아무것도 없는 사람이었다.

그래서 그가 주는 선물 하나조차 기쁜 마음으로 받지 못했고, 아무리 애를 써도 몸이 따라 주질 않아서 그 남자를 부끄럽게 만들었고.

'지금 이렇게 가면 후회할지도 모릅니다.'

'성준 씨.'

'당신 연락은 받지도 않을 거라고, 내가.'

결국은 그 남자를 지치게 하고 말았다.

지은은 미동조차 없는 휴대폰을 물끄러미 내려다보았다. 혹여나 그에게 연락이 오지 않을까 기대했던 날들이 바보처럼 느껴졌다.

무슨 자신감이었을까. 그녀였어도 연락하지 않을 터였다. 고집스럽고 과거조차 구질구질한 여자에겐 다시는.

그래, 성준 같은 남자가 뭐가 아쉬워서…….

"……쉬고 싶어."

버거운 일들이 연달아 터지자 그녀도 감당하기 힘들었다.

앞으로도 이런 일이 생기지 않을 거라는 보장은 없었다. 오히려 지금보다 더 심화될 것이다. 이미 서로의 입장 차이로 다툰 상태였고, 아직도 해결하긴커녕 마음의 골만 깊어지고 있었으니까.

정말 여기까지인 거야.

옷소매로 젖은 뺨을 닦아 내던 그녀는 무심코 테이블 위에 놓인 돈 봉투를 바라보았다. 그러다 천천히 손을 뻗어 두툼한 봉투를 움켜쥐었다.

괜한 고집으로 제 어머니까지 다치게 하느니, 여기서 돈을 받고 그만두는 게 나을지도 모른다. 성준에게도 자신보다는 제 수준에 맞는 여자를 만나는 게 훨씬 나을 테고.

실은 지금도 후회하고 있을지도 모른다. 격에 맞지 않는 여자를 만난 탓에 화가 난다고. 이럴 줄 알았더라면 만나지 말 걸 그랬다고.

그래서…… 정이 떨어졌다고.

덩달아 차승택 회장이 쏟아 내던 독설을 곱씹던 그녀는 돈 봉투를 가방 안에 밀어 넣었다. 헤어짐에도 때가 있다면 아마 지금이 아닐까. 그녀는 다짐하듯 몸을 일으켰다.

불면이 지속되고 있었다. 아니, 그녀와 다툰 이후로 극심한 불면이 성준을 찾아왔다.

깊은 잠을 자지 못해서인지 그의 눈동자에는 피곤한 기색이 가득했다. 그러나 업무를 멈출 수는 없는 노릇이었다. 성준은 덤덤하게 서류를 훑어보았다.

'……아쉬울 건 없지.'

그러나 머릿속은 여전히 그날에 대한 생각으로 가득 차 있었다.

벌써 이 주일이 넘어가도록 그녀에게선 연락 한 번 오지 않았다. 고집 센 여자라는 건 알고 있었지만 이 정도일 줄은 몰랐다.

하지만 성준도 이번 일은 쉽게 넘어가고 싶지 않았다. 몇 번을 생각해도 제가 한 말은 틀리지 않았으니까.

'나에게 더 많은 걸 바라고 있잖아요.'

눈을 감을 때마다 그녀의 젖은 모습이 떠올라서 괴롭기는 하지만, 그래도.

성준은 한껏 구겨진 미간을 문지르며 한숨을 내쉬었다. 바라는 게 없었다고 하면 거짓말일 것이다.

그는 윤지은을 완벽하게 자신의 여자로 만들고 싶었다. 제가 있는 위치까지 어떻게든 데려오고 싶었고, 다른 사람들이 함부로 건드리지 못하도록 그녀를 공표하고 싶었다.

'그런데 그게 왜 잘못되었다는 건지.'

성준은 신경질적으로 고개를 저었다.

마음 같아선 그녀가 무슨 생각을 하고 있는지 당장이라도 연락해 보고 싶었지만……. 그래, 차성준이 여자에게 아쉬울 게 뭐가 있다고.

그는 사인을 마친 결재 서류를 강 비서에게 내밀었다. 그다음으로 들어온 프로젝트 계획서도 마찬가지였다. 그러자 강 비서는 여느 때와 다르게 노골적으로 인상을 구겼다.

"이대로 진행하라는 말씀이십니까?"

"뭐?"

"서류를 다시 한번 확인해 보시죠."

성준은 지친 시선으로 강 비서가 짚고 있는 문장을 확인했다.

아니나 다를까. 미처 확인하지 못한 오타가 보란 듯이 적혀 있었다. 평소의 몸 상태였다면 이미 발견하고도 남았을 텐데.

"수정된 계획서도 재검토해 보시고요."

수정되어서 올라왔다던 계획서도 마찬가지였다. 아까는 희뿌연 의식으로 검토하느라 지나쳤는데, 아이디어는 좋지만 그걸 뒷받침할 주장과 여건이 여전히 부족한 상태였다. 이런 계획서를 진행하라며 사인했다니.

"……미안하군, 강 비서."

성준은 진심으로 사과했다. 그리고 스스로에게 화도 났다.

한 번도 이런 적이 없었다. 오히려 안 좋은 일이 닥칠 때마다 오기로 꿋꿋하게 버텨 왔는데. 윤지은, 그 여자와 다투었다는 이유 하나만으로 내면이 뿌리 깊은 곳에서부터 흔들리고 있었다.

성준은 한숨을 깊게 내쉬며 지끈거리는 이마를 짚었다. 그러자 강비서는 단호하게 대답했다.

"아닙니다. 사실 제 선에서 해결할 수 있는 일이었습니다."

"그런데─"

"대표님께서 조금이라도 휴식을 취하시라는 의미로 충격 요법을 시도한 겁니다."

"허."

"그런데 제법 효과가 있는 것 같습니다."

하긴. 강 비서가 제 밑에서 일한 게 몇 년인데, 정돈되지 않은 서류를 보란 듯이 올렸을 리가 없었다. 의도적인 거였다. 대표인 자신의 상태가 괜찮은지 확인하기 위한.

성준은 희미하게 웃으며 구겨진 미간을 짓눌렀다.

"강 비서도 많이 컸어."

"과찬이십니다."

"오늘은 이만 들어가서 쉬지. 이틀 밤을 지새우는 건 무리……."

"윤지은 씨 때문에 그러십니까?"

정장 재킷을 입으려던 성준은 예고치 않게 들어온 강 비서의 질문에 우뚝 행동을 멈추었다.

"저번에 윤지은 씨가 회사에 다녀간 이후로 안색이 좋아 보이지 않습니다."

"강 비서."

"혹시 그날 이후 문제라도 생기신 건⋯⋯."

"선 넘는 짓은 하지 말라고 경고했던 것 같은데."

성준이 사나운 눈빛으로 강 비서를 노려보았다. 그러나 강 비서는 동요하는 기색 없이 형식적으로 사과했다. 허리를 숙인 강 비서를 보며 성준은 마른세수를 했다.

정곡을 찔려서 울컥하고 말았다. 괜한 사람에게 화풀이를 할 필요는 없었는데. 그는 손을 내저었다.

"아니, 신경이 예민해졌어. 걱정해서 그런 거 알아. 내가 사과하지."

"차 대표님."

"그래, 강 비서 말이 사실이야. 아직도 풀리지 않았어. 오히려 더 꼬이기만 했지."

"⋯⋯."

"그 여자가 우는 모습이 머릿속에서 떠나가질 않아."

성준은 거칠거칠한 턱을 문질렀다. 그리고 체념한 듯한 심정으로 다시 의자에 기대어 앉았다.

"잘해 주려던 행동마저 밉다고 하니, 이제는 뭘 어떻게 해야 할지 모르겠어."

"⋯⋯."

"마음 같아선 그 여자의 머리를 꺼내 보고 싶을 지경이야. 대체 무엇이 그 여자를 화나게 한 건지 알고 싶다고."

성준은 또다시 깊은 한숨을 내쉬었다.

"생각해 보면 나는 단 한 번도 그 여자를 당해 낸 적이 없는 것 같군."

그 여자는 알까. 어떤 일에도 눈 하나 깜박하지 않는, 천하의 차 성준이 당신이라는 여자 하나 때문에 일상조차도 제대로 견디지 못 하고 있다는 걸.

이제 그만 좀 애태우고 품에 안겨 오길 바라는 게 그리도 큰 욕심 인 걸까.

그가 불안하다는 듯 애꿎은 책상만 툭툭 두드리고 있는데, 그 모 습을 지켜보던 강 비서가 차분하게 입을 열었다.

"대표님, 혹시 2인 3각 경기 해 보신 적 있습니까?"

"2인 3각? 아니, 한 번도."

"그럼 경기를 본 적은 있으십니까."

"사내 체육 대회 때 몇 번……. 그런데 그게 왜?"

성준은 뜬금없이 2인 3각 경기에 대해 질문하는 강 비서를 의아 하게 바라보았다. 강 비서는 아랑곳하지 않고 말을 이어 나갔다.

"보셨다면 아시겠지만, 2인 3각 경기는 두 사람이 함께해 나가는 종목입니다."

"그렇지."

"단순히 손을 잡는 게 전부가 아니라 움직일 때는 발을 맞추어 걷 고, 쉴 때는 같이 쉬어야 하지요."

"당연하겠지."

"그런데 만약 한 사람이 넘어진다면 어떻겠습니까?"

성준은 천천히 숨을 들이마셨다. 자신을 바라보는 강 비서의 눈동자가 여느 때보다도 올곧았다.

"넘어졌는데도 불구하고 계속해서 앞으로만 나아간다면요."

"……크게 다치겠지."

"그렇습니다. 누구보다 먼저 목적지에 도착했다 한들……."

"…….."

"뒤를 돌아보았을 때는 상처투성이가 된 상대를 발견할 뿐이겠죠."

제 욕심에 넘어진 그녀를 일으켜 세우지 않고, 빨리 가야 한다며 질질 끌고 다닌 결과가 바로 지금이었다.

몸도 마음도 피투성이가 된 윤지은과 얽힌 줄이 살갗을 파고들어 생채기가 난 자신. 성준은 언젠가 그녀의 발목을 물들이고 있던 피멍을 떠올렸다.

"제가 한 말이 무슨 의미인지 대표님께서는 충분히 아실 거라고 생각합니다."

생각해 보면 그녀는 성준을 위해서 충분히 노력하고 있었다.

손에 쥐기 버거운 물건들을 불평 없이 받아 주었던 것도, 제가 선물한 것을 한 번에는 아니더라도 조금씩 입어 보려고 했던 모습도.

아니, 다른 건 모르겠지만 적어도 반지만큼은 매일 끼고 있었다. 회사에 찾아온 날도, 심지어 싸우고 나서 저녁 식사를 했던 순간에도.

"……내가 급했던 거군."

병아리처럼 조금씩, 그러나 꾸준히 뒤따라오던 지은을 멋대로 몰아세우고 짓밟아 버린 건 다름 아닌 자신이었다.

그저 남들보다 느리다는 이유로, 답답하다는 이유만으로 자꾸 다그치는 바람에 그토록 여린 여자가 놀라서 떠나간 것이다. 그의 욕망은 그녀를 아프게만 할 뿐이니까.

"조금 더, 기다려야 했는데."

그제야 성준은 제가 무엇을 놓쳤는지 깨달았다.

기다림이었다. 거센 바람이 아니라 따스한 햇빛이 나그네의 옷을 벗기듯이, 성준도 그녀의 걸음걸이에 맞추어 기다려 주어야 했다.

계속 뒤를 돌아보면서 잘 따라오고 있는지 지켜봐야 했다. 제가 가는 길이 마냥 옳다며 재촉하는 게 아니라, 그녀가 멈추어서 바라보는 것들을 저 또한 기다리며 봐 주어야 했다.

그런 게 연애니까. 그녀와 처음으로 연애라는 것을 하고 싶어서 손을 잡고 있는 거니까. 그게 아니라면 도착한 목적지가 아무리 아름답다고 한들 무슨 의미가 있을까.

'절대로 지은이를 가엾게 여기지 말아요. 같은 사람으로 대해 주고, 같은 눈높이로 바라봐 주면 좋겠어요.'

불현듯 스쳐 지나간 어머님의 목소리에 성준은 결국 두 손 두 발을 들고 말았다.

그러고 보면 윤지은이라는 여자를 만나는 내내 웃음을 잃은 적이 없었고, 그 순간이 이어지기를 바라는 자신이 있었다. 생각해 보면 그 이유는 언제나 하나였다.

'보고 싶다, 당신.'

누구의 눈치도 보지 않는 윤지은을, 그토록 해맑은 윤지은을 좋아하니까.

한 치 앞도 예상할 수 없는 엉뚱함이 그를 놀라게 하고, 그 모습을 여지없이 사랑하고 있으니까.

정해진 틀 안에 갇혀서 시키는 대로 움직이는 모습이 아니라 어이없을 정도로 무모한, 그런 주제에 고집은 엄청 세고, 가끔은 생각지도 못한 행동으로 그를 웃게 하는 윤지은을.

"어쩌면 그 여자에겐 평생을 이기지 못할 것 같아."

성준은 픽 웃으며 의자에서 몸을 일으켰다.

언제 올지도 모르는 연락을 하염없이 기다리는 건 이제 그만. 그가 그녀에게 찾아가야 할 순간이었다.

"당연한 겁니다."

대표실을 나서려던 그를 강 비서가 나지막한 목소리로 붙잡았다. 성준은 보다 편안해진 안색으로 고개를 까딱거렸다. 계속 말해 보라는 듯이.

"연애라는 건 이기고 지는 관계가 아니니까요."

"음."

"믿어 주고, 기다리다가…… 끝내 안아 주는 관계이니 말입니다."

그는 강 비서의 조언을 곱씹었다. 저번에도 비슷한 말을 했었지. 연애는 쓸데없이 자존심을 세울 게 아니라 무조건 직진이라고. 성준은 강 비서에게 천천히 다가섰다.

"강 비서, 저번에도 그러더니 연애 참 잘해."

"제가 다른 건 몰라도 연애 경험 하나는 대표님보단……."

"쓰읍."

눈 깜박할 사이에 강 비서가 입을 꾹 다물었다.

그러나 성준은 장난이었다는 듯 씩 웃으며 강 비서의 어깨를 가볍게 두드려 주었다.

"고마워, 강 비서."

마침내 성준이 미소를 보이자 강 비서는 속으로 안도의 한숨을 내쉬었다.

평소에도 딱히 좋지 않았던 업무 분위기가 요즘 들어 얼마나 더 무거웠던지. 업무 환경이 이 정도까지 나빠질 수 있다는 것을 강 비서는 살다 살다 처음 깨달았다.

그러니 부디 윤지은 씨와의 관계가 잘 해결되기를. 강 비서는 대표실을 빠져나가는 성준을 지켜보면서 바라고 또 바랄 뿐이었다.

— 고객이 전화를 받지 않아, 음성 사서함으로 연결됩니다…….

모든 일정을 취소하고 그녀를 만나러 가는 길이었다. 그러나 지은의 휴대폰은 아까부터 꺼져 있었고, 신호음을 들으면 들을수록 성준의 마음은 초조해졌다.

'화가 많이 났겠지.'

그는 불안한 듯 손가락으로 핸들을 두드렸다. 잘못을 깨달은 것까지는 좋았지만, 다신 보지 않겠다며 억지를 부리던 자신을 그녀가 받아 줄지는 알 수 없었다.

급하게 굴었던 제 잘못을 인정하고 다시 손을 잡아 달라며 비는 수밖에.

'살다 보니 별걸 다 해 보는군.'

그녀가 사는 아파트를 찾아간 성준은 동 호수를 곱씹으며 엘리베이터에 올랐다.

예고도 없이 들이닥친다며 화를 내도 좋았다. 윤지은을 만날 수만 있다면. 그동안 보고 싶었지만, 터무니없는 자존심 때문에 외면했었던 그녀를 만나기만 한다면.

— Rrrrrr. Rrrrrr.

그러나 그녀와 어머니가 사는 집 현관문은 열릴 기미가 보이지 않았다.

손에 쥔 휴대폰에서는 여전히 통화가 불가능하다는 안내원의 목소리만 흘러나올 뿐이었다. 얼마나 단단히 화가 난 걸까. 하긴, 이 정도로 싸워 본 적은 없었으니 그럴 만도 한가.

"윤지은 씨."

쿵쿵쿵—

"지은 씨. 지은아."

하지만 이제는 안 된다. 성준은 더 이상 기다릴 수 없었다.

결국 이렇다 할 수확을 거두지 못한 성준은 아파트를 내려와서 다시 차를 몰았다. 이번에는 그녀가 다니고 있는 사진 학원에 방문

할 생각이었다.

'좋아하던 걸 배우던 곳이니 그곳에는 있겠지.'

다른 건 몰라도 사진 하나는 참 좋아하던 여자였다.

그러니 집에 있든 아니면 약속이 생겨서 밖에 있었든 사진 학원
엔 반드시 출석하겠지. 성준은 거의 확신하고 있었다.

"지은 씨요? 학원 그만둔 지 조금 됐는데."

그러나 학원에 도착했을 때, 담당 선생에게 들은 이야기는 성준을
당황스럽게 했다.

예고치 못한 대답에 성준은 어지러운 듯 미간을 확 구겼다. 확신
에 대한 의미가 사라지는 순간이었다. 그는 믿을 수 없다는 듯 물었
다.

"그만둔 지 얼마나 됐습니까."

"글쎄요. 한 일주일 정도 됐나?"

"어딜 간다는 얘긴 없었습니까?"

"모르겠어요. 아, 그러고 보니."

담당 선생이 기억났다는 듯 목소리를 높였다. 성준은 다음에 나올
대답이 갈증을 해결할 물이라도 되는 것처럼 애달프게 선생을 바라
보았다.

"학원 그만두는 날이요. 왜 그러냐고 물었더니, 쉬고 싶다고 대답
했어요."

"쉬고 싶다니……."

"멀리 떠나고 싶다고. 여긴 자기가 있을 곳이 아닌 것 같다는 말
을 하더라고요."

그녀가 했다던 대답이 성준의 마음에 돌덩이처럼 쿵, 쿠웅 내려앉았다.

쉬고 싶다고, 멀리 떠나고 싶다고. 그래서 여긴 자기가 있을 곳이 아닌 것 같다는 대답은 곱씹으면 곱씹을수록 그에게 하는 말처럼 들렸다.

어쩌면 바람처럼 스치듯이 뱉었을지도 모르는 그 말이, 지금 이 순간은 가시가 되어 성준의 가슴을 찌르고 있었다. 숨이 턱 하고 막혀 왔다.

'그렇다면, 당신은 어디에 있지?'

손에 닿을 수 있는 거리에 있을 거라고, 언제나 그럴 거라고 생각했던 당신이 소리 소문도 없이 사라졌다. 우리는 아무 사이도 아니었다는 듯이. 아니, 처음부터 그에게는 어떤 자격도 없었던 것처럼 그렇게.

'당신에게 나는 대체 뭐였어?'

사진 학원을 빠져나온 성준은 시리도록 차가운 겨울바람을 느끼며 잠시 비틀거렸다.

그녀에게 자신은 어떤 존재였을까. 제 뺨을 스치는 바람처럼 가볍게 지나갈 사람? 아니, 어떤 기회도 주지 않고 떠난 걸 보면 그보다 못한 사람이었을지도 모른다.

자조 섞인 웃음소리가 허공을 희뿌옇게 가로질렀다.

"도망이라……."

성준은 서늘하게 굳은 얼굴로 강 비서에게 전화를 걸었다. 강 비서가 응답을 하기도 전에 성준은 낮은 목소리로 으르렁거렸다.

"윤지은 어디 있는지 찾아내."

— 대표님.

"지금 당장."

신경질적으로 휴대폰을 끊은 성준은 다시 운전석에 올라탔다.

도망칠 수 있을 거라고 생각했던 걸까. 다른 사람도 아니고 자신의 품에서? 어림도 없는 소리였다. 송주연 행세를 했을 때도 그녀를 손쉽게 알아냈는데, 사람 찾는 것 정도는 일도 아니지.

핸들을 쥐고 있는 성준의 눈동자가 날카로운 빛을 내고 있었다. 한번 잡은 먹잇감은 절대로 놓치지 않으려는 집요함이 드러나고 있었다. 마치 맹수의 그것과 같이.

10. 사람 속 좀 그만 태웁시다

like
the
last
time

파도를 머금은 바람이 그녀의 머리카락을 시원하게 헤집어 놓았다.

속초에 있는 낙산사였다. 그녀는 고즈넉한 정자 안에서 시야를 가득 채우는 수평선을 바라보고 있었다. 겨울이었지만 몹시 아름다운 풍경이었다.

'오랜만이네.'

도망치듯 여행을 떠났다.

성준과 돌이킬 수 없을 정도로 다투고, 차승택 회장이 협박을 하고……. 도무지 감당할 수 없는 상황이었기에 지은은 잠시나마 쉬고 싶었다.

머리가 맑아질 정도로 시원한 공기, 탁 트인 하늘, 그리고 옛 기억이 고스란히 남아 있는 장소들까지. 불안했던 그녀의 마음을 진정시키기에는 더할 나위 없이 좋은 곳이었다.

찰칵—

눈부신 햇빛 아래에서 찰랑거리는 바다와 푸르게 우거진 소나무, 그리고 세월에 깎여 나간 돌들이 조화를 이루고 있었다.

지은은 언젠가 성준에게 선물받았던 폴라로이드 카메라로 사진을 찍었다. 사진은 금세 인화되어 나왔고, 그녀는 푸른빛으로 물든 풍경을 뿌듯하게 바라보았다.

"예쁘네."

같이 왔더라면 정말 좋았을 텐데.

지은은 쓸쓸하게 미소 지으며 필름 케이스를 찾았다. 가방 안에 손을 넣는 순간, 그녀의 손에 두툼한 봉투가 잡혔다. 차승택 회장이 주었던 돈이었다.

'이걸 어떻게 돌려준담……'

처음에는 충격을 받은 나머지 정말로 떠나야 하는 게 아닐까 싶었다. 욕심을 부린 대가를 치르고 있는 거라며 자책도 했었고. 게다가 성준과 이렇게까지 어긋날 줄도 몰라서 마음이 많이 약해졌었다.

그러나 추억이 담긴 곳에서 좋은 풍경을 보고 나니 머릿속이 시원하게 환기되었다.

성준과 연애를 하겠다고 결심했을 때, 이런 일이 생길 수 있다는 건 충분히 예상했었다. 그런 순간이 오더라도 손을 놓치지 않을 거라며 약속까지 했던 기억이 새록새록 피어나고 있었다.

'돌아가면 꼭 미안하다고 말해야지.'

상처를 주어서 미안하다고. 아무리 화가 나도 당신의 마음에 칼을 꽂을 자격은 없었던 건데.

그녀는 차마 가질 수도, 그렇다고 버릴 수도 없는 봉투를 애물단지라도 되는 것처럼 바라보았다. 도시로 돌아가면 그에게 이 봉투를 쥐여 주며 제게 무슨 일이 있었던 건지 얘기해 주리라.

아무리 겁이 나고 두려워도 당신의 손을 놓치지 않을 거라고 고백할 것이다. 서두르려는 그의 마음을 다시 한번 설득해 볼 거고.

'받아 주지 않으면 어떡하지?'

생각을 조근조근 이어 나가던 지은은 자조적으로 픽 웃었다.

홀로 반성하고 또 다짐하면 뭐 하나. 성준의 마음은 이미 떠났을지도 모르는데. 연락도 없이 도망쳤으니 헤어진 것과 다름없다고 여기고 있을지도 모른다.

'그럼 조금 아프겠지?'

지은은 욱신거리는 가슴을 문질렀다. 그를 떠올리는 것만으로도 힘겨운 자신과 달리, 성준은 이미 태연하게 일상을 지내고 있다면. 오히려 헤어지길 잘했다고 생각하고 있다면⋯⋯. 조금이 아니라 많이 아플 것만 같았다.

"하아⋯⋯."

지은은 고요하게 한숨을 내쉬면서 고개를 저었다. 안 좋은 생각은 하면 할수록 끝도 없었다.

가방을 정리한 그녀는 몸을 번쩍 일으켰다. 일어나지도 않은 상황을 떠올리며 불안해하는 것보다 차라리 산책이라도 하는 편이 나았다. 그렇게 정자 안에서 빠져나오려는데.

"이런 날씨에 산책할 생각이 듭니까?"

바람결에 흘러들어 온 목소리가 그녀의 발목을 휘어 감았다.

바다를 바라보고 있던 지은의 시선이 목소리가 들린 방향으로 천천히 돌아갔다. 이내 그녀의 시야에 훤칠한 남자의 모습이 담겼다.

바람에 흐트러진 머리카락, 피곤한 기색이 역력한 얼굴, 그러나 눈동자만큼은 선명하게 빛나고 있는…… 성준이었다.

차성준, 그 남자가 어떻게 찾아온 건지 그녀의 앞에 서 있었다. 언제부터 지켜보고 있었던 걸까. 지은의 몸이 얼어붙은 것처럼 멈추었다.

"여긴, 어떻게……."

그녀는 성준의 감정을 헤아리기 위해 애를 썼다. 여느 때보다 뚜렷한 눈동자 속에 혹여 분노와 원망이 담겨 있으면 어쩌나, 심장이 무겁게 뛰고 있었다.

그래서 차분하게 다가가려는데, 성준이 성큼성큼 걸어오더니 눈 깜짝할 사이에 그녀를 와락 끌어안았다.

"얼마나 더 해야 합니까."

"성준……."

"당신이라는 여자는."

"그……."

"나를 얼마나 더 미치게 만들어야 직성이 풀리겠냐고."

맞닿은 가슴이 터질 것처럼 뛰어 대고 있었다. 누구의 심장 소리인지 구분할 수 없을 정도로 격렬한 박동에 지은은 그만 울상을 지었다.

제 몸을 끌어안은 남자의 손길에 눈물이 참을 수 없이 흘러나왔다. 따뜻해서. 너무나도 따뜻해서.

"뭘 잘했다고 울어, 윤지은."

"나는, 그게, 난……."

"멋대로 도망치는 바람에 하루하루가 미칠 것 같던 사람은 나인데, 당신이 왜 우는 겁니까."

떨리는 목소리. 터질 것 같은 심장 소리. 그리고…… 그리웠던 그 남자의 향기.

괜한 걱정이었다 싶을 정도로 성준의 품은 여전히 뜨거웠다. 얼마나 뜨겁던지 그동안 서운했던 감정이 파도에 떠밀리듯 사그라질 정도였다.

지은은 그의 가슴팍에 이마를 묻고 끙끙거리며 울었다. 성준이 그녀의 허리를 강하게 끌어당겼다.

"안 놔줄 겁니다. 절대."

"성준 씨……."

"나한테 서운한 거 압니다. 당신 아프게 했고, 그래서 나 같은 놈 싫다고 도망쳤다 해도 할 말 없는 거 잘 안다고."

"흐읔……."

"그래도 나는 당신 못 보냅니다."

그가 품에 안긴 지은을 천천히 떼어 냈다. 오랜만에 마주한 그는 몹시 수척해 보였다. 그러나 다신 놓치지 않을 거라며 고백하는 마음은 여느 때보다도 뚜렷했다.

"미안합니다."

"성준 씨……."

"당신은 열심히 따라오고 있었는데, 기다려 주질 못해서."

"성준, 성준 씨……."

"다시는 안 하겠습니다, 그런 짓."

그의 정직한 고백을 듣는 순간 깨달았다.

이 남자, 나를 많이 좋아하는구나. 헤어지고 싶다며 상처를 줬는데도. 말도 없이 도망쳤는데도. 그래서 그녀만큼이나 아팠을 텐데도, 여전히.

"싫다고 하는 거 억지로 시키지 않겠습니다."

"흐윽……."

"그러니 사람 속 좀 그만 태웁시다, 제발."

아니, 어쩌면 사랑일지도 몰라.

이미 울 만큼 울었다고 생각했는데 또다시 시야가 희뿌옇게 흐려졌다. 보고 싶었다. 눈을 감을 때도, 뜨고 있을 때도 매 순간 당신이 보고 싶었다.

그녀가 눈물을 머금고서 아무 대답도 하지 않자, 성준은 속이 타들어 가는 듯 절절한 시선으로 지은을 바라보았다. 한숨, 또 한숨. 젖은 숨결을 고르던 그녀가 마침내 입을 열었다.

"미안해요, 성준 씨."

"지은 씨."

"헤어지고 싶다는 말, 진심 아니었어요."

"지은아."

"도망쳐서 미안해요. 상처 줘서 정말 미안…… 흐윽."

미안하다는 말이 끝나기도 전에 성준은 그녀를 힘껏 끌어안았다. 마치 소중한 것을 보듬는 사람처럼 다정하게, 그러나 온 힘을 다하여.

안도하는 듯한 한숨 소리가 그녀의 귓가에서 흐르고 있었다.

"당연히 진심이 아니어야지."

"흐으윽."

"내가 당신을 얼마나 사랑하는지 안다면, 도망칠 생각 같은 건 절대로 못 했을 겁니다."

"하지만 내가 고집을 부리는 바람에…… 정이 떨어진 줄 알았어요."

"그럴 리가."

성준은 그런 생각 따위 하지 말라는 듯 인상을 구겼다. 그의 손가락이 지은의 젖은 뺨과 눈두덩을 문질렀다.

"당신이 없는 동안, 내가 얼마나 무능한 사람인지 깨닫게 되더군요."

"성준 씨……."

"사과하고 싶었고…… 보고 싶었습니다."

"저도요. 저도 정말 보고 싶었어요."

"그런데 그사이에 당신이 사라져서 내가 얼마나……."

성준은 더 이상 생각하고 싶지도 않다며 눈썹을 찡그렸다. 그녀의 부재가 그에게는 끔찍한 기억으로 남은 것 같았다.

지은은 무안한 듯 고개를 주억거렸다. 그녀였어도 갑자기 성준이 말도 없이 사라진다면, 놀라다 못해 슬펐을 테니까. 그녀는 다시 한번 사과했다.

"일부러 그러려고 했던 건 아니에요. 생각이 정리되면 돌아가려고 했어요."

"그래도 연락은 남겼어야지."

"으응, 다시는 도망치지 않을게요."

"하아."

"나도 아프게 해서 미안해요, 응?"

시야가 맑아진 그녀가 눈을 동그랗게 뜨고 고개를 갸웃거리자, 성준은 못 당하겠다는 듯 지은을 바라보았다. 그러더니 제 목에 둘러진 목도리를 풀어서 희게 드러난 그녀의 목에 감아 주었다.

성준이 낮게 한숨을 내쉬었다.

"이제 됐습니다."

"성준 씨?"

"당신만 곁에 있으면 충분하니까."

"아……."

"그러니 돌아갑시다. 이곳은 너무 추운 것 같은데."

눈만 빼꼼하니 나올 정도로 그녀에게 목도리를 둘러 준 성준은 손을 내밀었다. 크고 따뜻한 온기가 남아 있는 손을 지은은 물끄러미 바라보았다. 그리고 눈 깜박할 사이에 그의 손을 덥석 붙잡았다.

"다시 서울로……."

"성준 씨, 배고프죠?"

"음?"

"점심시간인데 식사하러 가요, 우리."

"지은 씨?"

"절에서 무료로 국수를 나누어 주거든요. 따라와요."

이제야 지은과 함께 서울로 돌아갈 수 있겠다고 생각했던 성준은,

다짜고짜 점심을 먹으러 가자는 그녀를 얼떨떨하게 바라보았다. 그 것도 절에서 무료로 국수를 나누어 준다니.

성준의 눈동자에서 맛과 위생에 대한 의심이 노골적으로 떠오르고 있었다. 그러나 지은은 아랑곳없이 성준을 식당으로 이끌었다.

이번 여행을 통해서 그녀가 속초로 떠났던 이유를 알려 주고 싶었다. 다른 사람은 모르겠지만 성준에게는 꼭.

'속초에 가 보고 싶어졌습니다. 같이 갈 수 있다면 더 좋겠네요.'

두 번째로 그녀를 만났던 날이었다. 그녀가 표범 무늬 밍크코트를 입는 바람에 재채기는 고사하고 주변 사람의 이목을 한 번에 끌었던 그날.

성준은 그녀가 찍었던 사진을 보면서 기회가 된다면 함께 속초로 여행을 가고 싶다는 생각을 했었다.

최고급 호텔에서 바라보는 바다와 기가 막힌 해산물 요리들. 클래식이 흐르는 레스토랑에서 유명한 셰프가 솜씨를 발휘한 음식을 맛본다면 그것만큼 훌륭한 여행은 없을 거라고 생각했다.

"성준 씨, 왜 안 먹어요?"

"……먹고 있습니다."

"아직도 양이 그대로예요. 팍팍 먹어요."

윤지은이라는 여자가 절에서 국수 같은 걸 먹자고 하지만 않았어도, 분명히.

성준은 제 앞에 놓인 국수 그릇을 멍하니 바라보았다. 멸치 육수에 담긴 국수, 그 위에 다진 김치가 올라간 게 전부였다.

더군다나 북적한 분위기와 식기가 마구 부딪치는 소리는 성준으로선 견디기 힘든 소음 공해였다. 이런 곳에서 식사할 생각을 하다니. 처음 만났을 때나 지금이나 이 여자의 행동은 도저히 종잡을 수가 없었다.

후루루룩. 후루룩.

그러나 평범한 국수를 산해진미라도 되는 것처럼 맛깔나게 먹고 있는 그녀를 보고 있노라니, 입맛이 도는 건 어쩔 수 없었다.

성준은 볼이 부풀어 오른 지은을 바라보다가 픽 웃으며 국수를 한 젓가락 입안에 밀어 넣었다. 투박했지만 그런대로 맛은 있었다.

"국수 공양이에요. 해 본 적 있어요?"

"아뇨, 처음입니다."

"그렇구나. 저는 어렸을 때 자주 왔었거든요."

"자주?"

"성준 씨는 상상조차 못 하겠지만……. 네, 자주요."

지은은 다 먹은 국수 그릇을 내려놓고 여전히 시끌벅적한 내부를 둘러보았다. 먼지가 쌓인 보물 상자를 다시 꺼내어 확인하는 사람처럼 찬찬히. 그러나 애정스럽게.

"제가 아주 어렸을 때 아버지가 속초에서 일을 하셨어요. 그래서 엄마는 주말마다 저를 꼭 안고서 속초로 오곤 했고요. 많이 보고 싶었대요. 아빠가."

"그랬군요."

"그런데 우리 집은 되게 가난해서, 다른 가족들처럼 좋은 횟집에 가진 못했어요. 바다 근처 식당은 다 비싸잖아요. 그래서 아빠가 머무는 민박에서 밥을 얻어먹거나 라면을 끓여 먹곤 했어요."

"……."

"아니면 오늘처럼 국수 공양을 받거나."

그녀의 가정 환경에 대해서는 충분히 알고 있었지만 자세한 사정을 듣는 건 처음이었다. 성준은 어쩌면 그녀도 숨기고 싶었을 이야기를 귀 기울여 들어 주었다.

"참 볼품없다고 생각해요. 점심 한번 제대로 사 먹을 돈도 없었다는 거잖아요. 게다가 가난 같은 걸 좋아하는 사람이 누가 있겠어요. 그래서 어릴 때는 원망도 많이 했죠."

"……."

"이럴 거면 결혼 같은 거 하지 말지. 괜히 빚만 져서 엄마 힘들게 하지 말고, 나까지 덩달아 고생시키지 말지. 나도 주연이네처럼 맛있고 비싼 거 먹고 싶은데, 그런 거나 사 주지."

완전 철없죠? 민망하게 웃는 그녀를 향해서 성준은 아니라는 듯 고개를 저었다. 차분하게 말을 이어 나가는 지은의 눈시울이 점차 붉어지고 있었다.

"그런데 이상한 게 뭔지 알아요? 내가 힘들 때마다, 그래서 모든 걸 내려놓고 싶어질 때마다 그날의 기억이 계속 떠오르는 거예요."

"……."

"누가 봐도 궁상맞고 볼품없는 기억이 뭐가 좋다고 자꾸 떠오르는 건지."

그녀는 젖은 눈가를 닦아 내었다. 빈 그릇을 바라보고 있던 시선이 이내 창문 너머를 향하고 있었다.

"허름한 민박이지만 창문을 열면 바다가 보이는 풍경도. 부모님과 나란히 누워 뜨거운 온돌바닥에 등을 지지던, 그래서 고급 호텔 부럽지 않다며 키득거리던 밤도."

"……."

"라면을 끓일 때마다 하나밖에 없는 계란은 나한테 덜어 주던 아빠도. 우리 지은이 라면만 먹여서 미안하다고 남몰래 울던 엄마도. 그게 너무 안쓰러웠는지, 저녁 시간마다 우리 가족을 불러 주던 민박집 아저씨와 아주머니도……."

"……."

"그 모든 날들이, 왜 그리도 따스하게 느껴지는 건지 모르겠더라구요."

꿈결처럼 아득하게 들려오는 목소리에 성준은 천천히 눈을 감았다.

그녀가 하는 이야기가 머릿속에 그림처럼 그려지고 있었다. 시린 겨울에도 푸른 소나무와 고즈넉한 사찰의 풍경. 그 속을 병아리처럼 뛰어다녔을 어린 윤지은.

지금 머무르고 있는 곳은 어린 날의 윤지은을 행복하게 해 주었던 공간이겠지. 그렇게 생각하니 소음처럼 느껴졌던 분위기가 정겹게 느껴지는 것도 같았다.

다시 눈을 뜨자, 파도처럼 밀려드는 빛 사이로 윤지은이 보였다.

왠지 후련해 보이는 표정의 그녀가.

"그래서 놓을 수가 없었나 봐요. 성준 씨 말대로 가난 같은 건 얼른 떼어 내야 하는 건데, 지금까지 나를 버티게 했던 건 그런 기억들이니까. 사람들에게 상처받을 때마다 그날의 기억을 사진처럼 꺼내 보며 견뎌 왔으니까."

성준은 그제야 깨달았다.

"나를 이루는 과거들은 결코 아름답지 않은데, 성준 씨는 그런 나조차도 예쁘게 봐 주니까……. 한동안 어떻게 해야 할지 갈피를 잡지 못했어요."

그녀가 가난으로 물든 과거를 놓지 못했던 이유를. 따뜻한 추억들을.

지은을 바라보는 성준의 눈빛이 한결 차분해졌다. 낯선 장소와 불편한 분위기에 날이 서 있던 것도 잠시, 그녀의 이야기를 듣고 있노라니 답답했던 속이 확 뚫린 것처럼 개운해졌다.

"그랬군요."

성준은 입술에 미소를 머금고서 고개를 끄덕였다.

"그런 추억이 담겨 있을 거라곤 생각 못 했습니다."

"제가 미련해 보이지 않으세요?"

"아니, 오히려 대단하다고 생각합니다."

성준은 식탁에 놓인 그녀의 손등 위에 제 손을 겹쳤다. 따스한 온기가 맞닿은 살결을 통해서 피어오르고 있었다.

"꼬마 윤지은도. 어른이 된 당신도."

"나는……."

"힘들었을 텐데 꿋꿋하게 달려와 주어서 고맙습니다."

"성준 씨."

"덕분에 내가 얼마나 일차원적인 사람이었는지 알게 됐습니다. 반성해야겠군요."

"반성하라고 한 말은 아닌데……."

"알고 있습니다. 좋아해서 하는 말이라는 거."

갑작스러운 고백에 그녀는 당황한 듯 눈을 깜박였다. 이리저리 방황하는 눈동자가 얼마나 귀여운지, 옥구슬 굴러가는 소리가 들리는 것 같다고 착각할 정도였다.

"그래서 기쁘기도 합니다."

"왜요?"

"당신이 안고 있던 마음, 이제는 나도 알게 된 거니까."

"아……."

"우리만 아는 이야기잖아요. 아닙니까?"

나지막한 물음에, 지은은 방싯 웃어 보였다. 오랜만에 마주하는 해맑은 미소였다.

"맞아요. 성준 씨에게만 하는 이야기예요."

어쩌면 이런 순간을 바란 건지도 모른다. 그녀가 제 마음을 숨기지 않고 보여 주는 것. 부끄러울 텐데도 용기를 내어 다가오는 모습이 얼마나 예쁘고 또 고맙던지.

조급하게 구는 바람에 그녀를 영영 놓칠 뻔했던 자신의 멱살을 붙잡고 싶을 정도였다.

그녀를 믿고 있으면, 가만히 기다려 주면 병아리가 어미를 찾듯

벌써 제 품에 안겼을 텐데. 잠시를 참지 못하고 이토록 여린 여자에게 버럭버럭…….

다시는 떠올리고 싶지 않은 상황에 성준은 재빨리 생각을 털어냈다. 언제 비워질까 싶었던 국수도 이제는 바닥을 드러내고 있었다. 그 모습을 물끄러미 확인하던 그녀가 배시시 웃었다.

"깨끗하게 먹었네요?"

"생각보다 맛있었습니다."

"그럼 이제 설거지하러 가요."

"설거지?"

"이곳에선 자기가 쓴 식기를 직접 씻어야 하거든요."

그녀가 건너편에 있는 개수대를 가리켰다. 개수대에서는 이미 사람들이 옹기종기 모여 설거지를 하고 있었다.

성준은 살면서 한 번도 손에 물을 묻혀 본 적 없었다. 앞으로도 그럴 거라고 생각했고.

그러나 왜일까. 설거지를 부추기는 그녀를 보고 있노라니 열심히 해내야겠다는 의지가 샘솟았다. 이상하기도 하지. 신선한 호기심을 느낀 성준이 그녀에게 손을 내밀었다.

"당신 그릇도 이리 줘요."

"성준 씨가 하려고요?"

"그럼 누가 합니까? 당신보단 내 손 젖는 게 낫지."

무심결에 내뱉은 대답이었다. 그러나 그녀는 꿀밤이라도 맞은 토끼처럼 멍하니 그를 바라보고 있을 뿐이었다.

말실수한 건 없는 것 같은데. 성준은 어깨를 으쓱하더니 식기를 정리해 나갔다. 이내 그녀가 약간 상기된 얼굴로 질문했다.

"성준 씨 설거지해 본 적 없잖아요. 할 수 있겠어요?"

"내가 못 하는 일은 하나도 없습니다."

"그렇게까지 비장할 일은 아니지만……."

"깨끗하게 닦아 내면 되는 거 아닙니까? 그러니 걱정 말고 밖에서 기다려요."

"……."

"얼른."

긴가민가한 표정으로 앉아 있는 지은을 뒤로하고, 성준은 정리된 식기를 들고서 개수대로 향했다.

실은 그녀가 주도하는 여행에 큰 기대는 하지 않았다. 아니, 따지고 보면 그로서는 불편한 것투성이였다. 지금껏 살아왔던 배경과 취향은 쉽게 바뀌지 않는 거니까.

그러나 최고급 호텔이 아니어도, 유명한 셰프가 없어도 괜찮았다.

그녀의 발자취를 따라가는 것만으로도 이번 여행은 충분히 의미가 있었으니까. 윤지은의 과거를 함께 들여다보는 일, 이제 그건 성준에게만 허락된 일이었다. 다른 누구도 아닌, 오직 자신에게만.

제대로 된 식사를 하기 위해서 수산 시장을 찾았다.

오랜만에 방문한 수산 시장은 양옆으로 포장마차가 줄지어 있던 예전과는 달리 단정하게 정리되어 있었다. 횟집과 튀김집이 따로 분리되어 있어서 거닐기도 편했다.

"잘생긴 형, 우리 가게로 오면 잘해 줄게!"

"도시에서 온 사람들인가 보네. 회 한 접시 서비스로 줄 테니까 우리 집으로 와, 응?"

"언니, 우리 집 되게 싱싱하고 싸니까 한번 둘러보고 가요!"

그러나 성준에게는 여전히 혼란스러운 장소인가 보다.

사람들이 제 식당으로 오라며 호객 행위를 할 때마다 성준은 신경이 곤두선 고양이처럼 흠칫거리며 그녀의 손을 꼭 붙잡아 왔다.

반면에 소란스러운 분위기가 익숙한 그녀는, 이런 경험을 한 번도 해 보지 못해서 난감해하는 성준을 보며 쿡쿡 웃었다.

"성준 씨, 잠시 손 놓아도 돼요? 땀이 나서."

"저번에도 말했던 것 같은데요. 손은 절대로 놓지 말자고."

"이럴 때 쓰이는 말은 아니었던 것 같아요."

"이럴 때 쓰는 말 맞습니다. 그래서 식사는 어디에서 할 겁니까?"

"으음."

골똘히 시장통을 둘러보던 지은은 항구가 바로 눈앞에 보이는 식당으로 성준을 이끌었다. 식당 앞으로 넌지시 다가가자 주인이 반색하며 두 사람을 반겼다.

"두 분 너무 잘 어울린다. 서비스 기가 막히게 해 줄 테니 고민하지 말고 우리 집으로 와요!"

"혹시 고등어회 먹어 볼 수 있을까요? 그거 먹고 싶어서 속초까지 왔는데……."

"고등어회를? 젊은 아가씨가 고등어회는 어떻게 알았대?"

지은은 기다렸다는 듯 작게 웃으며 대답했다.

"고등어는 바로 잡아서 먹어야 싱싱하고 맛있잖아요. 성격이 예민해서 조금만 시간이 지나도 비린내가 나구요. 그래서 이런 데에서 먹어 줘야 하는 건데, 서비스로 주실 거예요?"

"허허, 정말 잘 알고 있네. 그렇게 먹고 싶어서 왔다는데 해 드려야지! 없으면 얻어 와서라도 서비스로 줄게요."

"어머, 감사해요. 그럼 이 식당으로 할게요. 성준 씨도 괜찮죠?"

깍쟁이라도 된 것처럼 한쪽 눈을 찡긋거리자, 성준은 기가 차다는 듯 호탕하게 웃어 보였다.

식당 안으로 들어간 두 사람은 탁 트인 입구 쪽에 자리를 잡았다. 바닥은 온돌이라도 깔아 두었는지 몹시 따뜻했다. 가게 내부를 신기하다는 듯 둘러보던 성준이 입을 열었다.

"지은 씨가 영업에 능하다는 건 처음 알았습니다."

"경험치가 조금 쌓였나 봐요. 예전에 시장에서 일하던 때가 있었거든요."

"실전파라는 거네요."

"그런 셈이죠. 저도 25년 동안 헛살진 않았거든요."

위치는 다를지언정 누구보다도 치열하게 살아왔다고 자부할 수 있었다.

국밥 가게에서 수백 개의 뚝배기를 설거지하는 바람에 허리가 남아나지 않던 때도 있었고, 대학가 근처의 술집에서 진상들을 상대하느라 마음이 너덜너덜해진 적도 있었지.

그 외에도 몸이 성한 날이 없었던 모든 날이 영화 속의 필름처럼 스쳐 지나가고 있었다. 지난날이 되어 버린 기억들을 곱씹던 지은은 희미하게 웃었다.

"여기였어요."

"여기?"

"언젠가 성준 씨에게 보여 주었던 사진이요. 이곳에서 찍은 거였어요."

구름 사이로 스며드는 다홍빛의 노을. 저물어 가는 해는 항구에 정박하고 있는 배를 비추고, 손질된 오징어는 해풍에 말려지고 있었다. 그리고 정겹게도 느껴지는 물비린내까지.

사진을 보고 있으면 단순히 풍경뿐만 아니라 그날 맡았던 냄새와 살갗을 스치던 바람, 그리고 짭짤한 맛까지 함께 떠오르곤 했다. 그렇게 지은은 다쳤던 마음을 사진으로 다독이곤 했었다.

"예전에 말했었죠? 당장은 힘들지라도, 사진 속의 풍경을 보고 있으면 좋은 일이 찾아올 거라고 믿게 된다고."

"그러다 보면 힘들었던 일도 제법 견딜 만해진다고 했었죠."

"맞아요. 게다가 같은 장소와 시간인데도 떠오르는 풍경은 매번 달라요. 오늘이 아니면 다시는 볼 수 없는 경치인 거죠."

"······."

"그래서 매 순간을 마지막처럼 소중하게 여겨야 하는 거구요."

그의 곁에 있고 싶었다. 모든 시간을 함께하고 싶었다. 그러나 성준을 만날 때마다 은연중에 이별이라는 단어가 떠오르는 건 어쩔 수 없었다.

처음에는 그녀의 거짓말 때문에. 다음은 너무나도 다른 환경 탓에. 그리고 차승택 회장의 협박으로…….

앞으로도 어떤 이유가 발목을 붙잡을지 모르겠지만 지은은 예상하고 있었다. 변하지 않는 마음과는 별개로 성준과 헤어져야 하는 순간이 올 거라는 걸. 어쩌면 그게 지금일지도 모른다는 것을.

"성준 씨의 아버지께서 저를 찾아오셨어요."

"무슨……."

"그리고 이걸 주시더라구요."

지은은 가방 안에 있던 봉투를 성준에게 내밀었다. 그는 미간을 와락 찌푸렸다. 그녀가 차분하게 말을 이었다.

"성준 씨에게 말하고 싶었지만, 한창 다투고 있을 때여서 숨기고 말았어요."

"그래서 떠났던 겁니까?"

"아니라고 하면 거짓말이겠죠."

봉투를 발견한 순간부터 딱딱하게 굳어 있던 성준의 인상이 험악하게 구겨졌다. 괜한 이야기를 한 건 아닐까. 그러나 더는 숨길 수도 없는 노릇이었다.

"제가 하는 말은 안 들으시기에 딱 한마디만 했어요. 헤어지는 건 성준 씨가 선택해야 할 일이라고. 제 말이 맞죠?"

그녀가 엷은 미소를 짓자 성준의 표정이 한결 풀어졌다. 헤어질 일 같은 건 없다고 생각하는 것일까. 그러나 지은의 마음은 전혀 편해지지 않았다.

"하지만 성준 씨가 꼭 알아야 할 사실이 있어요."

"무슨……."

"저요. 사실 이 돈 받으려고 했어요. 그래서 헤어지는 것까지 생각했어요. 무서웠거든요. 나뿐만 아니라 엄마까지 위험할 것 같아서요."

아무리 경황이 없었다고 해도 마음이 흔들린 건 사실이었다.

이 남자를 좋아하지만. 곁에 없으면 괴로울 정도로 사랑하고 있지만……. 세상에는 마음 하나만으로 해결되지 않는 일이 무수히 많았으니까.

가까워지기 위해 발뒤꿈치를 들어도, 붙잡아 주기 위해 무릎을 굽혀도 언젠가는 통증에 신음을 흘리는 순간이 찾아오는 것처럼.

"게다가 나였더라도 성준 씨 아버지처럼 행동했을 거예요."

"윤지은 씨."

"부족한 것 없이 자란 아들이, 가진 것 하나 없는 여자와 만나는 걸 어느 부모가 곱게 봐 주겠어요?"

"……."

"그러니 죄책감 가지지 말아요. 부모님 말씀 거스르는 거…… 쉬운 일 아니잖아요."

더군다나 상황마저도 그와 그녀를 떼어 놓으려고 안달이었다. 서로의 세계가 다르다는 사실은 누군가에겐 이별을 정당화할 이유가 되기도 하니까. 차이라는 건 그래서 사람을 슬프게 했다.

지은은 태연한 척 입가에 미소를 띠었다. 예상했던 일이지만 속이 쓰린 건 어쩔 수 없었다. 그저 손을 놓는 그 순간까지 최선을 다해 성준을 사랑하고 싶었다. 그뿐이었다.

"……."

"……."

일순간 두 사람 사이에 침묵이 내려앉았다. 지금 그는 어떤 표정을 짓고 있을까.

살짝 고개를 들자 왠지 화가 난 듯한 성준의 눈동자가 그녀를 담아내고 있었다. 억눌린 시선에 숨이 턱 하고 막혀 왔다.

"아직도."

"……."

"당신은 나를 위하는 게 어떤 건지 모르는 것 같은데."

그는 커다란 손으로 제 얼굴을 거칠게 쓸어내리더니 깊은 한숨을 내뱉었다. 얘를 정말 어떻게 하면 좋을까, 속이 타들어 가는 사람처럼.

"내가 하는 말은 정말 죽어도 안 듣지, 윤지은."

"나는……."

"좋아한다고. 보고 싶었다고. 사랑한다고 몇 번이나 말했는데도 나한테 한다는 말이 고작 그런 겁니까?"

"성준 씨가 사는 세계는 마음처럼 쉽게 달라지는 곳이 아니잖아요. 그걸 이해하니까……."

"당신만 생각해도 됩니다. 이기적으로 굴어도 상관없다고. 지은아, 너 아직 스물다섯밖에…… 하아."

너는 왜 눈치 같은 걸 봐서 나를 자꾸만 아프게 만드느냐고, 성준은 중얼거렸다. 떨리는 목소리와 울컥하고 쏟아지는 감정. 그 속에 담긴 마음이 애틋해서일까. 지은은 저도 모르게 눈시울을 붉혔다.

"지은아, 나 봐."

"성준 씨……."

"그래, 내가 하는 말 잘 들어."

성준은 감정을 추스르고 그녀의 손을 붙잡아 왔다. 제게 닿는 온기가 이 와중에도 따스하게 느껴졌다. 그녀를 바라보는 눈동자도 더할 나위 없이 나정해서 눈치도 없이 눈물이 흐를 것만 같았다.

"차 회장이 하는 말은 신경 쓸 거 전혀 없습니다. 애초에 돈독했던 사이도 아니고, 그저 사업 수단으로 결혼이니 뭐니 떠들어 대는 것뿐이니까."

"하지만……."

"처음부터 얘기를 해 두었으면 당신이 겁먹을 일도 없었을 텐데, 사실 내 입만 더러워지는 것 같아서 말하지 않았습니다."

아버지와 관련된 이야기는 일부러 말하지 않았다니. 게다가 더럽다니? 그녀는 두 눈을 의문스레 깜박거렸다.

"아까 말했었죠. 당신을 이루는 과거는 결코 아름답지 않았다고."

"맞아요."

"그런데 나야말로 떳떳한 과거를 가지고 있는 사람은 아니라서."

자조적으로 피식 웃던 성준은 마치 동화책을 읽는 것처럼 잔잔한 목소리로 말을 이었다.

"내가 아주 어렸을 때, 어머니가 돌아가셨습니다."

"……."

"스스로 목숨을 끊었던 겁니다. 나는 그 모습을 발견했던 유일한 목격자였고."

그녀는 성준을 붙잡은 손에 힘을 주었다.

처음 듣는 이야기였다. 어떤 사람들인지 궁금했지만, 가족에 대해 전혀 언급하질 않아서 그녀도 입을 다물고 있었다. 그래서 이토록 아픈 과거를 겪었을 줄은 꿈에도 몰랐다.

"하지만 알고 있었습니다. 어머니가 약했기 때문에 목숨을 끊은 게 아니라는 걸."

"……."

"내 아버지라고 불리는 사람 때문에 버티고 또 버티다가 모든 걸 내려놓았다는 것을."

그의 고백은 몹시 충격적이었다. 부와 명예에 눈이 먼 아버지. 그는 자신의 스트레스를 성준의 어머니에게 풀었고, 폭언과 하다못해 손찌검까지 했다고 한다.

폭력을 견디지 못한 어머니는 결국 제 목숨을 스스로 끊어 버렸다.

그 당시에는 가정 폭력으로 신고하는 것조차 힘든 시기였고, 무엇보다 성준의 아버지는 권력을 가지고 있었으니 지옥 같은 집을 벗어나는 게 쉽지 않았을 것이다.

'네 엄마는 잘못을 저질러서 죽은 거다. 주제도 모르고 외간 남자와 붙어먹다가 제 발 저린 거지. 더러운 년 같으니. 앞으로는 엄마라고 부르지도 마라.'

아버지는 어머니의 죽음에 제 탓은 없다는 듯이 책임을 전가했다. 하루에도 수십 번씩 어머니를 모욕했고, 어린 성준은 차마 당해 낼 수 없는 공포에 짓눌릴 수밖에 없었다.

그러나 시간이 흘러 어머니의 유품을 정리하던 날. 성준은 아버지의 이야기가 모두 거짓말이었다는 것을 깨달았다. 어머니의 낡은 일기장에는 그동안의 상처가 낱낱이 기록되어 있었다.

「그가 말도 안 되는 이유로 나를 몰아세우고 있다. 홀어머니를 모시는 강 기사가 안타까워서 도와준 것뿐인데……. 관심조차 끄라며 때리는 그가 원망스럽다.

안방 문이 조금 열려 있었다. 내가 맞는 모습을 봤으면 어떡하지? 소리 내지 않으려고 했는데. 마음도 여린 아이가 상처라도 받으면 어떡하지…….

성준이는 좋은 것만 보고 자랐으면 좋겠다. 마음 같아선 도망치고 싶지만, 소중한 내 아이를 부모 없이 자라도록 두고 싶지는 않다.

사랑하니까. 그 사람 때문에 죽을 것처럼 힘들어도 성준이를 너무 사랑하니까.」

슬픔으로 눌러쓴 글씨와 눈물로 얼룩진 페이지를 확인하는 순간, 성준은 참을 수 없이 괴로워졌다.

전부 거짓말이었다. 폭력을 휘두르는 아버지의 모습을 봤을 때부터 그를 향한 신뢰는 이미 바닥을 쳤지만, 세상에 없는 사람까지 앞세워서 스스로를 포장하려던 모습이 이제는 역겹게도 느껴졌다.

"그래서 거짓말을 싫어합니다. 그 사람이 지껄이던 말이 떠올라서 나를 괴롭게 하니까."

"성준 씨……."

"게다가 내 부친은 여전히 어머니 탓을 해 대거든. 아직은 때가 아니어서 내버려 두는 것뿐이지, 가족이라고 생각해 본 적은 한 번도 없었습니다."

이제야 알 것 같았다. 예전부터 그가 거짓말을 싫어한다고 말했던 이유를.

처음 만났을 때부터 지쳐 보이던 눈동자와 건조한, 어쩌면 무기력해 보이던 모습까지도.

성준은 자조적으로 웃었다.

"말하고 나니 참 형편없네요. 나야말로 그리 좋은 과거를 지닌 사람이 아니라서."

"성준 씨."

"그런 주제에 당신에게 함부로 말한 거, 아직도 미안하게 생각합……."

"성준 씨가 잘못한 거 아니잖아요."

지은은 성준의 말을 불쑥 자르고서 그의 손을 꼭 쥐었다. 아마 두 사람 사이에 테이블이 없었다면, 당장이라도 성준을 있는 힘껏 끌어안았으리라.

"성준 씨가 잘못한 거 하나도 없잖아요. 그저 나도, 그리고 당신도……."

"지은 씨."

"다른 사람보다 조금, 어쩌면 많이 아팠던 것뿐이잖아요."

"……."

"그냥 그것뿐이잖아요."

비에 맞은 강아지처럼 서글픈 빛을 띠고 있던 성준의 눈동자가 또렷해졌다.

이 남자, 겉으로는 어떤 상처도 없는 데다 철옹성처럼 견고해서 잘나기만 한 사람인 줄 알았다. 그래서 그녀의 심정 같은 건 전혀 이해하지 못할 거라고 생각했다.

그러나 착각이었다. 그날의 상처를 견뎌 내기 위해서 성준은 얼마나 많은 감정을 삼켜야 했을까. 떼어 내려야 떼어 낼 수 없는 아버지 곁에서 어렸던 그는 무슨 생각을 했을까.

"그래요."

"……."

"아팠습니다, 많이."

어쩔 수 없이 강해져야 했던 남자에게, 상처에 무뎌지기 위해 단단해져야만 했던 성준에게 지은은 위로를 해 주고 싶었다.

그러나 제가 할 수 있는 일이란 그에게 제 온기를 나누어 주고, 애정 어린 시선으로 바라보는 것뿐이었다. 힘이 되는 말을 해 주고 싶은데 혹여 상처가 될까 걱정부터 앞섰다. 그녀의 목이 타는 것처럼 답답해졌다.

"하지만 다행인 게 하나 있다면."

"성준 씨?"

"내가 윤지은이라는 여자를 만났다는 겁니다."

그 순간, 초조해하던 그녀를 향해 성준은 미소를 지었다. 지은의 눈동자가 토끼처럼 동그래졌다.

"내가 잠을 못 잡니다. 수면제를 먹어도 내성이 생긴 건지 두세 알은 먹어야 겨우 잠에 듭니다. 그래도 웬만하면 밤을 지새우는 때가 많아요. 어차피 잠을 자도 항상 같은 꿈만 꾸니까."

"같은 꿈이라면……."

"어머니의 마지막 모습이 계속 떠오르곤 했습니다."

성준은 익숙하다는 듯 태연하게 대답했지만 지은의 마음은 망치로 두드리는 것처럼 욱신거리고 있었다.

"식사를 맛있어서 했다기보단 살아야 한다는 마음으로 했었고, 남들이 권하는 연애 따위에는 관심조차 없었습니다. 그런 꼴을 봤는데 연애라니. 끔찍하기 짝이 없더군요."

"아……."

"그렇게 평생을 살아갈 거라고 생각했습니다. 어딘가 고장이 나버린 사람처럼. 앞으로도 달라지는 건 아무것도 없을 거라고."

성준의 깊은 눈동자가 그녀를 가득 담아내고 있었다. 반달로 휘어지는 눈웃음에 지은의 심장이 두근거렸다.

"그때 당신을 만났습니다."

"……."

"나를 웃게 하고, 먹게 하고, 마침내…… 잠들게 하는 당신을."

잘 먹고, 잘 자며, 누군가를 있는 힘껏 사랑하는 것. 별일 아닌 것처럼 보일지라도 그에게는 전부나 다름없는 일이었다.

그래서 성준은 고백하고 있었다. 메말랐던 일상이 완전히 바뀌었다고. 행복이라는 녀석이 어떤 건지, 이제는 조금이나마 알 것 같다고.

윤지은, 그녀로 인해서.

"그런데 내가 어떻게 당신을 놓아줍니까."

"성준 씨……."

"이제야 겨우 사람처럼 살게 되었다고 생각했는데. 나를 이렇게
만드는 사람은 당신뿐이고, 윤지은이 곁에 없으면 일상 자체가 제대
로 돌아가질 않는데."

"나, 나는……."

"제멋대로 떠나겠다고, 헤어지겠다고 말하면 나더러 대체 어떡하
라고."

그제야 지은은 자신이 커다란 실수를 했다는 걸 깨달았다.

진작 물어볼 걸 그랬다. 듣고 나서 결정해도 늦지 않았을 텐데.
그를 위한다는 마음으로 저지른 배려가 도리어 상처를 남기고 말았
다. 그래, 위선이었다.

사실은 똑같으면서. 그녀도 성준으로 인해 모든 게 바뀌었고, 자
신의 전부가 된 그의 손을 놓지도 못할 거면서……. 그녀가 시무룩
하게 고개를 숙이자 성준은 픽 웃었다.

"사람 속도 모르고. 참 둔합니다, 당신."

"두, 둔하지 않아요."

"그렇게 사랑한다고 말해도 모르는데 둔하지 않다니. 아니면 더
표현해 줘야 하는 겁니까?"

"아뇨! 충분해요. 성준 씨는 이미 충분하게 표현하고 있다구요."

"전혀 아닌 것 같아서 묻고 있는 건데, 지금."

"몰랐단 말이에요. 성준 씨에게 그런 일이 있었던 줄은……."

그녀는 끝까지 시선을 맞추어 오는 성준의 눈동자를 애써 피했다. 실수였지만 그래도 부끄러웠다. 불안은 제대로 된 판단을 흐린다던 말이 딱 맞았다.

이토록 직진만 할 줄 아는 남자를 어떻게 밀어내려고 했을까. 가끔은 그의 마음이 너무나 커서 버거울 때도 있지만, 단 한 번도 흐트러지지 않았던 마음이라는 건 확신할 수 있었다.

"애쓰지 않아도 됩니다."

"성준 씨……."

"당신이 곁에 있는 것만으로도 위로가 되니까."

그녀는 천천히 고개를 끄덕였다. 손을 놓지 않기를 참 잘했다 싶었다. 만약 손을 놓았다면, 지금처럼 따뜻하고도 다정한 시간을 보내지 못했을 테니까.

"더 이상 도망치지 않을 거예요."

"좋습니다."

"성준 씨 곁에 있을 거라구요. 이제는 성준 씨가 싫다 해도 놓아주지 않을 거예요."

"그거, 기대되는데."

성준이 기분 좋은 웃음소리로 대답했다. 멋지게 올라간 입꼬리를 발견한 그녀의 뺨이 붉게 물들었다.

"그리고…… 내일이 되면 서울로 돌아가요."

"괜찮습니까? 더 있어도 상관없는데."

"아뇨. 쉴 만큼 쉬었어요. 이제는 내가 있을 자리로 돌아가고 싶어요."

"지은 씨."

"각오……했거든요."

성준의 세계에 발을 들인 이상 부딪쳐야 할 상황은 늘 있기 마련이었다. 처음에는 버거웠지만 그를 위한 일이라면 있는 힘껏 노력하고 싶었다.

그러나 각오했다는 대답에도 성준은 그리 기뻐 보이지 않았다. 예전이었다면 잘 생각했다며 좋아했을 텐데, 그저 복잡하고 난감한 표정으로 고개를 주억거릴 뿐이었다.

"고등어회 나왔습니다. 서비스로 드리는 거니까 싱싱할 때 드세요!"

무슨 생각을 그렇게 골똘히 하느냐고 물어보려는데, 기다리고 기다렸던 고등어회가 식탁 위에 놓였다.

등 푸른 껍질과 빨갛고 흰 속살이 어우러진 고등어회는 맛깔스러워 보였다. 두 눈을 반짝이며 입맛을 다시고 있는데……. 이 남자, 여느 때처럼 쿡쿡 웃는다.

"그런데 우리, 어디서 잘 겁니까?"

"민박이요."

"민박?"

"아까 말했죠? 어렸을 때 자주 갔던 민박집이 있었다고. 거기 갈 거예요."

민박이라는 단어를 듣던 성준의 표정이 미묘하게 꿈틀거렸다. 매번 최고급 호텔만 다녔을 테니 어색할 만도 하겠지.

하지만 앞으로 그와 다니면서 호텔은 자주 갈 테니까. 이번만큼은 고집을 부려도 괜찮을 것 같았다. 아마 성준도 같은 생각이었는지, 못 이기겠다는 듯 고개를 끄덕였다.

"그래요. 갑시다, 민박."

흔쾌한 대답이었다. 그녀가 배시시 웃자 성준은 그녀의 조그마한 머리를 쓰다듬었다.

해가 완전히 저물어 가고 있었다. 시원한 바닷바람 속에서 그들은 오랜만에 여유를 즐기는 중이었다. 함께 바라보았던 풍경을 마음속에 간직하고서.

"지은이 왔구나. 그래, 저녁은 먹었고?"

'해 뜨는 민박'에 도착한 그녀는 자신을 반겨 주는 주인아주머니의 품에 안겼다. 속초에 도착하자마자 지금까지 머무른 곳이었다. 오랜 시간이 흘러도 변하지 않는 온기에 코끝이 시큰거렸다.

"네, 먹고 왔어요. 아주머니는요?"

"우리 집 양반이랑 이제 먹으려고 하는데, 혹시 저녁 안 먹었으면 같이하려고 했지."

"챙겨 주셔서 늘 감사해요."

"별걸 다. 그런데 같이 온 분은 누구시니?"

주인아주머니가 성준을 바라보며 호기심 가득한 눈동자를 깜박였다. 예상했던 질문에 지은은 배시시 웃었다.

"만나고 있는 사람이에요."

"어머, 혼자 왔다기에 신경 쓰였는데 괜한 걱정이었네. 반가워요. '해 뜨는 민박' 운영하고 있는 사람이에요."

"차성준입니다. 말씀 자주 들었습니다."

"편히 쉬다 가요. 창문을 열면 바다도 보여서 전망이 끝내줄 거예요."

필요한 거 있으면 부담 없이 말해 달라는 주인아주머니의 말씀에 두 사람은 엷은 미소를 띠었다.

인사를 마친 후 지은은 제가 머무르고 있는 방으로 성준을 이끌었다. 혼자 쓰기에는 크다고 생각했던 방이 그가 들어서자 왠지 아담해지는 것 같았다.

"이런 곳 와 본 적 있어요?"

"처음입니다. 그런데 전망도 멋지고, 바닥도 따뜻해서 좋군요."

"주인분들도 친절하세요. 그리고 여기가…… 우리 가족이 예전부터 지내던 방이었어요."

"추억이 담긴 장소겠네요."

"맞아요. 그래서 괜찮다고 했는데도 기어코 이 방을 주시더라구요."

그녀는 커다란 창문 너머로 검게 찰랑이는 파도를 바라보았다. 언제 보아도 마음을 편안하게 해 주는 풍경이었다. 지은은 제 옆에 나란히 붙어 있는 성준을 돌아보았다.

"이제 씻을래요? 갈아입을 옷과 이불은 아주머니에게 부탁드려 볼게요."

"지은 씨부터 씻어도 됩니다. 많이 피곤했을 텐데."

"아니에요. 저는 거실에 있는 욕실 쓰면 돼요. 그럼 이따 봐요."

"그래요. 이따 봅시다."

방 안에 우두커니 서 있는 성준을 뒤로하고 지은은 주인아주머니를 찾았다. 갈아입을 옷과 이불을 부탁하니 흔쾌히 준비해 주셨고, 이제 세면도구를 챙겨 욕실로 들어갔는데.

'오랜만에 같이 자는 거니까……'

예고도 없이 낯 뜨거운 상상이 피어올랐다. 그녀는 붉게 달아오른 뺨을 괜스레 문질렀다.

성준과 다투기 전까지 그녀는 하루가 멀다 하고 그의 침대, 그리고 그의 품에 안겨서 밤을 보내곤 했었다. 도무지 그녀를 놓아주지 않는 성준 때문에 끙끙 앓은 적도 한두 번이 아니었다.

'어쩌면 오늘도……'

쌓이고 쌓였던 서운함도 풀렸겠다, 서로의 마음을 이해하고 있는 지금. 두 사람을 가로막을 건 아무것도 없었다. 그러니 참았던 욕망이 오늘에서야 터질 수도 있는 노릇이었다.

지은은 두근거리는 마음을 안고 평소보다 꼼꼼하게 몸을 씻었다. 마침내 목욕을 끝내고, 잠옷으로 갈아입은 그녀는 젖은 머리카락을 닦아 내며 방 안으로 들어섰다.

"응?"

그러나 기대감으로 부푼 마음과는 달리, 성준은 두터운 이불을 덮은 채로 누워 있었다. 바람 빠진 풍선처럼 아쉬운 한숨을 내쉬던 그녀는 작게 웃었다.

"많이 피곤했나 보네."

지은은 베란다에 있는 주황색 등불만 남기고서 전등을 껐다. 짙은 어둠이 방 안에 깔렸다. 그러나 창문을 통해서 은은하게 들어오는 조명 덕분에 무섭지는 않았다.

그녀는 눈을 감고 있는 성준에게 조심스레 다가가 옆으로 바라보며 누웠다. 온돌이 데워져 있는 바닥도 따뜻했고, 그녀의 몸을 감싸고 있는 이불도 부드러웠다. 게다가…….

"성준 씨."

"…….."

"성준 씨."

대답 없이 꾹 다물린 그의 입술도 분명히 따뜻할 것이었다.

잠이 든 성준의 얼굴을 찬찬히 살펴보던 지은은 저도 모르게 그의 입술에 입을 맞추었다. 가히 충동적인 행동이었다.

그러나 정밀하게 깎은 듯한 조각상처럼 아름다운 외모의 그를 보고 있자니 그녀도 참을 수가 없었다. 맞닿은 입술이 따뜻하다 못해 뜨겁다고 느껴질 무렵, 지은은 아쉬운 마음으로 입술을 떼어 냈다.

그러나 품에서 떨어지려던 순간, 그의 탄탄한 팔뚝이 그녀의 허리를 강하게 끌어당겼다. 갑작스러운 밀착에 놀라서 고개를 드니, 분명히 자고 있을 거라고 생각했던 그가 두 눈을 빛내며 그녀를 바라보고 있었다.

"불렀으면 말을 해야지."

"앗."

"모른 척을 하면 쓰나."

성준은 여전히 입술을 떼지 않은 채로 그녀의 숨결을 머금었다.

아찔한 감촉에 지은의 눈꺼풀이 잘게 떨렸다. 그녀는 제 입술을 지분거리는 성준의 가슴팍을 꼭 쥐었다.

"자고 있는 줄 알았어요."

"눈뜨고 있을 때 해 주지 그랬습니까. 이런 예쁜 짓."

"예, 예쁜 짓이라니⋯⋯."

"유혹이라고 해야 하나?"

"둘 다 아니⋯⋯ 으음."

대답을 제대로 하기도 전에 성준의 입술이 겹쳐졌다. 오랜만에 하는 스킨십이라 조금만 닿아도 숨이 터질 것처럼 가빠졌다. 그가 헝클어진 그녀의 머리카락을 쓸어 주었다.

"지금처럼 내 곁에만 있어 주면 됩니다."

"성준 씨⋯⋯."

"각오 같은 거 하지도 말고 애쓰지도 말아요. 당신이 홀로 앓았던 걸 생각하면⋯⋯ 당장이라도 내 멱살을 잡고 싶은 심정이니까."

"하지만⋯⋯."

"그렇게 하도록 해요. 나도 더 이상 다그치지 않을 테니."

성준은 갓 태어난 아이를 어루만지듯이, 그토록 소중하게 그녀를 끌어안았다. 이기적으로 굴었던 지난날을 반성하는 마음이 온기를 통해서 고스란히 느껴졌다.

그러나 지은은 고개를 저었다. 성준을 사랑하기 때문에 일어나는 일들은 앞으로도 수도 없이 많을 것이다. 그리고 그런 상황을 지금처럼 계속 피할 수만은 없었다.

"아니에요. 오히려 성준 씨가 걱정하는 게 당연했어요. 언제까지고 과거에 머무를 수는 없는 노릇이잖아요."

"지은 씨."

"나도 할 수 있는 만큼은 해 볼게요. 남들이 손가락질하는 가난도 견뎌 냈는데, 남들이 부러워하는 부와 명성 하나쯤 못 견뎌 내겠어요?"

"그럼……."

"대신 부탁이 하나 있어요."

그녀가 성준과 시선을 똑바로 마주했다. 어둠 속에서도 서로의 눈동자만큼은 선명하게 보이던 밤이었다.

"무슨 일이 있어도, 성준 씨는 내 편이 되어 줘야 해요."

"지은 씨."

"내가 실수를 해도, 그 세계에 대해서 모르는 바람에 무시를 당해도. 그래서 내가 부끄러워지는 순간이 와도…… 성준 씨만큼은 나를 믿어 주고, 힘들 때마다 안아 주어야 해요."

"……."

"그러면 충분히 견딜 수 있을 것 같아요, 나는."

과거를 떼어 낼 수는 없다. 그러나 얽매일 필요도 더 이상 없었다.

이제는 그가 어떤 마음으로 그녀를 다그쳤는지 알고 있다. 조금 더 편하고 쉬운 길을 선택하길 바랐던 거겠지. 한 발자국만 내디디면 그동안 경험하지 못했던 새로운 세계가 열릴 테니까.

그러니 그가 기다려 준다면 마침내 지은은 따라잡을 것이다.

걸음마다 담긴 의미를 알아 간다면. 느리지만 가까워지고 있는 거리를 보고 있다면. 그래서 더는 뒤돌아보지 않는다면……

그녀도 함께 나아가고 싶었다. 자신만 바라보는 이 남자의 손을 꼭 붙잡고. 지금이라는 시간을.

"기다리겠습니다."

고백이 끝나자마자 성준은 그녀를 있는 힘껏 끌어안았다.

"예전과 같은 일은 두 번 다시 없을 겁니다."

"성준 씨……."

"그리고 서울로 돌아가면 당신에게 해 주고 싶은 말이 있습니다."

"하고 싶은 말이요?"

"네, 그러니 지금처럼 꼭 잡고 있어요."

손, 이라고 말하며 그는 그녀의 손에 깍지를 껴 왔다. 성준의 손이 워낙 커다란 탓에 제 손가락은 파묻힌 꼴이 되었지만, 아무렴 따뜻한 온기가 좋지 않을 리 없었다.

"안 놓길 잘했다고 생각해요."

"다행이군요."

그녀가 개구지게 웃자 그 모습을 지켜보고 있던 성준도 덩달아 가볍게 웃었다.

머리맡 창가에서 파도 소리가 자장가처럼 들려오고 있었다. 꿈결처럼 느껴지는 분위기 속에서 성준은 그녀의 귓가에 나지막이 속삭였다.

"앞으로는 더 노력해야겠습니다."

"노력한다니, 뭘요?"

그가 예고도 없이 지은의 이마에 입을 맞추었다. 참새가 부리를 쪼는 것처럼 귀여운 입맞춤이었다.

"이런 거나."

이번에는 젤리처럼 부드러운 입술을 작게 머금었다. 연달아 쏟아지는 뽀뽀 세례에 그녀의 눈이 휘둥그레졌다. 반면에 성준은 픽 웃었다.

"이런 짓을 더 해야겠다는 말입니다."

"무, 무슨……."

"당신이 내 마음을 오해한 건, 아무래도 표현이 부족했던 것 같아서."

"아니에요. 그저 상황이 복잡해서 착각한 거고……."

"과감하게 굴어야 이번 일처럼 오해할 일이 없을 거 아닙니까."

"성준 씨는 이미 충분, 잠깐…… 읍."

그리고 이제부터가 실전이라는 듯, 그가 두 눈을 빛내며 지은의 입술을 집어삼켰다. 욕망이 서린 눈동자에는 머뭇거림조차 보이지 않았다.

그러나 오랜 시간 욕망을 참았던 사람은 성준뿐만이 아니었다. 그녀 또한 기다렸다는 듯 그의 목에 팔을 둘렀다. 등허리를 휘어 감는 성준의 뜨거운 팔뚝을 느끼며 지은은 살며시 눈을 감았다.

수평선 너머로 해가 고개를 내밀고 있었다. 머리 위로 비치는 햇살에 눈을 찌푸리던 그녀는, 자신을 안고 잠이 든 성준을 올려다보았다.

나쁜 꿈을 꾸지도 않고, 온전하게 잠든 성준을 보고 있노라니 제 마음까지 따스해졌다. 곁에 있는 것만으로도 그가 깊은 잠을 잘 수 있다면 그녀는 얼마든지 성준의 곁을 지켜 주고 싶었다.

"좋은 아침이에요."

지은은 간밤에 있었던 열기로 허리가 욱신거리는 것도 잊고, 성준의 이마에 입을 맞추었다.

함께 아침을 맞이하는 것도 참 오랜만이었다. 간지러운 입맞춤에 성준은 그녀의 품으로 파고들었다. 아이 같은 모습에 지은은 키득거리며 웃었다.

"아이, 참."

상체를 반쯤 일으켰을 때에도 성준은 그녀의 허리를 꼭 잡고 놓아주지 않았다. 햇빛을 고스란히 받고 있는 성준은 예전보다 더 편안해 보였다.

그의 부드러운 머리카락을 쓸어내리던 그녀는, 무언가 생각났다는 듯 옆에 두었던 카메라를 손에 쥐었다. 그리고 자신을 베개 삼아 누워 있는 성준을 향해 셔터를 눌렀다.

찰칵―

언제나 단단하고 올곧은 모습만 보여 주던 남자였는데, 오랜만에 어리광을 부리고 있었다. 화면에 담긴 결과물을 확인한 지은은 만족스러운 미소를 지었다.

창문 너머로 청량한 빛깔의 바다가 넘실거리고 있었다. 파도에 반사된 햇살은 여느 겨울날답지 않게 찬란했고, 그 풍경을 지켜보고 있는 민박집은 곧 찾아올 봄처럼 아늑했다.

그녀는 지금 이 순간이 다시는 오지 않을, 그래서 무척이나 소중한 순간이라는 것을 알았다. 살갗에 닿아 있는 이 남자의 온기가 더할 나위 없이 사랑스러웠다.

마침내 빛나는 하루가 시작되고 있었다.

11. 마지막처럼

서울로 돌아오자마자 성준은 밀린 업무를 처리하느라 바빴다. 그러나 예전처럼 초조해하거나 가벼운 실수를 저지르지는 않았다.

오히려 물 만난 고기처럼 빠르고 간결하게 업무를 마무리해 나가고 있었다. 성준의 긍정적인 변화가 지은과의 사이가 풀렸기 때문이라는 것을 눈치챈 강 비서는 흐뭇하게 미소를 지었다.

"말씀하신대로 공금 횡령과 관련된 결정적인 증거를 찾아 왔습니다."

그러나 성준에게 보고할 내용은 전혀 유쾌하지 않았다. 강 비서는 국회 의원 김 씨와 A그룹 간부 쪽으로 흘러 들어간 자금의 계좌 내역서를 성준에게 제출했다.

성준은 건조한 시선으로 내용물을 확인하더니, 이런 상황을 충분히 예상한 사람처럼 고개를 주억거렸다.

"정 마담 성 접대 건은?"

"방금 인화된 사진을 가지고 오는 길입니다. 여기 있습니다."

"수고했어, 강 비서."

처음에는 그가 왜 이런 조사를 하도록 명령하는 건지 이해할 수 없었던 강 비서였다.

그러나 성준의 지시대로 해당 사건을 파헤치면 파헤칠수록 추잡하고 역겨운 진실이 드러나기 시작했다. 그리고 진실의 끝이 가리키는 곳은 다름 아닌 차승택 회장이었다.

"더 기다렸다가 터트리실 줄 알았습니다."

"그러려고 했는데, 영감이 자꾸만 애먼 곳을 들쑤시고 다녀서 말이지."

"……."

"강 비서도 알고 있잖아. 그 영감, 겉으로는 고고한 척해도 속은 썩어 문드러졌다는 걸."

성준은 강 비서가 건네준 서류를 단정하게 정리하고서 몸을 일으켰다.

강 비서는 오래전 어머니가 도와주었던 강 기사의 아들이었다. 성준의 가정 환경을 누구보다도 잘 아는 사람 중 한 명이었고, 그 정도로 믿을 만했기에 이런 조사까지도 부탁한 거였다.

"차 회장님이 가정에 소홀하다는 건 알고 있었지만, 이런 일까지 저지른 줄은 몰랐습니다. 그것도 아주 오래전부터……."

"그 영감 하는 짓이야 뻔하지. 어떻게든 꼭대기에 올라서려고 추악한 짓을 서슴지 않는 양반이야."

"그럼 올해가 가기 전에 움직일 생각이십니까?"

"아니, 지금."

"네?"

성준은 서류를 손에 쥐고서 걸음을 옮겼다.

"지금부터 움직일 거야."

"대표님."

"신문사 쪽에는 강 비서가 연락 넣어 줘. 조금만 언급해도 기자들은 신나게 잡아 물 거야. 그리고."

대표실을 나서던 성준은 서류를 살짝 들어 올리고서 뒤를 돌아보았다.

"그동안 고생 많았어, 강 비서."

"대표님."

"강 비서에게 피해 가는 일은 없을 테니 걱정 말고."

"그런 건 신경 쓰실 필요 없습니다."

성준의 여유로운 어조와 달리 강 비서가 단호하게 대답했다. 성준의 지시라면, 언제나 알겠다는 대답부터 하던 강 비서였는데.

"돌아오시기만 하면 됩니다."

"강 비서."

"기다리겠습니다."

"……."

"기다리겠습니다, 대표님."

강 비서가 허리를 깍듯이 굽혔다. 성준이 손에 쥔 사실을 밝히는 순간, 차승택 회장과 마찬가지로 H그룹에 몸담고 있는 자신 또한 위험해질 터였다.

그런데도 기다리겠다는 대답을 하는 강 비서가 고마웠다. 오랜 시간 함께하며 신뢰가 쌓인 것일까. 성준은 픽 웃었다.

"이따 보자고."

이내 대표실의 문이 굳게 닫혔다. 성준의 뒷모습을 바라보던 강 비서의 얼굴에 수심이 깊어졌다.

차승택 회장은 앞으로 성준이 무슨 일을 터트릴지도 모르고, 집무실에서 한가롭게 커피 한잔의 여유를 즐기고 있었다. 오히려 성준이 찾아온 이유를 아는 사람처럼 설레발을 쳤다.

"그깟 계집 하나가 뭐라고, 쯧."

찔리는 구석이 있긴 있는 모양이었다. 싸늘한 시선으로 차 회장을 바라보던 성준은 서론 없이 테이블 위에 서류를 펼쳐 놓았다.

그동안 국회 의원 김 씨에게 뒷돈을 대 준 것과 A그룹 간부에게 뇌물을 먹인 계좌 내역서. 그리고 한 회사를 거느리고 있는 회장이면서도 염치도 없이 성매매 업소를 들락거리는 모습이 찍힌 사진이었다.

"분명히 말씀드렸습니다. 이번에는 그냥 넘어가지 않을 거라고."

"너, 너 이 무슨!"

"이보다 역겨운 사진도 있긴 한데, 당신이 쓰러지면 곤란한 사람은 나니까 참는 겁니다."

차 회장은 눈을 부릅뜨고 제 앞에 펼쳐진 서류를 노려보았다. 목에 핏대가 꼿꼿하게 선 차 회장은 금방이라도 뒤로 넘어갈 것 같았다.

"이게 대체 뭐 하는 짓이야! 그 계집을 만나더니 정녕 미쳐 버린 게냐? 지은인지 뭔지, 그 싸구려 같은 계집이 너더러 이딴 식으로 나를 엿 먹이라고 하던?"

"아닙니다."

"돈에 눈깔이 뒤집혀서 나를 밀어내려고 이 사달이 난 거겠지. 가진 건 몸뚱어리 하나인 주제에 너를 어떻게 구워삶았으면……."

"예전이나 지금이나 남 탓 하는 건 여전하시군요."

뭐라고? 차 회장은 안 그래도 험악한 표정을 더욱 일그러뜨렸다. 그럼에도 성준은 눈 하나 깜박하지 않았다.

"어머니가 돌아가신 후부터 준비했던 겁니다. 어차피 터트릴 일이었고요."

"이따위 걸 준비했다고? 네가?"

"시기를 앞당긴 건, 당신이 내 여자를 찾아가서 협박한 탓이라고 해 두겠습니다."

으득 으드득, 차 회장이 이를 가는 소리가 집무실을 채우고 있었다. 반면에 성준은 차 회장과 느긋하게 시선을 마주했다.

"사람들은 어머니가 스스로 목숨을 끊었다고 생각하지만, 당신 때문에 그런 결정을 내린 겁니다. 당신은 애써 외면하는 것 같지만."

"무슨 말도 안 되는 소리를 지껄이는 게냐? 그 여편네가 죽은 게 내 탓이라니. 어디서 이상한 얘길 듣고 와서……."

"그날부터 당신을 향한 원망을 키웠습니다. 어떻게 해야 당신을 처절하게 망가뜨릴 수 있을까. 내 가정을 망쳐 버린 당신에게 복수하려면 무슨 방법을 써야 할까."

"차성준, 네 이놈!"

어차피 증거를 내민다 해도 차 회장은 모르는 일이라며 발뺌할 게 분명했다. 어린 시절부터 차 회장을 지켜봤기에 확신할 수 있었다.

그의 단호한 목소리가 사정없이 차 회장에게 꽂히고 있었다.

"결과는 지금 보시는 대로입니다."

그 순간, 두 남자의 목소리로 가득 차 있던 집무실에 날카로운 전화벨 소리가 울리기 시작했다. 내선 전화뿐만이 아니었다. 차 회장의 휴대폰 또한 지지 않겠다는 듯 울려 대고 있었다.

강 비서를 통해서 차 회장의 소식을 접한 기자들이 벌떼처럼 달려든 것이다. 정신까지 뒤흔들 정도로 소란스러운 상황에 차 회장의 얼굴이 붉으락푸르락 달아올랐다.

"네가, 네가 어떻게 나한테 이럴 수 있어! 말했잖아, 네 어미가 잘못한 거라고! 그 여편네가 보란 듯이 다른 놈이랑 붙어먹어서 죗값을 치른 거라고!"

"거짓말하는 거 지겹다고 말씀드렸습니다."

"그 계집을 만나더니 머리가 단단히 돌아 버린 게로구나. 이번 일로 나만 타격을 입을 거라고 생각하는 게냐? 여긴 어쨌든 네가 몸담고 있는 회사다. 나뿐만 아니라 너 또한 무너진단 말이야!"

이미 예상했던 일이었다. 복수는 자신의 살을 태워야만 완벽해지는 거니까. 그러나 성준은 살점을 내어 주되 뼈를 취할 생각이었다.

이번 일로 인해 H그룹은 한동안 휘청거릴 테지만 완전히 무너지지는 않을 것이다. 차승택 회장이 본인의 자리를 내려놓는다는 전제하에.

"그걸 왜 모르겠습니까?"

예전부터 마음을 굳게 다잡은 성준은 흔들리지 않았다. 오히려 희미하게 웃을 뿐이었다.

성준의 의도를 눈치챈 차 회장은 분개했다. 넘치기 직전의 주전자처럼 끓고 있는 자신과 달리 여유로운 태도 때문에 더더욱.

마침내 차 회장은 어금니를 짓이기며 집무실 책상을 거칠게 내려쳤다.

"이따위로 굴어도 네가 무사할 것 같으냐! 웃기지도 않는 소리. 키워 준 은혜도 모르는 놈에게 물려줄 회사 같은 건 없다!"

"뭐가 됐든 좋습니다. 다만, 본인이 저지른 사건부터 해결하고 오셔야겠습니다. 당신도 급한 불은 꺼야 할 테니까."

"이, 이!"

"언제쯤 사그라질지 장담할 수는 없겠네요. 뭐, 그동안 조사받을 건 착실히 받으시고, 치러야 할 죄가 있다면 치르고 돌아오세요."

"차성준!"

"다시 올 수야 있다면 말입니다."

재량껏, 이라는 대답을 덧붙인 성준은 나른하게 웃었다.

차 회장은 분노를 못 이겨 내고 책상 위에 있던 서류와 전화기 등을 성준에게 마구 집어 던져 댔다. 그러나 성준은 아랑곳하지 않고 회장실을 빠져나왔다.

모든 게 끝났다. 어렸을 때부터 원망했던 아버지라는 작자는 이제 수많은 사람에게 손가락질받을 것이다. 어머니를 잃게 한 것에 대한 복수였다.

그러나 통쾌함은 잠시였다. 이내 가슴 한편이 뻥 뚫린 것처럼 허탈해졌다. 원망 끝에 남아 있는 건 처형대에 올라간 차승택 회장과 그를 끌고 가려다 온몸에 생채기가 난 자신이었다.

성준은 발걸음을 멈추었다. 아무도 없는 복도에 선 그는 제가 서 있는 곳을 천천히 둘러보았다. 비상구, 엘리베이터, 계단……. 올라가거나 내려갈 수단은 여러 개인데 어디로, 어떻게 가야 할지 성준은 알 수 없었다.

머릿속이 새하얘졌다. 어딘가 욱신거리며 아픈 것도 같았다. 이 감정을 도대체 뭐라고 말해야 할지 성준은 정말로 알 수가 없었다.

귀가하는 길이 멀었다.

새벽 1시가 가까워지고 있었다. 성준은 차 뒷좌석에 깊이 몸을 기대었다. 형언할 수 없는 감정을 헤아리려다가 이 시간까지 술을 마셨다. 그러나 아직도 해답을 찾지 못했다. 성준은 짜증스레 미간을 구겼다.

'차라리 당신을 만날 걸 그랬나.'

그녀를 사진 학원에서 데려오지도 못했다. 매번 집까지 데려다주었는데, 오늘은 마음의 여유가 없어서 강 비서를 대신 보낼 뿐이었다.

그러나 그녀를 만났더라면 제 감정을 추스르지 못하고 실수를 저질렀을 게 분명했다. 오늘 같은 날은 홀로 마음을 삭이고, 조금이나마 진정이 되면 찾아가는 게 나았다.

저조차도 감당하기 힘든 감정을 그녀에게까지 떠넘길 수는 없는 노릇이니까. 성준은 그녀를 만나지 않기를 잘했다며 스스로를 다독였다.

"목적지에 도착했습니다."

대리 기사에게 운전비를 지불한 성준은 비틀거리며 엘리베이터에 올라탔다. 온종일 쌓인 피로감이 제 몸을 잠식시키고 있는 것 같았다. 머릿속도 안개가 낀 것처럼 자욱했다.

오늘은 제대로 잠들 수 있을까. 그녀가 곁에 있을 때는 가능하지만 지금은……. 그가 자조적으로 고개를 저었다. 어김없이 눈에 들어오지도 않는 영화를 자장가처럼 틀어 두어야 할 것 같았다.

"……?"

그러나 현관문을 연 성준은 조명이 환하게 켜진 집 안에 의문을 가졌다.

내부 복도부터 켜진 조명은 거실과 이어지더니 부엌까지도 환하게 빛을 내고 있었다. 출근하기 전에 분명 전원을 끈 걸 확인했는데. 게다가 자신은 침실 외에 다른 곳 조명을 잘 켜지도 않았다.

성준은 과자로 만든 집을 찾아가는 헨젤과 그레텔처럼 따스하게 켜진 조명을 따라 걸음을 옮겼다. 구석구석마다 냉기가 돌지 않고, 어둠이 가라앉지 않은 집 안 분위기는 참 오랜만이었다.

"……!"

마침내 성준의 발걸음이 부엌에 있는 아일랜드 식탁 앞에 멈추어 섰다. 그녀였다. 자신이 사랑하는 여자가 식탁에 엎드려 쪽잠을 자고 있었다.

그도 모르는 사이에 집 안에 들어와서 온 세상이 환해질 정도로 불을 밝혔다. 정말이지 예고치 않게, 그렇게나 제멋대로.

"지은아."

고요하게 감은 두 눈, 새근거리는 입술과 불편한 자세로 잠든 모습이 제 심장을 아플 정도로 두드리고 있었다. 이 상황이 믿기지 않았던 성준은 어쩌면 닳아 버릴지도 모를 만큼 그녀를 빤히 바라보았다.

뭐 이렇게 예쁜 사람이 다 있나 싶어서. 그래서 이 순간이 꿈은 아닐까. 건드리면 바람처럼 날아가지 않을까 싶어서. 차마 건드리지도 못하고.

그렇게 한참을 말도 없이 바라보았을까. 성준은 졸린 기색이 가득한, 그러나 자신을 보자마자 총명하게 빛을 내는 지은의 눈동자와 시선이 마주쳤다. 동그란 눈동자가 이내 반달 모양으로 예쁘게 접히고 있었다.

"왔어요?"

"응."

"기다리고 있었어요. 어서 와요."

지은은 제집처럼 성준을 반겨 주었다. 잠에 취해 웅얼거리면서도 제게 뻗어 오는 두 팔만큼은 고집이 있었다.

성준은 제 목에 매달리는 작은 여자를, 그러나 지금 이 순간 누구보다도 따뜻할 여자를 끌어안았다.

"나, 기다렸던 겁니까?"

"네에. 조금요."

"피곤했을 텐데 집에서 쉬지, 왜."

"그냥요."

"……."

"성준 씨가 너무 보고 싶어서요."

불현듯 눈가가 뜨거워졌다.

보고 싶었다는 그녀의 말 한마디에, 부드럽게 지어지는 웃음에 성준의 마음은 크게 휘청이고 말았다. 양주 냄새가 진동을 할 텐데도, 그녀는 아랑곳없이 제 이마와 뺨을……

어쩌면 텅 비어 버린 마음을 다정하게 어루만지고 있었다. 간신히 붙들고 있던 감정까지 단번에 녹아내릴 정도로.

"평범한……."

"……."

"아주 평범한 가족이었으면 했는데."

데일 듯한 온기에 저도 모르게 툭 내뱉은 말이었다. 누구에게도 말하지 못하고, 그저 머릿속에서만 하염없이 맴돌던 말.

"웃을 때는 같이 웃어 주고, 울 때는 함께 울어 주고. 가끔씩 다투더라도 언제 그랬냐는 듯 또다시 웃고."

"……."

"힘들 때마다 돌아갈 곳이 있다는 게. 기댈 수 있는 사람이 있다는 게 어떤 건지 알고도 싶었고."

"……."

"세상에는 그런 형태의 사랑도 있다고 해서, 한 번쯤은 겪어 보고 싶었습니다."

무언가에 홀린 것처럼 중얼거리다 보니 알 것 같았다.

술을 마시는 내내 혼란스러웠던 마음. 확신할 수 없었던 감정의 이름이 무엇이었는지.

그것은 미련이었다. 가지지 못한 것에 대한 아쉬움. 그래서 억울한 마음.

"그런데 그게 너무 큰 욕심이었나."

"성준 씨……."

"화도 나고, 허무하기도 했습니다. 그래서 조금 지쳤습니다, 오늘은."

성준은 힘없이 내려놓았던 마음을 자조적으로 훑어보았다.

그가 바랐던 건 헤아릴 수 없을 정도로 깊은 사랑도 아니었는데. 사진으로 남길 수 있는 추억이 있는 것. 손난로 정도라도 괜찮으니까 힘이 되어 줄 수 있는 따스한 온기.

그것마저도 욕심이라면, 적어도 아버지가 어머니를 때리지 않는 것. 어머니가 죽지 않는 것. 그 모든 것을 지켜보지 않아도 되는 어린 시절이었기를 바랐다.

"걱정 끼쳐서 미안합니다. 술이 깨고 나면 지금보단 괜찮아질 겁니다."

"……."

"그러니 오늘 들었던 말들은 잊고, 지은 씨도 피곤할 테니까……."

"그게 왜 욕심이에요?"

울먹이는 목소리에 성준은 사뭇 놀라서 지은을 바라보았다. 그녀는 저보다도 눈시울이 붉어진 채 눈물을 흘리고 있었다. 울음소리를 참으려는 듯 입술은 꾹꾹 깨물면서.

"충분히 바랄 수 있는 거잖아요. 남들은 다 하는 거, 성준 씨도 하고 싶은 것뿐이잖아요. 그래서…… 좀 해 볼 수도 있는 거잖아요."

"지은 씨."

"그거 이상한 거 아니에요. 욕심 아니라구요. 그런데 왜 괜찮다고만 말해요? 하나도 괜찮지 않으면서. 여기가, 여기가 너무 아프면서……."

품에 안겨 있던 지은이 고양이처럼 그의 왼쪽 가슴팍을 눌러 댔다.

"나한테는 못되어지라고 했으면서, 왜 자기는 참고 있어. 보는 사람 속상하게……."

끝내 못 이기겠다는 듯 엉엉 울어 버리는 그녀가 예쁘다는 생각을 했다. 당신 우는 모습 되게 못났는데. 웃는 모습이 훨씬 예쁜데. 오늘따라 흐르는 눈물마저도 사랑스러웠다.

"그렇게 아쉽고 억울하면 대놓고 고집을 부려요. 평소처럼 밀어붙이면 될 거 아냐."

"지은아."

"성준 씨가 하고 싶다는데 누가 말리겠냐구요."

"지은아, 그런 건 하고 싶다고 할 수 있는 게 아니라."

"해 보면 되잖아요."

그의 상처를 제 일처럼 슬퍼하던 그녀가 성준을 새침하게 노려보고 있었다. 놀아 주지 않아서 삐친 아기 토끼 같았다. 귀엽기도 하지.

일순간 웃음이 새어 나오려는 걸 그는 간신히 참았다. 그러자 지은은 더욱 목소리를 높였다.

"우리도 하면 되는 거잖아요. 가족이 돼서 우리 닮은 애도 낳고,

정말 사랑해 주고, 여행 다니면서 사진도 찍고."

"……윤지은."

"애기 유치원도 보내 주고, 초등학교 들어가면 같이 운동회도 가 보고, 또다시 쉴 틈 없이 사랑해 주고……. 그렇게 해 보면 성준 씨 마음도 채워실 거 아니에요."

"지은아."

"내가 계속 있어 줄 건데. 항상 곁에 있어 줄 건데 못 하긴 왜 못 해. 성준 씨는 가끔 바보 같아요. 연애 못 해 본 거 엄청 티가 난다 구요. 알아요?"

나도 뭐, 해 봤다고 할 수는 없지만……. 지은은 작게 중얼거리며 성준의 가슴팍을 콩콩 두드렸다. 그러나 조그마한 두드림에도 성준 의 마음은 크게 뒤흔들리고 있었다.

이 여자를 어떻게 하면 좋을까. 온종일 고민해도 찾을 수 없었던 문제를 단숨에 해결해 주는 윤지은의 풀이법에 성준은 감탄할 수밖 에 없었다.

그는 웃는 듯 우는 듯, 그녀를 있는 힘껏 끌어안고서 속삭였다.

"서울로 돌아가면 할 말 있다고 한 거, 기억합니까?"

"으응. 그런데 그건 왜……."

"방금 윤지은 씨가 선수 쳤습니다."

"네?"

"결혼하자는 말, 아니었습니까?"

일순간 짧은 정적이 흘렀다. 곧 무언가 깨달은 지은이 어머, 하고 입 을 가렸다. 성준의 품에 가만히 안겨 있던 그녀가 그제야 버둥거렸다.

"자, 잠깐만요. 그게."

"한번 말했으니 못 무릅니다."

"아, 아니. 성준 씨. 그게 아니라."

"아니라는 건 없습니다. 내가 다 기억하고 있으니까."

"저기, 저어…… 앗!"

성준은 품에 안겨 있던 지은을 가볍게 들어 올렸다. 마치 고목나무에 매미가 달라붙어 있는 듯한 모양새였다.

당황한 그녀가 내려 달라며 끙끙거렸지만, 성준은 오히려 그녀의 몸을 단단히 붙잡을 뿐이었다.

"이제 자러 갑시다."

"자러요? 어떤……."

"어떤 거냐니? 새벽 1시면 자야 할 시간입니다, 지금."

"그, 그게 아니라. 성준 씨는 매일 나를 놀리니까……."

복숭아처럼 홍조를 띤 그녀의 볼이 더욱 발그레해졌다. 이내 달아오른 얼굴을 제 어깨에 묻어 버리는 그녀가 예뻤다.

하긴, 사귀고 나서 그녀를 온전하게 재운 적이 잘 없었지. 성준은 픽 웃으며 그녀의 등허리를 토닥여 주었다.

"술 마신 날엔 안 건드립니다."

"아아."

"그러니 오늘은 손만 꼭 잡고 잡시다. 아니, 나를 재워 줘요. 지은 씨가."

"으음, 좋아요. 내가 자장가도 불러 줄게요."

"자장가를?"

"네, 푹 잘 수 있도록."

그녀의 입술이 성준의 이마에 닿았다가 떨어졌다. 간지러운 촉감에 성준의 입꼬리가 씩 올라갔다. 언제나 침실 근처에서 머뭇거리던 그의 발걸음이 오늘은 망설임 없이 움직이고 있었다.

"그래요. 푹 잠들 수 있도록."

그런 밤이 있었다. 지쳐서 아무것도 할 수 없지만, 누군가의 위로가 절실하게 필요한 어떤 밤이. 눈을 감는 게 두렵게만 느껴지던 어느 밤도.

하지만 그토록 괴롭기만 하던 밤이, 오늘은 별다른 기척을 내지 않고 지나가고 있었다. 언제나 서글픈 눈으로 자신을 뒤따라오던 어린 날의 성준도 마침내 미소 짓고 있었다.

"잘 자요, 성준 씨."

모든 것은 제 곁을 지켜 주겠다는 이 여자 덕분이었다.

그녀가 부르는 자장가가 귓가로 흘러 들어왔다. 성준의 눈꺼풀이 소리 없이 감기고 있었다. 앞으로는 수면제 없이도 푹 잠들 수 있을 것 같았다.

기분 좋은 예감이 들었다.

한동안 차승택 회장에 대한 얘기로 미디어가 떠들썩했다.

H그룹이라는 커다란 기업을 운영하는 인물이 저지른 부정부패는 대중들의 이목을 집중시키기 충분했다. 뇌물 청탁, 공금 횡령, 성매

매……. 수많은 비리가 차승택 회장을 둘러싼 가운데, 가장 논란이 되었던 건 역시 성준이 모든 것을 폭로했다는 사실이었다.

「H그룹 차성준 대표, 차승택 회장으로 인한 불우했던 가정사 폭로! 차승택 회장 아내 이윤정 씨의 자살, 가정 폭력이 원인?」

그녀는 술판 위에 올라간 안줏거리처럼 자극적으로 점철되는 기사가 마음에 들지 않았다.

그러나 성준은 이미 예상했던 일이라며 어깨를 으쓱거렸다. 후회하지 않는 듯한 모습이었다. H그룹의 주가가 밑도 끝도 없이 하락하는 순간에도, 노이즈 마케팅이라며 회사 이미지가 퇴색되는 와중에도.

누군가는 이기적이라고 손가락질할 테지만, 그는 제 아버지라는 작자의 만행을 눈 뜨고 지켜볼 수가 없었다고 말했다. 한 번쯤은 반드시 짚고 넘어가야 할 상황이 일찍이 다가온 것뿐이라고.

'나, 이제 본부장도 아니고 대표도 아닙니다.'
'성준 씨.'
'어쩌면 회사가 망할지도 모르는데, 그래도 예뻐해 줄 겁니까?'

언젠가는 그가 물어보았다. 겨울치고는 훈훈한 바람이 스치던 밤이었다. 생각이 많은 건지, 새벽에 잠이 깬 그가 그녀에게 어리광을 부렸다.

그녀는 보드라운 입술을 성준의 이마에 살짝 갖다 대었다.

'언제는 예뻐하지 않은 적 있었나?'

'지은아.'

'진실은 원래 아픈 거잖아요. 시간이 지나면 성준 씨의 결정을 알아주는 사람들도 분명 있을 거예요.'

지은은 초조해 보이는 그를 품 안에 꼭 안아 주었다. 손끝에 닿는 온기가 따스했다.

'성준 씨는 잘해 냈어요. 처음부터 다시 시작한다고 생각하고 불안해하지 말아요. 성준 씨가 정 힘들면 내가 열심히 먹여 살리죠, 뭐.'

진심으로 한 말이었는데 이 남자, 뭐가 그리도 재밌는지 쿡쿡 웃는다. 살결에 닿는 웃음소리가 포근하고도 간지러웠다. 그러나 한결 차분해진 모습을 보며 지은도 엷은 미소를 지었다.

"그렇게나 불안해했으면서……."

성준의 폭로 이후로 두 달이라는 시간이 지났다.

인터넷에 뜬 기사를 찾아보던 지은은 헤드라인을 읽다가 픽 웃었다. 본부장직을 맡고 있던 성준이 이번 일을 계기로 차기 회장직을 맡게 되었다는 기사였다.

차승택 전 회장은 구속 수사를 진행하고 있었으며, 처음에는 날카로웠던 대중들의 시선도 가정 폭력의 피해자였던 성준에게는 동정 여론을 형성하고 있었다.

'본부장도 아니고, 대표도 아니라더니 회장직을 거머쥘 게 뭐람.'

주가도 점점 회복세를 이루고 있었다. 덩달아 H그룹은 성준의 진실된 고백에 힘입어, 깨끗하고 단정한 이미지로 태어나기 위해 발돋움을 하고 있었다.

고생 끝에 낙이 온다는 말이 있듯이, 그동안의 걱정이 무색해질 정도로 성준의 상황은 긍정적인 방향으로 풀려 가고 있었다.

"정말 다행이죠?"

모니터를 바라보고 있던 지은의 시선이 책꽂이에 놓인 액자로 향했다.

액자 속 사진에는 30대 초중반으로 보이는 여자가 환하게 웃고 있었다. 오래되었지만 찍는 사람의 애정이 가득 담겨 있는 사진이었다.

나뭇잎 사이로 비치는 햇살. 여자의 머리 위로 드리워진 자잘한 그늘. 여름날 불어오는 바닷바람처럼 시원한 미소는 보는 것만으로도 기분이 좋아지는 듯했다.

"서운해하지 않으셨으면 좋겠어요. 성준 씨도 오랫동안 고민하고 결정한 거니까……."

노트북 전원을 끈 그녀가 마른 수건을 가져오더니 먼지가 조금 쌓인 액자를 닦아 냈다. 액자 옆에 놓인 화병의 물을 가는 것도 잊지 않았다.

성준의 상처를 들여다본 이후로 시작한 일이었다. 눈을 감을 때마다 어머니의 마지막 모습이 보인다는 그를 위해서. 어머니의 모습을 마주하기가 두렵고, 일부러 액자를 덮어 두었던 그를 대신해서…….

"아니, 어머님은 분명히 이해해 주실 거라고 생각해요."

지은은 자신이라도 어머니를 챙겨야겠다고 마음먹었다.

그때부터 그녀는 자신이 찍은 사진을 인화해서 어머니의 곁에 올려 두기도 하고, 학원이 끝날 때마다 꽃집에 들러 예쁜 꽃 한 송이를 사서 꽂아 두기도 했다. 액자를 닦아 내며 말을 거는 건 이제 일상이 되었다.

"준비는 다 했습니까?"

"성준 씨!"

어머니의 액자를 내려놓으려던 순간, 그녀의 뒤에서 성준이 나타났다. 그는 예고치 않게 그녀의 허리를 바짝 끌어안았다.

성준은 어머니 사진이 담긴 액자를 보며 살짝 눈인사를 하다가, 지은의 귓가에 대고 나지막이 속삭였다.

"이러다 시상식 늦겠습니다."

"시간은 충분하다구요."

"확실합니까?"

"네에. 그보다 오늘 나 어때요?"

성준의 품에서 빠져나온 그녀가 보란 듯이 제자리에서 한 바퀴를 돌았다.

어깨 위에서 단정하게 찰랑거리는 머리카락. 그녀의 맑은 이목구비를 도드라지게 보여 주는 화장. 하늘거리는 파스텔 톤 블라우스와 발목까지 딱 떨어지는 하얀색 슬랙스까지.

머리부터 발끝까지 그녀에게 찰떡처럼 어울리는 스타일이었다.

"나름 괜찮죠? 저번에 했던 경극 분장보단 훨씬 낫다고 자부할게요."

"말하면 입이 아플 정도로 예쁩니다."

"아무렴. 시상식인데 신경 좀 썼어요, 후후."

"물론."

그녀가 만족스러운 미소를 띠고 있는데, 다시 한번 성준이 그녀의 허리에 팔을 감아 왔다.

그의 품으로 쏙 안긴 그녀가 의문스러운 표정을 지었다. 그때 성준의 커다란 손가락이 지은의 블라우스 단추를 하나하나 풀어 내렸다.

"아무것도 입지 않았을 때가 가장 아름답지만."

"서, 성준 씨."

"더군다나 수상자가 시간이 충분하다고 말했으니."

"으응?"

"잠시 둘만의 시간을 가지는 것도 좋겠는데."

느긋하게 말을 이어 가던 성준이 그녀의 봉긋한 살결에 얼굴을 묻은 건 순식간에 벌어진 일이었다.

반쯤 풀어진 그녀의 블라우스가 어깨 아래로 힘없이 흘러내렸다. 지은은 얼굴을 붉게 물들이며 성준의 가슴팍을 연신 두드렸다.

"전시회 가야 한단 말이에요!"

"시간은 충분하다면서."

"새벽에도 못살게 굴었으면서……."

"새벽은 새벽이지. 지은아."

"얄미워, 정말!"

그녀의 흰 살결에는 이미 성준이 지난밤 동안 새겨 놓았던 흔적

들로 가득했다.

흔적을 볼 때마다 떠오르는 홧홧한 기억에 지은은 두 눈을 질끈 감았다. 그리고 성준은 버둥거리는 그녀를 와락 들어 안고서, 동이 틀 때까지 열기가 한창이었던 침실로 걸음을 옮겼다.

"씨이……."

지은은 자포자기의 심정으로 성준의 어깨에 얼굴을 묻었다.

시도 때도 없이 이는 욕망이 싫은 건 아니었다. 그는 언제나 그녀에게 더할 나위 없는 황홀경을 선사해 주었으니까. 사랑을 확인하는 과정은 늘 설레고 또 기분 좋은 일이었다.

그러나 항상 짓궂게 구는 성준이 얄미운 건 마찬가지여서, 지은은 고양이처럼 그의 목을 앙하고 물어 버렸다. 그녀가 할 수 있는 최소한의 복수였다.

"지은아."

"응?"

"자꾸 귀여운 짓 할래?"

물론 아프라고 한 행동이, 오히려 그의 욕망을 활활 자극시키게 될 줄은 꿈에도 몰랐지만.

그녀에게 물렸던 목이 쓰라렸다.

성준은 제 품에 안겨 예쁘게 울어 대던 그녀를 떠올리다가, 이내 앙칼지게 '시상식 늦었어요!' 라고 말하며 도망치던 모습을 떠올리고는 픽 웃었다.

"대표님, 겨울에 모기한테 물리신 겁니까?"

그때, 그의 옆에 있던 강 비서가 넌지시 물었다. 성준은 괜스레 헛기침을 하며 지은이 낸 잇자국을 손바닥으로 가렸다.

"아니, 강 비서는 신경 쓰지 마. 그보다 전시회는 잘 진행되고 있나?"

"예, 생각보다 많은 고객분들이 찾아오셨습니다. 이번 전시회가 예상대로 고객 접근성을 높이려는 취지에 맞게 진행되고 있습니다."

"인테리어도 손본 쪽이 훨씬 낫군. 북 카페도 제법 괜찮은 아이디어인 것 같고."

"언론에서도 현재 H그룹의 이미지가 예전보다 친근해졌다는 평을 내고 있습니다. 안쪽으로도 한번 들어가 보시죠."

성준은 강 비서의 안내에 따라 사진이 전시되어 있는 갤러리 쪽으로 걸음을 옮겼다.

'휴식'을 주제로 한 사진 공모전의 수상작들이었다. 갤러리는 전시된 작품을 관람하기 위해 온 고객들로 붐비고 있었다. 성준은 만족스러운 미소를 지으며 전체적인 내부를 둘러보았다.

"그런데 윤지은 씨는 어디 계시는지……."

"잠시 어머님을 뵙고 온다더군. 그건 그렇고 강 비서."

"네, 차 대표님."

"윤지은 씨의 수상작은 대체 어디 있는지 보이질 않는데."

그가 전시회에 온 목적은 로비를 갤러리화하는 계획 때문도 있지만, 지은의 공모전 수상의 이유가 가장 컸다.

그런데 아무리 주변을 둘러보아도 그녀가 찍었을 법한 사진, 그러니까 그녀가 주로 내세우는 구도와 분위기가 담긴 작품이 보이지 않았다.

혹여나 사진 보는 감각이 떨어진 것일까. 작품 밑에 적힌 수상자들의 이름표도 확인했지만, 어디에도 그녀의 이름은 없었다.

"크흠, 윤지은 씨가 어떤 작품으로 수상했는지 대표님께서는 아직 모르시는 겁니까?"

"그래. 알려 줄 기미조차 안 보이더군. 당선이 되면 직접 확인해 보라는 말밖엔."

"아하하."

"강 비서?"

방금 웃은 건가? 웃음의 이유를 알 수 없었던 성준의 짙은 눈썹이 꿈틀거렸다.

어울리지 않게 호탕한 웃음을 터트리던 강 비서는 이내 사람들이 유독 모여 있는 한 작품을 향해 손짓을 해 보였다.

"비록 대상은 아니더라도 대상만큼의 이목을 끌고 있는 작품이 하나 있습니다. 휴식이라는 주제와 아주 잘 어울리는 작품이더군요."

"음."

"대표님께서 직접 확인해 보시죠. 제가 말로 설명하는 것보다 빠를 겁니다."

강 비서는 입가에 미소를 머금고서 잠시 뒤로 물러났다. 그와 동시에 성준의 시선이 웅성거리고 있는 인파로 향했다. 그리고 천천히 발걸음을 옮겼다. 대체 어떤 사진이기에 그리도 소란인가 싶었다.

어느새 성준은 커다란 흑백 사진 앞에 섰다. 작품 근처에 있던 관람객들은 그녀의 작품을 바라보며 도란도란 대화를 나누고 있었다.

"색깔이 없는데도 따뜻함이 느껴지는 작품이네요."

"오히려 흑백이어서 작가의 애정이 두드러지는 것 같아요."

사진 속의 세상은 무채색이었다. 오직 빛과 어둠만이 스며들어 있는, 단조롭지만 분명한 세계.

그러나 대상을 바라보고 있는 작가의 시선은 결코 무심하지 않았다. 애정이었다. 사랑하는 연인의 허벅지를 베고 누워 있는 남자. 그 남자는 아무것도 입지 않은 채 등을 보이고서 단잠에 빠져 있었다.

목덜미와 등허리를 비추는 햇살이 유난히 눈부시다. 그래서 따뜻했다. 어떤 색도 입히지 않았지만 성준은 이 사진이 몹시 따뜻하다고 생각했다.

찍고 있는 사람의 애정 때문이든, 남자를 내리쬐고 있는 햇살 때문이든, 아니면 나무처럼 드리워진 그늘 덕분이든……. 사진을 보고 있는 것만으로도 왠지 시원한 바다 내음이 나는 것 같았다.

"그런데 사진 속의 남자, 누구 닮지 않았나요?"

"나만 그런 생각 한 게 아니구나."

"그러게요. 왠지 모를 기시감이 드는 게……."

그리고 사진 속의 남자는 자신이었다. 차성준, 바로 자신.

도대체 언제 찍힌 사진인지 기억도 나지 않는다. 저조차도 기억하지 못하는 자신의 모습을 작품으로 담아낸 그녀의 행동은 앙큼하기 짝이 없었다. 성준은 기가 막혀서 웃음을 터트렸다.

'당신이란 여자는…….'

그러나 뜨거운 감정이 성준의 목울대를 치고 갔다.

언제부터였을까. 자신은 매번 단단해져야만 했다. 빈틈을 보이는 건 약한 자나 하는 행동이었으므로. 성준은 강해지기 위해 제 마음을 숨기고 감추는 법을 가장 먼저 알아야 했다.

그래서 모르고 있었다. 마음 편히 쉴 수 있다는 걸. 아무 걱정 없이 눈을 감을 수 있는 나날과 사랑하는 사람으로 인해 무방비해질 수 있는 일상이 있다는 것도.

무방비. 그래, 거추장스러운 갑옷을 벗어 던지고 갓 태어난 아기처럼 허물어지는 마음을, 그토록 휴식 같은 시간을 가질 수 있을 거라고는 절대로.

"이 사진을 처음 본 순간."

"……."

"성준 씨는 무슨 생각이 들었나요?"

윤지은, 그녀를 만나기 전까지는 전혀 모르고 있었다.

성준은 예고도 없이 나타난, 바로 지금 이 순간처럼 제 옆에 나란히 서 있는 그녀를 끓는 듯한 시선으로 바라보았다.

"……사랑이군요."

이토록 절절한 마음을 무엇이라 부르는지 성준은 알고 있었다.

그녀가 자신에게 주었던 것이 어떤 의미를 가지는지. 얼마나 소중한 감정이 제 가슴 깊은 곳에 박혔는지……. 이제는 말하지 않아도 전부 알 것만 같은 기분이었다.

"궁금한 게 하나 있는데."

"응?"

"윤지은 씨가 제출한 이 작품, 당사자의 허락은 받은 겁니까?"

그가 나른하게 미소 지었다. 살짝 당황하는 그녀를 바라보며, 성준은 쿡쿡 웃었다.

"아무래도 당사자는 전혀 모르는 사실 같은데."

"저어, 성준 씨."

"윤지은 씨가 어떤 대답을 하느냐에 따라, 당사자의 허가 여부도 달라질 것 같군요."

성준은 몸을 돌려 지은을 마주 보았다. 그리고 재킷 안주머니에서 벨벳 케이스 하나를 꺼냈다.

그의 행동을 찬찬히 지켜보던 그녀의 입술에서 짧은 신음이 새어 나왔다. 성준이 무슨 말을 할지 어느 정도 눈치챈 것처럼.

"비록 당신이 먼저 선수를 쳤지만, 기왕이면 제대로 프러포즈하고 싶었습니다."

"성준 씨……."

"평생에 단 한 번밖에 못 하는 거니까."

그가 벨벳 케이스를 열어 청혼 반지를 보여 주었다. 그녀를 위해 몇 달 동안 찾아보고, 디자이너까지 섭외해서 수작업까지 거쳐 낸 반지였다.

성준은 스스로가 안목이 있는 사람이라고 믿었기에, 지은 또한 제가 준비한 반지를 마음에 들어 할 거라고 확신했다.

"워낙 재미없는 사람이라 낯간지러운 말은 잘 못 합니다."

"알아요."

"그래도 참 좋아하고 있습니다."

알고 있어요, 그녀가 울먹이며 대답했다. 반지도 마음에 드는지 케이스에서 시선을 떼지 않은 채였다. 성준은 이미 젖어 버린 그녀의 눈가를 대신 닦아 주었다.

"그럼 이것도 알고 있습니까?"

그리고 입가에는 잔잔한 미소를 띠웠다.

"맞선 나와 줘서 고맙습니다."

"나……."

"함께하는 순간이 마지막처럼 느껴졌다는 당신과 달리."

"나는……."

"나는 모든 순간이 처음인 것처럼 설레었습니다."

처음 만난 날, 그녀를 향해 지었던 웃음은 아직도 잊히지 않았다.

거세게 뛰어 대는 심장 박동에 잠 못 이루었던 두 번째 데이트도. 세 번째 데이트를 기약하며 폴라로이드 카메라를 샀던 날도……. 아니, 셀 수도 없을 만큼 수많은 나날도.

윤지은이라는 여자를 떠올리며 느꼈던 설렘과 기대감으로 차올랐던 마음이 추억처럼 스쳐 지나가고 있었다.

"이기적으로 굴어도. 그래서 당신 마음 아프게 했는데도."

"성준 씨……."

"내 마음이 더 아플까 봐 걱정해 줘서. 있는 힘껏 안아 줘서 고맙습니다."

"흐윽……."

"위로가 됐습니다. 많이."

그녀는 더 이상 울음을 참지 못하겠는지 엉엉 울면서 성준의 품에 안겼다. 마치 그의 마음을 전부 알고 있는 사람처럼.

화려한 미사여구 없이, 그저 담백하기만 한 고백일 뿐인데도. 아니, 오히려 어느 것도 덧대지 않고 시를 낭독하듯 흘러가는 고백이 그녀의 마음을 아프도록 울리고 있었다. 그는 지은의 여린 어깨를 토닥여 주었다.

"이제는 쉬고 싶습니다. 당신 곁에서."

때로는 설레는 마음으로, 때로는 애틋한 마음으로.

그녀가 허락해 준다면 성준도 평범한 일상을 살아가고 싶었다. 즐거운 식사를 하고, 모든 일에 신경을 곤두세우지 않아도 되고, 마음 편히 잠들 수 있는. 그래도 괜찮은 일상들을.

"대답 듣고 싶은데."

"흐읍."

"응? 지은아."

그러나 그녀는 뭐가 그리도 서러운 건지, 프러포즈받은 사람답지 않게 울기만 할 뿐이었다.

그렇게 얼마나 지은의 머리카락과 등허리만 쓸어내리고 있었을까. 그녀가 성준의 팔뚝을 고집스레 움켜쥐었다. 눈물로 범벅이 된 얼굴이 사랑스럽다.

"지켜 주고 싶어요."

"지은아."

"성준 씨에게도 평범한 일상을 보낼 수 있다는 걸. 고요한 밤을 보낼 수 있고, 따뜻한 가정을 이룰 수도 있다는 걸 알려 주고 싶어요."

"윤지은."

"나로 인해 당신이…… 살아갈 수 있는 힘을 얻었다면."

어린 시절부터 고장 났던 마음이 천천히 움직이고 있었다. 그것은 예전부터, 그러니까 그녀가 제 마음속으로 멋대로 들어온 순간부터 시작된 움직임이었다.

"곁에 있을게요. 떠나지 않을 거예요."

비록 녹슬긴 했지만, 괜찮았다. 그녀가 있는 것만으로도 달라진 일상이었다. 그래서 살아갈 수 있었다.

어쩌면 평생토록 제자리에 고여 있을 거라고 생각했던 마음이 눈 깜짝할 사이에 여기까지 도달해 있었으니까.

성준은 더 이상 제게 일어난 변화를 의심하지 않았다. 그동안 경험하지 못했던 감정을 기꺼이 받아들이고 싶었다. 그녀와 함께라면 얼마든지. 무엇이라도.

"그러니 두려워하지 말아요."

"당신……."

"나의 위로가 당신에게 어떤 의미인지 잘 알고 있으니까."

"다행이군요."

"맞선 본 것까지 고맙다고 말할 줄은 몰랐지만요."

그녀가 축축해진 뺨을 제 품에 묻어 왔다. 키득거리는 웃음소리에 사뭇 긴장이 풀렸다.

그래, 그녀는 전부 알고 있었던 것이다.

윤지은이라는 여자가 차성준에게 얼마나 구원이 되는 사람인지를.

서투른 고백에도. 혹여 제 마음이 닿지 않을까 걱정하는 그를 무색하게 할 정도로. 그래서 어떤 말을 전해야 할지 몰라 어색하게 굴어도…….

그녀는 이미, 그의 마음을 충분히.

"작품이 전시까지 되었는데, 윤지은 씨가 책임을 지는 게 당연하죠."

"그렇게 되는 거예요?"

"네. 우리는 그렇게 결혼하는 겁니다."

성준은 피식 웃으며 그녀의 둥근 이마에 입을 맞추었다.

"윤지은 씨가 나를 담아내서."

"성준 씨……."

"그리고 나는, 당신에게 벗어날 생각이 전혀 없어서."

바로 눈앞에 걸려 있는 윤지은의 작품처럼, 성준도 그녀만이 다룰 수 있는 존재가 되고 싶었다.

당신은 언제나처럼 나를 마음으로 담아내고, 나는 당신의 따스한 손길 안에, 눈길이 닿는 거리에서 기다리고 있겠지.

"기분 좋은 어리광이네요."

그리고 나는, 당신에게 지금보다 더욱 넓은 세상을 쥐여 줄 것이다.

성준은 해사하게 웃고 있는 지은을 바라보았다. 그리고 조명 아래에서 은은하게 빛나고 있는 반지를 그녀의 손가락에 끼워 주었다. 수상을 축하한다는 말을 귓가에 나지막이 속삭여 주면서.

— 곧 시상식이 시작되겠습니다. 참석하실 분들은 로비로 모여 주시기 바랍니다. 다시 한번 안내드립니다…….

창밖에선 싸늘한 계절이 안색 하나 바꾸지 않고서 버티고 있었다.

앙상한 나뭇가지가 아픈 생채기를 낼 줄 몰랐던, 뺨을 할퀴는 바람이 그토록 서러울 줄 몰랐던 나날이었다. 무정한 계절 속에서 그들은 몇 번이나 눈물을 흘려야만 했다.

하지만 겨울의 끝자락이었다. 언 땅을 비추는 햇살은 시린 겨울답지 않게 따뜻했다. 머지않아 포근한 바람이 불어올 테지. 그래서 그들은 또다시 걸음을 내디뎠다. 아지랑이가 아득하니 피어오르고, 푸른 이파리가 간지럽게 속삭이는 계절을 향해서.

어쩐지 봄이 오는 소리가 들리는 것도 같았다.

like the last time

차창 너머로 한적한 마을이 스쳐 지나갔다.

봄이었다. 푸른 숲이 따뜻한 햇살에 익어 가고, 창문을 열면 도시에서는 이미 지나가 버린 냄새 같은 게 났다. 가축의 비료나 재가 타오르는 그런 냄새.

지은은 차창에 머리를 기대어 지난달에 있었던 상황을 천천히 곱씹었다.

'어떻게 지내고 있으려나…….'

송주연은 상해죄로 징역 1년 6개월 형을 선고받았다. 그러나 초범이라는 이유로 집행 유예 2년을 받게 되었고, 이후 소리 소문도 없이 사교계에 발길을 끊었다.

그러나 지은은 송주연에게 하고 싶은 말이 있었다. 그래서 판결이후 주연의 소식을 듣기 위해 장 여사를 만났고, 오랜만에 마주한 장 여사는 그녀의 눈치를 보며 어렵사리 입을 열었다.

'주연이가 도통 방에서 나오질 않아. 밥도 제대로 먹지 않고, 대화를 시도하면 소리부터 질러 대니 부모로서 어떻게 해야 할지 모르겠더구나. 그래서 어쩔 수 없이 회사에서 후원하는 요양원으로 보냈단다. 병원에서 상담이라도 받자고 하니 아주 치를 떨어서……'

'장 여사님.'

'실은 네게 요양원 주소를 알려 주는 것도 잘하는 일인지 잘 모르겠구나. 네 심정을 모르는 건 아니지만, 부모 입장에선 주연이가 스트레스를 받지 않을까 걱정이 돼서……'

끝까지 이기적으로 굴어서 미안하구나, 장 여사는 그렇게 말을 덧붙였다.

그러나 자식을 생각하는 부모의 마음이란 정도의 차이만 있을 뿐 사실 비슷하지 않을까. 애초에 장 여사에게 사과를 받는 건 의미가 없었기에 지은은 고개를 주억거렸다.

'걱정 마세요, 장 여사님. 딱 한 번이에요.'

'지은아.'

'주연이, 한 번만 보고 다시는 만나지 않을 거예요. 장 여사님에게 연락드릴 일도 더는 없을 거고요.'

그날 장 여사에게 받아 두었던 주소를 따라서 차는 이동하고 있었다.

고소를 당한 후 한동안 제정신이 아니었다던 송주연을 만나기 위해서. 맹수에 쫓기는 것처럼 매사 불안감을 떨치지 못했고, 사람이 두려워서 외출조차 못 할 정도였다던 송주연을.

"사모님, 곧 요양원에 도착할 겁니다."

운전기사의 목소리에 지은은 고개를 돌려 전방을 주시했다.

푸르게 우거진 숲 사이로 단정하게 지어진 요양원이 보였다. 도시에서 흔히 볼 수 있는 건물과 달리 자연친화적으로 지어진 요양원은, 겉으로 보기에도 많은 지원을 받고 있는 것처럼 보였다.

서울에서 꼬박 두 시간을 달려 도착한 곳이었다. 송주연이 지내고 있다는 'S 요양원' 입구 안으로 차가 들어서고 있었다.

테라스를 비추는 햇빛이 봄이라는 계절치고는 날카로웠다. 지은은 파라솔 그늘 안으로 의자를 당겨 앉았다. 시선은 바로 옆에 펼쳐진 요양원의 정원에 꽂힌 채였다.

아기 동상이 놓인 분수대, 만발하는 봄꽃, 폐부를 깊숙이 채우는 맑은 공기와 넓은 잔디 위를 뛰어다니는 아이들은 보는 것만으로도 미소가 지어졌다. 봄의 풍경이었다.

"느긋하게 감상이나 하려고 찾아온 건 아닐 테고."

"……."

"본론만 말하고 가. 무슨 일로 찾아왔는지."

정원 내부를 둘러보던 지은의 시선이 그제야 주연에게 꽂혔다. 그날의 사건 이후 처음으로 마주하는 얼굴이었다. 그러나 톡 쏘아 대는 어조는 예전과 같았다.

아니, 달라진 게 하나 있다면…… 언제나 독기로 가득 차 있던 눈동자가 조금은 누그러졌다는 점이었다.

"사과받고 싶어."

"……."

"네가 나한테 했던 짓, 반성하고 있는지 궁금해서 찾아왔고."

조금은 피곤해 보이는 송주연을 향해서 지은은 단호하게 대답했다. 그러자 주연은 대답 대신 가볍게 웃었다.

"사람은 쉽게 변하지 않아, 지은아."

주연은 반성의 기미조차 보이지 않았다. 오히려 이 말을 하길 기다렸다는 듯이 지은을 똑바로 바라보았다.

"나는 여전히 네가 싫어. 너만 없었어도 사람들이 너랑 나를 비교하지도 않았을 거고, 어렸을 때부터 너한테 얽매여서 초조해할 필요도 없었을 테니까."

"송주연."

"애초에 윤지은만 없었다면. 너랑 아줌마가 우리 집에 얹혀살지만 않았더라면. 나는 지금쯤 떵떵거리며 살고 있었을 거라고."

"……."

"이딴 구질구질한 요양원에 처박혀 있는 게 아니라."

주연은 화가 풀리지 않는 듯 나직하게 욕설을 내뱉었다.

예상했던 반응이었다. 주연은 고소까지 당했으면서도 사과 한번 하러 온 적이 없었으니까. 충분히 합의할 수 있는 상황에도 고개를 숙이긴커녕 죗값을 치르겠다고 대답한 것도 송주연이었다.

"가진 건 쥐뿔도 없는 주제에 남자 만나서 신분 상승 하니까 기분 좋니? 그 남자가 지니고 있는 게 다 네 것처럼 느껴지지? 지금 이 순간이 영원할 거 같고. 그렇지?"

"계속해 봐."

"한순간일 뿐이야. 시간이 지날수록 그 남자는 네가 얼마나 보잘 것없는 애인지 알게 될 거고, 그때가 되면 너는 매몰차게 버려질 거야. 가진 것을 전부 잃고 나서야 너는 뒤늦게 후회하겠지."

"……."

"주제도 모르고 욕심부리지 말 걸 그랬다고."

주연은 의기양양하게 웃어 보였다. 반드시 그렇게 될 거라고 확신하는 것처럼. 남의 불행에 미소 짓는 사람의 얼굴을 지은은 똑똑히 시야에 담아 두었다. 그리고 결심했다.

"그럼 한번 지켜봐."

자신은 절대로 송주연 같은 사람이 되지 않을 거라고.

"내가 무너지기만을 기다리면서. 끊임없이 나를 미워하면서 살아가 봐. 늘 그랬던 것처럼."

여유로운 태도에 주연이 의심의 눈초리를 쏘아 대고 있었다. 그러자 지은은 새삼스럽다는 듯 어깨를 으쓱거렸다.

"너는 원래 그것밖에 못 하잖아."

"뭐?"

"불쌍하게도."

낮잡아 보는 듯한 어조에 주연은 발끈했다. 그러나 지은은 주연의 반박을 무 자르듯 잘라 냈다.

"나도 너 미워했어. 어쩌면 너보다도 더."

"윤지은."

"당연하잖아. 시도 때도 없이 이간질하고, 틈만 나면 엄마를 두고 협박하는데 제정신으로 버틸 사람이 누가 있겠어?"

학창 시절, 지은은 밤마다 주연을 저주하고 원망했던 나날을 떠올렸다.

하다못해 주연의 방으로 쳐들어가 목을 조르는 상상까지 했던 날도 있었다. 그 정도로 지은은 주연을 미워했고, 치가 떨릴 정도로 싫어했었다.

"마음 같아선 너를 무너뜨리고 싶었어. 내가 당한 것처럼 이간질하고 싶었고, 이상한 소문도 내고 싶었어. 그런데 안 했어. 아니, 못 했어."

착한 척이라도 하고 싶어서 그랬을까? 자조적으로 질문하던 그녀가 웃으면서 고개를 저었다. 아니었다. 그날의 윤지은은 그저…….

"너 하나 끌어내리려고 안간힘을 쓰는 게 초라해 보여서."

미움 따위에 사로잡힌 제 마음이 아까워서 견딜 수가 없었다.

누군가를 미워하는 일은 마치 인스턴트식품을 먹는 것과 같았다. 자극적인 데다 쉽게 접할 수 있어서 정신을 바짝 차리지 않으면 휩쓸리기 십상이었다.

그러나 몸에 좋지 않은 걸 계속해서 먹다 보면 탈이 나기 마련이었다. 마음도 마찬가지였다. 미움만을 좇던 마음은 그것밖에 담아내질 못했고, 어느 순간부터는 시야도 점점 좁아졌다.

"누가 돈을 준다고 해도, 초라한 마음 같은 건 가지고 싶지 않더라."

바로 옆으로 좋은 풍경이 지나가는데도 보지 못하는 것. 아니, 보는 방법조차 잊어버린다는 건 너무나도 슬픈 일이었다.

그래서 지은은 미워하는 일에 힘을 쏟지 않기로 했다. 자신을 위해 서였다. 송주연 때문에 휘청거리기엔 자신의 마음이 아까웠기 때문에.

"하지만 너는 계속해서 나를 미워해 봐. 그 시간에 나는 계속해서 행복해질 테니까."

다만 행복해질 수 있는 방법을 찾고 싶었다.

사소하든 아니든. 행복이라는 녀석을 어떻게 해야 오래도록 간직 할 수 있는지 알고 싶었다.

그건 누군가를 미워하는 일보다 훨씬 어려운 일이었으므로.

"마지막에 웃는 사람이 누군지 정말 궁금하다, 주연아."

행복이란 봄바람을 타고 흘러가는 구름과 같았으니까. 보드랍고 사랑스럽지만 살짝 놀래 주어도 달아날 만큼 겁이 많았다.

그렇기에 무엇보다도 소중했다. 지은은 그토록 소중한 행복을 간 직하고 싶었다. 숨바꼭질하듯 고개만 빼꼼 내밀고 있는 녀석을 언제 어디서나 찾아내고 싶었다.

그건 송주연에게 할 수 있는 최고의 복수이기도 하니까.

그녀는 대답 없이 멍한 주연에게 하늘색 계열로 만들어진 청첩장 을 내밀었다.

"청첩장이야. 다음 달에 그 사람과 결혼해. 네가 와서 깽판을 치 든, 아니면 찢어 버리든 상관없어."

지은은 살며시 웃었다.

"내가 가장 행복한 순간 중의 하나를 너에게 보여 주고 싶어. 그 게 전부야."

스스로를 미움이라는 늪에 내던졌던 송주연은 명치라도 맞은 사람처럼 지은을 바라보았다. 지은은 제 감정 하나 추스르지 못해서 허우적거리는 주연이 불쌍했다.

한때는 어떻게 저리도 못된 행동만 하는지 원망스러웠다. 대갚음해 주는 것도 한두 번이지. 매번 포악스럽게 구는 송주연에게 지쳤고, 때로는 그녀의 뻔뻔함이 부럽기까지 했다.

"잘 지내."

"……."

"힘들 것 같지만."

그러나 지금 이 순간, 송주연은 누구보다도 초라해 보였다. 예전에는 부러워했던 주연의 안하무인 태도와 무례한 행동도 더 이상 탐나지 않았다.

그저 스스로가 쌓아 놓은 불행의 꼭대기에서 내려가지도 못하고 쩔쩔매는 모습이 안타까울 뿐이었다.

"다시는 만나지 말자."

뒤에서 주연이 무언가를 중얼거리고 있었다. 그러다 이내 언성을 높이고서 바락바락 소리를 질렀다.

그러나 지은은 모든 것을 외면하고 돌아섰다. 그저 앞만 보고 걸었다. 뒤를 돌아보지 않았다. 이제는 송주연의 감정을 받아 줄 필요가 없다는 걸 알고 있으니까.

대신 아이들이 해맑게 웃는 소리를 마음속에 담았다. 분수대에서 노는 건지 청량한 물소리를 기억했고, 건물의 급식소에서 풍기는 따끈한 밥 냄새를 곱씹었다.

그토록 사랑스럽고도 그리운 냄새가 나는 것부터 그녀는 마음 한편에 차곡차곡 담아내고 있었다. 폐부를 가득 채우는 공기가 맑고 깨끗했다. 영락없는 봄의 풍경이었다.

창문을 통해서 들어온 햇살이 서재를 은은하게 비추었다.

책상에 앉아 있던 지은은 마감을 하느라 열중이었고, 때문에 휴대폰이 울리는 줄도 몰랐다. 은서가 울먹이는 소리를 듣고 나서야 그녀는 정신을 차렸다.

"안녕하세요. 편집자님."

— 윤 작가님, 수신 확인을 안 하셔서 연락드렸어요. 방금 메일로 엽서 시안 보내 드렸는데, 두 개 정도 골라 주시면 될 것 같아요.

"마감하느라 정신이 하나도 없었네요. 금방 메일 보내 드릴게요."

— 알겠습니다. 마감 힘내시고, 문의하실 일 있으시면 언제든지 연락 주세요.

"감사합니다."

그녀는 달력에 적힌 마감 표시를 확인하고서 전화를 끊었다. 마감까지 고작 일주일밖에 남지 않았다. 지은은 다시 키보드를 열심히 두드렸다.

그러나 몰아치도록 바쁜 와중에도 지은은 뿌듯함을 느끼고 있었다. 제가 찍은 사진으로 책을 내게 되리라곤 생각도 못 했으니까.

'벌써 3년이나 지났구나.'

그녀는 성준과 결혼하고서 본격적으로 사진 공부에 몰두하기 시작했다.

그러다 추억을 간직할 생각으로 SNS에 사진을 올렸다. 가끔은 사진을 찍으면서 깨달은 것들을 때로는 시처럼, 때로는 일기처럼 적어 나갔다. 물론 그녀의 계정을 찾아오는 사람은 적었고, 그래서 더욱 솔직하게 제 마음을 드러낼 수 있었다.

그러나 쥐구멍에도 볕 들 날이 온다고 하던가?

그녀의 사진과 글을 지켜보던 누군가가 커뮤니티에 추천 글을 쓴 모양이었다. 하나의 게시글은 꽃가루처럼 번지고 번져 사람들을 이끌었고, 마침내 그녀의 계정은 하루아침에 번쩍 떠오르게 되었다.

— 안녕하세요, 사진작가 윤지은 님. 온정 출판사입니다.

출판사에서 연락이 온 것도 그 시점이었다. 그녀가 일기처럼 올린 따뜻한 사진과 글을 하나의 에세이, 그러니까 한 권의 책으로 담아 내고 싶다는 제안이었다.

그녀가 보았던 것, 그리고 느꼈던 것을 더욱 많은 사람과 나누고 싶지 않느냐는 물음에 지은의 마음이 동했다. 자신이 누군가에게 좋은 영향을 미칠 수 있다는 사실은 말로만 들어도 매력적이었다.

그래서 사진 에세이를 작업하게 되었다. 전시회를 열고 싶다는 생각은 했지만, 책까지 내게 될 줄은 정말 몰랐는데……. 사람 일은 정말 모르는 건가 보다.

"우으앙."

"은서야, 깼어?"

"이히히."

원고를 작성하던 지은은 자리에서 일어나, 서재 한편에 놓아 둔 아기 침대로 향했다.

실은 안방에 놓아 뒀던 아기 침대였다. 그러나 작업할 때마다 은서가 서럽게도 우는 바람에 결국 서재에 놓아 둔 거였다.

처음에는 키보드 소리며, 통화 소리 때문에 더 울지 않을까 걱정했었다. 그러나 은서는 전혀 울지 않았다. 오히려 그녀의 작업 소리가 ASMR이라도 되는 것처럼 잘만 자곤 했다.

이 콩알만 한 아이가 엄마와 같은 공간에 있고 싶었던 걸까? 은서는 보면 볼수록 기특하고 사랑스러운 딸이었다.

"우리 예쁜 딸, 맘마 먹고 싶어?"

"이이잉."

"그럼 엄마 일해도 돼?"

"에헤헤."

이제 두 살이 된 아이를 품에 안아 들자, 은서는 뭐가 그리 좋은지 방싯거리며 웃었다. 해맑게 웃는 모습에 지은의 입가에도 미소가 가득 뱄다.

쌓여 있던 피로가 한 번에 가실 정도로 달콤한 웃음이었다. 그래서 마감을 해야 하는 것도 잊고 은서와 비행기놀이를 하며 시간을 보내고 있는데.

"작업은 마무리한 겁니까?"

서재 안으로 성준이 들어왔다. 한 손에는 그녀에게 줄 간식을 든 채였다.

그는 사뭇 걱정스러운 눈빛으로 지은에게 다가와 은서를 대신 안아 주었다. 그리고 단정하게 잘라진 과일 접시를 그녀에게 내밀었다.

"허리도 안 좋으면서 번쩍 안아 들면 어떡합니까? 치료받을 때마다 아프다고 울기까지 하면서."

지은의 허리 상태가 영 좋지 않았다. 임신과 출산으로 인해 척추가 무리한 탓이었다. 그래서 한동안 치료를 받는데, 성준은 못내 마음이 아팠던 모양이었다.

더군다나 출간 준비를 하느라 오래도록 앉아 있었으니 걱정이 이만저만 아니었을 것이다.

"마음 같아선 책이고 뭐고 그만두라고 말하고 싶은데."

"성준 씨이."

"당신에게 미움받기 싫어서 안 하는 겁니다."

성준은 서재에 널브러진 사진과 인쇄된 종이를 바라보며 낮게 한숨을 내쉬었다.

반면에 지은의 입가에는 미소가 번졌다. 사랑하는 이가 자신을 걱정해 준다는 건 미안하면서도 참 고마운 일이었다.

"요즘 들어 내 여자 얼굴 보기 참 힘듭니다."

"서운했어요?"

"제법. 남들처럼 게으르면 좋을 텐데, 내 말은 곧 죽어도 안 들어서."

은서를 안아 들고 토닥거리던 그가 지은의 발그레한 뺨에 입을 맞추었다.

성준의 따스한 눈동자가 그녀를 올곧게 바라보고 있었다. 걱정 속에는 무수한 애정이 담겨 있다는 걸 알고 있다. 지은은 작게 웃었다.

"마감이 끝나면 같이 여행 다녀와요. 곧 결혼기념일이잖아요."

"얼마나?"

"이번에는 길게. 그러니 너무 서운해하지 말아요."

"지은아."

"이제 치료도 열심히 받아서 허리도 전보단 괜찮고, 지금 하는 일도 나를 뿌듯하게 한다구요. 누구보다 성준 씨가 잘 알잖아요."

그녀가 해사하게 눈웃음을 지었다. 날이 갈수록 지은은 성준을 어르고 달래는 방법을 터득하고 있었다. 눈웃음과 앙증맞은 입맞춤도 그중 하나였다.

역시나 성준은 못 당하겠다는 듯 깊은 한숨을 내쉬었다.

"알고 있습니다. 그래서 어리광 부리는 거고."

"어리광이요?"

"당신이 바쁜 와중에도 나 좀 봐 줬으면 해서."

달콤한 속삭임에 지은은 볼을 붉히며 웃었다. 일부러 미간을 찌푸리고 삐진 기색을 내보이는 성준이 귀여웠다.

결혼하고서 알게 된 거지만 이 남자, 연애할 때와 비교할 수 없을 정도로 어리광이 많았다. 가끔은 그가 냉철하기로 유명한 H그룹 차기 회장이 맞나 싶을 정도였다.

지은은 성준의 매끈한 이마와 뺨을 다정하게 어루만졌다. 조그마한 손길에 기분이 풀린 듯 고개를 기울이는 모습이 꼭 대형견 같았다. 그녀가 나지막이 속삭였다.

"보고 있어요, 항상."

"아직 부족합니다."

"욕심쟁이."

"모르고 결혼한 거 아닐 텐데."

성준은 픽 웃으며 그녀의 손바닥에 입을 맞추었다. 그리고 어느새 잠이 든 은서를 아기 침대에 조심스레 내려놓았다.

대화 소리가 시끄러웠을 텐데도 곤히 자는 걸 보면 참 신기했다. 지은은 볼살이 통통하게 오른 은서를 사랑스러운 시선으로 바라보았다.

그래서 은서를 내려놓은 성준이 자신을 아기처럼 번쩍 안아 들 거라고는 예상치 못했다.

"서, 성준 씨!"

"쉿. 은서 깹니다."

"나 작업해야 하는데……."

그녀는 은서가 깰까 봐 소리도 지르지 못하고 성준의 품에 안겨서 버둥거렸다. 말도 안 되는 근력이었다.

보통 결혼하고 나면 관리가 소홀해진다던데, 이 남자는 날이 갈수록 몸이 탄탄해지는 것 같았다. 근육이라곤 하나도 없는 자신의 몸이 민망해질 정도로.

"잠깐이면 됩니다."

"무슨 일인데요?"

"낮잠 자고 싶어서."

"낮잠?"

"당신이 나를 재워 주면 좋을 것 같거든."

그는 서재 중앙에 마련된 긴 소파 위에 지은을 앉혔다. 손길이 얼마나 조심스럽던지, 그녀의 마음이 간지러워질 정도였다.

이내 얼떨떨한 기분으로 두 눈을 깜박이던 지은의 허벅지를 성준이 베개 삼아 누웠다. 그와 시선을 마주하던 그녀가 픽 웃으며 머리카락을 쓸어 주었다.

"침실에서 편하게 자요. 소파는 불편하잖아."

"전혀. 나는 당신이 곁에 없는 게 더 불편한 사람이라."

"성준 씨이."

"아마 이런 점을 은서가 닮은 것 같습니다. 은서도 당신이 곁에 없으면 자질 못하니까."

"부녀 아니랄까 봐."

"어디 가도 피는 못 속이겠습니다."

두 사람은 동시에 웃음을 터트렸다. 손가락 사이로 스치는 그의 머리카락이 부드러웠다. 지은은 웃음기를 머금고서 속삭였다.

"예전에 성준 씨가 그런 말을 했잖아요."

"어떤 말?"

"평범한 가족이었으면 했다고."

"아."

"세상에는 그런 형태의 사랑도 있어서, 그게 욕심이 난다고."

성준의 얼굴에서 웃음기가 사라졌다. 그러나 딱딱하게 굳은 얼굴은 아니었다.

그저 무언가를 깨달은 듯 고요하게 지은을 바라볼 뿐이었다. 어쩌면 그녀의 질문을 예전부터 기다렸던 것처럼. 고사리 같은 그녀의 손이 성준의 뺨을 조심스레 어루만졌다.

"그래서 언젠가 한번 물어보고 싶었어요. 지금 당신의 마음은 어떤지."

"……."

"아직도 미련이 남아 있는지. 그래서 마음이 텅 비어 버린 것처럼 허전하고 아픈지……."

"지은아."

"요즘 들어 성준 씨가 편안해 보여서요. 밝아진 모습이 정말 보기 좋아서."

대답하기 어려우면 미루어도 괜찮다며 지은은 배시시 웃었다. 그러나 성준은 더 이상 망설이지 않았다.

그녀를 만난 이후로, 또 결혼해서 가정을 꾸리기 시작한 이후로 그의 마음은 이미 해답을 내어놓은 상태였다.

"당신 말대로 해 보니까 알겠습니다."

"내 말대로요?"

"가족이 되어서 우리 닮은 애도 낳고, 쉴 틈 없이 사랑해 주고, 당신과 함께 여행을 다니다 보니……."

성준의 입꼬리가 부드럽게 올라갔다.

"미련이란 걸 가질 틈도 없더군요."

"성준 씨."

"그래서 기대가 됩니다. 당신이 있는 오늘이. 은서가 씩씩하게 자라날 내일도."

"아하하."

"가족이라는 단어는 여전히 낯간지러운데, 이상하게도 나를 설레게 하거든."

이제는 미련보다 설렘이 가득 찬 일상이 성준을 기다리고 있었다.

먼 훗날에도 마찬가지일 것이다. 그가 아직도 경험하지 못한, 그러나 분명히 자신을 미소 짓게 해 줄 일들이 윤지은이라는 여자와 함께 기다리고 있겠지.

"뒤를 돌아보기엔 지금 이 순간도 아까워 죽겠습니다."

"성준 씨……."

"워낙 바쁜 여자라서. 어리광이라도 부려야 낮잠도 재워 줄 테니까."

"뭐예요, 그게."

지은은 해사하게 웃으며 그의 코끝에 제 코를 비볐다.

미련을 가질 틈도 없는 건 그녀도 마찬가지였다. 함께하는 시간이 늘어 갈수록, 한때 힘들고 고단한 삶을 살았던 지은의 아픈 마음도 차곡차곡 채워지고 있었다.

성준의 입술에 가볍게 입을 맞추던 그녀가 자장가를 부르기 시작했다.

"잘 자요, 성준 씨."

마시멜로를 녹인 것처럼 부드러운 목소리가 그의 귓가에 맴돌았다. 예전에는 동이 틀 때까지도 꼿꼿하게 버티고 있던 눈꺼풀이 이제는 소리 없이 감기고 있었다.

또다시 어머니의 기일이 다가온다.

그러나 성준은 예전만큼 괴롭지 않았다. 습관처럼 두려워하다가도, 그녀의 내음과 온기를 느끼고 있노라면 금세 달콤한 잠에 빠져들었다.

깊고 고요한 어둠 끝에는 언제나 윤지은이라는 여자가 있다는 걸 알고 있으니까. 의심할 여지 없는 안정감을 주는 그녀로 인해 오늘도 성준은 편하게 눈을 감을 수 있었다.

마침내, 길었던 불면이 끝났다.

— *Fin*

www.b-books.co.kr

www.b-books.co.kr